U0438861

爱因斯坦：
我的宇宙

冯八飞 著

人民文学出版社

图书在版编目（CIP）数据

爱因斯坦：我的宇宙/冯八飞著. —北京：人民文学出版社，2017
ISBN 978-7-02-013201-0

Ⅰ.①爱… Ⅱ.①冯… Ⅲ.①随笔—作品集—中国—当代 Ⅳ.①I267.1

中国版本图书馆 CIP 数据核字（2017）第 198864 号

责任编辑　脚　印
装帧设计　陶　雷
责任印制　苏文强

出版发行　人民文学出版社
社　　址　北京市朝内大街 166 号
邮政编码　100705
网　　址　http://www.rw-cn.com

印　　刷　三河市鑫金马印装有限公司
经　　销　全国新华书店等

字　　数　350 千字
开　　本　890 毫米×1290 毫米　1/32
印　　张　13.375　插页 1
印　　数　1—10000
版　　次　2017 年 9 月北京第 1 版
印　　次　2017 年 9 月第 1 次印刷

书　　号　978-7-02-013201-0
定　　价　38.00 元

如有印装质量问题，请与本社图书销售中心调换。电话:010-65233595

方程对我而言更重要些，因为政治是为当前，而方程却是永恒的东西。

阿尔伯特·爱因斯坦

目录

■■■ 序：在宇宙中永生 /001

请问候劳鹤 /001

天上掉下一块石头 /016

下狗游走苏黎世 /027

见龙在田伯尔尼 /042

横空出世奇迹年 /053

义无反顾物理学 /075

踏遍欧洲人未老 /087

战火下的广义相对论 /103

无法解雇的雇员 /133

只有死亡才能解雇的雇员 /156

星光弯曲1919 /171

乘光电兮轻取诺贝尔 /188

周游列国终去邦 /218

挥一挥手不带走德意志的云彩 /243

爱因斯坦人在美国 /265

千个太阳恶之花 /280

爱因斯坦的战争与和平 /302

你听，你听，爱因斯坦的宇宙信仰 /324

跟上帝打一场量子麻将 /336

超弦屠龙统一场 /369

万里悲秋常孤独 /394

写在后面 /407

序：在宇宙中永生

全世界都知道爱因斯坦。

为什么？

因为诺贝尔物理学奖？

其实不确。

1900年，按硝化甘油炸药发明者、瑞典人诺贝尔遗嘱，用他捐赠的三千一百万瑞典克郎成立基金，基金产生的利息作为奖金设立五项大奖：物理、化学、医学／生理学、文学、和平。

首届诺贝尔奖1901年12月10日颁发，那天是诺贝尔逝世五周年纪念日。

诺贝尔奖，从此成为世界科学珠穆朗玛峰。今天，表示"高雅""华丽""贵族"等意思的英语词，均可用"nobel"一言以蔽之。

第六项经济学奖1968年由瑞典银行出资增设。诺贝尔1896年去世。他根本不知道还有一个诺贝尔经济学奖。他知道了，不一定同意。

物理学奖在诺贝尔遗嘱中排列第一。

并非偶然。

那么，什么是物理？

物理是自然科学带头大哥，它是人类与客观世界交往的第一扇大门，现在称为"物理学"。世上万事万物，中文里只要加个"学"字，登时阳春白雪高大上起来，好像老百姓永远搞不懂的样子。其实，物理是最接地气的科学，因为它要回答的问题每个人都想知道答案：人是从哪里来的？即：人是什么构成的。说到底，就是：世界是什么构成的？

学术说法，就是：世界的本原是什么？

此即物理学起源。

听起来是科学问题吧？

其实，是哲学问题。

最早讨论物理的，都是哲学家。

有案可稽第一人，是古希腊哲学米利都学派的泰勒斯，他说大地漂在水上，所以万物包括人都是水构成的，即万物本原为水。同为米利都学派的阿纳克西美尼跟中国的老庄一样认为万物本原是"气"；大家都知道的毕达哥拉斯认为是数；赫拉克利特认为是"一团永恒运动的活火"；恩培多克勒认为是土、气、火、水四种元素；阿纳克萨戈拉认为是比四元素更小的"种子"。留基伯与德谟克利特认为，世界的本原是"原子"。

亚里士多德集古希腊哲学大成创立形而上学，但该形而上学首要研究的就是实体。实体是作为存在的存在，做唯一的一。还是物理。他有本专著就名叫《物理》。亚里士多德形而上学最基本的概念就是存在和一。他用大树来比喻人类知识：树根是形而上学，是一切知识的基础；树干是物理；其他自然科学是树枝。物理的研究对象，大到宇宙，小到微小粒子，囊括人类皮肤之外的所有世界。

诺贝尔在遗嘱中把物理放在第一位，即致敬亚里士多德。

没有物理，根本就无所谓自然科学。

然而，我们知道爱因斯坦，是因为诺贝尔物理奖吗？

其实不确。

截至 2016 年，诺贝尔奖得主包括八百八十一位个人和二十三个团体。咱们谁能马上说出十位获奖个人和十个获奖团体？即使光看物理学，截至 2016 年，诺贝尔物理学奖得主共一百一十六位，咱们谁能马上说出十位来？

因此，我们知道爱因斯坦，并非仅仅因为诺贝尔。

诺贝尔奖奖金爱因斯坦没到手一分钱，奖状被他塞进小匣子，从不示人。

认真说，爱因斯坦获得诺贝尔奖，并非诺贝尔给爱因斯坦面子。

是爱因斯坦给诺贝尔面子。

那么，是因为相对论？

也不完全确。

相对论全球耳熟，都知道这厮"非常非常非常厉害"。

可是，什么是相对论，到底有几个人能详？

相对论，即物理学带头大哥。

亚里士多德物理学统治欧洲将近一千年，到 16 世纪意大利出了个欺师灭祖的伽利略。他第一次系统提出自由落体定律和惯性定律。而且，他还用自制折射望远镜观测天体，发现月亮表面崎岖不平，亲手绘制人类第一幅月面图，并发现太阳黑子，力助哥白尼"日心说"击败托勒密"地心说"，顺便推翻亚里士多德"天体是以太组成的完美理想物体"断言，开创现代实验物理学。

牛顿的三大力学，均源自伽利略。

伽利略名著《关于托勒密和哥白尼两大世界体系对话》被老朋友、罗马教皇乌尔邦八世勒令停售。1633 年 6 月 22 日，七旬伽利略在罗马圣玛丽亚修女院被乌尔邦八世任命的十名枢机主教联席判定违反《1616年禁令》和《圣经》教义。他们下令罗马帝国全面焚毁《对话》，终身监禁伽利略，禁止会客，一直把他关到双目失明。

青山遮不住，毕竟东流去。1979年，教皇约翰·保罗二世代表罗马教廷为伽利略平反。为纪念伽利略折射式望远镜发明四百周年，联合国定2009年为国际天文年。

爱因斯坦说："伽利略的发现及其所用的科学推理方法是人类思想史上最伟大的成就之一，而且标志着物理学的真正开端！"

1642年，伽利略去世，同年，他的转世灵童牛顿在英国出生，牛顿被公认为英国最伟大的科学家，身兼物理学家、天文学家、数学家等等，是近代力学开山祖师，提出著名的万有引力定律和运动三定律，后者被誉为人类历史上最伟大的十大科学发现之一。

牛顿万有引力定律公式是：$F=G\dfrac{M_1M_2}{R^2}$。

爱因斯坦的"$E=MC^2$"出现之前，这是全人类最伟大的物理公式。

现在，人类学家认为人类历史有一百七十多万年。可是，直到公元1500年，地球上大部分人的生活与之前的一千五百年相比差距并不大：日出而作，日落而息，除了自相残杀就是混吃等死。然而，公元1500年之后的这六百年，人类的饮食、衣着、工作、艺术、技术、经济、哲学等等产生了翻天覆地的变化，至今仍在进行。

这场革命，几乎完全归功于科学。

揭竿而起发动这场科学革命的圣斗士，就是牛顿。牛顿之前，欧洲是基督教神学天下。牛顿代表作《自然哲学的数学原理》出版后轰动欧洲，名列世界科学史十大著作，"用最精确的数学术语重塑世界"，其基本观念是"绝对空间和绝对时间"：在绝对空间中，空间和时间都固定不动。牛顿担任英国皇家学会主席长达二十四年。

当时英国皇家学会是世界科学之巅，而该学会全体成员都毕恭毕敬倾听牛顿每一句模糊不清的话，他不点头，任何人不能当选皇家学会会员。牛顿六十二岁被安妮女王封为爵士，1727年3月20日去世，下葬日不落大不列颠及北爱尔兰联合王国名人封神榜西敏寺，墓志铭是"让人类欢呼如此伟人曾光临尘世"。

牛顿，就是上帝之下、人类之上的那个半人半神。

可是，爱因斯坦相对论出剑江湖，牛顿应声而倒。

那么，什么是相对论？

牛顿力学的"绝对时间"和"绝对空间"有很大问题，因为"绝对"即不需依赖任何事物而独立存在。可如果它们与任何事物都没关系，那我们怎能知道时间和空间存在呢？这问题牛顿没法回答，于是一把推给上帝，说绝对时间和绝对空间由上帝创造。这个论断漏洞太大，所以批牛顿的人络绎不绝。德国哲学家莱布尼茨批了一回，没批倒。19世纪奥地利物理学家马赫又批了一回，牛顿还是没倒。相对论横空出世之前，以"绝对时间和绝对空间"为金字招牌的牛顿力学经两百多年发展已臻完美，秒杀地球上所有物理问题，直到20世纪初，"绝对时间和绝对空间"在物理学界仍然是颠扑不破的金科玉律。

事实上，直到今天，相对论诞生已一百多年，世人皆知爱因斯坦，然而，除了自然科学家，一般人包括你我的思想，仍然属于牛顿力学。因为，除了"物理学天空的两朵小小的乌云"，牛顿力学确实完美解释了地球上所有的物理问题。

问题是，宇宙中并非只有地球。

地球属于牛顿。

宇宙，属于爱因斯坦。

爱因斯坦对牛顿非常尊敬，1942年他应邀为牛顿诞辰三百周年撰文道："只有把他的一生看成为永恒真理而斗争的舞台上的一幕，我们才能理解他"。

评价不可谓不高。

因此，爱因斯坦发现相对论并非要跟牛顿过不去。

但是，相对论却处处跟牛顿的万有引力过不去。

爱因斯坦，是物理学家带头大哥。

牛顿力学理论认为时间与空间绝对不变，速度可以相加，星球之间依靠万有引力互相吸引。

广义相对论却说：如果光速不变，则时间和距离必是变量。因此，时间和空间不是绝对的，时间和距离会因运动的速度而变化。在一艘以每秒二十六万公里飞行的飞船上，一米的尺子会缩成半米；地球上过了一小时，飞船上的钟才走了五分钟。

一石激起千层浪，广义相对论打破了牛顿的绝对时间和绝对空间，也就从侧面否定了上帝的存在。

广义相对论是爱因斯坦天才铁证。可以说，没有爱因斯坦，今天人类也未必能发现它。即使没有广义相对论，也不妨碍火箭发射、卫星上天和计算机出现。

广义相对论是牛顿之后人类另一次时空观大革命。爱因斯坦提出强大的引力场会让时间变慢。地球的引力很小，因此在地球上我们无法感受到时间变慢，但如果您一头扎进黑洞到达"黑洞视界"，您就可以看见，在"黑洞视界"，时间停止了。而只有运动达到光速，时间才会停止。因此，广义相对论的引力定律不再是力的定律，而是时空几何结构，就是说，广义相对论统一了几何与物理，它用空间结构的几何性质来描写引力场。在这种空间几何中，引力速度等于光速。

因此，人类的空间是"四维时空"，即长、宽、高，加上时间。

时间变成空间的一个维度。

广义相对论一拳将牛顿力学一击致命，因为它宣布：万有引力根本就不是力！牛顿认为太阳吸引地球，而地球吸引苹果，最后苹果掉下来砸到牛顿脑袋上。事实居然并非如此！无论地球还是苹果，它们都不过是义无反顾地选择了最近的路，而它们的路都是弯的。我们错误地认为它们受到万有引力的影响，仅仅是因为任何物体的存在都会导致自己周围的空间弯曲，重量巨大的物体（如黑洞或星系）会使空间明显弯曲。换句话说，如果我们这个空间什么东西都没有，它就是平直空间，而它之所以是弯的，就是因为存在黑洞和银河系这些物体。

举个例子：我们把床单绷在长方形框架上，然后放上一个橙子，它会凹陷下去，之后我们再放一个小石子，根本不用我们推动，石子就会自动滚向凹洞中的橙子。这并非因为橙子有"万有引力"吸引了石子，而是橙子的重量在床单上压出的那个坑让石子义无反顾地选择最短的路顺着坑壁滚了下去。

地球绕太阳旋转，苹果落向牛顿的脑袋，同理。

物理是第一自然科学，相对论是人类迄今为止最伟大的物理发现，爱因斯坦是人类最伟大的物理学家。

然而，这还远非我们都知道爱因斯坦的全部原因。

爱因斯坦的伟大，远远超越相对论、物理、科学、人类的界限。

此话怎讲？

相对论，既是物理，也是哲学。当我们明白宇宙的一切都是相对的，我们就不再膜拜任何"绝对"，比如绝对的上帝。爱因斯坦之前的物理学家，基本都信上帝。爱因斯坦之后的，基本都不信。

这并非偶然。

爱因斯坦向人类展示了如此浩瀚辽阔的宇宙，人类终于明白，其实，地球只是宇宙的恒河一沙。

"相对"精神剑光所指，一切"绝对"轰然倒塌。

1927年，德国画家萨尔在普林斯顿问一位街边晒太阳的老人懂不懂相对论，老人说不懂。萨尔追问，那您为什么如此热爱爱因斯坦？

老人回答："当我想到爱因斯坦，我就感觉自己不再孤苦伶仃。"

这才是我们为何如此热爱爱因斯坦。

他让我们这些渺小的人不再孤独。

爱因斯坦物理学的伟大，在于相对论超越了牛顿的万有引力。

爱因斯坦的伟大，在于他代表了人类对美好生命的追求。

电影《少年爱因斯坦》中，老师在课堂上说，如果上帝创造了万物，那么他也创造了邪恶，而创造了邪恶的上帝，当然也是邪恶的。这时，一头卷发的爱因斯坦举手提问：老师，世界上存在寒冷吗？老师说当然存在，难道你没挨过冻吗？爱因斯坦说：不，老师，根据物理定律，世界上并没有寒冷。我们所谓的寒冷，其实只是缺少热量。然后爱因斯坦又问：老师，世界上存在黑暗吗？老师说：当然存在。爱因斯坦说：不，老师，黑暗也不存在。我们所谓的黑暗，其实只是缺少光。我们无法测量黑暗，但是我们可以测量光。

小爱因斯坦最后的结论是：老师，邪恶就像黑暗和寒冷一样，其实并不存在。我们所谓的"邪恶"，其实只是缺少爱。

这才是爱因斯坦的伟大。

相对论，让人类的目光从地球投向宇宙。

如果没有爱，人类不会存在。

也根本就不应当存在！

其实，科学像时间和空间一样，永远都是相对的。现在的科学真理，过几十年也许变成笑话。把历史拉得足够长来看，几乎可以说所有的科学真理都是错误的，任何伟大的科学发现都会过时，任何伟大的科学家都会被后人超越。爱因斯坦对统一场的漫长研究和对量子论的顽固否定，证明他远非事事正确。

总有一天，爱因斯坦也会在科学上被超越，就像他超越牛顿。

然而，我不相信人类历史上还会再出现在人格上超越爱因斯坦的物理学家。从理论上讲，世界上没有任何在科学成就上不可超越的人，但实际上说，人格上永远无法超越的人是存在的。世上并无不千年不倒的科学，但确实有千年不倒的人，例如庄子、例如甘地、例如华盛顿、例如托尔斯泰、例如舒和兄妹、例如曼德拉。

例如爱因斯坦。

我们真的无法超越爱因斯坦。他不仅是科学发现的榜样，他也是人类一切美好事物的榜样——保持思想独立的榜样、放飞想象力的榜样、永不盲从的榜样、坚持不懈的榜样、爱好和平的榜样、永不向暴力和权势低头的榜样、追求世界大同和世界公民理想的榜样。翻开爱因斯坦这部无与伦比的巨著，我经常在字里行间看到那个提出"原子论"的古希腊先哲谟克利特。

他为了更好地认识宇宙而刺瞎了自己的双眼。

爱因斯坦反暴政，反种族主义，反原子弹，绝不原谅德国知识分子助纣为虐。呼吁成立全球政府，在在都是人类难以超越的高峰。

人类要再出现一个爱因斯坦，可能要等几百年。

或者永远。

牛顿的伟大，在于他解释了地球上的物理问题。

爱因斯坦伟大，在于他解释了宇宙中的物理问题。

问题是，地球会永远存在下去吗？

按照2017年的天体物理学计算，太阳五十亿年之后就要熄灭，而在熄灭之前很久很久，因为太阳温度下降，地球进入冰川期，人类早就灭绝了。

好吧，五十亿年还很遥远，到那时咱们那些聪明的子孙早就找到出路了。

可是，这只是天体物理学家的计算结果。他们计算时没考虑人类这个变量。

人类，有可能导致人类提前灭绝。人口过剩、疾病、核战争、饥荒、水资源短缺、人工智能、全球变暖……每个都可能让人类提前灭绝。

2017年6月20日，瘫在轮椅上无法动弹的霍金、爱因斯坦之后最伟大的物理学家，在挪威特隆赫姆的"斯塔尔慕斯节"上痛批美国总统特朗普否认全球变暖。他预言，人类如果在两百到五百年之内无法向太空移民，就将灭绝！

霍金是认真的。他本人已报名英国维珍集团太空计划，准备进入太空。

好吧，灭绝就灭绝。

我们每个人死亡，就是我们作为个体的灭绝。

人类灭绝，不过是人类这个生物物种的灭绝。

如果人类拒绝找到和平共处的道路，坚持因为意识形态而互相残杀或共同毁灭，那么，我们的灭绝就是咎由自取，既不能怪其它生物，更怪不到上帝。

不过，灭绝，并不等于就是灭绝。

因此，人类肉体灭绝，并不等于人类灭绝。

就算未来太阳熄灭，人类种群灭绝，爱因斯坦的精神仍然长存宇宙。

因为，我们的宇宙，就是他的纪念碑！

所以，即使人类灭绝，我们也并没有什么遗憾。

人类带来了爱因斯坦这样充满爱的伟大天才。

人类虽然灭绝,却并没有白来宇宙这一趟。

这才是我们为什么都知道爱因斯坦。

以及我们为什么应当重温爱因斯坦。

2017 年 7 月 6 日　四稿写于维也纳

请问候劳鹤

定居美国七年后，爱因斯坦于1940年宣誓效忠美国宪法，入籍美国。不过，他保留了瑞士国籍。之后不久，德国著名物理学家埃瓦德（Peter Paul Ewald，1888–1985）来访。

该埃瓦德非等闲人物，他是索末菲学生，劳鹤好友，德国斯图加特理工高校（Technische Hochschule Stuttgart）校长。1933年他因为反对纳粹控制教育愤而辞职，1938年离开德国，这次到普林斯顿拜访爱因斯坦。老友重逢，相谈甚欢，兴尽分手，告辞时爱因斯坦托他带问德国的朋友们好，最后说："请问候劳鹤。"

埃瓦德顺口说："也问候普朗克吧？"

话音未落，爱因斯坦立刻重复道："请问候劳鹤。"

反应如此迅速，显非临时起意。

很久之后埃瓦德在回忆文章中写道："普朗克只是个悲剧角色。英雄只有一个，他是劳鹤，而不是普朗克。时至今日，我方恍然大悟。"

那么，谁是普朗克？

普朗克（Max Karl Ernst Ludwig Planck 1858–1947），德国的牛顿，1918年诺贝尔物理奖得主，量子论先驱，威廉皇帝学会会长，德国科学界深孚众望的伟大领袖。他去世后，德国当时最高的科学院威廉皇帝科学院即改名普朗克学院。德国历经德意志第二帝国、魏玛共和国、德意志第三帝国直到今天的德意志联邦共和国，连希特勒都已浮云，普朗克学院，至今仍叫普朗克学院。德国物理协会（Deutsche Phisikalische Gesellschaft）最高奖章至今仍为普朗克奖章。1938年，为庆祝他八十大寿，德国天文学家马克斯·沃夫发现的第1069号小行星被命名为"普朗克星"，在璀璨夜空中闪烁至今。这位学养深厚的贵族教授平易近人，有次去大学做报告找不到会场去问路，人家还认为他是想听普朗克教授报告的学生。温文尔雅的普朗克赢得上至德皇威廉二世、下至引浆卖流之徒的广泛爱戴，人未去世，头像就被印上了两马克硬币。1983年，德意志民主共和国还专门发行一枚五马克硬币纪念普朗克诞辰一百二十五周年。

看官见多识广，麻烦在人民币上给俺找位中国科学家出来看看。

管仲说"生我者父母，知我者鲍子也"。如果爱因斯坦生命中有鲍叔牙，则此人必是普朗克。普朗克是爱因斯坦的伯乐、知音、导师兼铁哥们儿。爱因斯坦奇迹年五篇论文能在《物理学刊》发表并非偶然：普朗克当时正是《物理学刊》编辑。1913年普朗克亲赴瑞士苏黎世登门礼聘爱因斯坦，演出德国版"三顾茅庐"。地球人都知道爱因斯坦课上得很烂，可普朗克非但没有借此杀他的价，反而在聘书中明文规定：聘请爱因斯坦为柏林洪堡大学讲席教授，一节课都不用上。

二十一世纪的中国大学，哪个教授敢说自己能拿到这样一份聘书？

千里马常有，而伯乐不常有。

可是，与绝大多数江湖领袖的潜规则相反，普朗克并非希望爱因斯坦百年之后为自己摔孝子盆儿。其实他在科学上经常与爱因斯坦意见相左。作为量子理论始祖，普朗克却对爱因斯坦提出的"光量子假说"相当不以为然。他在爱因斯坦入选威廉皇帝科学院院士的推荐书中白纸黑字写道："有时他在科学猜想上也可能与目标差之毫厘——比如他的光量子假设——，但我们不应责之太深。如果没点儿冒险精神，那最精确的科学也无法真正推陈出新。"

语多偏袒，却明明白白说着否定。

什么叫铁哥们儿？

就是那个并非事事赞同你的观点、但永远站在你这一边的人。

在剑桥大学天文台长爱丁顿证实相对论之前，普朗克是唯一一个高度评价爱因斯坦《论动体电动力学》一文划时代意义的著名物理学家，他当众称爱因斯坦为"当代哥白尼"，还在一次演讲中宣布爱因斯坦时空观的"勇敢精神断然超乎自然科学研究和哲学认识论至今所有成果"，等于直接宣布爱因斯坦比牛顿还牛。1916 年 5 月普朗克提前引退德意志物理学会会长一职，他力荐的继任者，正是年不高德亦不甚劭，名更尚未满天下的爱因斯坦。

伯乐为什么永远少于千里马？因为伯乐必须首先承认自己跑不过千里马。

投桃报李，爱因斯坦对普朗克向执弟子礼。1918 年，苏黎世联邦理工高校（ETH）意识到当年放走爱因斯坦吃了大亏，联合苏黎世大学向爱因斯坦发出待遇远超洪堡大学的任教邀请，爱因斯坦出于对普朗克的忠诚当场拒绝。

然而，吾爱吾师，吾更爱真理。

"请问候劳鹤！"

这是爱因斯坦送给全世界每一位知识分子的如山赠言。这句平和的问候是爱因斯坦对所有德国顶尖科学家火花四溅的永不宽恕。这五个中文字,是爱因斯坦对德国知识精英的一部长篇起诉书:德国挑起两次世界大战,德国知识精英罪责难逃!

一战前,"所有德国学者,包括知名学者和年轻同事,都信仰国家主义"(德国教授赫尔曼)。一战开打,九十三位德国学术精英于当年10月发表臭名昭著的《告文明世界书》,公然为德国入侵比利时张目,在宣言上签字的皇皇九十三位德国学术精英包括普朗克、伦琴、内斯特、奥斯特瓦尔德、哈伯、菲舍尔等等。这份宣言后来被称为"知识分子的无耻宣言"。

名单中没有爱因斯坦。

几天后,爱因斯坦与居里夫人等一起在反战的《致欧洲人宣言》上签名宣布:"欧洲必须联合起来保护它的土地、人民和文化",要开展"声势浩大的欧洲统一运动……努力去组织欧洲人联盟"。这份宣言在洪堡大学教职员工中广泛传阅,但只有四个人签名。如果不是因为爱因斯坦拥有瑞士国籍,他就被捕入狱了。其后半年(1915年3月)爱因斯坦致信罗曼·罗兰:"许多国家的学者,其行为好像大脑已被切除"。又过半年,罗曼·罗兰专程拜访爱因斯坦,他在当天日记写道:"爱因斯坦对德国的判断难以置信地超然和公正,超越所有德国人。"爱因斯坦的超然甚至令罗曼·罗兰疑惑:"在这个噩梦岁月,思想遭到如此孤立的人都会痛苦莫名,爱因斯坦却不然,他刚才还笑呢。"

1915年普朗克与第二届诺贝尔物理学奖获得者洛伦兹见面,遭到后者严厉批评,于是宣布撤回《致文明世界书》部分内容。1916年他签署声明反对军国主义。一战结束,德国败降,普朗克率德国学术精英公开为《致文明世界书》道歉。然而,"人类唯一的历史教训就是忘记了历史的教训"(罗素)。不到十年,纳粹法西斯席卷德国,德国精英集体严重脑震荡,忘却前朝旧事再次紧跟"元首"。

当爱因斯坦挺身反击纳粹时,许多科学家居然认为他"过激",连劳鹤都对爱因斯坦说:"赞成纳粹的人毕竟是少数。"1933年3月10日爱因斯坦宣布:"只要我还可以选择,我将只在具有政治自由、宽容和所有公民在法律面前人人平等的国家停留……德国目前不具备这些条件!"德国报纸大规模负面炒作。此时的普朗克像个做错事的小学生一样偷偷给爱因斯坦写信:"我得知后深感痛心。多事之秋,谣言四起,到处风传您公开和私下的政治声明。您真该少说两句。我不是要挑您的错儿,但没人比我更清楚:您的讲话让那些尊重和敬慕您的人更难以保护您了。"

普朗克没说谎。他对奥地利著名物理学家薛定谔的"出走"痛心疾首,他确实试图保护犹太学者,曾跟海森堡和劳鹤讨论如何说服希特勒。当犹太物理学家玻恩被迫流亡时,他们劝玻恩改辞职为请假保留后路。与此同时,海森堡的老师玻尔在哥本哈根、海森堡的师兄泡利在苏黎世却积极帮助德国科学家流亡。玻尔的这两个学生,一个让玻恩留在德国,一个助玻恩逃出德国。

天堂向左,地狱向右。

普朗克是第一个提出"科学无国界"的著名科学家。

然而,科学家显然并非"无国界"。

普朗克七十五岁大寿时希特勒曾表示祝贺,普朗克以答谢为由拜见希特勒,企图借此机会进言。普朗克做了古今中外绝大多数知识分子最习惯做的事——对权力纳头便拜。他小心翼翼陈情"元首":驱逐所有犹太科学家会给"德国的科学"带来无法挽回的损失。普朗克并非危言耸听。按德国《年度学术名人录》(Minerva),1933年三分之一学术名家离开德国。与另一位诺贝尔物理奖获得者莱纳德大打出手赶走爱因斯坦以追求"德国科学领袖"地位的政治学术丑态相比,普朗克的话才是真正"为国家着想"的老成持重之言。可他热脸贴了个冷屁股。希特勒根本不买这位成名于皇帝时期的科学领袖的"德高望重"。他的回答是:"我绝无排斥犹太人的意思。但犹太人都是共产主义者,后者才是我们的敌人,这才是我斗争的目标。"还想再说几句的普朗克遭到呵斥,最后几乎是被赶出了总理府。

普朗克回来之后告诫同行:"挑战政治领袖不是科学家的职责。"

绝大多数知识精英都认为只有邀得权势垂青才能体现自己的价值,而其下场几乎永远如是。

希特勒哪能忍受爱因斯坦主动辞职?那不是等于这个犹太佬炒了第三帝国么!1933年3月29日,帝国特派员下令德国科学、文化、国民教育部调查爱因斯坦"反动言论"并立即开除。这个部本来就是纳粹思想急先锋,当下急急如律令发出紧急通知要求普鲁士科学院表态。当时院长普朗克身在国外,于是,在三位秘书缺席、不足法定人数的情况下,1933年4月1日,普鲁士科学院终身秘书、律师恩斯特·海曼(Ernst Heymann)发布了可耻的《普鲁士科学院反爱因斯坦声明》:"爱因斯坦在海外的煽动活动令普鲁士科学院痛心疾首……虽然严禁参加政治党派活动,但普鲁士科学院及其院士始终强调并永远忠于德意志",然后他宣布科学院"没有机会为爱因斯坦辞职感到遗憾"(意思就是他已经先被开除啦),而且强调该声明是科学院对"联合抵制犹太人日"的贡献。

是的,这确实是"贡献"。

就在这一天,柏林冲锋队暴徒占领大学、研究所及医院,把犹太人撵出大门肆意凌辱虐待。他们闯入国家图书馆抢走犹太读者的借书证,并禁止市民去所有犹太店铺买东西。德国对犹太人的迫害,在这一天变成国家政策。

这一天作为"排犹日"进入德国当代历史。

就在这一天,普鲁士科学院开除了人类有史以来最伟大的科学家。这是普鲁士科学院跪呈纳粹的效忠信,从此成为普鲁士科学院挥之不去的永久耻辱，至今仍是该院花团簇绣光荣历史上越抹越黑的一大坨苍蝇屎。

三天后纳粹冲锋队进驻全德大学和研究院，犹太人被赶出"教育战线"。整个德国科学界，包括普朗克和第一届诺贝尔物理学奖获得者、X光发现者伦琴，噤若寒蝉。因为，希特勒这个艺术青年心血来潮推出一个崭新的"王八屁股"（龟腚）——废除德国高校不得解雇教授之数百年传统，凡反对"元首"的，无论职称多高，资历多老，一律当场开革。

杀爱因斯坦给德国教授看。

当此黑云压城、惊涛拍岸时节，谁敢为爱因斯坦出头，去摸希特勒的屁股？

谁敢？！

全德国，有一个人，敢！

普鲁士科学院院士，1914年诺贝尔物理奖获得者劳鹤（Max Theodor Felix von Laue 1879－1960）。

好吧，谁是劳鹤？

劳鹤跟普朗克，情同父子。他是普朗克的博士生，1904完成博士论文《平行平面板上干涉现象的理论》后被普朗克留校任教，没有普朗克他既当不成博士也当不成教授。滴水之恩，涌泉相报。1918年劳鹤离开法兰克福大学前往柏林投奔爱因斯坦，行前特地授予普朗克法兰克福大学"自然哲学名誉博士"（Dr. philosophiae naturalis honoris causa），祝词和荣誉证书都是他亲笔撰写。劳鹤结识相对论也是因为入校后听了普朗克一次吹捧相对论的报告。他当时信奉"时空绝对不变"的康德哲学，非常不服，专程赴瑞士日内瓦找爱因斯坦踢馆，结果是他被相对论征服，1911年写专著《相对性原理》力助相对论走入德国物理圈。1914年他因宣传相对论上任法兰克福大学讲席教授，上任仅几个月即因发现X射线在晶体中的衍射获诺贝尔物理奖，让新建的法兰克福大学同时拥有两位诺贝尔获得者：自然科学系的劳鹤和医学系的埃利西，一时傲视全德大学。

劳鹤与爱因斯坦，情同手足。他的思维跟爱因斯坦一样远远超过自己说话速度，因此跟爱因斯坦一样结结巴巴，语焉不详；他的板书跟爱因斯坦一样混乱无序，他的课程跟爱因斯坦一样门可罗雀；他太太跟爱因斯坦太太一样长于待客。他离开法兰克福大学到柏林威廉皇帝物理研究院担任副院长，聘书正是院长爱因斯坦签发。他唯一跟爱因斯坦不同的地方是长于行政。威廉皇帝物理研究院办公室就是院长爱因斯坦的家，但每年却有七万五千帝国马克的巨款用于支持德国物理研究。这是当时德国最大的物理研究基金。

那个时代，德国物理傲视世界，不是偶然的。

1955年爱因斯坦去世后劳鹤主持再版《相对论》，他在扉页上写道："伊人已逝，著作永生！"（Der Mann ist dahingegangen, sein Werk lebt）。

就是该劳鹤，单枪匹马，搦战"元首"。

他公开要求普鲁士科学院召开全体院士非常会议重议《海曼声明》。他四处奔走，最后只有两个院士肯在他的建议书上签名。他只好给尚在国外的普朗克打电话："这里急需您亲自出席会议。"几十年说一不二，吐口唾沫砸个坑的普朗克，这次彻彻底底当了缩头乌龟，连个蔫儿屁也没敢放。4月6日科学院还是开了特别会议，结果零票支持劳鹤动议，全票赞同《海曼声明》（包括二十年前力荐爱因斯坦来科学院的哈伯），并"对他坚持不懈的努力甚为感激"。经科学院背书，纳粹对爱因斯坦的迫害迅速升级，他太太罗爱莎与两个继女均遭秘密警察严厉盘查，柏林住宅和卡普特度假木屋被搜查，银行存款、保险箱和游艇被没收，卡普特木屋充公为希特勒"德意志少女联盟"办公室。

漏船载酒泛中流。爱因斯坦写信回德国说："我知道名册中还有我参加的组织，由于无法澄清，可能给仍在德国的许多朋友带来大麻烦。因此，我委托您尽可能把我的名字从这些组织中删去，包括德意志物理学会……等等。我全权委托您代为处理，避免横生枝节。"

这封信他并未寄给普朗克。

收信人是劳鹤。

普朗克的顾虑是正确的。纳粹屠刀所向，德国科学惨遭腰斩。据不完全统计，仅 1934 年到 1935 年冬季德国就有百分之十五高校教师被解雇，部分德国大学在校生锐减一半。纳粹上台时德国共有 2741 位教授，最后有超过两千人被迫离开德国！把自己所有聪明才智都献给德国一战的"毒气之父"哈伯（Haber）因是犹太人也被驱逐出境。当他被这一打击摆倒在床时，在床前看护的是劳鹤。他还在公开演讲中把哈伯比作古代雅典著名政治家和军队统帅德米斯托克勒。

大洋彼岸，爱因斯坦与劳鹤交相辉映。1954 年，为美国赢得二战立下不世功勋的核弹之父奥本海默惨遭麦卡锡分子修理，站出来仗义执言的人：爱因斯坦！

这让我想起左拉保卫法国犹太军官德雷福斯的历史雄文《我控诉！》

所有伟大者的伟大都是相同的。卑微者各有各的卑微。

这时爱因斯坦在致友人信中说："您知道我从未高估德国人。但我必须承认，他们残暴和怯懦的程度超乎我的想象。"是的，纳粹横行德国，荼毒世界，大半归咎于他们背后那票怯懦的德国知识精英——这些站在历史耻辱台上的责无旁贷的沉默的胁从犯！当时普朗克还对将要投靠纳粹的海森堡说："在这样恐怖的德国，没有人能保有尊严。"

德国知识精英不仅对纳粹兴起和夺取政权负有不可推卸的责任，而且相当缺乏自责和反省。二战后德国科学界坚持延用"威廉皇帝学会"名号，借口"保证科学活动的连续性"，让大批流亡德国学者情难以堪。在希特勒面前连话都说不清楚的普朗克，纳粹倒台后却站出来说话了："纳粹像一阵狂风横扫整个国家，我们束手无策，只能像风中之树般听凭摆布。"

是的，普朗克是个伟大的科学家。

是的，他也深知爱因斯坦的伟大。1933年5月11日普鲁士科学院再次开会讨论"爱因斯坦事件"，刚从国外归来的普朗克说："我要讲的相信也是科学界同行和大多数德国物理学家的心里话：爱因斯坦先生不仅是杰出的物理学家，而且他在科学院工作期间发表的论文让21世纪人类深入认识了物理学。只有开普勒和牛顿的功绩能与之媲美。我要首先澄清这一点，以免后代认为我们这些爱因斯坦的科学同行连他在科学上的重要地位也不了解。"

是的，后来年迈的普朗克一再强调"爱因斯坦事件"会成为普鲁士科学院历史上最耻辱的一页。

是的，因为"毒气之父"哈伯被迫害，普朗克专门找过希特勒。哈伯1934年死于流亡，一年后普朗克以威廉皇帝学会主席的身份主持了纪念活动。

是的，普朗克还是竭尽全力利用威廉皇帝科学院保护了一些犹太科学家。

正因为这样，对纳粹夺权后的普朗克，爱因斯坦才有这样的评论："普朗克百分之六十堪称高贵。"

然而，所有的这些，并不能掩盖普朗克对纳粹法西斯的附和，因为，从思想深处，他实际上认同纳粹思想。1933年纳粹上台时普朗克已七十四岁，身为威廉皇帝学会主席，暮年的他完全不用抢着去拍纳粹的马屁，但是，1933年7月14日普朗克亲自上书内政部长弗里克，表示愿意加入帝国的"种族纯净研究"。

任何一个熟悉纳粹历史的人都明白，认同"种族纯净"这个概念，就是认同屠杀犹太人。后来奥托·哈恩要求普朗克召集著名德国教授共同呼吁抵制对犹太人血统教授的不公正待遇，普朗克说："您今天召集三十位教授，明天就会有另外一百五十位来反驳您，因为您这样做会让他们丢掉饭碗。"

道理当然说得过去。

然而，劳鹤没这样说。

斯大林1936年说："知识分子从来不是一个阶级，而且也不能是一个阶级，——它过去是而且现在还是由社会各阶级出身的人组成的一个阶层。"

斯大林几乎没说过什么正确的话。不过，论到纳粹时期的德国知识分子，那斯大林这句话真就要说是：百分之一万，真知灼见！无论普朗克如何犹抱琵琶地遮掩，无论普朗克如何处心积虑地涂抹，这些伟大的科学领袖们铁定暗夜难眠。还记得康德《实践理性批判》中那句掷地有声的万年名言吗？

"良心，就是我们自己意识到内心法庭的存在！"

德国知识分子的表演至此并未结束。1935年5月10日夜，纳粹宣传部长戈培尔，这个发表过小说和剧本的才华横溢的知识分子在柏林洪堡大学对面的倍倍尔广场发动媲美秦始皇的"公焚非德意志著作"活动（öffentliche Verbrennung des undeutschen Schrifttums），点火高呼"希特勒万岁"的是洪堡大学学生。戈培尔激情洋溢地向他们演讲："德国人民的灵魂将再度涅槃。这火光结束了旧时代，更照亮了新时代。"第二天焚书推向全国，殃及马克思、恩格斯、卢森堡、李卜克内西、梅林和海涅等等，爱因斯坦作为自然科学家代表也光荣地躬逢其盛。伟大的戈培尔因为这个伟大的夜晚而实现了他文学青年的光荣与梦想——走入历史。作为每一部当代德国史都不得不提的遗臭万年的"焚书者"!

沧海横流，方显出劳鹤本色。

纳粹上台之后，作为纯种雅利安人，诺贝尔奖获得者劳鹤选择留在德国。他借助纳粹无法染指的威廉皇帝学会大力援助被迫害的德国物理学家。劳鹤是退役军官，但当退役军官协会要求所有成员集体加入纳粹时，劳鹤冒着生命危险一口回绝。犹太科学家哈恩流亡国外不幸去世，劳鹤发表文章盛赞他对科学的伟大贡献。以不通人情和要求苛刻而闻名遐迩的劳鹤人际关系超烂，处处遭同事抵制，为此曾患抑郁症，并因人缘太差而在任何科学机关都只能出任副手。不过，此时他民望大涨，影响日增，出任威廉皇帝物理研究院院长，成功拒希特勒科学打手莱纳德于研究院大门之外。

很多人不理解为什么劳鹤要冒着生命危险留在德国，更多人不理解留在德国的他为什么不像当时德国的绝大多数科学家那样去从事"纯科学"，而非要跟法西斯政府对抗，成天在纳粹雪亮的刀锋上跳舞，拿自己的硕大脑壳开玩笑。

说好的"穷则独善其身，达则兼善天下"呢？

战后有人问劳鹤为什么不选择流亡——他作为诺贝尔奖获得者可以在任何国家谋得高职。劳鹤回答说："我不想去抢国外那些可怜的位置，我的同事比我更需要它。更重要的是，我希望而且我预见到'第三帝国'定会崩溃，崩溃后的废墟，就是重建德国文化的大好时机。当天赐良机之时，我希望自己身在德国。"

列位看官，劳鹤留在德国，非一时意气，匹夫之勇。他知道自己定会亲历创造伟大历史的光荣时刻。在这个时刻,他选择"在场"!

夫劳鹤者，胸怀大志，腹有良策，有包藏宇宙之机，吞吐山河之志也。

1933年9月，在威尔兹堡举行的德意志物理学会年会上，接替爱因斯坦任主席的劳鹤在报告中通篇为爱因斯坦辩护。在结尾他说："然而，在任何压力面前，科学捍卫者都抱持必胜信念，这信念即伽利略的名言：'无论如何，它依然在转动！（Tamensi movetur）'"

而且，他的声音比伽利略大多了！

是的，虽然纳粹横流，但地球依然在转动。劳鹤依然在课堂上告诉学生，创立相对论的是爱因斯坦。他依然不顾斯塔克的威胁，拒绝参加后者召集的拥护纳粹集会。莱纳德们鼓噪建立"德意志物理学"反制"犹太物理学"，劳鹤强烈反对，并冒着生命危险与德国科学、文化、国民教育部在报纸上唇枪舌剑。此时，爱因斯坦的恩公普朗克和"德国科学良心"伦琴等科学领袖均明哲保身，噤若寒蝉。后来纳粹意欲染指德国科学界，又是劳鹤蚍蜉撼树，螳臂挡车，楞把纳粹这些吃人不吐骨头的恶魔顶了回去。在整个第二次世界大战期间，劳鹤从未参与军事科学研究。1943年，他被纳粹强迫从洪堡大学提前退休。

劳鹤，刺破青天锷未残，以一己之力树立全世界知识精英为之集体折腰的万代丰碑。

"请问候劳鹤！"

这是爱因斯坦对纳粹时期德国科学精英的盖棺论定。这句普通的问候像一道千载难逢的雪亮闪电耀眼夺目，斩破时空，一览无余地昭示爱因斯坦永不原谅德国科学精英的决心。1933年5月26日他致信劳鹤："如果德国科学家对政治继续袖手旁观，德国局势的去向必然是毫无抵抗地拱手将政权让给轻率分子。科学家对政治事件持观望态度，表明他们缺乏责任感。"他不幸而言中，纳粹不仅夺权，而且统治日益严酷。爱因斯坦开始反感所有的德国人，连流亡后又重返德国的挚友玻恩也遭到他批评。后来在美国接受采访时他这样评论德国："这个国家的精神和道德从1870年开始起就日趋没落，我在普鲁士科学院的许多同事在一战以来民族主义风行的年代里表现得实在是品格不高。"

是的，爱因斯坦说过，"普朗克百分之六十堪称高贵"。

但是，他紧接着就说："劳鹤百分之百。其他人都不怎么样！"

他从此再未踏上德国土地一步。1949年爱因斯坦出生地乌尔姆致信爱因斯坦授予他荣誉市民称号，向来待人谦和的爱因斯坦回信断然拒绝。

"请问候劳鹤！"

这是爱因斯坦版的"吾爱吾师，吾更爱真理"。从历史看，它甚至超过当初亚里士多德对恩师柏拉图说出那句话的时候。

全世界的学生家长争先恐后送自己孩子去哈佛。

你们去哈佛干吗？

美国心理学之父詹姆斯（William James，1842—1910）说过："Amicus Plato, Amicus Aristotle, sed Magis Amicus VERITAS"。 与柏拉图为友，与亚里士多德为友，更应与真理为友。

詹姆斯是哈佛校友。哈佛后来把这句话简写为VERITAS（真理），就刻在哈佛校徽图案中的三本书上。有人质疑这句话不是哈佛校训。是的，确实没有书面文件规定这句话是哈佛校训。然而，哈佛校园中那尊哈佛铜像底座的左侧就有这句名言的图案。

与柏拉图为友，与亚里士多德为友，更应与真理为友！

无论有无明文规定，它都足称世界名校哈佛的精神脊梁。哈佛因此而哈佛。

没有与真理为友的精神，何以称"大学"？

爱因斯坦的真理是：请问候劳鹤！

科学史上，劳鹤没资格望普朗克之项背，虽然他这个学生获诺贝尔奖比老师还早四年。

然而，科学英雄史上，普朗克看不见劳鹤远去的足下之尘。

望尘莫及！

战后劳鹤被选为英国皇家学会会员，获曼彻斯特大学和芝加哥大学名誉学位，还是柏林、纽约、维也纳等科学院院士……他很少以这些荣誉自傲，但有三个荣誉他常挂嘴边。

其一：1946年7月劳鹤应邀前往伦敦参加国际晶体科学年会。欢迎宴会上，英国皇家学会主席当着济济一堂的战胜国科学名流，独将祝词献给唯一来自战败国的学者——以生命为剑、誓不胁从纳粹的劳鹤。

其二：1948年美国芝加哥大学授予劳鹤名誉博士学位，因为他是一位伟大的物理学家，更是一位"无可置疑的自由冠军"（a resolute champion of freedom）。

其三：1957年法国授予劳鹤荣誉军团勋章，表彰他捍卫人的尊严与自由。

请问候劳鹤。

请问候劳鹤。

不问候普朗克！

天上掉下一块石头

现在很多中国人很佩服美国人。

知道美国人佩服谁吗？

爱因斯坦。

美国《时代》周刊评选爱因斯坦为二十一世纪的"世纪人物"，称他为"天才、人道主义者、原子和宇宙之谜开启者"，赞扬他是"二十世纪最伟大的思想家和政治理想主义者"。

2005年是相对论一百周年诞辰，也是爱因斯坦逝世五十周年，德国政府定这一年为"爱因斯坦年"。其实这一年也是德国诗人封神榜万年老二席勒去世两百周年，有很多德国名人也呼吁办成"席勒年"。最后，席勒楞没抢过爱因斯坦。

德国政府的决定不仅仅出于对爱因斯坦的崇敬。这还是一场激烈的市场竞争。因为世界上至少还有三个国家（瑞士、美国和以色列）在跟德国争夺爱因斯坦所有权。这场抢人混战其来有自：爱因斯坦毕业于瑞士联邦理工高校（ETH），相对论1905年发现于瑞士首都伯尔尼，爱因斯坦1922年获诺贝尔奖时国籍瑞士，后来他成为美国人时还保留了瑞士国籍,因此,瑞士认为爱因斯坦是瑞士人,很有道理。

美国人佩服爱因斯坦,同样有道理。他们根本认为爱因斯坦是美国人。1933年爱因斯坦遭希特勒纳粹法西斯迫害愤而移居美国,七年后获美国国籍。因此,美国人佩服爱因斯坦,认真说起来等于佩服自己。他们确实也有理由佩服自己。此是后话,此处按下不表。

这三个国家中间,以色列跟爱因斯坦关系最小,因为以色列建国后爱因斯坦从未到访,他也从未获得以色列国籍,但是,以色列参与争夺的理由却最充足:爱因斯坦是犹太人,而且差点当了以色列总统。

可是,就这个全球疯抢的爱因斯坦,他的全名是什么?

不知道了吧?

爱因斯坦全名阿尔伯特·爱因斯坦(Albert Einstein)。

爱因斯坦是他的姓,德文为"Einstein"。意为"一块石头"。

德国人抢他的道理在于,这块石头从天上掉下来的时候,落在德国。

1879年3月14日是个星期五,这天中午11:30爱因斯坦降生于南德城市乌尔姆(Ulm),是长子。

爱因斯坦的爹赫尔曼·爱因斯坦(Hermann Einstein,1847—1902)是个卖床垫的小商贩。他妈保琳娜(Pauline)喜爱音乐和诗歌,小他爹十一岁。他们1876年结婚,当时保琳娜年方十八。婚后他们住在乌尔姆西南三十英里的小镇布豪。爱因斯坦家族从十六世纪五十年代起就住在那儿,而妈妈保琳娜老家是乌尔姆西北五十公里、斯图加特附近的坎施塔特。爱因斯坦父母都是犹太人,但并非虔诚犹太教徒,因此没按犹太习俗在爱因斯坦名字中加入亲人名字,仅用了祖父"亚伯拉罕"名字的第一个字母"A"。

乌尔姆城市不大，口气却巨大，其城训为"乌尔姆人个个都是数学家"。

很多人都认为爱因斯坦的出生很平凡。其实，他的出生非同凡响，颇有"伟人范儿"。中国伟人出生都不同凡响。汉高祖刘邦据说是他妈跟蛟龙神交受孕，而且当时他爹在场见证，所以后来刘邦同志出生就有蛟龙护送，电闪雷鸣，大雨倾盆。唐太宗李世民出生时屋外有两条龙缠绕嬉戏三天。宋太祖赵匡胤出生时红光环绕，香气扑鼻，赵小孩儿生下来通体金色，三日方散。明太祖朱元璋出生时红光盈室，红得邻居们都赶到他家来救火。

那为什么说爱因斯坦的出生跟这些中国皇帝有一拼呢？关键是他出娘胎时后脑勺大得出奇，还外带一个犄角把儿，导致喜欢朗诵席勒诗歌的唯美妈妈以为生了个畸形儿，当场吓得差点儿得产后风。幸好几周后这个犄角儿慢慢长平了。这事儿如果出在咱们中国，您就得当皇帝。想当年隋文帝杨坚出生时紫气充庭，出生不久他妈正抱着他，突然眼见着他脑袋上慢慢长出一个角，全身起龙鳞，手上还出现一个"王"字。后来的事儿大家都知道，他当了皇帝，并且统一中国。其实我怀疑这是隋文帝手下那些想当官想疯了的文人替他造的谣。但十九世纪末德国人对中国了解非常有限，像"出生祥瑞"这种吃饱了饭撑得睡不着才能琢磨出来的高雅文化，他们不可能知道。就是说，他们肯定不会像隋文帝手下文人那样去造谣。因为，造谣捞不到什么好处。

因此，爱因斯坦脑袋上有个角这事，大致是真的。

再因此，按俺们中国的高雅文化，爱因斯坦生下来即为人中之龙。

后来他妈出院抱着爱因斯坦回家，当场赢得姥姥表扬曰："太肥了，实在是太肥了！"

您现在知道为什么大家都愿意生个大胖小子了吧？因为肥小孩

儿有可能是爱因斯坦。

虽然生为人龙，但在德国这些中国祥瑞不大好使，因此爱因斯坦的儿童生活充满挫折，被乌尔姆全城树为"智力发展迟钝"典型。他直到三岁还没说过一个字，全家急得团团转：弄得不好，父母死了爱因斯坦就只能跟残联过了。正束手无策，一天有个骑小自行车的小姑娘来访，待客的咖啡还没烧好，从未学过一句舌的爱因斯坦突然开牙，秀出一句特殊疑问句曰："是的，可是，她的小轮子在哪儿呢？"当场吓翻全家。吓过人之后，爱因斯坦就会说话了。这按中国说法又是爱因斯坦生为人龙的证据，"贵人话语迟"嘛。但据医生纪录，爱因斯坦说话真正流利，要等到他满十岁。

虽然会说话了，但智力依然不见起色，爱因斯坦上小学后继续坚定保持"智力发展迟钝"特色，每次答问超慢，全校老师都害怕提问爱因斯坦，因为等他答完全班都睡着啦。后来校长曾饱含歉意告诉爱因斯坦他爸："您的孩子毫无前途可言。"对自己充满挫折的少年时期，成名后的爱因斯坦致信朋友时这样解释："为什么是我、而不是其他人发现了相对论？我想可能是因为我儿时智力迟钝。普通人对时间和空间的认识都完成于童年，而我发育较迟，成年后才开始考虑时间与空间。成年人思考小孩儿的问题，当然要更深更成熟一些。"

爱因斯坦因此对故乡并无好感，虽然到老仍然乡音难改。项羽说"富贵而不还乡，如衣锦夜行"。然而，爱因斯坦在乌尔姆待了十五个月，至今没证据证明他此后探访过乌尔姆。1929年，已俨然物理学大腕儿的他说："出生的城市独一无二，就像母亲无法选择。"他的意思是，如果可以选择，他肯定不会选乌尔姆。

1922年爱因斯坦获诺贝尔奖，乌尔姆市政府命名了一条爱因斯坦大街。1929年3月14日爱因斯坦五十大寿时收到市政府来信，他回信说："听说有条大街以我命名。令我稍感安慰的是，我不用为这条街上出了什么坏事儿负责。"纳粹时期这条大街改名为费希特大街，1945 年恢复原名。费希特是德国著名唯心主义哲学家，柏林洪堡大学首任校长，德国古典哲学代表之一。而中学政治课本告诉我们，德国古典哲学是马克思主义三大来源之一。看官须知，1945年爱因斯坦还在世，但他根本不关心这条大街恢复原名，按他本意，当初命名为爱因斯坦大街就不见得很明智。

爱因斯坦不仅不热爱故乡，更不热爱故居。当时乌尔姆有三万三千居民，只有百分之二十是犹太人，社会地位低下。爱因斯坦出生的火车站大街 B-135 号今天改为火车站大街 20 号。1929 年成名后的爱因斯坦致信房主儿子艾朗格说："这房子用来出生还不算难看，因为我们出生时一般还不大懂得什么叫好看。那时我们都忙着毫无来由地冲着父母的脸大哭"。1944 年这栋房屋在二战盟军轰炸中被毁，一年后乌尔姆寄来废墟照片，爱因斯坦回信说："时间对它的伤害显然大于对我的伤害。"因此，今天的乌尔姆爱因斯坦遗迹并不多，火车站大街有个爱因斯坦纪念碑，而他的出生故居已不存，原址建了根造型十分奇特的纪念柱，一般人路过都看不见。乌尔姆唯一的爱因斯坦故居是爱因斯坦念过的小学教学楼，这栋"故居"揭牌时，诺贝尔奖获得者、量子力学奠基人马克斯·玻恩（Max Born 1882–1970）、发现原子核裂变的化学家哈恩（Otto Hahn 1879–1968）和量子力学创始人之一海森堡（Werner Heisenberg 1901–1976）等大腕儿到场观礼，爱因斯坦本人缺席。他根本不愿意乌尔姆被宣传成爱因斯坦的故乡，因为他根本不认为爱因斯坦是伟人，更甭说流芳百世了，虽然依他对人类历史的贡献，"流芳百世"并不算溢美。

这是爱因斯坦保持一生的风格。

乌尔姆人很明白爱因斯坦的风格，因此今天乌尔姆很谦虚地自称"相对的爱因斯坦故乡"（die relative Einsteinstadt）。他们这么做非常明智，1880年7月，爱因斯坦他爹赫尔曼床垫商店破产，赫尔曼与弟弟雅各布前往慕尼黑合开电气公司，有工程师执照的雅各布负责技术，赫尔曼则主管销售，一岁多的爱因斯坦跟着父母移居慕尼黑，离开乌尔姆，从此再没回来。如果乌尔姆人吹得太大了，会变成天下笑柄。

五年后的秋天，六岁爱因斯坦入读慕尼黑所住社区的天主教学校——彼得小学。他是班上唯一的犹太学生，却整天上天主教学校的课，所以放学后父母只好再请一位亲戚给他讲犹太教。多年后爱因斯坦在《自述》中写道："就这样，我由此……达至对宗教的笃信，但这一进程在我十二岁时戛然而止。"

要强调的是，一直到大学，爱因斯坦都是个问题学生。他不喜与人交往，偏爱需要耐心的游戏，曾用一整天搭了十四层的积木房子。他自幼讨厌严谨呆板的德国教育，经常大发脾气。而且小爱因斯坦发脾气时很可怕，除了鼻子变成白色，整张脸会变成黄色，顷刻间变身暴力小强。五岁时家里给他请了个小提琴老师，结果第一次上课爱因斯坦就大发脾气，把椅子扔到老师脑袋上，本次学前教育就此告吹。还有一次爱因斯坦用保龄球瓶敲妹妹玛雅的脑袋，因为实在太痛了，所以玛雅直到去世时还记得。

慕尼黑给了小爱因斯坦这个问题学生三件大礼。

第一件是音乐。三岁时爱因斯坦还不会说话，但一天妈妈保琳娜弹钢琴，忽然发现小爱因斯坦正歪着脑袋全神贯注地倾听，妈妈高兴了，说："瞧你一本正经的样子，像个大教授！"妈妈当时不知道她这句话决定了爱因斯坦一生的职业。不过当教授是后来的事情，爱因斯坦先开始学的是音乐。他六岁时开始拉小提琴，很快就能演奏莫扎特和贝多芬的奏鸣曲。1931年爱因斯坦在《论科学》一文中说："音乐和物理学研究起源不同，可却有共同目标，就是追求表达未知。它们的方式不同,但相互补充。至于艺术和科学创造,我完全同意叔本华,他认为它们最强有力的动机是摆脱日常生活的单调乏味,并在这个充斥人造形象的世界中寻找避难所。这个避难所可由音符组成,也可由公式组成,我们试图创造合理的世界图像,使我们在那里宾至如归,并获得日常生活无法提供的安定。"音乐就这样成为爱因斯坦一生的避难所,让这个暴力小强找到安静。1929年,成名的爱因斯坦接受采访时说:"如果我不是物理学家,就可能会变成音乐家。我整天沉浸音乐遐想,把我的生命当成乐章。我生命中大部分欢乐都来自音乐。"很多人说爱因斯坦小提琴段位很高,但也有同样多的人不同意。有个专业小提琴手就说爱因斯坦"姿势难看,像伐木工在伐木"。一位著名钢琴家与爱因斯坦合奏时说:"看在上帝的分上,你识不识谱啊?"更搞笑的是他后来到柏林工作,有个柏林音乐批评家误以为爱因斯坦是小提琴家,听过演奏后十分客气地说:"爱因斯坦先生演奏非常棒,不过这并不足以让他获得世界声誉;拉得跟他一样好的人太多了。"

要照这么看,爱因斯坦的小提琴似乎又还拉得不错。

音乐从此伴随爱因斯坦一生,带来了无数令人捧腹的故事。

爱因斯坦和荷兰莱顿大学的物理学教授艾伦费斯特是密友,但艾伦费斯特对相对论有看法,因此他们一见面就吵得不可开交。1920年起爱因斯坦成为莱顿大学特邀教授,每年到莱顿大学讲学几周,就住在罗森街的艾伦费斯特家,吵起来相当方便。两人都思维敏捷,话语尖刻,因此经常争得大动肝火。每次到了唇枪舌剑快要动手时,艾伦费斯特就会走到钢琴前弹响伴奏,爱因斯坦就会拿出小提琴来演奏,漫天硝烟随着音乐烟消云散。但他们在音乐中也有争论,当爱因斯坦不满意艾伦费斯特伴奏时就会走到钢琴边,用双手弹奏贝多芬命运交响曲开始的那四个叩问命运大门的强力和弦质问艾伦费斯特,而每次,命运大门都会如约打开,两个老朋友又会流畅地合奏下去。

到柏林后爱因斯坦喜与德国最伟大的物理学家、量子论开山祖师普朗克一起演奏贝多芬作品，弹钢琴的当然是普朗克。量子论与相对论是二十世纪物理学两大理论，但它们却是学术战场的死敌，不过，在贝多芬的音乐中，它们也能奏响美妙的和弦。

跟爱因斯坦合奏的人还有很多，如玻恩，他弹钢琴，经常与爱因斯坦一起演奏海顿。还包括比利时王后伊丽莎白。此是后话，先按下不表。

另外两个大礼，后来被爱因斯坦称为他生命中的两个奇迹。

第一个奇迹：五岁时他有次生病卧床，爸爸给他一个罗盘玩儿。六十二年后爱因斯坦在《自述》中说这个罗盘是他生命中"第一个奇迹"：无论怎么拨罗盘指针，它永远只朝着一个方向。一定有一股神秘的力在推动它！从此，月亮为什么不从空中掉下来，和罗盘为什么永远指着一个方向，成为五岁爱因斯坦最大的问号，而它们的答案让爱因斯坦成为物理学的绝地大师。

第二个奇迹是几何。上学后叔叔雅可布·爱因斯坦给爱因斯坦讲过毕达哥拉斯定理，小爱因斯坦十分震撼，当时就自己从三角形相似性出发完整论证了一次毕达哥拉斯定理。1888年10月爱因斯坦转入慕尼黑名校路易波尔德中学，却与学校格格不入。他在这期间对学习的乐趣都来自课堂之外。当时爱因斯坦家参加资助外国犹太穷学生的慈善行动，俄罗斯犹太学生塔尔梅每周四到爱因斯坦家来吃晚饭，一直吃了五年。塔尔梅学医，但对自然科学和哲学都很有兴趣。他对小爱因斯坦的超常求知欲非常吃惊，1891年，他送给爱因斯坦一本《欧几里得平面几何》。这是爱因斯坦第一次接触到欧几里得几何，它带给爱因斯坦的震撼远远超过毕达哥拉斯定理：寥寥几个公理就可以推出世界上所有的复杂定理，而且简明扼要，滴水不漏，十二岁的爱因斯坦被大自然独特的秩序美彻底征服。他等不及学校开几何，一口气把《圣明几何学小书》自学到最后一页。

这两个奇迹决定了爱因斯坦的一生。这不是我说的，这是爱因斯坦自己说的。1953年3月14日爱因斯坦七十四岁生日宴会记者招待会，记者提问单上第一个问题就是："据说五岁时的一只指南针、十二岁时的一本《欧几里得平面几何》决定了您的一生。此事当真？"爱因斯坦回答："是的。我相信这些外界影响对我的发展确有重大影响。"他说："很少有人洞察内心深处发生的事情。一只小狗第一次见到指南针时可能没什么影响，很多小孩儿同样。是什么决定一件事儿对一个人的特殊反应呢？这个问题我们可能有很多说得过去的理论，但绝不会找到真正答案。"

音乐助长了爱因斯坦的想象力，而几何给他了缜密的推理能力，音乐与几何成为托举爱因斯坦这位伟大天才起飞的双翅。

爱因斯坦后来在《自述》中说："十二岁到十六岁时我熟悉了基础数学，包括微积分原理。这时，我幸运地接触到一些书，它们的逻辑并不严密，但能简单明了地突出基本思想。总的说来，这种学习令人神往，它给我的印象之深并不亚于几何，好几次达到了顶点——解析几何的基本思想、无穷级数、微分和积分概念。我还幸运地通过一部卓越的通俗读物学到整个自然科学领域的主要成果和方法，这部著作几乎完全局限于定性叙述，我是聚精会神读完的。"爱因斯坦说的，就是伯恩斯坦六卷本《自然科学通俗读本》。1935年他接受美国新泽西州普林斯顿一个中学校报记者采访时回忆儿时学习数学的乐趣："十二岁时我刚接触基础数学就惊喜地发现：仅仅通过推理便可能发现真理……我越来越相信连自然界也是相对简单的数学结构。"塔尔梅不仅给爱因斯坦带来了数学，还有物理和哲学。布赫纳的《力和物质》给爱因斯坦留下深刻印象，十三岁的爱因斯坦还通读了德国伟大哲学家康德的《实践理性批判》，对自由意志十分赞赏。书末康德的著名宣言成为爱因斯坦一生中最爱引用的哲学宣言，这两句话在西方哲学史上非常有名："有两事充盈性灵，思之愈频，念之愈密，则愈觉惊叹日新，敬畏月益：头顶之天上繁星，心中之道德律令！"

这也是康德墓碑上的墓志铭。

塔尔梅激发了爱因斯坦对数学的兴趣，他干脆放弃学校无聊的数学课自学微积分。这次自学的后果很严重：很快，塔尔梅就不是爱因斯坦的对手了。更糟糕的是：中学的数学老师也不是了。这显然不能让老师成为爱因斯坦的朋友。他的拉丁文依然结结巴巴，他的算术考试依然错误百出，关键是，在老师眼中，不符教学规范的爱因斯坦，就是"智力发展迟钝"的典型。老师因此经常讽刺打击这个看上去老实木讷的犹太小孩儿。有次工艺课，爱因斯坦精心制作了一个泥捏板凳，结果被老师从一大堆作品中挑出来示众："我想，世界上不会有比这更糟糕的凳子了！"在同学哄堂大笑中爱因斯坦红着脸站起来："我想，有。"他从课桌里掏出两个更不像样的凳子说："这是我前两次做的，交给您的是第三个，虽然不好，但却比这两个强！"这样顶嘴，老师能喜欢吗？曾有老师当堂评论说爱因斯坦的记忆糟糕得像筛子，刚学的东西像水一样流过他的脑子，一滴都留不下。

其实客观地说，爱因斯坦的成绩并不很差，他的数学和物理成绩一直不错，其他科目也能及格，但拉丁文一直不怎么样，而且一辈子没什么改善，后来虽然变成美国公民，但英语一直结结巴巴，如果那时美国公民考试包括英语，估计他不一定能通过。

电影《少年爱因斯坦》中有个镜头，老师在课堂上说，如果上帝创造了万物，那么他也创造了邪恶，而创造了邪恶的上帝，肯定也是邪恶的。这时，一头卷发的爱因斯坦举手提问："老师，世界上存在寒冷吗？"老师说当然存在，难道你没挨过冻吗？爱因斯坦说："不，老师，根据物理定律，世界上并没有寒冷。我们所谓的寒冷，其实只是缺少热量。"

老师很烦，这是什么学生？居然当堂教育老师。但爱因斯坦还没完，他又问："老师，世界上存在黑暗吗？"老师说："当然存在。"爱因斯坦说："不，老师，黑暗也不存在。我们所谓的黑暗，其实只是缺少光。我们无法测量黑暗，但我们可以测量光。"

老师更烦了。但小爱因斯坦还没完，他的结论是："老师，邪恶就像黑暗和寒冷一样，其实并不存在。我们所谓的'邪恶'，其实只是因为缺少爱。"

我在爱因斯坦史料中没查到这个故事的出处，因此不敢保证它是否真的出现过。

不过，它传神地再现了少年爱因斯坦。

1894年，十五岁的爱因斯坦学业中等偏下，随父移居意大利，没拿到德国中学毕业证。

那么，爱因斯坦跟随父亲前往意大利了吗？

下狗游走苏黎世

话说很久很久以前,有个喜欢提问的三好学生问物理老师:"爱因斯坦有什么发明哇?"老师说:"他啥都没发明。"三好学生大惑不解:"既然他什么都没发明,你们怎么老说爱因斯坦是最伟大的物理学家呀?"老师说:"如果没有他,根本就不会有今天的文明!"

老师的回答其实也不完全。爱因斯坦不仅没有任何发明,他甚至终其一生连个自己的实验室也没有。他的实验室,就是他的大脑。

爱因斯坦是德国人,但这个大脑却不是在德国生成的。

通过制造安装路灯、承接城市照明设施工程、制造电表、电机及其他供电设施,爱因斯坦父亲赫尔曼跟弟弟雅可布合办的公司在慕尼黑颇为红火,顶峰时雇员近二百。但一见油水大,实力雄厚的大公司立刻加入竞争,赫尔曼他们遂在政府工程招标中被击败,到1894年工厂濒临破产。这时意大利朋友加罗尼建议他把工厂搬到意大利米兰附近的帕维亚(Pavia)。德国人去意大利,有点儿像咱们中国人下南洋,是没办法的办法。但爱因斯坦叔叔雅可布赞成,而爱因斯坦父亲很相信这个弟弟，所以举家迁居意大利。不过，却单单把爱因斯坦留在一位老太太家借住，继续就读路易波尔德中学七年级。爱因斯坦父亲这么狠心，其实是为了爱因斯坦好：他希望爱因斯坦能在慕尼黑拿到高中毕业文凭。

为什么？

因为慕尼黑有钱。慕尼黑在德国最南边，是巴伐利亚州（中国的省）的省会。慕尼黑德文是"München"，原义为"僧侣市场"。它是德国最富的城市，有点儿像前些年的深圳。我们中国人对德国的印象多半来自慕尼黑，如十月啤酒节、烤猪肘和宝马车等等。十月啤酒节现在都开到北京来了，啤酒、猪肘子和端啤酒的德国美女都是直接从慕尼黑飞过来的。

其实，除了啤酒跟烤猪肘，慕尼黑还是一个充满历史的城市，尤其近现代。

1919年共产党人在慕尼黑夺取政权，成立"巴伐利亚苏维埃共和国"，曾在慕尼黑生活的列宁专门电贺。不过，这个共和国只存在了不到一个月。

1923年希特勒在慕尼黑发动"啤酒馆政变"推翻魏玛共和国，失败被捕，希特勒在狱中开写《我的奋斗》。

1938年德、意、英、法在慕尼黑签订《慕尼黑协定》，时任英国首相张伯伦从此成为中学历史课"绥靖政策"的代名词。

1972年慕尼黑夏季奥运会巴勒斯坦"黑九月"劫持以色列运动员，十一名以色列运动员死亡，史称"慕尼黑惨案"。

因为名字翻译得不好，又是"泥"又是"黑"，加上希特勒、张伯伦和奥运会惨案，弄得大家对慕尼黑的印象很差。其实它要算德国最漂亮的城市。"München"的读音也跟"泥"和"黑"八不相干，之所以译成"慕尼黑"，是因为英文写成"Munich"，不晓得被喝多了的哪个大腕儿译成"慕尼黑"，也没征求慕尼黑人民的意见，从此约定俗成，一"黑"到底。我老建议改译成"明兴"，字意又好，发音还对，可人微言轻，都建议二十多年了，没人理我这个茬儿。

爱因斯坦父亲为什么希望他拿到慕尼黑的高中文凭？因为这个文凭差不多相当于现在北京人大附中毕业证，是一流大学的直接门票。爱因斯坦父亲希望爱因斯坦念完大学当电机工程师。德国是个超级崇拜工程师的国家，当电机工程师更是伟大前途，足以让爱因斯坦全家脱贫，且社会地位比他爹这个小商贩提高至少一百倍。爱因斯坦父亲觉得他儿子很棒，所以才给他设计了这条伟大的路。可是，像所有的父母一样，他并不知道儿子到底有多棒。他完全没想到，后来也没看到，他的儿子成为人类历史上最伟大的科学家。

所以父母真不要替孩子设计太多。伟人没几个是父母设计出来的。父母夸孩子，其实主要是夸自己。父母替子女设计人生，说穿了就是自恋。

慕尼黑虽然很美，但独自一人留在军事化管理的波尔德中学，让本来就不太合群的爱因斯坦相当焦躁。他从慕尼黑国民学校转入路易波尔德中学后的六年是他一生最痛苦的回忆。强调服从和纪律的德国教育制度与个性强烈独立的爱因斯坦势同水火。1936年10月15日，五十七岁爱因斯坦在奥尔巴尼纽约州立大学"美国高等教育300周年纪念会"上发表长篇讲话《论教育》，其中有段话是对波尔德中学的亲身总结："我以为最糟糕的就是靠恐吓、暴力和人为权威来工作。这些办法摧残学生的健康情感、诚实和自信，只能制造顺民。这种学校在德国和俄国已成惯例，大家对此司空见惯。"看官须知，爱恨都是相盖相治。爱因斯坦这么恨德国学校，德国学校当然很难爱他。他在中学除了数学其他课目都不太好，老师们嫌他生性孤僻，智力迟钝，对他不守纪律、心不在焉和想入非非很伤脑筋。此外，爱因斯坦跟同学的关系也不好。中学生一般都不守纪律、心不在焉和想入非非，这在学生眼中都不算缺点，但谁愿意跟一个生性孤僻的人交往？所以爱因斯坦跟同学们没什么来往。去意大利之前有天爱因斯坦父亲去问训导主任他儿子将来从事什么职业比较容易成功，这位主任直截了当地说："做什么都无所谓，因为您儿子反正做什么都不会成功。"

当时德国学校是为皇帝培养驯服工具的地方，最流行的口号是"为德意志，为皇帝，前进，前进！"学习的兴趣、求知的快乐都不在日程表上。这种把人培养成机器的制度让爱因斯坦深恶痛绝，后来他激烈抨击："有时我们把学校简单看作工具，通过它把大量知识灌输给年轻一代。但这种观点并不正确。知识是死的，而学校却要为活人服务。学校应当发展青年人那些有益于公共福利的品质和才能，但这并不意味着应当消灭个性，让个人变成像蜜蜂或蚂蚁那样的社会工具。如果一个社会充满没有独创性和个人志愿的规格统一的人，它将是毫无发展空间的不幸社会。相反，学校应当培养有独立行动和独立思考的人，当然，他们要把服务社会看作自己人生的最高目标。"

"学校应当培养有独立行动和独立思考的人"，时至今日，哈佛牛津都算上，有几所学校做到了？

爱因斯坦的拉丁语这时有进步，但希腊语和其他外语等却继续很烂，是学校里出名的后进学生，有次严谨的德国老师看了他漏洞百出的作业之后火冒三丈，气得公然违反师德当面称他"您这个永远不会成功的货"（Aus Ihnen wird nie etwas.）。遗憾的是我没查到这位老师的名字。我不是想打他，我就是想知道这老师在爱因斯坦成名后又对他说了什么。我花费七年生命来写爱因斯坦这些伟大的德国天才，主要乐趣来自于大家对伟人的态度。我们对伟人通常顶礼膜拜（尤其是拜了之后还有点好处可捞时），但我更感兴趣的是在伟人"伟"起来之前大家对待他们的态度。

我们现在一说爱因斯坦，当然想到的都是"伟人""天才"之类，但爱因斯坦求学时始终是个 underdog（下狗），从未被看好，所以他的学校生涯一路艰难。"underdog"这个词翻字典是"不被看好"和"冷门"。其实 under 是"下面"，"dog"是"狗"；"underdog"如果让我翻译，就是"下狗"。两只狗打架，被踩在下面的那只狗，就是"下狗"。所以，成名之前的爱因斯坦，其实是个典型的失败者，即问题学生。这个也不是我说的，而是他几乎所有中小学老师的一致意见。爱因斯坦是出了名的问题学生。晚年爱因斯坦亲口讲过一个故事：在德国上学时有个老师当面对他说，如果爱因斯坦离开这个班，老师就幸福了。爱因斯坦辩解说：可我没做什么错事啊。老师说："你确实没做错什么。但你坐在后排，还那个样子微笑，侵犯了本班对老师必备的尊敬！"爱因斯坦讲这个故事时是微笑着的。但想当年，这个老师的话对爱因斯坦这个本来就被普遍看低的孩子，是多么残忍的伤害。

爱因斯坦不爱德国，德国老师责无旁贷。

1895 年爱因斯坦将满十六岁。根据慕尼黑法律，男人成年都得服兵役，除非满十七岁之前离开慕尼黑。军营般的路易波尔德中学已让爱因斯坦忍无可忍，他根本不能想象自己进入真正的军营。爱因斯坦决定前往意大利寻亲。按当时规定，中途退学的话，爱因斯坦就拿不到慕尼黑高中文凭。一向被认为智力迟钝的爱因斯坦想了个好办法：他请数学老师开证明说他数学成绩很好，已经达到大学水平。这是真的。然后他又从一个熟人医生那里搞到一张病假证明，说他神经衰弱，需要回家静养。这个是假的。拿到这两个证明后，爱因斯坦正琢磨什么时候交，谁知训导主任把他叫了去，指责他败坏班风，不守校纪，训了一通儿之后勒令退学。至今都没弄清楚，学校是本来就要让他退学呢，还是听说他搞了这两个证明抢先下的手。这可能是爱因斯坦一生第一次做假，也很可能是最后一次，因为我没查到爱因斯坦其他的做假纪录。他其实只完成了做假的准备，根本还没开始做假，顶多算犯罪中止，但爱因斯坦却为此受到了非常严重的惩罚：他几乎用了一生来悔恨这次做假，此后每每谈到此事都内疚不已。

1894年圣诞节爱因斯坦逃离德国，只身一人乘火车前往意大利米兰。对比德国严厉的军国式教育制度，意大利那就纯属"解放区的天是晴朗的天，解放区的爱因斯坦好喜欢"。蓝天白云代替阴霾乌云，青山绿水代替冰天雪地，牧场上慢悠悠的乳牛，大街上率性自由的青年，都让爱因斯坦深感"解放啦"，可当他出现在米兰家门前时，父母却大吃一惊，因为爱因斯坦根本没告诉他们要来。孩子兴高采烈，通常父母的心情就不会好，这事儿在爱因斯坦身上也不例外，到意大利不过几天，父母就拉着脸告诉兴高采烈的爱因斯坦：他失学了。

原来，米兰的德语学校只收十三岁以下的学生。爱因斯坦超龄。可这次失学对爱因斯坦几乎没影响，他非但没有痛不欲生，相反十分享受这来之不易的失学。他天天泡米兰博物馆，深刻学习米开朗琪罗的伟大绘画和雕塑，然后跨越亚平宁山脉来到大海边的热那亚。一路上，意大利这个美丽率性的国家让爱因斯坦第一次领略到生命的乐趣。古希腊罗马的庙堂、充满古典宝藏的博物馆、宏伟的宫殿、风景如画的农舍，再加上愉快好客、无拘无束的意大利人，还有那无处不在的音乐和歌声，让爱因斯坦终于从严厉死板如千年寒冬的德国暖和过来。

如果爱因斯坦可以选择，他宁愿继续在意大利失学。

可惜现实很冰冷。爱因斯坦父亲赫尔曼在米兰和帕维亚的电器厂都非常不景气，父亲只好告诉爱因斯坦，家里没钱供他失学了，他和权叔都建议爱因斯坦尽快找个地方当学徒，学门儿能养活自己的手艺。爱因斯坦可不愿当学徒，于是他再次努力准备上大学。可意大利大学不接受没有中学文凭的学生。路易波尔德中学终于狠狠教育了这个不服从教育的学生：很多学生在逃离学校的时候都不知道，无论外面多精彩，逃离学校通常都是个坏主意。

然而，天无绝人之路。这时爱因斯坦听说回头向北，跨过阿尔卑斯山，在瑞士苏黎世，那里的瑞士联邦理工高校接受十八岁以上的学生以"同等学力"资格报考。这个"同等学力"现在中国也有，意思就是没中学毕业证也可以报考。而且这所学校也用德语教学。于是，1895 年 10 月爱因斯坦前往苏黎世。但他此时只有十六岁，又太年轻了，人家不让他参加考试！最后，通过父母一位好友的帮助他才参加了考试，科目包括政治史、文学史、德语、法语、生物、数学、几何、化学、物理、图画、作文。

大家猜猜考试结果怎样？

哈哈，人类历史上最伟大的科学家没考上！因为所有需要死记硬背的课程爱因斯坦都考不好，加上没有中学毕业证，所以没被录取。但他的数学和物理十分出色，引起校方注意，物理教授韦伯专门让人告诉爱因斯坦，欢迎他来旁听自己的物理课。校长阿尔平·赫尔措克也给爱因斯坦出主意，让他在瑞士找所中学学习，过一年再来投考。校长推荐了离苏黎世不远的阿劳（Aarau）州立中学。

下狗爱因斯坦怀着一颗灰色的心来到山清水秀的阿劳。

然而，小镇阿劳，却是爱因斯坦人生地图中第一个幸运图标。

阿劳中学是直到大学毕业唯一善待过爱因斯坦的学校，而且它善待所有的学生。这个学校允许老师自由教学，课程有趣，学生可自己使用实验室。阿劳是州府，离苏黎世半小时车程，七千多户居民大多说德语，以烟草、草莓和纺织为生，在瑞士算富裕城市。阿劳中学是瑞士理工高校（ETH）预科学校，有两个部，一是高级文科中学部，每个年级大约五六十名学生；二是工商专科部。当年与爱因斯坦同年级就读的有六十四名学生。

入学后爱因斯坦寄住温特勒家。温先生教希腊语和历史，知识渊博，性格温和，是爱因斯坦父母的好友，常带爱因斯坦去远足，他太太和七个孩子很快跟爱因斯坦打成一片，这个温暖的大家庭让爱因斯坦心情开朗，他称温特勒为"温特勒爸爸"，称他太太为"温特勒妈妈"。十九世纪初瑞士教育家佩斯塔洛齐曾在阿劳活动，因此他的民主思想和人道主义在阿劳中学根深叶茂，这里的老师不赞成用棍棒和名利教育学生，他们主张发挥学生特点，展示知识和科学的魅力，点燃好奇心，自由追求知识。在自由的阿劳中学，爱因斯坦仍然特立独行：当时大部分学生都学法律和医学，但爱因斯坦却选择了大冷门的物理和数学。爱因斯坦有生以来第一次喜欢上学了。他的步伐变得有力自信，脸上重新出现他招牌式的微带嘲讽的微笑，而且"不顾是否冒犯别人而敢于表达自己的意见"。妹妹玛雅后来回忆，爱因斯坦在嘈杂环境仍能集中精力学习，他常常坐在沙发上"手拿纸笔，不时小心翼翼蘸蘸扶手上的墨水瓶，完全沉浸于学习中，周围人声鼎沸，却丝毫不能影响他"。

正是在阿劳中学，爱因斯坦在法语期末考作文时写了那篇《我的未来计划》，作文有不少语法错误，但从第一行开始，一个伟大天才的雄心扑面而来，"幸福快乐的人满足现状，不大会考虑未来的事情"，与此相反，他将投身科学事业，这是他"针对自己长于抽象、数学思维，但缺乏想象力和实际操作能力的特点所制定的个人规划"。这个木讷的中学生对自己的评价非常不客观，实际上他不仅有很强的实际操作能力，而且想象力超群绝伦。正是在这篇作文中，爱因斯坦表示自己一定要去苏黎世联邦理工高校攻读自然科学，而且宣布自己的理想是大学老师。也是在阿劳，爱因斯坦写了他生平第一篇物理学研究论文《在静态磁场中检验以太状态》（1895年）。像多数中学生论文一样，这篇论文题目伟大，文章平平，不过，这毕竟是爱因斯坦迈向相对论的第一步。这篇幼稚的文章也证明，相对论爱因斯坦并非生而知之，而是他艰苦研究的结果。

1896年秋，爱因斯坦在阿劳中学顺利拿到毕业证。瑞士学校是6分制，1分最低，6分最高。爱因斯坦毕业分数为：历史、代数、几何、画法几何学和物理学6分；德语、意大利语、化学和自然历史5分；地理、绘画（美术）和绘画（技术）4分；法语3分，平均成绩5.5分，名列总分第一。

阿劳中学与慕尼黑路易波尔德中学云泥之别，而且爱因斯坦绝不愿意将来服德国兵役，所以，进入阿劳中学三个月后，爱因斯坦再次向父亲提出不愿当德国人。其实当年在慕尼黑他就提过，父亲没同意，但这次同意了。父亲为爱因斯坦提交申请并支付三马克手续费。1896年1月28日，符腾堡王国乌尔姆市签发文件批准爱因斯坦放弃德国国籍，豁免符腾堡公民义务（比如当兵）。

晚年爱因斯坦称阿劳中学为"高等教育中最令人欣喜的样板"。在回忆录《自述片断》中爱因斯坦谈到阿劳中学时说："人非机器。如果环境阻止他襟怀坦白、畅所欲言，人就会变得死气沉沉。"也是在阿劳中学，爱因斯坦宣布此生"不再从属于任何宗教"，他"要为了思想本身而思想，就像为了音乐而音乐一样"。还是在阿劳中学，爱因斯坦开始思考时空的问题，而这个问题几十年后催生了相对论。他当时的思考简单说就是：如果让冯教授骑在一束光上跟着前面的另外一束光跑，他看到的世界是什么样子？从飞驰的火车上射出的光，是否比静止的火车上射出的光速度快？

列位看官，你们认为会出现什么情况？

如果您没有答案，少安毋躁，待我跟您细细道来。我先剧透一下：这个问题的答案，就是狭义相对论。

1896年10月到1900年8月，爱因斯坦入读苏黎世联邦理工高校四年。

中国人对这个学校一般不太熟。其实这个学校成立的故事就很精彩：1848年苏黎世把"首都"头衔让给伯尔尼，作为补偿，瑞士政府六年后在苏黎世创办"联邦理工学院"，1911年改为大学，德文官称"Eidgenössische Techinische Hochschule Zürich"（苏黎世联邦理工高校）。它在爱因斯坦生命中非常重要，但德文估计大家记勿住，所以请记它的简称"ETH"。ETH拥有优良的教学科研环境和强大的师资，当时与柏林洪堡大学齐名，总共涌现二十一位诺贝尔奖获得者，至今仍是欧洲乃至世界顶尖理工大学之一。

很多文章都说爱因斯坦在ETH读的是物理系，其实这是想当然。爱因斯坦在ETH读的是师范系（第6系）物理数学专业，该系最小入学年龄为十六岁，而当时爱因斯坦只有十七岁半。他入读时数学专业只有二十三个学生。这个系没有统一课程，学部主任为每个学生定制课程计划，并要求主课外选修至少一门辅课。兴趣广泛的爱因斯坦一下子选了哲学、政治学和经济学三门。为保证学习时间，他专门租房住学校旁边。

当时，爱因斯坦的人生理想是毕业后当老师混碗饭吃。

他根本没想到，将来有一天很多皇后总统国王想请他吃饭都得排仨月的队。

不过，在ETH的爱因斯坦仍然只是条underdog（下狗），一个不招老师喜欢，看上去绝不会有远大前程的学生。更关键是，他还经常不听老师的指导乱说乱动。有次上实验课老师给大家每人一张纸条，上面写着具体操作步骤。可爱因斯坦接过来就团成一团扔进废纸篓：他一向是按照自己的步骤完成实验的，这次也不例外。只是这次结果有点儿例外。当他正低头看着玻璃管里跳动的火花时，突然砰的一声玻璃管爆了，爱因斯坦童鞋右手鲜血直流。老师问明情况之后气得跳脚儿发疯，课都不上了，立刻向系主任报告，强烈要求处分这个不守规矩的学生。结果，未来人类最伟大的物理大师挨了学校一个处分。1949年之后中国不许打学生了，所以现在学生都不怕老师，只怕处分，因此我对ETH大学给了爱因斯坦一个什么处分特别好奇，中德英文资料查了个底儿掉，楞没查到。哪位看官知道，麻烦告诉我一声。

做实验自行其是，选课也如此。爱因斯坦选的课程从日晷投影到瑞士政治制度再到歌德作品选读，五花八门。但搞笑的是，身为师范系物理数学专业学生，他却几乎不选物理和数学。原来这些课程爱因斯坦已经自修完了。虽然教物理的韦伯声望不错，而且刚开始还很器重爱因斯坦，但爱因斯坦这时已在攻读物理学大师麦克斯韦、基尔霍夫、波尔茨曼和赫兹等人原著，韦伯的课程对他而言已经"太浅了"。哪个老师会喜欢学生翘课？还有哪个老师会喜欢学生翘课是因为自己的课"太浅了"？韦伯老师对爱因斯坦的感情由此发生质变。这时爱因斯坦正在研究以太。大家记得，他在阿劳中学写的第一篇科学论文就是关于以太的。当时找不到以太存在的确切证据，大学生爱因斯坦突发奇想：如果能够发明一种仪器测出地球在"以太大海"中航行的速度，不就能证明以太存在吗？他于是大规模翘课，一天到晚在实验室中埋头苦干，最后真设计出一个以太测量仪，兴致勃勃拿着图纸去给韦伯教授看。韦伯教授是实验物理学家，对实验无法验证的理论物理学研究本来就不感兴趣，加之对爱因斯坦不满，因此把图纸一撇很不客气地说："爱因斯坦先生，你很聪明，简直聪明绝顶。可惜你有个缺点：你不听人教！"然后点点头，走了！

此事的后话是：爱因斯坦后来提出光速不变，并以此为出发点创立狭义相对论，再后来爱丁顿观测日食证明相对论，等于同时证实宇宙中没有以太。今天，已经没有物理学家再谈"以太"了。韦伯教授没想到，这个翘课的学生，对物理学知道得比他还多，因此，他"不听人教"，是合理的。

韦伯不喜欢爱因斯坦，就算特例。可是，数学老师也不喜欢他。

爱因斯坦在阿劳中学时数学很好，但进入大学后他却不再喜欢数学了。入学后他选了九门数学课，却一门儿都没上完：他觉得数学分支太多太细，任何一个细小分支都可以耗尽人的一生，但在理论物理学中探究物理的本质却更能发现大自然那无穷无尽的奥秘。爱因斯坦这个想法让他付出了沉重的代价，很多年后他创建广义相对论时才发现数学是必不可少的工具，于是，他不得不求助于ETH老同学、数学家格罗斯曼。此是后话。总之，在ETH时爱因斯坦确实不重视数学，他的数学也根本不能跟庞加莱和索末菲这些数学大师相比。当时ETH有胡尔维茨和闵可夫斯基等著名数学教授，他们对经常翘课的爱因斯坦印象都不好。闵可夫斯基是德国人，但全校都知道他很讨厌爱因斯坦这个同胞。有天他看见爱因斯坦蓬头垢面从实验室里钻出来，就很直接地对爱因斯坦说："也许你是个聪明人，但你绝对不适合搞物理。为什么你不尝试一下其他工作，比如说医学或法律呢？"

作为一个教授，这是非常过分的话。

此事的后话是：后来闵可夫斯基成为最热心为相对论摇旗呐喊的数学家之一，并因此在欧洲数学江湖扬名立万。有次，一个看热闹不嫌事儿大的记者在记者会上当面踩他的鸡眼说，爱因斯坦可是被他断言为"绝不适合搞物理的人"哦。闵可夫斯基面不改色心不跳地说："他太懒了。至少那时太懒。"后来他在哥廷根做报告时说："爱因斯坦精妙理论的描述在数学方面莫测高深。我这么说，是因为他的数学是在苏黎世从我这儿学的。"其实，有记载证明爱因斯坦从没上过他的课。闵可夫斯基后因阑尾炎去世，年仅四十四岁，弥留之际大叹:"在相对论刚出现的时候就得死,实在不甘心呀!"

因此我们要记住,很少有天才一入校就赢得教授的表扬。或者说,天才总是不招教授喜欢的。能喜欢天才的教授,本身通常得是大天才。天才几乎总是在赢得了整个世界之后才被教授承认的,所以,教授说了什么,真的并不那么重要。重要的是赢得世界。

走自己的路吧,不要管教授说什么。

我不是一个优秀的教授,我从不敢鄙视任何一个看上去不符合学校规范的学生。

因为,他可能是下一个爱因斯坦。

虽然物理数学老师都不喜欢爱因斯坦,但这并不等于说 ETH 人人都不喜欢爱因斯坦。

刚说过的格罗斯曼(Marcel Grossmann 1878-1936)就很喜欢。他是爱因斯坦同班同学。爱因斯坦经常翘课,根本没有课堂笔记,所以一考试就抓瞎——没复习资料哇。幸好格罗斯曼是三好学生,考试不出前三,从不翘课,不仅笔记认真,而且下课后还要重誊一遍,媲美印刷版,所以一到考试他就变成爱因斯坦的救命稻草。除了借笔记,格罗斯曼住在苏黎世湖边的塔尔维尔村,爱因斯坦还经常到他家蹭饭,精神物质双依赖。饱时给一斗,不如饿时给一口,想当年在柴进庄子上,宋江花十两银子便买到打虎英雄武松的心,这事儿在国外也一样。1949 年,已经世界伟人的七十岁爱因斯坦回忆往事时称格罗斯曼为铁杆儿,并高度评价:"他不是我这种流浪汉和离经叛道的怪物,而是浸透瑞士风格同时完全保有内心自主的人。"

爱因斯坦的同桌埃拉特也家住苏黎世,他妈妈很喜欢爱因斯坦。爱因斯坦变成世界伟人后她讲过一个爱因斯坦的段子:有次爱因斯坦来他们家玩儿,当时他感冒了,所以围了条围巾,她怎么看怎么觉得这条围巾别扭。最后一问才知道,这是块儿桌布。这块儿桌布还不是爱因斯坦自己的,而是属于他的房东。房东是个熨衣妇,平常喜欢边听音乐边熨衣。为了跟房东搞好关系,爱因斯坦一见她干活儿就赶紧站到旁边给她拉小提琴,经常因此耽误上课或讨论会,包括在苏黎世"都会"咖啡馆的讨论会。

经常参加这个讨论会的有爱因斯坦、格罗斯曼、埃拉特等。爱因斯坦几乎从不去上物理课,但他在"都会"咖啡馆讨论得最多的却是物理学。看官须知,从牛顿开始,力学就是物理学基础,可到了十九世纪,麦克斯韦的场方程和赫兹的研究严重动摇了牛顿力学的基础,可发一噱的是,这两位物理学家仍然坚持认为牛顿力学是物理学的唯一基础。1895 年伦琴发现 X 射线,随后放射性和电子被发现,对牛顿力学的迷信开始动摇。这阶段爱因斯坦正好在 ETH 上大学。1900 年秋普朗克发现热辐射具有量子结构,彻底动摇牛顿物理学地基,而由奥地利物理学家马赫发起的力学新论直接催生爱因斯坦物理学新思想。爱因斯坦的意大利同学贝索是马赫信徒,他有次手拿马赫的《力学》冲爱因斯坦大喊:"牛顿在他的《自然哲学的数学原理》中说,时间和空间是绝对的。'绝对'就是跟任何事物都没关系。既然空间、时间与任何事物都没关系,你又怎么知道存在空间和时间呢?"爱因斯坦大赞,于是发誓"要把绝对空间和绝对时间从先验论神坛上拉下来,用我们的经验来检验"!1948 年,六十九岁的爱因斯坦致信贝索时仍然亲承马赫对他具有巨大影响。

虽遭 ETH 老师集体鄙视,但爱因斯坦对 ETH 的评价比对慕尼黑路易波尔德学校的评价高多了,因为这里一学期"只有两次考试",此外学生可以为所欲为,而这,正是培养学生独立研究和独立思考能力所必需的学术自由。后来爱迪生批评大学教育毫无用处,爱因斯坦看到后评论说:"教育的价值……不在于学习大量已知事实,而在于训练你的头脑去思考教科书里学不到的东西。"

爱因斯坦这么重视"都会"咖啡馆的讨论并非仅仅出于科学:

参加讨论的还有一位女同学——来自塞尔维亚的马蜜娃（Mileva Maric 1875–1948）。虽然貌不出众，而且长爱因斯坦四岁，但却是欧洲第一批物理女生。生性沉默寡言的马蜜娃热爱物理，因此对爱因斯坦指点江山激扬物理十分入迷，经常能一言不发地听上大半夜。说起物理来滔滔不绝的爱因斯坦当然不久就被这个忠实的听众俘虏，就此陷入"姐弟恋"不能自拔。

爱情很美好，但爱情不能当饭吃，起码不能长期当饭吃。拥有了爱情的爱因斯坦这时吃饭已经非常有问题。他租住的小屋到处都是书，几乎无法插脚。他每天除了上课就是读书，吃饭都到小饭馆凑合，经常三餐不继，因为1896年爱因斯坦刚进ETH大学时他父亲赫尔曼与叔叔雅可布在帕维亚开的工厂倒闭，之后叔叔进入公司打工，他父亲独自在米兰重开一家小厂，两年后再度倒闭。父亲捉襟见肘，爱因斯坦不仅经济上得不到资助，而且无法帮助父亲，让这个长子深觉羞愧，他写信给妹妹玛雅说，父亲财务困窘，他作为成年儿子只能旁观，非常苦恼，"还不如死了好些"。直到父亲找到一份工作，爱因斯坦才停止自责。四年大学，爱因斯坦的生活来源是几个舅父每月给他凑的一百瑞士法郎，而他每个月还要省出二十法郎来交申请瑞士国籍的证件费。

饿过的人最珍惜粮食，穷过的人最喜欢钱。我们中国人一贯把节俭看成美德，就是因为历史上饿死的中国人实在是太多了。

爱因斯坦直到出名，几乎一直穷困潦倒，整天为钱发愁。可无论穷得叮当响，还是最后暴得大名财源滚滚，他很少拿钱当钱。

那么，从ETH这所名牌大学毕业之后，他会挣到钱吗？

见龙在田伯尔尼

1900年，新世纪升起，爱因斯坦如愿以偿在ETH取得师范硕士学位，成绩是：理论物理、物理实验和天文学5分；函数论5.5分；毕业论文4.5分；总分平均4.91分，按满分6分计算，分数其实还不算太差，尤其不要忘了，爱因斯坦童鞋可是从来不记课堂笔记的。当然，这个成绩也不算突出，这一届本专业毕业生总共五人，爱因斯坦名列第四。

第五名是谁呢？

他的爱人马蜜娃。

虽然爱因斯坦学术研究能力不错，分数也不算太烂，但他却没能留校。哪个大学都愿意让优秀生留校，而且，当时他俩的导师是韦伯教授，而韦伯这时正是系主任。最后，这个专业学生一向不多，所以韦伯通常都在物理专业毕业生中选任助教，而当年该专业毕业生只有爱因斯坦与马蜜娃。而且，大家都知道爱因斯坦很想留校当老师。

然而，这一年留校的却是数学专业的格罗斯曼和埃拉特。

同时，马蜜娃还没能跟爱因斯坦一起毕业，被迫推迟一年毕业，而且一年之后经系学术委员会投票，她还是没拿到学位。当时的欧洲虽然已允许女性读大学，却很少给学位，普鲁士的大学直到1908年才开始招收女生，因此，马蜜娃拿到的只是一本结业证书。

马蜜娃对此事耿耿于怀，没齿难忘。

拿到学位的爱因斯坦遭遇跟一百多年后所有北京应届硕士生一样——手头同样拮据，理想同样遥远，前途同样渺茫。他四处向大学求职，却无一例外吃了闭门羹。爱因斯坦虽然已经硕士，但却依然下狗。他像北京所有应届硕士生一样踏上漫长而希望渺茫的求职之路。当时想在瑞士当老师，必须是瑞士人。因此，当了五年无国籍游民并乐在其中的爱因斯坦不得不硬着头皮申请加入瑞士国籍。申请过程漫长，而且手续超级复杂，要填写长长的问卷，提供父母同意入籍声明、出生证明、警察局的品行证明、财务状况证明等一系列文件，然后还要面试。最后，当然，还需要交各种昂贵手续费，花掉爱因斯坦所有的积蓄。1901年2月，经过两年申请，爱因斯坦在面试时回答了关于爷爷奶奶健康状况和品行性格一大堆问题之后，立誓绝不酗酒，终于获得瑞士国籍。爱因斯坦很拿自己的誓言当回事儿。哪怕他最后当了美国人，他也终生拒绝酗酒。瑞士没要求这个新公民入伍，因为入伍体检发现他平足、汗脚和腿部静脉曲张，这在征兵中算"A级不合格"。然而这个挫折却正中爱因斯坦下怀。他被编入预备役。所以，爱因斯坦这个坚定的反战主义者从未服过兵役，他不是因为受了军官和老兵欺压才愤而反战的。而且，他连预备役也不愿参加，最后选择交纳军事税直到四十二岁代替服预备役。爱因斯坦一辈子都在向有关机构写信抗议这个税。

可是，千辛万苦拿到的瑞士护照和瑞士硕士文凭，对二十二岁的爱因斯坦找工作几无帮助。他毕业后第一份工作是当临时工帮苏黎世观象台做计算工作。看官须知，他在大学里最讨厌的就是数学。

所以我老跟学生说，无论你今后是想当大富豪还是想当总理，在学校时一定要好好学德语。因为你不知道将来要靠什么养活自己。如果我们不是爱因斯坦，至少我们得能养活自己，可能还要加上家庭。因为，生活的负担马上压倒爱因斯坦的高傲。1901年7月7日他致信未婚妻马蜜娃时发誓："我的未来规划是必须马上找到工作，无论多么卑微的职业。我的科学目标和骄傲不能阻止我接受最卑微的工作。"他是这么说的，也是这么做的，当听说自己能去温特尔图一所职业技术学校代课两月时，他居然大喜过望地说："我是只快活的小鸟。"看官须知，这只没有路费的"快活的小鸟"得徒步翻过一座高山去打这份临时工，而且每周必须上三十个小时的图形几何。今天的北京，混到这个地步的硕士生，可能也不多吧？因此，不要总是觉得自己很惨。

永远有比你更惨的。

代课结束，ETH老同学哈比希特介绍爱因斯坦去一个小城私立寄宿中学当补习老师。爱因斯坦到任后大力改革教学方法，希望为学生们带来阿劳中学那样的快乐数学课，但很快就被不喜欢快乐数学的校长解雇。这时爱因斯坦听说EHT著名物理化学教授奥斯特瓦尔德那边有个助教出缺，于是他寄上自己的物理作品并说"是您的化学成就激励我写出这篇文章的"。爱因斯坦父亲赫尔曼此时已贫病交加，眼看儿子找不到工作，非常着急又帮不上忙。于是，像天下所有父母一样，他在十天后瞒着爱因斯坦给奥斯特瓦尔德教授写信求情："亲爱的教授：请原谅一个父亲为儿子前来打搅……我儿子目前失业，这让他很难过。他越来越觉得事业失败，无可挽回。而最使他沮丧的是，他感到自己是我们的负担，因为我们的景况不好……"我没查到奥斯特瓦尔德教授的回信。但即使回信，也一定是拒绝，区别只在口气是否委婉。当时ETH教授们对爱因斯坦的看法跟慕尼黑路易波尔德中学的老师一样：爱因斯坦这只下狗，无论干什么，都没有成功的希望。

　　此事的后话是：九年后奥斯特瓦尔德教授和爱因斯坦一起接受日内瓦大学的名誉博士学位。同年，他在全世界第一个提名爱因斯坦为诺贝尔物理学奖候选人。

　　天才总是在赢得了世界之后，才赢得了教授。

　　生活充满坎坷，前途一片黑暗，但爱因斯坦没有自怨自艾。他跟庄子一样穷困而不潦倒，咬着黄连继续说笑话。他在一封信中说："上帝创造驴子，给了它一张厚皮，因此驴的处境比我有利。"他还说："我最后还有一条路：我可以拿着小提琴挨家挨户去演奏，这总能搞几个饭钱吧？"生活虽然穷困，但爱因斯坦这条下狗却拒绝潦倒。支撑他没有潦倒下去的，是物理学。他毕业后一直在研究气体动力学和以太。1900年12月爱因斯坦完成论文《毛细血管现象带来的推论》，1901年3月这篇稿子发表在德国莱比锡著名的《物理学刊》。这杂志原文名为 Annalen der Physik，经常被有些伟大的翻译家望文生义译成《物理学年鉴》，因为"Annalen"这个德语词有个意思是"年鉴"，但实际上人家是月刊。

　　这是爱因斯坦这个《物理学刊》的忠实读者正式发表的第一篇科学论文，当时，他还没有钱订阅这份刊物。虽然爱因斯坦后来自评这篇论文"毫无价值"，但从学术上讲，也是这条下狗的一大进步。不过，这进步并没有改变爱因斯坦的生活窘境。那时的瑞士跟现在的中国一样：没博士学位根本没法在学术界混，因此，爱因斯坦只好一边打工一边开始写博士论文。那时，都拿到硕士学位了，爱因斯坦也不好意思再手心朝上跟几个舅舅要钱，而且一百瑞士法郎现在也不够用了。此时他已与马蜜娃热恋好几年，1902年2月4日，爱因斯坦跟马蜜娃的女儿莉莎（Lieserl）在塞尔维亚伏伊伏丁那省诺维萨德——马蜜娃故乡——出生。按中国传统思想，男女结婚不算家，有了孩子才算家。同学中间我生孩子算晚的，儿子出生时我正好应去国外开会，有个同学就严重警告我说，"娃儿出生的时候不在，要被老婆骂一辈子"。我本来不怕老婆骂，那时我老婆也不大骂我，但考虑到一辈子确实有点儿长，世事难料，于是更改日程，所以儿子出生时我确实人在中日友好医院。十六年之后的今天，我才知道这个同学多么正确！爱因斯坦在这一点上就不如我。因为女儿出生时他不在匈牙利。这只下狗当时在瑞士伯尔尼找工作养家。他确实因此被马蜜娃骂了一辈子。

那么，爱因斯坦为什么要不顾孩子出生去伯尔尼呢？

他找工作。在家靠父母，出门靠朋友。爱因斯坦毕业即失业两年之后，在 ETH 大学留校的老同学格罗斯曼伸出了温暖的手。格罗斯曼跟爱因斯坦一样有父亲，而他父亲比爱因斯坦父亲混得好。格罗斯曼的父亲请位于伯尔尼的瑞士专利局局长海勒（Friedrich Haller, 1844—1936）帮忙，于是，1901 年 12 月 11 日《联邦杂志》上登出专利局征聘启事："诚聘二级工程师，应征者需受过高等教育，精通机械工程或物理学……"条件几乎为爱因斯坦量身定制。当然，爱因斯坦第一时间赶来应聘。海勒拿出几份专利申请书让爱因斯坦提提意见。爱因斯坦根本不懂专利，提的意见当然不怎么样。然后海勒又跟爱因斯坦谈了会儿物理。海勒是工程师出身，对物理并不精通，谈得当然更不怎么样。也就是说，整个招聘过程中俩人其实纯属"鸡跟鸭讲"。不过，面试结束后海勒通知爱因斯坦，他已被录取，只要岗位一有空缺就可以上班。海勒这个注定淹没在历史大海深处的芸芸官吏，因为给了爱因斯坦一个饭碗而让瑞士专利局从此站在了世界专利史的高处。

等待上岗时爱因斯坦准备当家教养家，问题是这条下狗当家教都弄不到饭钱。1902 年爱因斯坦在小报《伯尔尼城纪事报》（*Anzeiger der Stadt Bern*）综合版登家教启示，全文为：

提供数学物理详尽家教
对象：大中学生
老师：阿尔伯特·爱因斯坦
ETH 科技专业师范硕士
正义巷 32 号，二楼
每小时 3 法郎，试听免费

启示登出第二天，第一位顾客上门。他是哲学系罗马尼亚学生索洛文（Maurice Solovine 1875—1958）。爱因斯坦在半明半暗楼道里迎接，索洛文一眼看到爱因斯坦目光如电。他们一见如故，相谈甚欢。谈了几次后有天爱因斯坦对索洛文说："其实您根本不用补啥子物理。咱们讨论物理学更有意思。您有空就来。能与您讨论真是三生有幸。"就这样，索洛文成为爱因斯坦家教职业生涯的唯一一位顾客，他的家教职业刚开张即宣布关张。爱因斯坦没招到学生，却赢得了一生的朋友。后来学数学的哈比希特（Conrad Habicht 1876–1958）加入，"高山流水遇知音"变成"桃园三结义"。这场在宁静的伯尔尼指点物理学江山的热烈讨论诞生了世界科研机构史的佳话：这三个经常通宵达旦激辩的物理青年有天深夜兴之所至宣布成立"奥林匹亚科学院"（Akademie Olympia）。因为讨论通常在爱因斯坦住处进行，所以他被选为该科学院首任、也是唯一的一任院长。

奥林匹亚科学院虽然没薪水，但活动却很频繁。他们共同阅读斯宾诺莎和休谟的哲学，马赫的力学，索福克勒斯、拉辛、狄更斯和塞万提斯的文学，黎曼的数学，亥姆霍兹的物理，而且边读边争，通宵达旦，经常争得没时间出去吃饭，而且他们都是穷学生，也没钱吃大餐，于是就在屋里吃些香肠、面包、奶酪，喝蜂蜜茶，然后接着争。爱因斯坦有次开玩笑说,其实还不如大家一起出门走街串巷拉小提琴要钱,索洛文却引用伊壁鸠鲁名言反驳说:"穷而快乐,人生至乐!"他们经常去爬山,甚至半夜去爬伯尔尼南部的古尔腾山,在那里一直争到天亮,看见太阳跳上阿尔卑斯山,才下山去喝咖啡。

奥林匹亚科学院不仅活动频繁,而且人情味儿也很浓。院长爱因斯坦从没吃过鱼子酱,有次爱因斯坦过生日,索洛文和哈比希特专门买了鱼子酱上门。爱因斯坦一边不停地吃着鱼子酱一边滔滔不绝地大谈物体惯性,讲完后看见索洛文与哈比希特充满询问的眼光,爱因斯坦莫明其妙:"有什么不对吗?"索洛文他们问:"你知道刚才吃的是什么吗?"爱因斯坦回答:"不知道。是什么?"索洛文他们说:"是鱼子酱啊!"爱因斯坦大叫:"什么?是鱼子酱吗?"十分惋惜地沉默一会儿后他说:"以后你们不要请我吃这种山珍海味,反正是浪费!"

还有一次捷克交响乐团来伯尔尼举行音乐会,索洛文建议去听,院长爱因斯坦则建议放弃音乐会继续读休谟哲学。全体同意。可后来索洛文弄到一张票,于是留下爱因斯坦喜欢吃的煮鸡蛋和一张纸条:"亲爱的朋友们,请吃鸡蛋,谨致敬意与歉意!"爱因斯坦和哈比希特准时前来,见索洛文不在,大怒,吃完鸡蛋后在房间里抽了半天烟才走,并留下一张纸条:"亲爱的朋友,请吃浓烟,并致敬意与歉意!"第二天见到索洛文后爱因斯坦大骂索洛文是"蠢货",宣布他被奥林匹亚科学院开除了,然后大家坐下来一起继续读休谟,直到午夜。

半个世纪后(1953年)哈比希特到巴黎看望索洛文,之后他给爱因斯坦写了张明信片:"我们这个举世闻名的科学院今天召开了一次忧伤肃穆的全体会议。虽然你缺席,但我们仍给你保留了席位。我们将永远让它保持温暖,等着、等着、等着你的到来。我这个光荣的科学院前院士，看到那个属于你的空座位，老泪纵横。"爱因斯坦很快回信，他宣布奥林匹亚科学院并未老去，"至少我们这三个成员仍然坚挺不拔，虽然我们有点儿老态龙钟，但科学院的冲天光辉依然照耀着我们孤独的人生道路"。他的署名是："我永远忠于你，热爱你，直到学术生命的最后一刻！现在只是通讯院士的阿尔伯特·爱因斯坦。"

科学院虽然美好，但美好不能当饭吃。好在爱因斯坦还有格罗斯曼这个一生雪中送炭的福星。1902年6月16日爱因斯坦正式被伯尔尼专利局聘为三等专家，负责检查申请专利的电子器件，年薪三千五百法郎，是大学助教薪水的两倍，试用期两年。爱因斯坦原来应聘的职位是二级工程师，结果被降了三级，但他毕竟有了碗饭吃。爱因斯坦的名言"对人来说，关键不在于吃什么，而在于想什么"（Es ist wensentlich, wie der Mensch denkt, und nicht wie er lebt）即出于这个时期。爱因斯坦终身感念格罗斯曼。三十四年后格罗斯曼去世，爱因斯坦致信悼念时说，大学毕业时他"突然被所有人抛弃，面对人生一筹莫展。是他帮助了我，通过他和他父亲我才进了海勒的专利局。这有点像救命之恩。没有他我大概也不至于饿死，但肯定会变得十分颓唐"。

专利局职员是公务员，终生铁饭碗，而专利局所在的伯尔尼也是个超级宁静安稳的城市。伯尔尼德文为"Bern"，意为"熊城"，相传建城的泽灵根公爵（Zöhringen）贝特霍尔德五世（Berthold V）在城市落成后出城打猎，行前宣布用打到的第一头动物为城市命名。结果他打到一头熊。伯尔尼有八百多年历史，1848年从苏黎世那里抢到瑞士首都的头衔。它位于瑞士中西部，仅次于苏黎世和日内瓦，是瑞士第三大城，全城遍布喷泉和世界著名的拱廊街，其旧城区是联合国教科文组织核定的世界遗产。很多人都知道瑞士是钟表王国，却不知道瑞士哪座城市是"世界表都"。世界表都，正是伯尔尼。此外，万国邮政联盟、国际铁路运输总局等都在伯尔尼，革命导师恩格斯与列宁都曾在伯尔尼居住。

爱因斯坦在伯尔尼当了公务员，是为了吃饭，吃饭是为了活着。可他活着是为什么呢？

为了物理。

爱因斯坦每天步行到专利局四楼那间狭长的86号办公室上班。瑞士专利局配的都是长腿座椅，专利审查员都把座椅往后一仰，双腿翘到桌上审查图纸。爱因斯坦却从家里带来锯子把椅腿锯掉一截，坐在那里整个身子都趴到桌上的图纸堆中全神贯注地审查，经常一天的工作半天就完成了。

剩下的时间干吗呢？

研究物理。

这算上班时间干私活儿，因此爱因斯坦小心翼翼，绝不让局长海勒看见。很多文章都很惋惜未来的科学大师把时间浪费在专利局，但爱因斯坦自己却觉得毕业没马上进大学反而有好处，他晚年时写道："学院生活会迫使年轻人去写大量科学论文——其结果是趋于浅薄，这个压力只有那些意志坚强的人方能顶得住。"虽然热爱物理，但爱因斯坦对专利局的工作也很尽力，爱因斯坦辞职离开后专利局还常常请教他专利问题，而他也乐此不疲地回答。晚年他经常担任专利顾问，还为自己申请发明专利。今天瑞士最著名的巧克力——瑞士三角牛奶巧克力（Toblerone）是世界上第一例申请专利的牛奶杏仁蜂蜜巧克力。这种巧克力的专利1906年在伯尔尼专利局通过，当时爱因斯坦正在专利局工作。虽然他的专业跟巧克力不相干，因此跟这个专利应当没关系，但作为专利局职员，他肯定也亲口品尝过厂家送来的样品。爱因斯坦一生热爱甜食，可能是伯尔尼专利局的责任。

去专利局上班之前，1902年初，爱因斯坦利用业余时间写的博士论文被ETH大学博士导师韦伯批得体无完肤，惨遭退货！看官须知，当时欧洲是精英教育，学生水平都很高，博士论文被退货并不常见。爱因斯坦遭此打击，跟韦伯关系也弄得很僵，一度心灰意懒。1903年3月他在给朋友贝索的信中宣布放弃争取博士学位，因为"博士学位没什么用，我对这场闹剧已烦透了"。可是，他仍然想进入大学工作，而要进大学教书，就得有博士头衔。因此，痛定思痛，到专利局上班后，爱因斯坦在伯尔尼克拉姆胡同49号租了一套房，同时到苏黎世大学注册攻读博士，业余时间继续修改博士论文。

另外一件事是，到伯尔尼之前爱因斯坦就想跟马蜜娃结婚，但遭到父母反对，爱因斯坦为此还跟母亲搞得很不愉快。他妈一直不喜欢马蜜娃，爱因斯坦最后跟马蜜娃离婚，显然也有马蜜娃对此事一直耿耿于怀的因素。但1902年爱因斯坦父亲赫尔曼心脏病发作，爱因斯坦赶回米兰看望，10月10日赫尔曼在米兰去世，临终前这位父亲同意了儿子的婚事，继承父亲遗志的爱因斯坦三个月后迎娶马蜜娃。一年多后爱因斯坦长子汉斯出生，同时，他的试用期结束，被瑞士专利局录用为正式职员。

未来人类最伟大的科学领袖正在为生活颠沛流离，他在伯尔尼总共搬了七次家，这种痛绝大部分大学毕业生一定感同身受，可世界物理学界也因为寻找以太失败乱成一团麻。几年前伦琴发现X射线，证明物质内部有更基本的结构，随即普朗克于1900年提出量子理论，预告物理学将迎来翻天覆地的变化。

翻天的那个人注定是爱因斯坦，可此时爱因斯坦还不是大学教师，因此根本没机会参加国际研讨会，连苏黎世大学的学术讨论都很少邀请他参加。他就是一个业余物理学爱好青年，跟物理学界的交流限于阅读物理书刊。1904年的某天，爱因斯坦翻开牛顿的《自然科学的哲学原理》，赫然读到牛顿在这本二百一十七年前出版的物理学巨著中斩钉截铁地写道："绝对空间就其本性来说与外界任何事物毫无关系，它永远是同一的、不动的，"而且"在运动系和静止系坐标变换时，很显然，时间是不变的"。

牛顿的意思是：宇宙的空间和时间是绝对不变的。

当时西方科学对时间和空间的全部认识，就是牛顿这句话。但是，业余物理青年爱因斯坦居然怀疑牛大师的这句话！而且他不仅怀疑，他还要写文章来质疑！

据说爱因斯坦质疑牛顿的最初动力并非来自他的大脑，而是来自他的屁股。

话说有次爱因斯坦爬上墙挂画儿，一不小心摔了下来，跌得七荤八素。咱们摔跤之后都是喊痛，顶多骂老婆打孩子踢狗，但爱因斯坦却在落地前想到一个问题："为什么人总是笔直地摔下来呢？"他落地后得到的答案是："物体总是沿着阻力最小的路线运动"。于是。他不顾剧痛的屁股一瘸一拐走到桌前用铅笔记下了这个灵感。

那么，爱因斯坦与牛顿这一战，会在物理江湖掀起怎样的血雨腥风呢？

横空出世奇迹年

爱因斯坦传奇前奏说了这么长,终于说到 1905 年。

在爱因斯坦这部人类第一传奇中,1905 年、1919 年和 1922 年是最重要的三个年份。

先说 1905 年。

1905 年是一个伟大的年份,不是对拉菲葡萄酒而言,而是对人类历史而言。这一年世界上发生了很多事情。与中国人有关的我想说两件。其一,1905 年 3 月日军在大连大败俄军。这场令无数中国平民死于非命、无数中国妇女惨遭蹂躏的无耻战争在中国领土上进行,而伟大的清王朝居然声称"彼此均系友邦",宣布对这场由两个外国在中国领土上进行的残酷战争"中立"!中国人读史至此,只剩下气得俩眼儿发黑。最后日军在对马海峡大败俄罗斯海军,清朝君主立宪派竟然大喜,从中找到了支持改革的论据,口口声声曰:"以小克大,以亚挫欧,赫然违历史之公例,如果不用立宪来解释,实在无法解释啊!(非以立宪不立宪之义解释之,殆为无因之果。)"等于就是说,两个流氓在他家打架,把他家烧了,把他老婆睡了,把他孩子杀了，狗呀猫呀也煮来吃了，他宣布"中立"还很有理，因为最后胜利者是他！我不是全盘否定清末立宪派。我是否定他们这种虚弱的精神。立宪派在中国不成气候，跟他们这帮人从头儿面对西方就膝盖发软有直接关系。孙中山就比他们硬。同年8月20日中国同盟会在日本东京成立，宣布"驱除鞑虏，恢复中华，建立民国，平均地权"。同盟会这时在东京，脚底下一寸中国土地都没有，孙中山就被推为总理，要来分地主老财的田地了。清朝那些大官儿们，简直把肚皮都笑痛啦。

六年之后，清王朝覆灭！

比君主立宪派那几爷子强吧？

其二，1905年9月，清廷重臣张之洞、袁世凯和端方等联名上奏要求停开科举，他们警告说："科举不停，学校不广，士心既莫能坚定，民智复无由大开，求其进化日新也难矣。"清廷被迫于当月宣布次年起废除科举，一千两百多年来套牢中国知识分子的最大熊市终于解套，中国知识分子终于获得了摆脱仆人身份、独立于威权的机会。

他们有没有抓住这个机会，咱们大家都知道。

以如此波澜壮阔的世界为背景，人类科学史上至今为止最伟大的革命却发生在离中国很远的瑞士伯尔尼。阳春三月，二十六岁的爱因斯坦走在伯尔尼了无人迹的街道。天空照例阴霾，街道照例宁静，四周山野也照例湿润青绿。地球上四处燃烧熊熊革命烈火，但伯尔尼的景色依然像一百年来那样春水瑟瑟，踏雪无痕。爱因斯坦轻快地走着，悄无声息，两眼发直，目中无路。

满眼的好高骛远！

后来，他一辈子走路都两眼发直，目中无路，且目中无人。因为，他一直走在我们根本看不到的宇宙深处。

爱因斯坦出门不是去参加革命。他是去给德国莱比锡的《物理学刊》投稿。《物理学刊》是德意志物理学会（DPG，Deutsche Physikalische Gesellschaft）机关刊物。这个业余物理学青年觉得他们才有资格判断他的论文，爱因斯坦这一年五篇科学论文，都是以打印稿提交《物理学刊》的。

爱因斯坦并不是去参加革命的，可是他却发动了革命。他投出的稿件变成了物理学史上最为波澜壮阔的革命。投稿可以变成革命，这件事是从爱因斯坦开始的。

并非阶级革命，而是科学革命。

这篇论文完成于 1905 年 3 月 17 日，标题是《关于光的产生和转化的一个启发性观点》(Über einen die Erzeugung und Verwandlung des Lichtes betreffenden heuristischen Gesichtspunkt)，1905 年 6 月 9 日《物理学刊》发表。爱因斯坦并不知道，负责物理理论的责任编辑普朗克对他的文章非常欣赏。爱因斯坦连大学老师都不是，是个如假包换的物理青年，《物理学刊》发表这篇文章，算是给爱因斯坦一个天大的面子。今天，这篇文章是《物理学刊》发刊以来最成功的文章之一，它把普朗克 1900 年提出的"量子"概念推广到光的传播，提出"光量子"（光子）假说，完满解释困扰物理学家二十多年的光电效应现象，为量子力学发轫。论文提出的光电效应成为众多现代技术的理论基础，包括今天普遍运用的激光。其实普朗克已经差不多发现"光量子"了，但他不愿打倒牛顿力学。爱因斯坦目无牛顿，所以，最后光量子归功于他。光量子假说在物理学上有划时代的意义，它第一次证明光既是微粒又是波，一统惠更斯与牛顿彼此对立的光学理论。即使没有相对论，单凭光量子，爱因斯坦仍然可称历史上最伟大的物理学家之一。十年后"光量子"假设被美国物理学家密立根（Robert Andrews Millikan 1868–1953）实验证实。

十六年后，爱因斯坦因这个理论获诺贝尔物理奖。

第一篇论文发表之前,爱因斯坦已于1905年4月30日写完第二篇论文《分子大小的新测定》(Eine neue Bestimmung der Moleküldimensionen)。他写这篇论文不是想成为人类历史上最伟大的物理学家,而是想当博士。7月20日爱因斯坦将这篇十七页论文作为博士论文提交苏黎世大学。其实他首先提交的是奠定相对论理论基础的奇迹年第四篇论文"论运动物体的电动力学",但被苏黎世大学拒绝,因为导师们都看不懂,所以他才再次提交了"分子大小的新测定"。苏黎世大学不是枪毙爱因斯坦第一次博士论文的那个同样位于苏黎世的联邦理工高校(ETH),它比ETH宽容得多。爱因斯坦这时的博士论文导师也换成了克莱纳教授。在女儿莉莎出生后,爱因斯坦曾突然要求撤回论文,因为他在论文中批评了统计力学创始人之一波尔兹曼的理论,克莱纳对此略有保留。但此时克莱纳改变态度,不再要求爱因斯坦修改论文,爱因斯坦也得以脱身前往伯尔尼。爱因斯坦对克莱纳教授突然开恩很高兴,对朋友说:"教授没有我想得那么愚蠢。"

导师委员会对"分子大小的新测定"评价很高,认为它见解深刻。克莱纳教授也强调爱因斯坦有很强的处理科学问题的能力,但却再次退货,不是因为质量,而是因为论文格式有误,还有一些笔误。最主要的原因非常搞笑,他们认为十七页作为博士论文太短了,实在说不过去。当然,这个意见也并非鸡蛋里头挑骨头。看官须知,无论中国还是德国,现在博士论文动辄就是几百页。于是,作为妥协,爱因斯坦又勉强加了几页废话,最后这篇二十一页的论文于7月底被苏黎世大学接受,8月15日爱因斯坦将这篇文章寄给《物理学刊》,并最终发表在该刊1906年第2期上。1906年1月15日,论文还没发表,爱因斯坦凭它在苏黎世大学获得博士学位。

当时而言,这要算苏黎世大学给爱因斯坦一个天大面子。

现在而言，这要算爱因斯坦给苏黎世大学一个天大面子。

看官须知，进入二十一世纪，我们这些教授的业绩怎么计算呢？

第一个看你发表了多少篇科研论文。

第二个看你发表在什么等级的学术杂志上。

第三个看你的论文发表后有多少人引用。最关键的是引用率。如果你发在很烂的学术杂志上，却被引用很多，更证明论文水平高，更有科学价值。

爱因斯坦这篇论文发表于当时顶级物理学杂志，至今仍为全世界物理学论文引用率冠军，比他的狭义相对论和广义相对论高出四倍，比他获得诺贝尔奖的光量子论文高出八倍！顺便说一句，截止1979年，排在物理学世界引用清单前十一篇的"经典论文"中，有四篇属于爱因斯坦，其余七篇分属七名不同的作者。

这篇世界物理学论文引用率冠军的论文。爱因斯坦题献给格罗斯曼。

目中无人的犹太物理青年爱因斯坦并不知道他已经发表了世界物理学引用率冠军，他继续静静在伯尔尼街道上走着，他手中的稿件不断寄向远方的《物理学刊》。1905年5月11日寄出的是第三篇文章，这篇文章灵感来自他5月与意大利好友贝索（Michele Angelo Besso，1873–1955）的一次茶聚。贝索与爱因斯坦1903年在苏黎世ETH朋友家庭音乐会一见如故，后来也参加过奥林匹亚科学院的讨论。爱因斯坦不仅赞赏贝索的知识广博，而且非常喜欢贝索这个人，后来甚至把自己初恋女友玛丽·温使用望特勒的姐姐安娜·温特勒介绍给贝索，而且配对成功，不久后他俩就成婚。更重要的是，爱因斯坦唯一的妹妹玛雅也嫁给了温特勒老师的儿子，所以，通过温特勒一家，贝索和爱因斯坦变成了朋友加亲戚。爱因斯坦也很对得起这个亲戚。1904年9月他在瑞士专利局试用期满，成为正式公务员，年薪由三千五百升至三千九百瑞士法郎，超过初级教授。此时专利局有个职位出缺，位置和薪水都比三级技术专家高很多，爱因斯坦自己没去争取，却通知贝索应聘，贝索果然从十三个竞争者中脱颖而出，之后举家迁往苏黎世。他太太玛丽跟爱因斯坦太太马蜜娃十分要好，让他们的友谊铁上加钢。对于爱因斯坦在人生关键时刻的鼎力相助，贝索终生难忘。投桃报李，在物理讨论中，贝索也给了爱因斯坦巨额回报，被爱因斯坦赞为欧洲第一的"新思想共振器"。狭义相对论也有贝索一份功劳，因此在奇迹年第四篇论文"论运动物体的电动力学"结尾爱因斯坦专门注明："最后声明，在这个研究中我得到了好友与同事贝索的热情帮助，我要特别感谢他那些价值连城的建议。"

贝索遂成相对论最热心的宣传者之一。

第三篇论文《关于热的分子运动论所要求的静止液体中悬浮小粒子的运动》(*Über die von der molekularkinetischen Theorie der Wärme geforderte Bewegung von in ruhenden Flüssigkeiten suspendierten Teilchen*) 7月18日发表在《物理学刊》，被公认为第二篇"对世界产生革命性影响"的科学论文。

为什么？

因为它让世界承认了原子。咱们现在都知道世界万物由原子构成，但实际上直到二十世纪初，绝大多数科学家根本不承认世界存在原子。你一说原子，他们就会问，原子在哪儿？有多少个？当时如日中天的马赫和奥斯特瓦尔德就完全否认原子。在这篇论文中爱因斯坦通过实验中获取的蔗糖溶液的黏滞性与扩散率进行计算（物质溶解到水中之后黏度增大，测定起来更方便），测出糖分子直径是一微米，最后算出一克物体中原子数大约为 2×10^{23} 个。

此即今天常用的阿伏加德罗常数 NA。

爱因斯坦是通过计算原子的移动算出原子数量的。

原子还能移动？

确实，原子会移动。问题是，原子动了跟没动差不多。

此话怎讲？

举个例子，我们向上扔硬币，硬币掉地上，正面朝下您就向左一步，正面朝上您就向右一步。正常情况下，无论怎么扔，您向左和向右的次数差不多，也就是说，扔过一定次数之后，您通常还站在原地附近。这与原子移动很像，无论原子怎么移动，平均而言，它基本上待在原地没动。

原子虽然没动，但世界却被爱因斯坦推动了，因为他的这篇论文创立了支配"布朗运动"的数学定律。

好嘛，那啥子又是"布朗运动"？

十九世纪初苏格兰植物学家布朗（Robert Brown 1773–1858）在实验中用显微镜观察水中的花粉，发现它们总是不断沿"之"字形在水中不规则运动，此即"布朗运动"。花粉越小，水温越高，运动就越剧烈，越不规则。1828年他在伦敦发表论文《简述植物花粉粒子以及有机和无机体中普遍存在的活动分子的显微镜观察，于1827年6、7、8三个月进行》，引起科学界热烈讨论，大家百思不得其解，有些生物学家只好宣布这些花粉有生命，又有人认为这源于电流作用，还有人认为花粉是雄性生殖器的延伸，这种运动等于性交……云云。

其实都不是。

正确答案来自爱因斯坦的这篇论文：是随机移动的水分子撞击了花粉分子，所以花粉的运动也是随机的。爱因斯坦通过观测分子运动导致的花粉无规则运动测定分子大小，从而证实原子存在，一锤定音解决五十多年来科学界和哲学界关于原子是否存在的争论。三年后法国物理学家佩兰（Jean Baptiste Perrin 1870 – 1942）在实验中使用东南亚树脂"藤黄胶脂"和乳香黄连木树脂"乳香"粉末放入离心机，分离出比花粉还小的微粒，然后连续几小时在显微镜下观察它们在水中的运动，再度证实爱因斯坦答案，并因此在爱因斯坦获诺贝尔奖后五年（1926年）也获诺贝尔物理奖。佩兰的实验最后让坚决否认原子存在的德国化学家奥斯特瓦尔德（Wilhelm Ostwald 1853-1932）不得不于1908年承认"原子假说已成为一种基础牢固的科学理论"。看官明鉴，这个奥斯特瓦尔德就是当年收到爱因斯坦父亲求情信却没有伸手帮爱因斯坦找工作的那位教授。爱因斯坦这个成果是对现代统计力学的重大贡献，第一届诺贝尔物理奖得主、德国物理学家威廉·C.伦琴专门致信爱因斯坦祝贺。这篇论文与奇迹年第一篇论文一起让爱因斯坦成为统计物理学奠基人，其方法至今还用于模拟空气污染物的飘动或股票市场涨落走势。

爱因斯坦于1905年6月30日完成的奇迹年第四篇论文，名字非常物理学：《论运动物体的电动力学》（*Zur Elektrodynamik bewegter Körper*），其灵感是爱因斯坦5月一个清晨醒来躺在床上时突然出现在他脑海中的，但其酝酿用了整整十年。这篇三十三页论文9月26日在《物理学刊》发表。

每一个了解物理学历史的人都知道，这是一篇真正翻天覆地的雄文。

因为，它标志着狭义相对论的诞生。

这篇文章写作只花了五六周时间，整篇文章无脚注，因为它的每个字都前无古人，整篇文章无参考文献，因为它完全是爱因斯坦天才的结晶，没有得到哪位先贤的直接启发。文章中引用的名字只有麦克斯韦、赫兹和洛伦兹。

并没有牛顿。因为，它通篇反牛顿。

据说地球上只有十二个人真正懂相对论。这十二个里面肯定不包括我这个搞语言学的。但讲爱因斯坦躲不过相对论，所以我这个业余爱因斯坦爱好者就麻起胆子来给讲一下我理解的科普版加简化版相对论。先从十九世纪的物理学发展说起。

1864 年，英国理论物理学家麦克斯韦（James Clerk Maxwell 1831–1879）用电磁理论完美统一电与磁，并用四个电磁公式论证"光是一种恒速运动的电磁波"。麦克斯韦这个正确预测让物理学顿时陷入大混乱。

麦克斯韦的论证，有什么问题么？

举个例子来说明。你坐在每小时三十公里前进的汽车上，另一辆汽车以每小时五十五公里的速度超过你。对于你而言，后面这辆车是以每小时二十五公里的相对速度超过你的车。这事儿在牛顿那儿很好解释，牛顿认为相对速度是两个速度之差，即：55 − 30 = 25。

这个不是问题。问题在下面。

如果那天正好有雾霾，后面这辆车看不见道，打开车灯，问题就来了。假定光速相对于坐在前面车上的你来说为 c，那么，按照牛顿的运动定律，后面那辆车射出的灯光，其速度应为 55 + c − 30 = c + 25。

可是，在这种情况下，只有当光速是无限时，光速 c 才可能等于 c + 25。

也就是说，麦克斯韦说"光是恒速运动的电磁波"，不对！

麦克斯韦和牛顿，他俩只能有一个是对的。而实验已经证明麦克斯韦确实对。

可是，人家牛顿已经对了二百五十多年啦。而且全欧洲教授端的都是牛顿的饭碗！因此，绝大部分物理学家都选择站在牛顿那边儿。与众不同，爱因斯坦认为麦克斯韦是对的。就是说，他认为光速是恒定的。错的是牛顿。

那时，在物理界说牛顿不对，相当于林肯在1863年元旦颁布《解放黑奴宣言》一样。

翻天覆地！

因此，爱因斯坦寄出的虽然是稿件，但确实造成了革命。

麦克斯韦这个问题，核心是测量光的速度。测量光速这事儿不是从麦克斯韦或爱因斯坦开始的。已经开始好几百年了。此前科学家已经知道音波速度可以计算。我们走到深山，冲着山峰大骂抢走初恋情人的仇人，声音会反弹回来，这就是回声。如果我们知道所站的地方到山峰的直线距离，再加上喊出声音到听到回声的时间，我们就能算出音波速度是多少。

测量光速的道理跟这个相似。1638年意大利科学家伽利略出版《两门新科学的对话》，其中提到测量光速实验：两个人远远对面站着，每人拿着布遮的灯笼，一个人先拿开灯笼上的布，对面的人看见光之后也拿开灯笼上的布。与测量回声的道理一样，这样就能算出光的速度。遗憾的是，伽利略的书只是提到这个实验，并没有记录测量出的光速是多少。

第一个真正从科学上测量光速的是丹麦科学家罗默（Olaus Roemer 1644–1710）。他1675年观测木星卫星的运行周期，第一次木卫1的运行周期是42.5小时，六个月后地球处于另外一个位置时，木卫蚀发生的时间向后推迟了一千秒。罗默能找到的唯一解释是：这一千秒正好等于木卫1的光穿过地球轨道直径这段多出来的距离时所用的时间。但十七世纪时我们认为地球轨道直径是2.76亿公里（正确值三亿公里），按此数值，罗默得出的光速只有每秒27.6万公里，明显偏小。

不过，这毕竟是人类第一次科学地计算光的速度。

1669年，法国天文学家皮卡德（Jean-Félix Picard 1620–1682）通过对地球经度的测量算出正确的地球直径。之后不久法国主导的圭亚那探测帮助天文学家算出地球与太阳之间的距离。有了这三个数值，终于可以客观计算光速了。1690 年荷兰科学家惠更斯（Christiaan Huygens 1629—1695）在专著《论光线》中算出光速约为每秒钟十三万英里（约二十万公里），偏差大于罗默的计算结果，然而，这却是向正确的方向迈出的一步。

1728 年，英国天文学家布莱德利（James Bradley 1693-1762）使用望远镜法按照"光行差"重新算出光速。这个方法很专业，大致说起来相当于冯教授在雨中奔跑，雨点打中冯教授脑袋的角度取决于冯教授跑的速度和雨点的下落速度。布莱德利算出光速为每秒 31.29 万公里，虽然同样不精确，但它有一点很精确：它证实光速不是无限的。

1849 年，法国物理学家菲佐（Armand Hipplyte Louis Fizeau 1819-1896）首次用齿轮法算出光速。他将发出的光射到八公里外的镜子上再返回，当光走完这段往返路程（十六公里）时，利用一个齿轮，就可以计算出光速。菲佐得出的光速是每秒 313,111 公里，超过正确值约百分之五。

真正测定光速的人，是出生于普鲁士波兹南省小镇施泽诺（Strzelno，现属波兰）的迈克尔森（Albert Abraban Michelson 1852-1931）。他 1881 年在柏林波茨坦拿过德国的亥姆霍兹奖学金，后来入籍美国。他 1878 年改进福科（Foucault）1850 年使用的旋转镜法。这个方法在原理上类似菲佐的齿轮法，使用一个装有数个反射镜的滚筒将光切成不连续的光段，然后传到三十五公里之外的镜子，光返回后，滚筒上一个镜子换为另一个镜子所用的时间就等于光往返三十五公里（七十公里）所用的时间。这次测量因为仪器不精密，结果广受质疑。1924-1926 年，已入籍美国的迈克尔森在加利福尼亚山间进行了更精确的测量。他把八个面、十二个面和十六个面的旋转镜安装在威尔逊山上，远处的反射镜则安排在三十五公里之外的圣安东尼奥山上。为保证测量精度,美国海岸与国土测量局专门为迈克尔森测量了这段距离,其误差小于五厘米,因此这次实验的结果误差不超过百分之一。迈克尔森这个精益求精的科学家为测量光速整整花了半个世纪,耗尽心血,在最后一次测试时中风去世,以生命践行"死而后已"。他测定的光速是每秒 299,796(±4) 公里。此即我们现在通用的光速。迈克尔森 1907 年获得诺贝尔奖,是第一个获得诺贝尔奖的美国人。因此,我们总说光速每秒三十万公里,其实这只是一个大约数,并不精确,还差着二百来公里呢。光速的计算跟寻找以太的努力有关。迈克尔森这个实验,判了以太死刑。

"以太"英语是"aether"或"ether",希腊文中意为"青天"或"最上层大气",古希腊圣哲亚里士多德认为以太是构成世界的五大元素之一。十七世纪时法国哲学家笛卡尔把这个概念引入科学,说它是物体相互传递作用力的介质。两百年后,十九世纪的科学家发现光其实也是一种波。可是,波在传播时都要借助一种别的东西,物理学称为"介质",例如声波传播的介质是空气,水波传播的介质是水。如果没有空气,声波无法传播,咱们啥都听不见,看电影就统统是默片。这么一来,问题就产生了:我们能看见几亿光年外的星星发出的光,但宇宙是真空,既无空气也无水,星光在宇宙中传播,介质是啥子呢?

惠更斯认为传递光波的介质是以太。他说以太没有质量(就是莫得重量),绝对静止,因此我们看不见以太,也感觉不到以太,但宇宙其实就是充满以太的大海,地球和太阳这些星球相当于"泡"在以太大海中的船。而宇宙中的光就依靠以太传播。后来英国实验物理学家法拉第发现电磁场,接着英国物理学家麦克斯韦提出电磁学基本方程组,证明电场与磁场互相激发就形成连续的电磁振荡,此即电磁波。麦克斯韦还证明电磁波在真空中传播的速度是每秒三十万公里。最后,他证明光波就是电磁波的一种。

于是，以太不仅应当是光波传递的介质，也应当是电磁波传递的介质。经过惠更斯与法拉第的研究，到十九世纪末，以太理论盛极一时，全世界公论宇宙中充满以太。论断斩钉截铁，证据呢？大家费了半天劲儿，到十九世纪末，仍然没有物理学家找到以太存在的证据。看官须知，地球以每秒三十公里速度在宇宙中飞驰，如果地球周围都是"以太"，那我们肯定能感到"以太"掠过形成的风，就像开车时打开车窗就会感到风刮在脸上一样。因此，当时大家都在疯狂寻找"以太风"。

最后把"以太"送进坟墓的就是迈克尔森。1881年他在柏林洪堡大学的亥姆霍茨实验室制成迈克尔森干涉仪进行物理学史上著名的"以太漂移实验"，这仪器对环境要求之高达到做实验时外面道路上不能有马车通过，但仍因精度不够实验失败。1884年他与化学家莫雷（Edward Williams Morley 1838-1923）合作，仍然没有测到"以太风"。1887年他们改进仪器，光路增加到十一米，能够测出理论值最小的"以太风"，但花了整整五天，这次在美国克利夫兰进行的实验仍然没有找到"以太"。"迈克尔森－莫雷实验"是物理学史上最著名的实验之一，也是证实相对论的基本实验，它彻底否定"以太"存在。

有意思的是，迈克尔森名字也叫"阿尔伯特"。对这个同名人，爱因斯坦相当推崇。1930年爱因斯坦第二次访问美国时，那时美国最著名的物理学家米离堪在加州理工大学召开两百人宴会给爱因斯坦洗尘，年已七十五岁，身患重病的迈克尔森出席。爱因斯坦在致辞特别向他致敬说："当我还是三尺幼童时，您就引导物理学家走上了新的道路。"

爱因斯坦不是过誉，迈克尔森这个实验让全世界物理大腕儿接近崩溃：他们必须相信地球是完全静止的；否则，就得承认"以太"并不存在。地球显然不是静止的。"迈克尔森－莫雷实验"的结果与热辐射中的"紫外灾难"一起让全世界物理学大腕儿如坐针毡：这俩问题不解决，物理学就面临全面崩溃。因此，当时他们把这两个问题称为"科学史上两朵小小的乌云"。

很快，爱因斯坦拨开乌云见太阳。

全新的物理学诞生了。

爱因斯坦之所以被称为人类至今为止最伟大的物理学家，就是因为他解决了这两个问题。他证明光速是恒定的每秒三十万公里，不需通过任何介质，也就是说，爱因斯坦的新理论是"无以太物理学"，而光是独立的物质存在。在当时的物理学界，这是惊天动地的大革命。否定"以太"，是爱因斯坦天才性的破坏，也是物理学中最具建设性的破坏。爱因斯坦第二天兴高采烈地写信告诉贝索："我已彻底解决了这个问题，方法是分析时间概念。时间是无法绝对定义的，它与光信号速度之间存在不可分割的联系。"他后来说，写作这篇论文时，他心中的快乐"无以言表"。其实，爱因斯坦本来想解决的问题，是他从中学开始思考的问题：如果冯教授骑着一道光线去追前面的一道光线，他会看见什么？按麦克斯韦理论，光速不变，就是说冯教授看到的还是一道以光速前进的光线。可根据牛顿力学的速度相加定理，不同惯性系光速不同，冯教授看见的应当是停在原地来回跳的电磁波。在这篇论文中爱因斯坦没指明他汲取了哪位先贤的理论。1921年爱因斯坦访问美国时说道："伽利略、牛顿、麦克斯韦和洛伦兹四个人奠定了我所构建的相对论的物理学基础。"

Well，到底冯教授看见的是什么呢？

这就跟迈克尔森用生命换来的光速有关系了。

举个现代例子：对站在铁道旁的人来说，以每秒二十米速度前进的火车发出的灯光和以光速飞行的宇宙飞船发出的灯光，其速度是一样的，都是每秒三十万公里，就是说，火车发出的灯光不是三十万公里加二十米。

再举个例子：如果一架透明飞机从我们眼前飞过，站在地球上的我们会先看见机头的空姐打了一个非礼她的老板一耳光，然后才看见机尾的教授满意地喝了口红酒。可您如果去问飞机上的乘客，他们都会说，空姐打老板耳光的"同时"教授喝了口红酒。

要解决"以太"的问题，就先得解决光速的问题。在这第四篇论文中，爱因斯坦对此有两个答案：第一，我们无法确定相对静止的物体到底是静止的还是在匀速运动，因此，并不存在绝对静止的空间。一切静止都是相对的。第二，光在真空中的速度永远不变而且不可超越，它与光源的速度无关。世界物理学被爱因斯坦这两句话彻底搞乱了，"光速不变"彻底摧毁了牛顿的绝对时空观。爱因斯坦这两个假设告诉我们，我们人类坚信了几千年的"同时"，其实并不是"绝对的"，而是"相对的"。

当时这个问题是世界物理学界的热点，大家都在思考，并不是只有爱因斯坦一个人关心。实际上法国数学家庞加莱（Jules Henri Poincaré 1854–1912）早于1897年就写出《空间的相对性》。但显然他们互相都没有注意到对方。爱因斯坦也不是第一位质疑"时间"的人。欧洲中世纪神学三大师之一圣·奥古斯丁就问过"时间是什么？如果没有人问我时，我知道它"。在《力学》中马赫指出绝对时间在任何地方都是不可测量的，所以也就没有实际意义和科学价值。时间本身并没有时间。庞加莱在《科学假说》不仅反对"绝对时间"，同时也反对不同地方的即时性，因此他已经非常接近相对论思想。爱因斯坦逝世前两个月写的文章中说，假如他在1905年没能完成狭义相对论，其他人也会很快发现它。他指的很可能就是庞加莱。

相对性的研究不是从爱因斯坦开始的，是从伽利略开始的。但伽利略只讨论了相对性，并没有用它研究时间和空间。牛顿力学也包括相对性原理，即所有运动中的事物都是相对的。可牛顿却根据这个原理发展出了绝对时间和绝对空间。后来普朗克提出"相对的理论"，布霍勒等人给修改成"相对论"，而爱因斯坦很长时间都称之为"相对性原理"，直到1911年他才停止这场无效的对抗，开始使用"相对论"这个名字。

名字其实相对不重要，重要的是爱因斯坦大大扩展了相对性，他把相对性运用于时间和空间，结果就是翻天覆地的物理学革命：原来，时间、空间和物体运动的速度密不可分，所有惯性系都有自己的时间，不同惯性系有各自不同的时间。后来，爱因斯坦的数学老师闵可夫斯基形象地用一句话证明了时间作为长、宽、高之外的空间第四维地位，"从此，单独的空间和单独的时间都消失了，只有把它们两个紧密结合在一起，才能保持各自的自由"。

时间不是绝对的，猛一说很不好接受。难道地球上的一秒，不等于宇宙中的一秒吗？

有时候真不等于。

举个例子：对于北京人来说，北京的白天和黑夜是不是绝对的？

是。

地球上的白天和黑夜是不是绝对的？

很容易跟着回答"是"。

其实不一定。回答这个问题得先明确地点。北京是白天时，纽约正是黑夜。因此，地球的白天和黑夜是"相对的"，北京的白天跟纽约的白天不是一回事，至少肯定不是同时的。也就是说，不确定地点，我们根本无法回答这个问题。也就是说，地球的时间跟月球的时间不是一回事，太阳系的时间跟银河系的时间不是一回事，放大到整个宇宙，宇宙每个角落里的时间肯定都是相对的。

再举个例子："上"和"下"是不是绝对的？

看官须知，十七世纪之前全世界都认为地球是平的，那时候全人类的"上"和"下"都是绝对的。1622年葡萄牙航海家麦哲伦（Ferdinand Magellan 1480—1521）由西班牙政府资助率领五艘船于1519年9月20日从西班牙的塞维利亚港出发环球航行，虽然麦哲伦童鞋在菲律宾被土著用弯刀砍死，但他船队的"维多利亚号"1522年9月6日回到出发地塞维利亚。用脚后跟想也能明白：这证明地球是圆的。

在圆的地球上，"上"和"下"就变成相对的了，因为北京的"下"，可能正好是纽约的"上"。

因此，空间也是相对的。

爱因斯坦奇迹年的这篇论文还提出了著名的"尺缩效应""钟缓效应"和"质增效应"。"尺缩效应"源于荷兰著名物理学家洛伦兹（Hendrik Antoon Lorentz 1853—1928）。1877年，不满二十五岁的洛伦兹到莱顿大学任职，1902年他与助手共获第二届诺贝尔物理奖。1889年爱尔兰物理学家菲茨杰拉德（George Francis Fitzgerald 1851—1901）提出"物体收缩假设"，1892年洛伦兹也提出这一假设。他俩是分别独立提出这一假设的，现称洛伦兹－菲茨杰拉德收缩（Lorentz-Fitzgeraldcontraction）。这一假设认为以太中运动的物体可能受以太风压缩而变短，从而抵消以太风产生的效应，并且物体高速运动时不仅物体在收缩，测量物体的尺子也会收缩，因此我们无法测出物体在收缩。这就是爱因斯坦"尺缩效应"的基础。其实洛伦兹也已经无限接近狭义相对论，但因为他始终想证明以太确实存在，自然与狭义相对论渐行渐远。

按照爱因斯坦在这篇论文中提出的"尺缩效应"，如果光速不变，你静止不动，这时你会看见坐在高速宇宙飞船中向你飞来的冯教授手中拿的尺子变短了。更奇怪的是，冯教授根本不认为他在高速前进，也不认为他手中的尺子变短了，相反，他认为他是静止的，高速前进的是你！而你手中的尺子倒是变短了！这就是光速世界中的"尺缩效应"及其相对性。

同样，高速运动中也会产生"钟缓效应"。你静止不动，就会看见高速飞行的宇宙飞船里冯教授手中的表走得比你手中的表慢了。而同时，冯教授却觉得他并没有动，你倒在动，而且你手中的表比他手中的表慢了。钟缓效应意味着时间膨胀。

尺缩效应与钟缓效应已被当代高科技实验证实。

按照相对论，世界上没有比光速更快的速度，而时间和空间也会随着速度加快而变动。速度越快，时间越慢，空间越窄，当速度达到光速，时间就会停止，而空间则被压缩成一条线。举个例子，当你跪在搓板儿上时，你太太带着一把尺子和一只表以光速从你身边掠过飞回娘家，这时你会看到太太手中的尺子长度为零，表也不走了，因为，光速是速度的极限，也是时间和空间的极限。于是，那个困扰爱因斯坦十年的问题有了答案：当冯教授以光速骑着一道光线追赶前面的另一道光线，他看到的还是以每秒三十万公里前进的一道光线。如果他迎着另一道光线跑，看到的也不是以每秒六十万公里向他飞过来的光线，而仍然是一道以每秒三十万公里向他飞来的光线。因为在光速下，时间停止，空间变成一条线，如果再上升，时间和空间就会变成负数，而这显然是荒谬的。

这篇论文中提及的问题，最不可思议的是"质增效应"，它说高速运动中的物体，其质量（即重量）会增加。例如高速飞行的宇宙飞船上的一筐三斤鸡蛋，如果我们地面上的人来称，会变成三十斤。所以，卖鸡蛋的人坐航天飞机卖给地球上的人，就发大了。当然，你先得买一张航天飞机机票。那个得卖不少的鸡蛋才行。

第五篇论文是第四篇论文的续篇，1905年11月21日发表在

《物理学刊》，题目《物体惯性是否决定其包含的能量？》(Ist die Trägheit eines Körpers von seinem Energieinhalt abhängig?)，这篇文章证明质量和能量可以互换，因此爱因斯坦提出"物体质量是其内含能量的尺度"。这篇论文只有区区三页，然而，它与第四篇论文一起成为狭义相对论、广义相对论、原子弹和那个人类历史上最著名的公式"$E=mc^2$"的基础。此是后话，这里先按下不表。

这五篇论文不仅掀开了物理学历史的崭新篇章，而且是物理学历史至今为止最耀眼夺目的篇章。世界物理学至今为止革命多如牛毛，但真正的大革命其实只有两次，第一次革命是牛顿力学，它让哥白尼、伽利略和开普勒成为历史。

第二次就是相对论，它让牛顿成为历史。爱因斯坦证明牛顿理论只适用于低速运动的地球，放到高速运动的宇宙就完全失效。不过，狭义相对论并没有推翻牛顿力学，它只是扩展了牛顿力学。当物体运动速度小于光速时，狭义相对论就简化为牛顿力学了。

五篇论文横空出世，物理学史从此称 1905 年为"奇迹年"。

这个"奇迹年"的来历，大大的有故事。英语"奇迹"是"miracle"，拉丁文中写成"miraculum"，指科学无法解释的超自然现象或事件，如基督教所称的耶稣的诞生和复活。相应的，"奇迹年"的拉丁文是"annus mirabilis"。

看官须知，西方科学史上至今只有三个"奇迹年"。

第一个奇迹年是 1543 年。这一年波兰天文学家哥白尼（Mikoaj Kopernik 1473—1543）去世，而他的《天体运行论》(De Revolutionibus Orbium Coelestium) 和比利时医生、现代解剖学创始人维萨留斯（Andreas Vesalius 1514—1564）的《人体构造》(De humani corporis fabrica) 双双出版。这两本书标志西方科学脱离神学，踏上向外探索宇宙、向内探索人体的伟大历程，就此拉开西方辉煌科学革命的大幕。而在中国，这一年是明世宗嘉靖二十二年，值得记录的大事只有"烟草传入中国"。

第二个奇迹年指的是 1666 年。

1665 年英国舰队在第二次英荷战争中于英国洛夫斯托夫特大胜占绝对优势的荷兰舰队；1666 年 9 月伦敦城历五天大火而未毁，英国人认为这两次都是上帝显灵保佑英格兰，1667 年英国诗人德莱顿（John Dryden 1631−1700）写长诗《奇迹年 1666》歌颂。后来这个词被用来特指牛顿，因为他 1666 年从剑桥回家乡沃尔索普躲避鼠疫，实在闲得没事儿干，研究数学解闷儿，结果发现微积分、万有引力和光谱理论（即太阳光由七种颜色组成）。

看官须知，物理学史上的奇迹年不是并列的，而是后者取代前者，因为后者都证明前者错误，或不完整。从此物理中的"奇迹年"指的不再是哥白尼的 1543 年，也不再是牛顿的 1666 年，而是爱因斯坦的 1905 年。这一年除了这五篇奇迹论文，他还在《物理学刊》发表二十一篇学术评论（前后共发表二十三篇），都是在专利局工作业余时间完成。很多年后爱因斯坦回忆说，发现狭义相对论，就像上帝微笑着引导我逐步前行，尽头就是狭义相对论。

他这个回忆相当搞笑，因为他根本不信基督教和犹太教的上帝。

但他相信上帝引导他发现了狭义相对论。

欧洲天才密集期是十七、十八世纪，在那个光荣伟大正确的年代，天才像彗星雨一样密集降落欧洲，一直延续到二十世纪初，欧洲一跃称雄世界。现代企业管理搞了半天才明白人力资源是最大的资本。其实这算啥新发现？古今中外，人力一直都是最大的资本，否则燕昭王怎么会千金买马骨？我们中国之所以落后了一百年，就是那些近亲繁殖的皇帝们美女玩儿多了脑袋变傻，忘了人力才是资本。邓小平一搞改革开放，中国人民就想起这事儿来了，中国经济一下就上去了。而且中国人力世界第一，上去了之后，一时半会儿指定落不下来。

事实上1905年不仅是革命之年，而且还是奇迹之年。这一年，世界上发生了诸多非常事件，而很多非常事件都与爱因斯坦有关。

1905年，一个奥地利青年满怀热情求学维也纳林茨的里尔中学。他坚信自己是伟大的艺术家，定会在历史上扬名立万。后来他果然走入世界历史。爱因斯坦因为他离开德国。他杀死了当时世界上百分之四十的犹太人——六百万！最后他杀死了自己。希特勒（Adolf Hitler 1889—1945），那个遗臭万年的独裁者。希特勒是奥地利人，但奥地利人都说他是德国人，因为他是德国总理。

与希特勒同在里尔中学上学的，是赫然有"哲学史上百年一现的天才"之称的维特根斯坦（Ludwig Wittgenstein 1889—1951）。在一张新发现的照片上，高富帅维特根斯坦站在前排，矮矬穷希特勒在后排，相距仅一臂之遥。希特勒搞"啤酒馆政变"失败后被关在慕尼黑监狱写自传《我的奋斗》，其中明言他对犹太人的仇恨起源于一个犹太人。有研究者推测，这个犹太人就是当时他班上的高富帅同学维特根斯坦。

还是1905年，在遥远的新大陆北美洲，一个年轻人步履轻快地走出哈佛大学校门。那时他根本不知道自己十六年后会因为小儿麻痹症而被迫坐在轮椅上。更重要的是，他那时根本不知道世界上有个犹太人名叫爱因斯坦。三十四年后他收到了爱因斯坦一封信，而这封信决定三十多万日本人必须死。富兰克林·罗斯福（Franklin Roosevelt 1882—1945），美国历史上唯一一位当了四任总统的人。

也是1905年，爱因斯坦好友哈比希特与索洛文双双离开伯尔尼，索洛文移居法国当了翻译，奥林匹亚科学院无形解散。这两位朋友是从爱因斯坦的信中得知这五篇文章的，但他们同样没想到这些文章会成为人类最大的科学奇迹。

但是,我们知道,这五篇论文每一篇都足以让爱因斯坦走入物理学历史。

那么,爱因斯坦是否一夜成名了呢?

义无反顾物理学

春江水暖鸭先知。爱因斯坦的鸭子在哲学界。爱因斯坦奇迹年五篇论文发表后第一个感受到伟大降临的，是被誉为"我们时代的先知"的罗素（Bertrand Arthur Willian Russell 1872–1970）。他当时正在剑桥大学三一学院教逻辑和数学，这位先知几乎狂热地向剑桥大学所有同事推荐爱因斯坦这五篇论文，遂成这两位思想巨人伟大友谊的先声。后来罗素成为维特根斯坦老师。所以，爱因斯坦虽然并不认识维特根斯坦，但他们却通过罗素和希特勒而超越时空相见。然而，不是所有的教授都是罗素。看官须知，世界上绝大多数奇迹发生时非但没有被视为奇迹，倒是经常被视为笑话。相对论也不例外，虽然物理学史上第一奇迹已经发生，但全世界却浑然不知。狭义相对论通过对原子反应的研究得到实验证实，要等到三十年后；而时间变慢，要到1938年才被间接证实。

意思就是说，爱因斯坦的思想，领先全世界最顶尖的大脑至少三十年！

高处不胜寒。先知通常孤独无助。很多中国文章都在讲1905

年爱因斯坦"一夜成名"的童话,这些童话作者本身就很"童":他们甚至懒得去核对一下史实,他们的童话距离历史事实至少一光年。事实是,已经推开物理学新纪元大门的爱因斯坦,却完全无法改变专利局小公务员的单调生活,他致信索洛文说:"我无法动弹,无所建树,老迈得简直只能对年轻人的革命精神发发牢骚了。"科学巨匠爱因斯坦明明已经诞生,然而像绝大多数天才一样,他离被世界承认还有遥远的路要走。虽然爱因斯坦说过"对我这种人来说,最本质的是想什么,怎么想,而不是做了什么和遭受了什么"。但作为物理界新兵,他当然希望得到学界的肯定。根据爱因斯坦妹妹玛雅所写小传,爱因斯坦很希望这五篇论文能引起"尖锐的反对和严厉的批评",但论文发表后一如泥牛入海无消息,物理界反应是"冰冷的静默",连《物理学刊》也没有对他文章的评论。

天才,就是你的成就无法得到同时代人的认同。

否则,何以称天才!

唯一自豪的是《物理学刊》。他们是世界上第一个认识到天才爱因斯坦的期刊,七个月后,责任编辑、德国著名物理学家普朗克致信爱因斯坦。他成为世界上第一个著文讨论相对论的物理学名家。普朗克对爱因斯坦的欣赏极大改善了爱因斯坦在德国科学界的地位,1906年9月,伟大的伦琴屈尊向爱因斯坦索要了一本单行本《相对论》。

爱因斯坦对普朗克的爱,不是从天上掉下来的。

《物理学刊》也让荷兰最伟大的物理学家洛伦兹知道了爱因斯坦。爱因斯坦与洛伦兹的通信开始得很早,他在奇迹年论文中提到的"尺缩效应"即洛伦兹"物体收缩假设"的发展,洛伦兹并没有认为爱因斯坦占了自己的便宜,他对爱因斯坦的欣赏发自内心。普朗克与洛伦兹的鼓励对爱因斯坦不啻雪中送炭。他对洛伦兹充满敬重与热爱。爱因斯坦后来说:"洛伦兹是神奇的智者,他行事机智得体，简直是活着的艺术品！"在给洛伦兹的信中他写道："跟您交流时我感到自己才智相差万里，但这并不能破坏我们之间的愉快交流，您对所有人一视同仁的父辈慈爱尤令人勇气倍增。"爱因斯坦后来对普朗克持否定态度，但他对洛伦兹一生充满热爱与敬佩。

无论如何，《物理学刊》发表爱因斯坦的论文还是改善了爱因斯坦的生活。1906年1月中旬，爱因斯坦凭奇迹年第二篇论文《分子大小的新测定》在苏黎世大学获博士学位，庆祝时爱因斯坦说："博士学位对我来说很有用，根据我的经验，获得博士学位的最大好处是它能增进我与大家的关系。"三个月后，4月1日愚人节，在专利局工作十九个月的爱因斯坦博士被提拔为"二等技术专家"，年薪涨到四千五百瑞士法郎。虽然工资不低，但爱因斯坦显然钱紧，马蜜娃一万瑞士法郎的嫁妆存起来了，而他还要抚养妹妹和妈妈，因此他这时几次打算在邮电局董事会找个工资更高的工作。海勒局长对爱因斯坦业余时间刻苦学习获博士学位大加赞赏，却完全没提那五篇文章。他不明白那些文章的意义。因此，四千五百法郎年薪虽然并非愚人节玩笑，但海勒局长的赞赏却很像愚人节的玩笑。奇迹已经发生，人类却对此毫无所知。甭说奇迹了，爱因斯坦连教授都评不上。1907年，因为发表论文数量不够，爱因斯坦教授资格论文被伯尔尼大学拒绝。看官须知，欧洲博士拿到博士学位后还要再做几年"教授资格研究"，出版一部"教授资格论文"，才能获得"教授资格"，才能去大学申请当教授。德国至今如此。爱因斯坦教授资格论文被枪毙，教授梦遭受重挫。一年后爱因斯坦重新向伯尔尼大学提交修改过的教授资格论文，被勉强接受，年底爱因斯坦生平头一次走上大学讲台。但这并不意味着他离教授的位置近了。为实现当教授的理想，爱因斯坦还必须完成一次横跨欧洲的长征。

这期间最让爱因斯坦兴奋的事儿是劳鹤来伯尔尼踢馆。劳鹤与爱因斯坦的故事咱们前面说过一点儿，此处单表他到柏林洪堡大学听的第一个讲座即普朗克讲《论运动物体的电动力学》，然后非常不佩服，1907年暑假专门到伯尔尼踢馆。但下车伊始他就闹了个笑话，因为普朗克老说爱因斯坦很厉害，于是他想当然认为爱因斯坦是伯尔尼大学教授。谁知到了大学一问，人家根本没有"爱因斯坦教授"。瑞士人待客态度很好，告诉他专利局倒有个爱因斯坦。于是劳鹤转战专利局，上楼正好看见一个穿格子衬衫，头发胡子乱蓬蓬的年轻人在走廊上溜达，于是客气上前："请问爱因斯坦博士办公室在哪儿？"乱发年轻人怔了一下，说："在下就是爱因斯坦。"俩人见面相当尴尬：爱因斯坦递给劳鹤一支雪茄，结果被发现"味道很烂"，于是被劳鹤"不慎掉进河里"。但是，梁山泊的英雄不打不相识，俩人出办公楼走进一家小餐馆，把咖啡而论物理，一见如故，相谈甚欢，前来踢馆的劳鹤，从此成为相对论在德国最忠实的宣传者。

我们这些老百姓经常以为科学就是"以事实为依据，以真理为准绳"，但实际上科学界本质上与娱乐界一样，经常也是"以门派为依据，以资历为准绳"，连"教授资格"都没有的爱物青提出相对论，简直让广大物理学家肚皮都笑痛了，其中肚子最痛的，就是英国皇家学会主席汤姆逊勋爵（Joseph John Thomson 1856–1940）。看官须知，这汤姆逊不仅是勋爵，而且也是诺贝尔奖获得者。还有更多教授未必弄清了相对论是什么东东，但他们知道这个东东要把牛顿拉下马，而牛顿是当时欧洲学界的铁饭碗，企图拉牛顿下马，就是砸大家的饭碗，无数牛顿孝子贤孙击鼓而攻之，团结起来口诛笔伐，必欲置相对论于死地而后快，可知爱物青的研究环境多么艰难。祸不单行，此时爱物青的二儿子爱德华出生，家庭负担骤然加重。物理学界大腕儿们幸灾乐祸地看到，宣称钟表会变慢的爱因斯坦，在现实生活中经常为家里没钟表而苦恼。这儿还有个著名的故事：有天爱因斯坦踩在冰上摔了一跤，身边的人扶起他后讽刺说："爱因斯坦先生，根据相对论，您其实并没有摔倒，只不过是地球忽然倾斜了一下，对吗？"爱因斯坦说："先生，我同意你的说法，可这两种理论对我来说，感觉都是相同的。"

要让大家认真对待相对论，就得进入学术界，而进入学术界，最好的办法就是进入大学。1907年爱因斯坦再一次申请编外讲师。苏黎世大学教授克莱纳，也是爱因斯坦博士论文的第二个导师写信建议他申请伯尔尼大学"编外讲师"。当时瑞士规定所有博士必须先当"编外讲师"，然后才能申请教授职位。这个编外讲师不是正式职位，没有薪水，虽然有资格上课，但其报酬是听课学生在学费之外另付的微薄听课费，在学校事务中没任何发言权，等于外聘临时代课教师，地位连现在的讲师都不如，养活自己都成问题。因此当时去大学当老师的，除了有钱人就是娶了富家女的。可穷人爱因斯坦的老婆马蜜娃不是富家女，因此他只能靠自己。收到克莱纳教授这封信后，爱因斯坦于1907年6月17日致信伯尔尼州政府，九行履历加上博士论文及已发表的十七篇论文和所学全部课程，包括奇迹年五篇论文，还有博学学位证书和简历。这时爱因斯坦三年内在顶级学术刊物发表高质量论文二十五篇。大学讨论爱因斯坦申请时其他教师都赞同，但实验物理学教授却表示反对，加上爱因斯坦忘记按要求附上一篇未发表论文来证明他的创新研究能力，于是，爱因斯坦申请被否决。已经是人类最伟大的科学家的爱因斯坦再次失败，失望的他愤怒地说："这里的大学是肮脏的，我不想在这里讲课，那是浪费时间。"

大学教授当不成，就向下混。爱因斯坦又给温德图尔职业学校和州立苏黎世中学写信求职，瑞士中学教师社会地位比较高，结果他在苏黎世中学职位竞争中连前三都没有进入。爱因斯坦还写信请教格罗斯曼他们是不是应当专程拜访一下中学校长,可见他当老师心情之急迫。而那边厢,他的大学同学格罗斯曼于 1907 年正式成为苏黎世 ETH 教授,可他连职业学校和中学教师都当不成。不过,爱因斯坦没有放弃。1908 年 1 月他向伯尔尼大学提交未发表论文《根据黑体能量分布定律导出的辐射构成的一些结果》。这次校方动作迅速,一个月后,1908 年 2 月 28 日,爱因斯坦收到一封信,通知申请已被伯尔尼大学接受。

奇迹年五篇论文发表三年之后,爱因斯坦终于走进伯尔尼大学,并按惯例作了就职演讲。他的教职生涯开始于当年 4 月底,第一节课是热分子理论。因为薪水很低,他仍然保留专利局的工作。太太马蜜娃给朋友写信说:"很不幸,这个职位薪水实在太低,我们甚至无法为它带来的荣耀感到高兴。"但第一学期结束后爱因斯坦终于有钱带妻儿去阿尔卑斯山度假。因为同时要在专利局上班,爱因斯坦只能零星讲课,总共只在伯尔尼大学开过两学期课,1908 年夏季学期爱因斯坦在周二和周六上午七点到八点上《热运动论》,学生就是贝索等三个朋友,这样他八点钟还能赶回专利局上班。第二个学期是 1908–1909 年冬季学期,周三晚上六至七点上课,只有前三位朋友加上数学系的 M. 斯特恩。1909 年夏季学期,三位老朋友不来听课了,只剩下斯特恩,爱因斯坦只得取消了这门课。

那么,爱因斯坦的课上得怎么样呢?当时爱因斯坦妹妹玛雅正好到伯尔尼写学位论文,她也想看看哥哥怎样上课,于是跑去问大学看门人:"爱因斯坦博士在哪个教室上课?"看门人把衣着整洁的玛雅上上下下打量一番,问她是博士什么人。她说是妹妹,看门人"啊"了一声说:"原来那个俄国人是你哥哥呀!他们一共只有五个人,在三楼。"玛雅完全不知道他哥哥什么时候变成俄国人了。原来当时瑞士犹太人穷的居多,从东方来的犹太人尤其穷,而俄国是看门人印象中最东边的地方了。爱因斯坦来上课总穿着一套臃肿的连颜色都看不出来的旧格子衣服，看门人问都没问过爱因斯坦，就判定他是俄国人。结果上课的人比看门人说得还少，只有四个，除了"爱因斯坦博士"和满脸大胡子的贝索，只有两个大学生，但气氛并不冷清，教室里的人连老师带学生统统骑在课桌上，嘴里叼着烟斗和雪茄，指手画脚，声嘶力竭，谁也不服谁，争得热火朝天。

还有一次，克莱纳教授也来伯尔尼看自己推荐的爱因斯坦怎么上课。他出其不意地出现在教室，爱因斯坦博士只好从课桌上下来回到黑板前。他在那里站着沉默了好长时间，才擦掉一行公式，又写下一行公式，然后转身对仅有的几个听众说，中间的几步运算就不写了，因为，很抱歉，这两天正在想一个有趣问题，所以把这几步忘了，大家回去自己运算，但结论肯定是对的。克莱纳教授目瞪口呆。他知道爱因斯坦与众不同，但毕竟这是大学课堂，你也不能这样搞啊！他当着其他学生的面给爱因斯坦上了一堂师德师风课：

第一，一定要注意高等学府的礼仪；

第二，一定要注意讲课的条理性和系统性；

第三，……

第四，……

显然克莱纳的话爱因斯坦没听进去。当老师虽然是爱因斯坦一辈子的理想，但他一辈子都没把自己训练成一个好老师。不过，伯尔尼大学两个学期的"编外讲师"，确实为爱因斯坦铺就了进入学术界的道路：他终于可以参加学术界的活动了。但他仍然是只 underdog（下狗）。

1909 年 7 月，爱因斯坦前往日内瓦大学接受名誉博士称号。这是爱因斯坦接受的第一份学术荣誉（后来他共获二十五个荣誉博士头衔）。可他收到邀请信时完全认为是骗子，顺手扔进垃圾筐。日内瓦大学很久不见回音，再次与他联系，爱因斯坦也没弄清是什么事情就答应了。到了日内瓦他才知道人家要在日内瓦大学三百五十周年校庆典礼上授予他荣誉博士学位，同时获授荣誉博士的还有居里夫人和诺贝尔化学奖获得者奥斯特瓦尔德这样的大腕儿。爱因斯坦不仅辈分很低，而且因为不知道要上台根本没带西装，结果，在这所基督教著名改革家加尔文创立的大学里，爱因斯坦的草帽和休闲夏装在法兰西科学院院士的绣花燕尾服、英国绅士的中世纪长袍以及全世界各国两百多名代表的各式名贵服装大海之中显得鹤立鸡群，十分招摇。他不仅是全场的 underdog，而且还是颜值最低的 dog。

爱因斯坦第一次应邀做学术报告，是 1909 年 9 月在萨尔斯堡的"德国自然科学家和医生协会"第 81 届年会。这也是他第一次真正与物理学界同行相会，他在这里第一次见到十分赞赏他的德国物理学家普朗克。

出发去日内瓦大学之前，1909 年 7 月 6 日，年满三十岁的爱因斯坦向专利局提出辞呈，决然辞去好不容易熬来的二等技术专家公务员职位。他的辞职令局长海勒大发雷霆："吃什么豆腐！"人家根本以为他在拿局长开玩笑。其实爱因斯坦对于每天处理专利申请烦透了。他跟马蜜娃曾考虑过去匈牙利首都布达佩斯教德语，这样可以离女儿莉莎近一点儿。只是因为当时欧洲反犹太人情绪高涨，犹太人找工作并不容易，所以他才在这里凑合。他根本没想过一辈子当公务员。因此，他并不是吃豆腐。10 月 15 日他正式从瑞士专利局辞职，10 月 22 日即带领全家迁往苏黎世穆桑街 12 号，紧挨理工大学物理研究所，并就任苏黎世大学副教授。

看历史时，咱们点下鼠标这一页就翻过去了。可这是爱因斯坦生活中最伟大的决定。它让爱因斯坦真正成为天才。谁没点儿自己的理想啊？谁谈起自己的理想不是豪气干云，口水四溅啊。可您今天有没有勇气当面告诉您的领导：老子不干了，老子要去追求理想啦！多数人不会。多数人的理想，就是想想，顶多说说。只有极少人有勇气不顾一切追求理想。他们才有机会成长为天才，或者大师，或者富一代。爱因斯坦辞职六十八年后，一个美国大学生离开好容易进入的哈佛大学，拿着螺丝刀回自家车库去创业。他是比尔·盖茨。

爱因斯坦的这个副教授来之不易，也是克莱纳教授力荐的结果。克莱纳（Alfred Kleiner 1849–1916）是爱因斯坦第一个伯乐。爱因斯坦在苏黎世大学申请博士学位，论文导师是韦伯教授（Heinrich Friedrich Weber 1843–1912）。爱因斯坦完全无法信服这位德国同乡，两人争执不断，最后爱因斯坦改选克莱纳为论文导师。他的二十一页博士论文能通过，端赖克莱纳教授力挺。爱因斯坦告诉过同学克莱纳属于"不那么蠢"的教授。特别难能可贵的是，克莱纳是实验物理学教授，而爱因斯坦的相对论研究，属于理论物理学。

好嘛，这有啥区别？

实验物理学，就是你的研究成果可以用试验反复验证，比如你说水是氢2氧1组成，那你把水分解后，重复一百遍，都必须得到一个氧原子和二个氢原子，才行。从亚里士多德开始，物理学就是实验物理学。

可有些东西不是马上可以用实验验证的，比如大家都说有"黑洞"，可谁真正见过"黑洞"？研究黑洞，就需要理论物理学，就是建立在一系列定律之上的理论体系（比如数学或逻辑）。理论物理学实际就是合理猜想，即白日做梦。理论物理学是否正确，最后得由实验物理学论证。比如直到二十世纪初大家都认为宇宙中充满"以太"，这就是理论物理学。后来迈克尔森证明"以太"并不存在，就是用实验物理学证明"以太"理论不成立。因此实验物理学通常不大看得起理论物理学，因为他们觉得后者都只是在"瞎猜"。

顺便说一句，爱因斯坦是理论物理学家，不等于他什么实验都不会做。据爱因斯坦长子汉斯和"孙女"伊芙琳后来回忆，爱因斯坦是个狂热喜欢敲敲打打的家伙。汉斯小时候最喜欢的玩具拉线小车就是爱因斯坦用火柴盒做的，而伊芙琳则记得小时候常跟祖父一起玩复杂的可拆卸拼板游戏，这些拼板大都是爱因斯坦朋友送的。1908年爱因斯坦还跟朋友保罗·哈比希特和康拉德·哈比希特兄弟共同制造出一台机器测定辐射强度，还申请到了专利，不过只生产了几台。

因此，克莱纳欣赏爱因斯坦，并要求新增一个理论物理学教授讲席，双倍不易，而苏黎世所在的州教育局由社会民主党掌握，他们也确实极力反对。但支持的人也很多。克莱纳有个助手叫弗里艾德里克·阿德勒，当时在慕尼黑德国博物馆工作。这个阿德勒是多面手，多到他自己一直搞不清自己到底是要当物理学家还是哲学家还是政治家。他说过他的同学爱因斯坦是位伟大的科学家，居然在专利局工作，这如果在德国将是一个丑闻。克莱纳推荐爱因斯坦不容易，还有第三个因素：当时欧洲大学对犹太人成见很深，认为他们唯利是图，锱铢必较，"犹太作风"在当时欧洲大学算骂人话，犹太人当教授，实在凤毛麟角。为了聘用爱因斯坦，系主任、人类学家斯托克教授还专门写了一个说明，说"犹太人中也有些令人愉快的优秀人才"，可见当时欧洲对犹太人的偏见之深。

1909年，克莱纳当选为苏黎世大学校长，虽然他去伯尔尼听课时爱因斯坦表现很糟，但1909年2月他仍然邀请爱因斯坦去苏黎世物理学会试讲。这次爱因斯坦表现不错。克莱纳在推荐信中说："现在爱因斯坦已经跻身最重要的理论物理学家之列。"校长力挺打消了教师委员会的疑虑，1909年3月委员会秘密投票，十票赞成，一票弃权，通过聘请爱因斯坦为任期六年的副教授，年薪四千五百瑞士法郎，外加听课费与考试费，每周课时六到八小时（一般副教授为四到六小时）。

爱因斯坦终于正式登上了大学讲台。当这个衣着破旧并且不合身的犹太人走上讲台时，学生们都报以怀疑的目光。但讲课开始后，滔滔不绝的爱因斯坦就赢得了学生的尊重：因为大家基本上都听不懂。更重要的是，爱因斯坦作风民主，上课时学生有问题可以随时打断他，哪怕是非常幼稚的问题，爱因斯坦也不会恼怒。课间休息时爱因斯坦也不回教师休息室，而是留下来跟学生讨论，还挽着学生的手，下课后他经常跟学生去贝尔街的泰勒斯咖啡馆，甚至把学生请回家里喝咖啡。看官须知，欧洲教授架子普遍很大，一般不屑于、也没时间跟学生交流，爱因斯坦的这种作风当然赢得学生的爱戴，但在其他教授眼中，却是离经叛道，跟叛徒差不多。破坏规矩的人都会被处罚，所以爱因斯坦与同事的关系像当年在中学时一样并不融洽。

不过，爱因斯坦经常不经预告就把学生请回家来一聊一晚上，学生关系好了，家庭关系却出了问题。爱因斯坦现在是副教授了，但副教授年薪仍然是四千五百瑞士法郎。马蜜娃不得不把多余的房间出租给几个学生以贴补家用。这马蜜娃乃欧洲第一批物理女生，现在为一个整天胡思乱想的副教授当家庭主妇，不仅必须告别自己的理想，而且她操持家务本领一般，并且非常不热爱，再加上家里总是缺钱，所以马蜜娃心情很差，非常需要丈夫爱因斯坦的关心和体贴。可爱因斯坦本人是个一辈子都需要人家关心体贴的永远长不大的孩子，脑子塞满物理问题，如果让他在家庭与物理之间选择，他会毫不犹豫地选择物理。

因此，当了副教授的爱因斯坦，开始与马蜜娃渐行渐远。

在苏黎世，爱因斯坦的朋友圈子没几个物理学家，相反，他跟法学家、历史学家、医生、汽轮机专家们打得火热，他语言尖刻，笨拙古怪，衣服破旧、裤子太短，加上他那根钢表链，完全不符合瑞士教授的形象，这，看在教授同事眼中，就是"不务正业"。今天我们都知道爱因斯坦是天才。天才，怎么可能与芸芸众生一样？因此，当我们说一个人"不务正业"的时候，先要仔细想想对方是不是天才。爱因斯坦这时最好的朋友就是 ETH 老同学格罗斯曼。另一个好友是跟他同住一栋楼的阿德勒，他们一见面就吵，吵得家里人很烦，后来他们只好去阁楼吵。阿德勒是搞哲学的，他非常不解爱因斯坦相信世界是客观的，因此也像马赫一样反对相对论。爱因斯坦的朋友还有民法学家埃米尔·楚黑尔和历史学家阿尔弗莱德·施特恩。施特恩八十岁生日时爱因斯坦在祝词中写道："我不知道还有谁能在生活、见解和价值观念急剧动荡的时代保持如此不可思议的坚定不移。"爱因斯坦朋友中还有著名汽轮机专家奥列尔·斯托多拉，他后来自承从斯托多拉身上学到了终生的谦逊。

爱因斯坦成名后经常被人请去当这个当那个，最大的职位是总统，但爱因斯坦一辈子真正想当的是教授。可是，理想是世上最难实现的。现在老说"北漂"，一说就多惨多惨，好像很沧桑。其实，为理想漂在北京，有什么沧桑？不是追求自己的理想吗？世界上还有很多人根本无权追求自己的理想呢。任何有机会追求理想的人，其实都不沧桑，包括爱因斯坦。从德国漂过意大利漂到瑞士的他，为了理想，还要漂到更遥远的远方。在苏黎世大学混了两年后，克莱纳卸任校长，同事们成见日深，爱因斯坦实在看不到升教授的希望。于是，1911 年，他横跨欧洲远赴布拉格德意志大学（Deutsche Universität），终于在这个美轮美奂的城市混上了正教授。

爱因斯坦来布拉格是为了当教授，但布拉格却给他留下了无法磨灭的印象。到布拉格后（1911 年）不久他在一封信中写道："布拉格如此美丽，即使单来观光也值得！"

那么，爱因斯坦会留在这个美丽的给了他正教授职位的城市吗？

踏遍欧洲人未老

一般文章对爱因斯坦在布拉格的两年不太重视，但实际上布拉格正是爱因斯坦走上国际学术舞台的那块儿跳板，他在这里赢得了国际声望，也在这里开始研究广义相对论。爱因斯坦为了当教授而不得不学习当代中国"北漂"而远走布拉格当"布漂"，其过程可谓一波三折。当时布拉格属于奥地利和匈牙利的奥匈帝国，是波希米亚省省会。布拉格德意志大学前身1348年由罗马－德意志皇帝卡尔大帝四世创立，是德意志民族的神圣罗马帝国第一所大学，享有各种特权。1882年德国与捷克分治，大学由皇帝判决，这座古老的大学拆分为捷克大学与德意志大学。当时捷克还有两所工业大学，也同样拆分。

爱因斯坦当"布漂"，马赫是主要"凶手"。1867年起马赫到布拉格大学任实验物理教授，任教三十年，学术精湛，声望崇高，因此德意志大学成立时被推选为首任校长，一手将其建成欧洲名校。1895年马赫前往维也纳大学接管"综合学科的历史和理论"讲席，走前他的学生提议为爱因斯坦专设一个理论物理教研室。马赫乃实验物理学家，他的学生怎么会提议成立理论物理教研室，而且专请爱因斯坦来掌握这个教研室呢？原来，爱因斯坦发现狭义相对论受到马赫理论的很大影响，爱因斯坦也自称马赫学生，此乃学界共知，因此他的学生才会提出这个建议。

虽然讲席已经内定爱因斯坦，但按规定爱因斯坦还需一份有分量的推荐信。爱因斯坦找到的这位推荐人确实够分量——普朗克。普朗克推荐书大赞："要对爱因斯坦理论做出中肯评价，那可以把他比着二十世纪的哥白尼，而这正是我的意见。"他还说，与相对论比起来，非欧几何只是小孩子的游戏。这封推荐信给奥匈帝国皇帝弗朗兹·约瑟夫留下深刻印象。当时布拉格大学聘请教授必须经帝国教育部特批，而这时奥匈帝国反犹情绪强烈，所以此事并不容易。而且，奥匈帝国大学教授都是公务员，而在奥匈帝国当公务员必须填写宗教信仰，因为皇帝约瑟夫不信任连信仰都没有的公务员。因此，即使求职者是无神论者，也要按照其民族为其指定一个宗教信仰。爱因斯坦是犹太人，布拉格官员于是就给爱因斯坦填了"信仰犹太教"。可是，爱因斯坦根本不是犹太教徒。但他需要这个教授席位，因此也没提出抗议。其实爱因斯坦并不希望离开他与马蜜娃都很喜欢的苏黎世，于是跟布拉格谈条件时他就在苏黎世大学放出风声。爱因斯坦讲课效果一般，但他充满亲和力的课堂风格颇受学生欢迎，因此由学生汉斯·泰厄发起，十五名学生起草请愿书寄到苏黎世州教育委员会要求留住爱因斯坦。这个泰厄是爱因斯坦第一个博士生，也是最后一个。校方迫于学生压力同意晋升爱因斯坦为教授，年薪增加一千瑞士法郎。爱因斯坦并不满意，于是前往维也纳打探教育部审批消息，顺便探望哲学家厄内斯特·麦奇。爱因斯坦在伯尔尼时通过贝索介绍读了很多麦奇的著作。1910年末他返回苏黎世。在这个漫长的等待过程中，爱因斯坦发表了一篇论文解释天空为何是蔚蓝色的。这是爱因斯坦在苏黎世大学的最后一篇论文，据说也是他最难理解的论文之一。

在该讲席候选人名单上爱因斯坦排第一，其实当时维也纳的奥匈帝国教育部希望任命波诺技术学院教授高斯塔夫·约曼，可德意志大学教授却把他排在候选人第二位。教育大臣只好建议聘请爱因斯坦。1911年1月6日，皇帝约瑟夫亲批聘请爱因斯坦为德意志大学理论物理学讲席教授，4月生效，同时聘任爱因斯坦为该大学理论物理研究所所长，具体负责机械学和热力学教学并主持物理学讲座。皇帝特批薪水8672奥地利银币，约合九千瑞士法郎，比苏黎世大学工资整好高两倍。爱因斯坦立即提交辞呈并于3月底离开苏黎世，中途在慕尼黑短暂停留，当年秋天正式安家布拉格。唯一不开心的是马蜜娃，她必须离开刚刚熟悉并喜爱的苏黎世，去陌生的布拉格当家庭主妇，而布拉格和家庭主妇这两者她都不喜欢。

布拉格位于波希米亚，立城于公元九世纪，拥有迷人的建筑，以其豪放不羁的奢华风格闻名于世。这个古老都城是中欧传统学术中心，城里的德国人仅占总人口十分之一，但多属社会上层，而犹太人地位则相当低。爱因斯坦到布拉格后致信贝索说布拉格的德国居民"待人冷漠，是势利与奴态的结合体，毫无仁慈友爱之心"，捷克人拒绝讲德语，德国人也拒绝讲捷克语。不过，犹太人爱因斯坦抵达布拉格却受到热烈欢迎，甚至举办盛大的欢迎会，还把前任学监的豪宅分配给爱因斯坦。有趣的是，爱因斯坦在伯尔尼专利局时点的是油灯，到苏黎世大学后改点煤气灯，到了布拉格终于用上电灯，灯的变化标志爱因斯坦社会地位的上升。从伏尔塔瓦河对面的布拉格城堡上俯瞰全城，景色美不胜收，让爱因斯坦下车伊始就爱上了布拉格。爱因斯坦还特别满意宏大的大学图书馆和可以不受干扰地进行自己的研究。而且，他上任就收到柏林著名化学教授埃米尔·费希尔一封信，后者代爱克发公司创始人弗朗兹·奥本海姆捐助一万五千马克，三年支付，每年五千马克，收款人随意使用，没有任何附加条件和限制。奥本海姆同时也是德国化学学会的财政总管。不过,布拉格学术氛围并不理想,所有问题都要在四十名教授组成的全系大会上讨论。这里有四所大学,却没有一个人可以跟爱因斯坦讨论物理。爱因斯坦后来说:"学生们对我的课缺乏兴趣使我非常痛苦。在我班里只有一名男生以及两三名女生。实验物理研究所更可悲,整个所毫无学术动力。"

不过,单从物质生活而言,爱因斯坦脱贫于布拉格。豪宅宽大,拥有佣人,不仅孩子们都有自己的房间,而且爱因斯坦岳母来访时能单独住一层。但马蜜娃从头到尾不适应布拉格,跟当地社会没什么交往,变成了两个儿子汉斯与爱德华的专职保姆。欧洲第一代物理女生在一个自己不喜欢的城市里当保姆,本身就十分麻烦了,可爱因斯坦又一如既往地一头扎进物理学,毫不顾及马蜜娃的感受,让她几乎陷入抑郁症,而爱因斯坦日益增长的名气更让马蜜娃十分猜忌。更糟糕的是,爱因斯坦此时患上了严重胃病,有时甚至卧床。马蜜娃照顾两个孩子已经十分头大,根本无法兼照爱因斯坦。爱因斯坦嘴上虽然不说,但心中却十分不满。因此,爱因斯坦虽然在布拉格拥有豪宅,却并没有温暖的家。于是,他就去酒吧找温暖。功夫不负有心人,最后还真让爱因斯坦找到了——他常去布拉格老城环线上的贝塔芳塔沙龙(Salon Bertha Fanta)参加哲学文学讨论会。这个沙龙设在十八世纪建筑风格的"独角兽"(Zum Einhorn)药房,屋里挂着一幅布拉格城堡画像,布拉格犹太区音乐文学协会的犹太年轻人和社会名流每周在此讨论哲学、音乐和文学。奥地利最伟大的作家卡夫卡(Franz Kafka 1883–1924)也是常客,他当时只是一位默默无闻的忧郁的律师。据说爱因斯坦在沙龙很受欢迎,不仅与小说家卡夫卡、哲学家伯格曼(Samuel Hugo Bergmann 1883–1975)、物理学家弗朗克(Philipp Frank 1884–1966)等坐而论道,而且经常表演小提琴,据说被公评为"相当于交响乐团第七席水平"。

我热爱交响乐，但听了四十多年仍只是个业余爱好者，不知道"交响乐团第七席"算表扬爱因斯坦还是算骂他。

特别值得一提是酒吧的女主人、嫁入范特斯家族的范约娜（Johanna Fantova 1901–1981），她与爱因斯坦从此成为好友，十年后范约娜资助伯尔尼设立了全世界第一个爱因斯坦个人图书馆。四十年后，他们成为美国普林斯顿的邻居，鸡犬之声相闻，往来至爱因斯坦老死。此是后话，这里按下不表。

按德意志大学潜规则，新教授上任都要礼节性拜访上司和重要同事，总共大概有四十位。生来讨厌繁文缛节的爱因斯坦拜访几家后不胜其烦，单方决定随便挑几家拜访，挑选的标准非常具有爱因斯坦特色——都是住家建筑样式合他口味的，这样即使拜访十分乏味，至少还可以欣赏一下建筑艺术。当时欧洲大学都是官本位，礼节也是从上到下，爱因斯坦公然违反潜规则，同事们当然觉得他不懂事，但爱因斯坦我行我素，最后干脆放弃拜访，改去参观布拉格城堡中建于十二世纪的圣乔治罗马教堂，穿行于布拉格城精彩绝伦的黄金小巷，漫步于横跨伏尔塔瓦河的古老的查理大桥。布拉格十五世纪初建成的格坦其尔基教堂中有丹麦天文学家第谷·布拉赫陵墓，第谷在这里度过自己短暂一生的最后几年，给开普勒留下大量天文记录，爱因斯坦也经常前往拜谒。所有这些，都远比带着一个不开心的老婆坐在别人家客厅里的沙发上说些鸟话让爱因斯坦开心。

爱因斯坦不喜欢拜访教授，并不等于他在布拉格没朋友，跟在苏黎世一样，他的朋友都在物理圈儿外，其中就包括年轻作家、爱因斯坦和卡夫卡好友布罗德（Max Brod 1884–1968），后者的短篇小说《第谷·布拉赫的赎罪》塑造了伟大的天文学家开普勒。布劳德认为从爱因斯坦身上发现了开普勒的影子。布劳德笔下的开普勒只知工作毫无其他野心,据说内斯特告诉爱因斯坦说:"这个开普勒就是你。"三十多年后布罗德出版小说《囚禁中的伽利略》并寄给爱因斯坦。1947年7月爱因斯坦回信说:"我已经把《伽利略》读了三分之一。对于通常称为历史的那些人物的活动能够如此洞察入微,这对我来说实在不可思议。"他虽然认为伽利略"十分罕见",但却不赞成他耗尽心血向群众宣讲他的发现。他不属于到处叫卖自己的发现,"无论如何,我不能想象我自己会采取这样的步骤来保卫我的相对论",因为"试图用长矛和瘦马去保卫相对论,这是可笑的堂·吉诃德战法"。爱因斯坦从不浪费口舌希望别人相信他。他只管发现,信不信,是你自己的事儿。

相对于伽利略,爱因斯坦更喜欢开普勒。1949年纽约哲学图书公司出版《约翰内斯·开普勒的生平和书信》,编译者是卡罗拉·包姆加特,爱因斯坦为这本书作了序,透彻分析了开普勒的内心世界,我们不妨说,这也是爱因斯坦的夫子自道:"开普勒既不愿做思想妥协,也不愿作思想斗争……无论是贫困,还是那些有权支配他生活和工作条件的人不理解,都无法让他灰心丧气。此外,应该注意,他打交道的知识领域其实直接触犯宗教信徒。有些人无法拒绝公开发表对任何问题的信念,开普勒就是这种人。同时,他也无法从与别人的论战中得到本能的乐趣,而伽利略能有乐趣,他那辛辣的讽刺甚至今天还能为有学识的读者带来欢乐。开普勒是虔诚的新教徒,他并不赞成教会的所有决定,对此他也毫不隐瞒,因而被看作一个温和的异教徒。"终其一生,爱因斯坦从未改变自己的态度。他赞赏伽利略为自己理论斗争的勇气与决心,但他更愿意像开普勒那样躲进小楼成一统,保持内心的独立与自由。他一生中只有最后与量子论领袖玻尔的论争出离了这个基本思想,此外再无第二例。爱因斯坦这个打碎了欧洲物理学所有传统的思想战士,其实一生最喜爱的是和谐,宇宙的和谐、社会的和谐、建筑的和谐,当然,还有人世最直接的和谐——音乐的和谐。对于爱因斯坦而言，布拉格可称音乐和谐的天堂：天主教堂的风琴、新教教堂的圣歌、犹太旋律的忧郁、胡斯颂歌的雄浑，这一切又与捷克、俄罗斯、德国民歌水乳交融。这才是爱因斯坦如此热爱布拉格的真正原因。他的好友包括数学家格奥尔基·皮克，一个重要原因是皮克也拉小提琴。皮克是犹太人，后惨死于希特勒集中营。爱因斯坦另一个好友是古代史教授、梵文专家莫里茨·温德尔尼茨，他家的五个快活小孩都变成了爱因斯坦的密友。爱因斯坦也经常在他家演奏，伴奏的是温德尔尼茨的堂妹。这位严谨的音乐教师在演奏中不停纠正散漫的爱因斯坦，被爱因斯坦称为"严厉的中士"。

　　布拉格的朋友众口一词，认为爱因斯坦全身美德：谦逊、善良、随和与幽默。有趣的是，他的敌人恨他也是因为这些品性。谦逊被视作对教授称号的大不恭敬，冒犯了所有的同事。爱因斯坦不拘一格的民主授课风格给布拉格大学带来一股清风，有报道这样介绍："爱因斯坦极为朴实地出现在听众面前，全场倾倒。他讲话生动开朗，从不矫揉造作，十分自然，有时还来点使人振奋的幽默。相对论原来如此简单，不少听众为之惊叹！"而且，爱因斯坦那心不在焉的神情和马马虎虎的衣装，都极端不符合"德国教授"的严格要求。爱因斯坦的着装变成大学嘲笑的对象，而爱因斯坦本人也加入这场嘲笑。当时布拉格大学教授都是公务员，经常需要参加效忠皇帝的宣誓仪式，因此每位教授都发一身军装样的礼服：绣金绿色礼服、三角帽和佩剑。大儿子汉斯看到乐坏了，缠着爸爸穿上这套威风凛凛的礼服带他上街出风头。爱因斯坦拍拍汉斯的头说："儿子，爸爸倒不在乎。可穿上这身衣服，真怕人家会错把我当成巴西来的海军上将呢！"

　　爱因斯坦坚持胡乱穿衣，其实就是大声宣布不齿名牌，而且，他始终坚持这种穿衣风格，终生不变。穿衣风格代表着对待生命的态度。爱因斯坦终生拒绝奢华服装，就是宣布视这些外在的豪奢为粪土。不穿西装，不系领带，穿一件意大利养路工人穿的衬衫，后面还有个大三角口子。

有什么不对吗？

燕雀安知鸿鹄之志哉！

德意志大学教授，焉知爱因斯坦之志哉！

虽然同事们微词多多，但布拉格德意志大学不仅为爱因斯坦提供了优裕的生活条件，也为他提供了参加国际物理学交流的机会。爱因斯坦是从布拉格走到国际物理学前台的。1911年，到任后不久，他八次前往卡尔斯鲁厄和苏黎世理工大学讲学，后来赴布鲁塞尔出席索尔维会议。

索尔维（Ernest Solvay 1838-1922）是比利时化学家和工业家，他发明新制碱法成了百万富翁。这位制碱大王年过七旬后仿效瑞典炸药大王诺贝尔扮演科学保护人，这个目光远大的工业家看到物理研究将对人类未来产生巨大影响，于是决定支持物理学，遂与好友内斯特教授密商。内斯特提议邀请全世界顶尖物理学家到布鲁塞尔召开讨论"物理学危机"的国际会议。此即物理学发展史上具有重要地位的索尔维会议。

1911年6月，索尔维亲自邀请十八位顶尖物理学家前往布鲁塞尔，其中十二位提交论文，会议提供头等机票、大都会饭店头等客房和两个会议大厅，外加每人一千比利时法郎。这是1911年世界具有最高"智慧"的会议：几乎秃头的普朗克握住爱因斯坦的手表扬他那一头又黑又密的卷发，德国还来了内斯特、维恩和索末菲；法国来了居里夫人、朗之万和庞加莱；英国来了卢瑟福和金斯；荷兰来了洛伦兹和昂内斯。

个个都是超级大腕儿。

现在,爱因斯坦与他们平起平坐。

看官须知,十年前荷兰的昂内斯教授还给爱因斯坦吃过闭门羹,见面时他笑谓爱因斯坦:"现在该我来给你当助教了。我还保留着你十年前写的求职明信片,将来把它送到博物馆,让后人看看我这个老头子当年多么糊涂!""镭的母亲"居里夫人是与会者中唯一的女性,也是与会者中唯一两获诺贝尔奖的科学家。两年前爱因斯坦在日内瓦大学三百五十周年校庆上见过她,她丈夫皮埃尔·居里此前不久于车祸中丧生。居里夫人对爱因斯坦观感非常好,她在回忆录中说自己相当"赞赏他清晰的思维,渊博的知识和深邃的思想……毫无疑问,我们可以把最大的希望寄予在他身上。我们确信他将成为世界上最顶尖的理论物理学家之一"。爱因斯坦一辈子对居里夫人非常尊敬,但个性活泼的爱因斯坦与生性严谨的居里夫人气场格格不入,对居里夫人的女儿印象尤为不良,会后他向友人形容居里夫人"像北大西洋一样冷淡,而她女儿比她还糟糕"。爱因斯坦对整个会议评价也不高,他觉得自己没听到什么新东西,"整个会议只是耶路撒冷废墟上的哀歌"。其实,爱因斯坦一辈子对参加这种研讨会鲜少好印象,后来他根本就拒绝参加了。

大会主题是"辐射理论和量子"。第一个报告人是洛伦兹,他流利地用德语、法语和英语讨论辐射问题,精彩纷呈。最后一个报告人是爱因斯坦,题目是《关于比特问题的现状》,他总结了量子论的应用。

第一届索尔维会议从经典物理学开始,以量子论告终,议程安排具有重大象征意义,因为洛伦兹和爱因斯坦正是世界物理学两代人的精彩传承。洛伦兹毫无疑问是老一代物理学家的杰出代表,而爱因斯坦正是最年轻的与会者。八个月前爱因斯坦到洛伦兹家里做客,与洛伦兹彻夜长谈,赢得洛伦兹垂青。与他会面是爱因斯坦在这个会议上最大的收获。会后爱因斯坦给友人写信说洛伦兹"是一个才智和机智的奇迹，一件真正动人的艺术杰作！我认为，所有出席会议的理论家中洛伦兹独占鳌头．"1928 年 2 月洛伦兹去世，已经是世界物理学超级大腕儿的爱因斯坦专程前往荷兰莱顿大学致悼词，称洛伦兹是"我们这个时代最伟大最高贵的人"，他说："他安排一生如此细致周密，就像创造一件珍贵的艺术作品。他总是那样善良、宽宏大量和具有正义感，同时又善于深刻而直觉地理解人际关系和社会关系，这使他在任何地方都成为领袖，大家都乐于追随他，因为他从不支配大家，而是为他们服务。他的形象和著作将为千百年后人的幸福和教育服务。"爱因斯坦晚年多次说："对我个人来说，洛伦兹是我一生中最重要的人。"洛伦兹不仅与爱因斯坦志趣相投，而且他还是一个"人"，在这一点上，爱因斯坦与他确有传承。当相对论打破了牛顿经典物理学时，洛伦兹说，他感到遗憾的是，他应当在牛顿力学崩溃前死去。

一个真正的科学家，永远将科学置于个人的生死荣辱之上！

虽然爱因斯坦观感不佳，但其实第一次索尔维大会十分成功，索尔维当场宣布此后每两年召开一次，此即物理学最高学术论坛"索尔维大会"，现在仍是世界顶尖物理学家和化学家最重要的国际会议之一。

在布拉格德意志大学不过两年，三十二岁的爱因斯坦的名望已经越过了欧洲。居里夫人与法国著名数学家庞加莱（Jules Henri Poincaré 1854—1912）频频向许多大学和科研机构举荐，荷兰乌特勒支大学提出聘请爱因斯坦，薪金高达六千荷兰盾，连大西洋彼岸的美国哥伦比亚大学也向爱因斯坦抛出了橄榄枝。爱因斯坦母校、瑞士苏黎世 ETH 这时发现自己做了亏本买卖，于是力邀请爱因斯坦回锅主持新开设的理论物理讲席，聘期十年。当初 ETH 没有诚心挽留他，爱因斯坦其实很介意。直到十年后（1918 年）ETH 想重金从柏林洪堡大学把爱因斯坦聘回来，爱因斯坦还说："十八年前，就是当个 ETH 最卑贱的助教，我都会喜出望外！但我仍然只能失望！世界是个疯人院，只有名声万能。"爱因斯坦其实是个很淡泊的人，对这些事情通常都是插科打诨，像这样说话很少见，可见当初远走布拉格时他心情并不愉悦。但，最后爱因斯坦仍然选择了母校，原因很多。第一是马蜜娃不喜欢布拉格。她跟爱因斯坦一样视苏黎世为故乡。第二据说是爱因斯坦在 ETH 的舞蹈老师。但这个舞蹈老师是男是女，到底对他说了什么，我却没查到。我觉得最重要的是爱因斯坦的老友格罗斯曼，因为，这时格罗斯曼出任系主任。而且，爱因斯坦的广义相对论，需要格罗斯曼来解决引力的数学计算。在等待 ETH 大学正式邀请这段时间里爱因斯坦开始了他最重要的科学研究：构思广义相对论核心思想——引力对光线的影响。1911 年爱因斯坦在《物理学刊》发表《关于引力对光线传播的影响》，这是他在布拉格发表的第二篇论文，该文结尾时爱因斯坦宣布外太空星光掠过太阳边缘时会发生弯曲，因为光也有惯性，会受到太阳引力场巨大引力的影响。

这是物理学史上后果最严重的宣言。

在此同时，马蜜娃对爱因斯坦的冷淡和责备终于收效：爱因斯坦不再期待她的温暖，因为，有位远房亲戚提供了温暖。1912 年，有妇之夫爱因斯坦爱上了住在柏林的离婚表妹罗爱莎（Elsa Einstein 1876-1936）。5 月 21 日奥匈帝国约瑟夫皇帝同意爱因斯坦博士于 9 月离职前往 ETH，遗缺由弗朗克接任。爱因斯坦"布漂"一大圈之后终于成为苏黎世 ETH 教授。在布拉格，他的年薪已达一万瑞士法郎，瑞士政府从授权管理的特别基金中每年支出一千法郎作为补充，加上学校工资与出场费。爱因斯坦出任瑞士联邦理工高校（ETH）物理学教授，任期十年。爱因斯坦一辈子的梦想就是当教授。最后，梦想照进现实，他当上了教授。

但梦想实现之后不一定就是幸福。有时候,梦想的实现就是梦想的破灭。至少在爱因斯坦身上差不多等于破灭。实际上,当教授更像爱因斯坦的失败。倒不是因为学生太笨听不懂相对论(当然他们也经常听不懂),而是因为爱因斯坦这个空前物理奇才的风格非常不适合于教学。首先,他从不备课,然后,他的板书之烂,估计放在中国的非重点大学都会直接遭到教务处严重警告。他的思想具备所有伟大天才必备的发散性,经常直接从东山琉璃说到西山猴子,时常抓住某个问题大发感慨,旁枝逸出,离题万里,同时空棺材出殡——目(木)中无人,完全把神圣的大学课堂当成他天才思想的跑马场,严重影响课程进度,导致学生无法按时完成学业。所以,开课时前来听课的学生一直挤到门外走廊上,但不久后就门可罗雀。事实上,终其一生,爱因斯坦教课的风格从未改进,教学效果也从未改善。可这并不妨碍世界名校授予他名誉教授。几十年后杨振宁先生有幸在普林斯顿听过爱因斯坦的课。再几十年后杨老人家在北京老老实实地承认,自己根本没怎么听懂,算是保持了科学家对事实的尊重。

1912年7月25日,爱因斯坦终于回到格罗斯曼身边。这并不是格罗斯曼的荣幸,而是爱因斯坦的荣幸。十二年前格罗斯曼提供课堂笔记帮助爱因斯坦翘数学课,现在,爱因斯坦需要数学了!在布拉格时朋友皮克告诉爱因斯坦,几何概念可以帮助他克服广义相对论的困难,可这毕竟只是空泛的指点,真正讨论广义相对论,光线弯曲的概念不仅必须运用于线和面,还得运用于三维空间和四维时空。爱因斯坦急需强大的数学火力,而格罗斯曼再次拔枪相助。回到苏黎世爱因斯坦马上去找格罗斯曼:"你必须帮助我,否则我会发疯。"

像在大学一样,格罗斯曼再一次拯救了爱因斯坦。

爱因斯坦从不讳言格罗斯曼从数学阵地上给自己的支援。1922

年12月14日，爱因斯坦亚洲之行在日本京都演讲时说："抛弃几何而维持物理定律，等于表达思想而不用词语。我们必须先寻找词语才能表达思想。那么我们必须找到什么呢？这问题一直无法解决，直到1912年我突然认识到，高斯的曲面理论是解开这个秘密的钥匙，他的曲面坐标系意义重大。不过，当时我还不知道黎曼已经更深入研究了几何基础……我认识到几何基础具有物理学意义。当我从布拉格回到苏黎世时，我亲爱的朋友、数学家格罗斯曼也在苏黎世。他告诉了我里其，然后是黎曼。因此我问他这个问题能否通过黎曼理论得到解决。"

爱因斯坦在ETH留下趣闻一箩筐。当时学校要求整栋大楼禁烟，不过爱因斯坦例外。结果他的办公室成了吸烟角，而那些慕名来参观爱因斯坦本尊的粉丝，只要说想抽烟就能看见爱因斯坦。1912年10月劳鹤来到ETH当副教授，加上爱因斯坦和P. 德拜，这三位诺贝尔奖获得者都是先在ETH当副教授走上科学舞台的。克莱纳不是超一流科学家，不过他无疑是超一流伯乐。当时EHT成为相对论乐土，劳鹤回忆说："每周爱因斯坦主持一次讨论会报告物理学新成就，在ETH，所有副教授和一堆物理学生参加……散会后爱因斯坦与所有有意者去'王冠饭店'共进晚餐，相对论是这些讨论的中心。"朗之万和艾伦费斯特也来到苏黎世会见爱因斯坦。艾伦费斯特（Paul Ehrenfest 1880—1933）是荷兰著名物理学家，与爱因斯坦友谊长达二十年，是爱因斯坦最亲密的朋友之一。1933年9月25日艾伦费斯特自杀，爱因斯坦专致悼词："我们成为朋友只用了八个小时……所有了解他的人都像我一样知道，这个纯洁无瑕的人肯定是良心冲突的牺牲者。"

1913年秋爱因斯坦从苏黎世前往维也纳出席自然科学家会议并作广义相对论的第一次公开报告。理论还未完成，但爱因斯坦已等不及了。在维也纳逗留期间爱因斯坦去郊外拜访了已经七十五岁高龄并瘫痪在床的马赫——一位须发蓬乱、面容慈祥的老头。爱因斯坦一生感念马赫在布拉格给了自己机会，但他在科学上仍然坚己见。1922年爱因斯坦获诺贝尔奖后说："马赫体系研究经验材料之间的关系；在马赫看来科学就是这些关系的总和。这种观点不对，事实上马赫在编目录，而非建立体系。马赫可算高明的力学家，但却是一位拙劣的哲学家。他认为科学所处理的是直接材料，这种科学观使他否认原子的存在。如果他没离开我们，他或许会改变看法。但我要说，对于另外一点，即概念可以改变这一观点，我倒是完全赞同马赫。"三十三年后（1955年），在科恩的采访中爱因斯坦追忆了在维也纳与马赫的最后一次见面，两周后爱因斯坦辞别人世，因此简直可算他的科学遗嘱。爱因斯坦逝世后科恩在《科学美国人》月刊发表《同爱因斯坦的一次谈话》。科恩说爱因斯坦记得奥斯特瓦尔德和马赫那么重要的科学家都公开否定原子和分子存在。爱因斯坦回忆维也纳最后一次见面时他问过马赫如果实验证明原子存在，马赫能否接受。马赫的回答是肯定的。这个肯定带给爱因斯坦巨大的安慰。因为，爱因斯坦知道，原子是存在的。

看官须知，ETH突然想起把布漂爱因斯坦聘回当教授不是偶然的。此时"奇迹年"已过七年，爱因斯坦渐渐名动江湖，引起普朗克、居里夫人这些超一流大腕儿的注意。这时会议合影，爱因斯坦已经可以站到第一排了。曼联足球队前些年买董方卓，中国人觉得欢欣鼓舞，其实这就是"预备性囤积"，即发现有才华的球员就花笔小钱买下来，如果能够成为主力，曼联就赚大了，如果不行，损失也不大。ETH这时聘请爱因斯坦，就是"预备性囤积"，因此只给了爱因斯坦一个教席教授，而且觉得这已经对他不错了。爱因斯坦也觉得不错。他和马蜜娃都喜欢苏黎世，本来在ETH当教授就是他一生的梦想，因此ETH一声召唤，他马上弃美丽的布拉格与伟大的卡夫卡于不顾，回到苏黎世。

可有人认为讲席教授与爱因斯坦的价值非常不对称。

此人即为普朗克。

爱因斯坦回到 ETH 不过一年，随着爱因斯坦对布朗运动的预言被实验证实，1913 年 7 月 12 日，普朗克与化学家内斯特（Walther Nernst 1864–1941）专程赴苏黎世邀请爱因斯坦前往柏林洪堡大学任教，条件丰厚：普鲁士科学院院士、柏林洪堡大学终身教席教授，筹建中的威廉皇帝物理学院(Kaiser-Wilhelm-Institut für Physik)院长。

当时普鲁士科学院院士、第一位诺贝尔化学奖获得者 J.V. 霍夫去世。院士虽然每年只有九百马克车马费，但是个荣誉极高的称号。霍夫去世后普鲁士科学院准备将这个院士授予第一个物理学诺贝尔奖获得者伦琴。但六十七岁的伦琴不愿从慕尼黑搬家去柏林。最后，这个称号给了爱因斯坦，在普鲁士科学院物理数学部投票中，爱因斯坦得到了表示同意的二十一个白球，反对的黑球只有一个。爱因斯坦获得普鲁士教授最高工资：每年一万两千马克，一半由科学院支付，另一半由工业巨头 L. 考帕尔资助。

爱因斯坦能同意前往柏林，对他而言是不可思议的一步。因为普鲁士人是最刻板的德国人，而爱因斯坦当年正是因为强烈反感德国刻板严酷的教育制度而放弃了德国国籍。

普朗克怎能如此自信可以说服爱因斯坦返回德国？

其实普朗克知道自己无法说服爱因斯坦。但他知道红颜知己可以。此时爱因斯坦正与表妹罗爱莎暗中热恋，而罗爱莎住在柏林。红颜知己通常是天才远走天涯的充足理由。一生对红颜寡情无信的爱因斯坦，独向罗爱莎低头。这不是我说的，这是爱因斯坦自己说的。他在一封信中明确写道："非常感谢一位表姐的关心，是她使我决定来到柏林。"

爱因斯坦去柏林这个决心下得非常有戏剧性。当普朗克和内斯特说完后,爱因斯坦让他俩先去爬山。他俩回来时爱因斯坦去火车站接他们。如果届时爱因斯坦手拿一束白花,他就留在苏黎世,如果手拿红花,他就去柏林。

我没查到爱因斯坦是不是在火车站买的花,但显然他拿的是红花。

1913年11月12日,末代德意志皇帝、普鲁士国王威廉二世亲自批准爱因斯坦为普鲁士科学院(Preussische Akademie der Wissenschaften)院士,12月7日爱因斯坦宣布从ETH辞职,并在王冠饭店举行丰盛告别宴会。1914年4月初,爱因斯坦到达柏林达莱姆区的公寓。这一来,他在柏林住了十九年(1914 – 1933)。到他离开时,柏林一跃成为世界物理学研究重镇,当时美国人的说法是"全世界十二个懂相对论的人有八个住在柏林"。人生是个有意思的圆圈。当初,他想尽一切办法逃离巴伐利亚的军事训练,而现在,他的两个儿子要进入严酷十倍的普鲁士军校。当时一万两千马克是非常高的工资,而德国也成为承认爱因斯坦的科学家地位的第一个国家。爱因斯坦从未忘记普朗克、内斯特、维恩和索末菲对他的帮助。

问题是,马蜜娃不喜欢柏林,她更不喜欢的是,爱因斯坦如此热衷去柏林并非仅因为高工资。虽然没有确切证据,但女人的第六感让她感觉到柏林的罗爱莎,她像所有义正词严的结发妻子一样,不屑于去争夺那个令人生厌的丈夫,反而用疏远来表达自己理直气壮的愤怒。而且,她与婆婆的关系也日趋紧张。

可是,当年她并不是依靠愤怒赢得爱因斯坦的。

那么,马蜜娃能够用疏远战胜罗爱莎吗?

战火下的广义相对论

1914年4月爱因斯坦到柏林，6月2日在普鲁士科学院发表院士就职演说，话音未落，8月1日第一次世界大战爆发，德国绝大部分知识精英立刻投入狂热"爱国"热潮，大多数物理学家都自觉自愿地为德国战争机器服务：时任洪堡大学校长普朗克鼓动学生参加这场正义战争，他的大儿子战死，小儿子成为战俘；而五十岁的内斯特到第二军司令部当了参谋特使，两个儿子都在战场上战死……爱因斯坦却冒天下之大不韪作为创始人发起反战联盟"新祖国"（Neues Vaterland）。德国皇后御医、生理学家尼可莱（Friedrich Georg Nicolai）是洪堡大学外聘教授，他随德皇东征西讨，血淋淋的死亡让他变成坚定的反战主义者，他说："现在我才真正认清战争。这些过去的恶魔对我们这些新时代的人拥有怎样可怕的威权啊！今天我憎恨战争——至少憎恨二十世纪的战争！"他起草了《致欧洲人宣言》（Manifest an die Europär），爱因斯坦毫不犹豫签字。

这是爱因斯坦一生中签署的第一个政治宣言。

他立刻遭到广大"爱国科学家"的疯狂围攻。爱因斯坦这样描述自己的处境:"我现在德国被称为德国科学家,在英国被视为犹太人。如果我的科学理论被推翻,情况肯定大变:我在德国会被视为犹太人,而在英国被称为德国科学家。"此时爱因斯坦渐成学术明星,但他坚定主张和平主义却让德国右派恨得眼中滴血,因此爱因斯坦在柏林心情非常不好,与马蜜娃的离婚争执更是雪上加霜。1915年12月爱因斯坦致信贝索说相对论研究进展让他"很满意",但人却"疲惫不堪"。

爱因斯坦刚到柏林时的领导是发明氨肥的化学家哈伯(Fritz Haber),也是爱因斯坦好友,曾调解过爱因斯坦跟马蜜娃的婚姻危机。不过,这个伟大的化学家属于大多数特别努力加入德国社会的犹太人。他不仅自己改信基督教,在爱因斯坦到达柏林时还专门劝他也接受基督教洗礼:"这样你就真正加入我们了。"这样的犹太人在一战中表现得比德国人还要积极。哈伯接受德军委托发明"把敌人赶出战壕"的毒气——氯气,因为氯的比重大于空气,爆炸后沉入敌方战壕,能让敌军迅速肺水肿,无法呼吸,相当于淹死在陆地上,非常痛苦。哈伯就此成为第一个发明大规模杀伤武器的科学家,但他宣布发明毒气是"为了加速结束战争"。在比利时前线哈伯亲自下令第一次使用氯气,投入氯一百六十吨,杀死五千敌军,重伤一万多人,因此晋升为上校,晋升仪式上哈伯落下了幸福的泪水。

爱因斯坦的办公室,就在哈伯的研究所里。这时爱因斯坦给瑞士朋友写信说:"我们所有的科技进步,都像是疯子手里的斧头。"他批评柏林的"爱国主义"时说:"我相信这是一种流行的精神病,只有十分独立的人方能摆脱这种流行观点的左右。"不过,这时爱因斯坦也参加发明了旋转罗盘,并按合同获得每个旋转罗盘售价的百分之三。1928年阿姆斯特丹的库普曼银行开始给爱因斯坦转发分红,一直到二战爆发的1939年。

因此，广义相对论纯粹是一战下的蛋。爱因斯坦在1916年写了十篇论文，包括广义相对论、自发和诱致发射理论、引力波理论、能量动量守恒定律和爱因斯坦——德哈斯效应，还完成第一本科普手册《论狭义与广义相对论》（*Über die spezielle und die allgemeine Relativitätstheorie*）。这个手册号称"科普"，其实等闲物理学家都看不懂。这时爱因斯坦正式决定将1905奇迹年的相对论定名"狭义相对论"，而新提出的理论定名"广义相对论"。出版社请爱因斯坦写本相对论专著，结果他光整理发表过的文章就花了两年，刚整理完第一次世界大战开打，出版搁浅。战后出版社请他修订，爱因斯坦却已经红得再没时间修订。直到八十一年之后（1995年），这本书才正式出版。

此即四卷本《爱因斯坦论文集》，相对论权威著作。

这期间爱因斯坦不仅心情不佳，而且缠绵病榻。柏林不是爱因斯坦这个世界居住最久的城市，但它肯定是爱因斯坦爱恨交加最浓烈的城市。他不仅在长年阴天的柏林学会随身带伞，而且在柏林离婚和再婚。第一次世界大战开始，爱因斯坦与马蜜娃的婚姻却行将结束。1914年底，马蜜娃不愿与爱因斯坦分享柏林的阴天和与罗爱莎分享爱因斯坦，她带着孩子返回瑞士，把爱因斯坦这个永远长不大的孩子留给罗爱莎，并最终与爱因斯坦离婚。然而，世界大战与离婚都无法阻止爱因斯坦成为人类有史以来最伟大物理学大师。1915–1917年，与马蜜娃分居后，在人类第一次全球大规模屠杀同类的腥风血雨中，在德国科学家充满"爱国"热情的歇斯底里围剿下，爱因斯坦在1915年11月完成广义相对论研究，并将研究结果分为四次学术报告在11月4、11、18和25日向普鲁士科学院宣读。

因此，按知识产权分，广义相对论确实要算职务发明。德国人宣布爱因斯坦是德国人，不能说完全没道理。

爱因斯坦在第一篇报告提出满足守恒定律的普遍协变引力场方

程,在第三篇报告中根据这个方程算出外太空星光掠过太阳表面发生的偏转将是1.7弧秒,同时推算出水星近日点每一百年进动43秒,完美解决困扰天文学家六十多年的"水星进动"难题。在第四篇报告《引力的场方程》中,爱因斯坦放弃对变换群的不必要限制,建立真正普遍协变的引力场方程,宣告广义相对论作为逻辑结构正式落成。

1916年5月11日爱因斯坦论文《广义相对论基础》(*Die Grundlage der allgemeinen Relativitätstheorie*)发表于《物理学刊》,其基础是爱因斯坦1913年5月与数学家格罗斯曼合著的论文《广义相对论纲要和引力论》。这里还有个小故事。在这篇论文中爱因斯坦负责物理,格罗斯曼则负责将其归纳为数学方程式。因为广义相对论肯定将引起巨大争论,格罗斯曼还专门声明对文中的所有物理论断不负责任,所以前面的"物理部分"签名是爱因斯坦,后面"数学部分"签名是格罗斯曼。

后来,《物理学刊》杂志出版人J.A.巴特把五十三页的《广义相对论基础》单印成册。

这是爱因斯坦的第一本科学专著。它标志着广义相对论的诞生。对广义相对论爱因斯坦非常自信,他公开说根本没必要通过实验来验证,但他预言,如果在日全食时做实验,一定会证实这个理论。

广义相对论被誉为人类历史上单个科学家所取得的最伟大的科学成就。

讲爱因斯坦实在躲不过相对论,在下就以业余爱因斯坦爱好者的身份来讲讲在下理解的极简版科普相对论。在下并非物理学家,说错了不负刑事责任啊。

什么叫物理学?物理学听起来很高深。中文无论什么东西加个"学"就不得了,其实"物理"就是"世界万物到底是什么?"它是跟我们普通人关系最密切的科学,因为每个人都会问"太阳是什么?""地球是什么?""人为什么会死?"物理学发源于亚里士多德,他的主要著作之一就是《物理学》。从科普意义上看,相对论探索最大的物体——宇宙;而量子理论探索最小的物体——原子、电子和微电子。爱因斯坦是相对论之父,也算量子理论教父,虽然他本人根本不承认量子理论。

最机智的相对论科普版来自爱因斯坦本人。他晚年与青年学生谈话时说:"如果你和一个美女一起坐了两小时,你会认为仅仅是一分钟;如果你在通红的火炉上坐了一分钟,你会认为已经过了两小时。这就是相对论。"相对论的伟大并不仅仅在于它说明了美女和火炉与你的屁股的关系,而是超越了此前人类历史上最伟大的科学理论:牛顿力学。从科学上说,爱因斯坦的伟大就在于超越了牛顿。二十一世纪来临,英国《物理世界》推出千禧年特刊,由一百名物理学家票选有史以来十位最伟大的物理学家。爱因斯坦力压牛顿名列榜首。

Well,哪个是牛顿?

艾萨克·牛顿(Isaac Newton 1643.1.04—1727.3.31,若按儒略历则为1642.12.25—1727.03.20)是继古希腊圣哲亚里士多德之后物理学世界第一大师。

前面说过,物理学起源于亚里士多德。

如果一个十公斤的铅球和一个一公斤的铅球同时掉下来,哪个先落地?

像我这样的科普爱好者想都不会想就会说十公斤的铅球先落地。

亚里士多德也这样说。他这句话人类信了一千九百多年。

其实不确。

十七世纪初出了个欺师灭祖的伽利略(Galileo Galilei 1564—

1642），传说这个愣头青不识好歹从比萨斜塔上同时扔下大小俩铁球，两者同时落地，大家才发现亚里士多德说得不对。此事盖棺论定要等到1971年8月2日。那天阿波罗15号飞船宇航员斯科特在全球电视观众注视之下在月球上同时抛下一把锤子和一根羽毛，两者同时落到月球表面，伽利略在佛罗伦萨圣十字教堂坟墓中才终于大笑瞑目：想当年他因支持哥白尼的"日心说"遭宗教审判庭严厉审判，差点儿像布鲁诺一样被烧死，只好收回自己的话才捡回一条小命。1632年他出版《关于两个主要世界系统——托勒密与哥白尼系统——的对话》(*Dialogue on the Two Chief World Systems, The Ptolemaic and the Copernican*)，居然于第二年以书治罪被罗马宗教裁判所判处终身监禁，1979年罗马教皇保罗二世代表罗马教廷伽利略公开平反昭雪，历时三百四十六年。伽利略1642年去世，同年他的转世灵童牛顿出生。按金庸说法，转世灵童功力都比前世更高。牛顿证明金庸是对的。牛顿与歌德的著名情人夏露笛同样生于圣诞节，属于全世界人民帮他过生日那类幸运儿。他被公认为英国最伟大的科学家，身兼物理学家、天文学家、数学家等一堆家，是近代力学开山祖师，提出著名的万有引力定律和牛顿运动三定律，后者被誉为人类历史上最伟大的十大科学发现之一。他的万有引力定律总结成公式就是：$F=G\dfrac{M_1 M_2}{R^2}$，其中 M_1 和 M_2 是两个物体的质量，R 为两物体之间的距离。

　　看官须知，公元1500年时地球上大部分人的生活仍然与公元前1500年的人差不多，三千年来变化不大，然而，这之后的五百年，人类饮食、衣着、工作、艺术、技术、经济、哲学等等翻天覆地，人类陷入一场伟大革命，至今尚未结束。这革命几乎都归功于科学，而揭竿而起发动这场科学革命的圣斗士，是牛顿。牛顿之前欧洲知识界长期是神学天下，当时欧洲人咸认为人类对世界的一切认识都来自上帝，亚当和夏娃被逐出伊甸园，就是因为他俩结伙偷吃智慧之树上的苹果后不依靠上帝就可以认识世界,严重得罪上帝老倌儿,所以他俩的后代——就是俺们——就有了"原罪",即俺们生下来就是罪犯。几百年后传言牛顿同样被一个苹果击中脑袋,于是就有了万有引力定律。

就是说,苹果并不是一般的水果。吃苹果时要有朝拜的心情,因为没有苹果咱们就是没有宗教和科学的可怜虫。

牛顿力学代表作《自然哲学的数学原理》(1687年,清康熙二十六年)是在好友、天文学家哈雷(后来有个老来骚扰地球的大尾巴彗星就以此人命名)再三坚持下才勉强拿去付印,结果一炮而红,被誉为科学史上最伟大的十大著作之一。在这本"用最精确数学术语重塑世界"的书中,最基本的观念就是"绝对空间和绝对时间",即:在绝对空间中,空间和时间都固定不动。这个话现在说起来稀松平常,当时却是个超级原子弹:此前欧洲人深信天上地下的一切都是上帝老倌儿替咱们安排好的,当然也包括空间和时间,怎么会"绝对"?"绝对"的意思就是它们跟上帝没关系。

想当官,杀人放火受招安。欧洲也一样。牛顿发动几乎否定上帝的科学暴动,一举成名,二十七岁(1669年)即被聘为剑桥大学数学教授,四十六岁时作为大学代表当选国会议员,从此离开科学。牛顿为研究物理终生未婚,但其理由却十分搞笑,有他的亲笔为证:"保持贞洁的良方并非与不洁念头做斗争,而是以职业、阅读、冥想或其他方式来躲避不洁的念头。"

所以,牛顿搞物理的本意并非反上帝。他本意是为了保持自己的贞洁。

牛顿担任英国皇家学会主席长达二十四年,不仅是英国科学界一霸,而且被视为全世界活着的最伟大的人。当时世界科学代表是英国皇家学会,而该学会全体成员毕恭毕敬屏息吞声地倾听牛顿每一句模糊不清的话;他不点头,任何人不能当选皇家学会会员。牛顿六十二岁被安妮女王封为爵士，1727年3月20日去世后下葬英国名人封神榜西敏寺，墓志铭直接就是万年马屁："让人类欢呼如此伟人曾经光临尘世"。他去世前的名言"如果我比别人看得远，那是因为我站在巨人的肩上"更堪称史上被读书人嚼得最烂的一块馍。出生晚牛顿四十五年、素以狂放不羁著称的英国诗人蒲伯（Alexander Pope 1688–1744）只表扬过一个科学家："自然界和自然规律都隐藏在黑暗之中，上帝说，让牛顿出生吧！于是一切都是光明！"

哪个是牛顿？

牛顿，就是上帝之下、人类之上的那个半人半神。这个半人半神创造的力学，最著名的论断就是"绝对时间和绝对空间"。可这个说法有明显的毛病："绝对"就是不依赖于任何事物独立存在。可如果它们跟任何事物都没关系，那我们怎能知道世界上存在时间和空间呢？这问题牛顿答不上来，最后只好推到上帝身上。他说绝对时间和绝对空间是上帝创造的。后来，非常尊敬牛顿的康德说绝对时间和绝对空间"纯粹先验"，即时间和空间先于人类经验而存在，因此我们根本不能怀疑它们是否存在。因为这个毛病太明显，所以批牛顿的人络绎不绝。德国哲学家莱布尼茨批了一回，没批倒，十九世纪奥地利物理学家马赫又批了一回，还是没彻底批倒。爱因斯坦横空出世之前，以"绝对时间和绝对空间"为金字招牌的牛顿力学经两百多年发展已臻完美，在解决地球上低速运动中的物理问题时取得了无与伦比的辉煌成就，直到二十世纪初，"绝对时间和绝对空间"在物理学界依旧神圣不可侵犯，当时物理学家都认为"后世物理学家可做的事情已经不多了！"

牛顿之后可屈一指的物理学大师是麦克斯韦（James Clerk Maxwell 1831 – 1879），他为电磁理论奠基，他用他发现的"麦克斯韦尔小妖假设"（Maxwell's Demon）证明熵可以减少，险些推翻热力学第二定律。没有麦克斯韦，就没有电视机、飞机和雷达。麦克斯韦理论并不适合力学的相对性原理。十九世纪物理学最大最感人的贡献——麦克斯韦的电磁学，实际上把以太作为所有物理思想的中心。他认为如果把电从这个世界拿掉，光就消失了；如果再拿掉以太，则电力和磁力就无法在空间传播。1879年11月麦克斯韦在英国剑桥去世，他去世前八个月，他的转世灵童抢先出生于德国乌尔姆。

爱因斯坦！

爱因斯坦对牛顿非常尊敬，他书房里长期挂着一幅牛顿画像。第一次访英时他首先到牛顿墓前献花，然后才去皇家科学院做报告。1942年爱因斯坦应邀为纪念牛顿诞生三百周年撰文，他评价牛顿："只有把他的一生看作为永恒真理而斗争的舞台上一幕，我们才能理解他。"评价可谓相当不低。

因此，爱因斯坦发现相对论并非要跟牛顿过不去。

但是，相对论却处处跟牛顿的万有引力过不去。

牛顿力学理论认为时间与空间绝对不变；速度可以相加；星球之间依靠万有引力互相吸引，所以不会彼此离开。可当时已有实验证明无论火车朝什么方向开，信号灯相对火车的速度都是一样的；而迈克尔森实验则证明，无论顺着还是逆着地球运动，光速都一样。

这个问题说起来听不懂，举个例子吧：你原地不动，詹姆斯朝你扔过一个篮球，你能看到篮球吧？可牛顿力学说速度必然相加，因此球出了詹姆斯手之后就有一个向你而来的球速，这时球反射到你眼中的速度就是光速+球速，比球未出手前要多出一个球速。如果真是这样，我们根本看不见篮球赛，因为眼睛的运动只能达到光速，永远跟不上加了一个球速的篮球。广义相对论正是源于对这个问题的追根究底：如果光速不变，时间和距离必须是变量，我们才能看NBA比赛。因此，时间和空间肯定不是固定不变的，也就是说，它们不是绝对的。爱因斯坦的结论是：时间、距离会因运动快慢而变化。在一艘以每秒二十六万公里飞行的飞船上，一米的尺子会缩成半米；地球上过了一小时，飞船上的钟才走了五分钟。因为我们现在造不出光速飞船，所以我们很难理解时间和空间的变化，但科学实验证明，高速运动中时钟确实会变慢，时空确实是变化的，只是因为地球上运动的速度太慢，所以我们感觉不到它们在变。

这个理论听起来平淡无奇，实际上石破天惊，它打破了牛顿的绝对时间和绝对空间，也就从侧面否定了上帝的存在。广义相对论一石激起千层浪，牛顿力学一统天下两百多年的物理学界当场崩溃，反对者摇头感叹爱因斯坦这个天才就此精神分裂，连很多爱因斯坦支持者也认为他走得太远；零星的几个支持者却壮怀激烈，坚信物理学的新时代已经到来。

后来，物理学的新时代真的就到来了。

看官须知，1905年狭义相对论的出生仿佛如鲠在喉，不吐不快，全世界物理学家都没日没夜思之想之，为伊消得人憔悴，因为普天下都明白，此剑不出物理学就得彻底歇菜，爱因斯坦捷足先登，不过证明他才思敏捷。爱因斯坦自己也说过，如果他没发现狭义相对论，五年之内必被他人发现。其实洛伦兹和法国数学家庞加莱已无限接近狭义相对论，可洛伦兹不愿打烂牛顿力学，而庞加莱主要研究数学，因此这个成果最后落到爱因斯坦身上。庞加莱本人也觉得吃了亏，所以他后来讨论相对论时很少提爱因斯坦的名字，而且与爱因斯坦只在1911年的布鲁塞尔第一届索尔维大会上见过面。相应地，爱因斯坦也很少提及庞加莱。

广义相对论的出现则完全不同。它像一个晴天霹雳，是在没有任何先兆下横空出世的，它是爱因斯坦天才最强有力的证据。可以说，没有爱因斯坦，今天咱们也未必就能发现它。没有任何实验上的矛盾，没有任何实际需求，当时地球上也无人意识到它的必要性。即使没有广义相对论，也不妨碍火箭发射、卫星上天和计算机出现。

但是，广义相对论继狭义相对论之后，又一次掀起了人类时空观大革命。

这场大革命到底有多大？

翻开初中一年级几何课本，扉页里就有一条人所共知的平行公理："在平面内，过已知直线外一点，只有一条直线和已知直线平行。"

欧几里得几何第5公设。

公元前三百年欧几里得将它写入《几何原本》，它和其他公理组成的欧几里得几何横扫世界，随之导出的大批定理成了人类根深蒂固的观念：三角形内角和等于180度；直角三角形两直角边的平方和等于斜边的平方（勾股定理），等等。后来笛卡儿在此基础上创立解析几何，催生微积分。

欧几里得几何是人类创立千年完美数学大厦最重要的那块儿基石。在人类文明中，从平常无奇的桌椅到气势恢宏的宫殿，从终将毁灭人类的原子弹到俯瞰人间的卫星，无不闪烁着欧几里得几何直线的耀眼光彩。

Any more question？

1加1难道不等于2吗？

结果十八世纪末德国出了个"数学王子"高斯（Carl Friedrich Gauss 1777–1855），他就出来question了一下。他是第一个怀疑欧几里得几何的数学家。他与俄罗斯的罗巴切夫斯基和匈牙利的波尔约分别独立艰苦论证，终创与欧氏几何分庭抗礼的非欧几何。正是非欧几何救了爱因斯坦。他提出广义相对论之后非常犹豫，因为广义相对论得出的几何结果实在太出乎意料了，连他自己也不大相信。幸亏格罗斯曼向爱因斯坦介绍了非欧几何之后的黎曼几何，这才让爱因斯坦茅塞顿开。格罗斯曼，是爱因斯坦一生的幸运星。如果让爱因斯坦自创一套新几何，纵有格罗斯曼帮助，也势必如挟泰山以超北海，在所不能。想当年，高斯的高足黎曼为这套几何可是耗尽了一生的心血。

看官须知，这黎曼也是德国人，他紧跟老师高斯彻头彻尾跟欧几里得唱反调，黎曼几何最基本的原则就是："在同一平面内，任何两条直线都有交点。"

What？

黎曼根本不承认平面内存在平行线！黎曼几何让爱因斯坦明白，我们身在其中的这个空间并非简单的长、宽、高三维空间，这个三维空间实际上还得加上时间，因此它是一个四维时空，它并非人类一直相信的那样平直，而是一个弯曲空间。

说了半天，到底啥子是"弯曲空间"？

弯曲空间就是，如果你站在地球边上向宇宙发出一束光，若干万年后，如果地球还存在的话，你会发现光从你背后绕了回来。在地球上说这个话很难让人信服，也许要等到将来有个新麦哲伦船长驾驶我们今天无法想象的超光速宇宙飞船航行宇宙一圈从背后返回地球，那时我们才会相信宇宙是圆的。爱因斯坦是对的：宇宙空间遵循的是黎曼几何，而不是欧几里得几何。当你精确测量空间三点连成的三角形之内角和，你会发现它大于180度。欧几里得空间是平直的，而黎曼空间是弯曲的，它的弯曲程度取决于空间中物质的分布，物质密度越大的地方（比如有个太阳或者黑洞悬在那儿），引力就越大，相应地，空间弯曲就越厉害。

两点之间直线最短，这没问题吧？

这是欧几里得几何。

实际上，最短的是条曲线，即爱因斯坦提出的"世界线"。

啥子是世界线？

在地图上的北京与纽约之间划条最短的线，那是条直线，all right？可你找个地球仪，再在北京与纽约之间画条线，你会发现那是条曲线：因为地球是圆的，它只在地图上才是平的。在真正的地球上北京与纽约之间最短的线不是直线，而是一条曲线，这段距离称之为"度规"（metric）。光线传播与此相同。在欧几里得几何中，光线在两点之间永远走耗时最短的直线。但是，如果光线在引力影响下发生弯曲，就意味着此时两点之间最短的距离是条曲线。我们都知道时间机器，就是那个我们坐上去可以飞回过去的科技怪物。世界线，即时间机器的理论基础。

这条线，就是世界线。

世界线涉及等效原理。

OK，啥子是等效原理？

想当年，没有狭义相对论的物理学家研究加速运动把后脑勺都挠烂了，因为大家发现一个加速运动的参照系会发生奇怪的"假想力"。举个例子，你驾车绕圈行驶，达到一定速度后你会觉得自己被向外甩，这就是"离心力"（centrifugal，该词源于两个拉丁词，意为"从中心飞出"）。离心力就是典型的"假想力"。车产生的离心力使车往与该车运动方向垂直的方向运动，但车的惯性却让它继续向前直线运动，这两种力相互作用，因此车最终会继续绕圈。离心力，即为这两种力相互抵消相互作用的合力，并非自然界中真实存在的力。

1907年，德国物理学家、诺贝尔奖获得者斯塔克约爱因斯坦给他任编辑的《辐射学与电子学年鉴》写文章介绍狭义相对论，爱因斯坦想借这篇文章把引力纳入狭义相对论，结果，当他"坐在伯尔尼专利局办公桌前椅子上"思考这篇论文时，那个幸福的灵感突然降临：一个人从屋顶摔下来时，他感觉不到自己的体重。看官不信？不妨自己爬上十八层楼摔一回试试。反正物理上这点已经被验证了。

这就是等效原理。

到底是啥子意思嘛？

意思就是：如果冯教授今天被所有二十二个女朋友集体甩

了，愤而跳下一百六十二层高的迪拜塔自杀，跳下时扔出身上带的二百二十二根每根重二十二公斤的金条，这些金条与冯教授同时下落。在落地摔得脑浆迸裂之前，如果冯教授两眼只看着这些金条，他根本无法判断自己和金条到底是在同时下落呢，还是跟金条一起在空中自由漂浮。这个时间内，冯教授是无法感觉自己体重一百公斤的。翻译成爱因斯坦的话就是：冯教授自由下落时看着金条的这个小参照系"等效于"没有引力作用时的惯性（大）参照系（迪拜塔和地球）。

根据等效原理，爱因斯坦提出高速运动会让时间变慢。这意味着强大的引力场同样会让时间变慢。地球引力很小，因此在地球上的我们无法感受到时间变慢，但如果您一头扎进黑洞，而且到达"黑洞视界"时没有被巨大的引力撕成亿万颗基本粒子，那么你就可以看见，在"黑洞视界"，时间停止不动了。而我们知道，只有在运动达到光速时，时间才会停止。

其实伽利略在比萨斜塔扔下铁球时已经无限接近发现等效原理，但他停步不前，错过了这一伟大的发现。

斯塔克计划这篇文章发表于 1907 年 12 月 1 日，可他 12 月 4 日才收到爱因斯坦的文章《相对论原理及其推论》，它为爱因斯坦从狭义相对论走向广义相对论迈出了关键的一步：他可以用数学来描述作匀加速运动的参照系，根据等效原理，所得的结果即引力作用下的结果。他第一次明确提出：在无限小的体积中，均匀的引力场可以代替加速运动的参照系。此即爱因斯坦著名的"封闭箱"论点：在完全封闭的箱子中，观察者无法确定他自己究竟是静止待在一个引力场中，还是处在没有引力场却在做加速运动的空间中，因为惯性质量与引力质量"等效"。

正是在这一点上，广义相对论超过了狭义相对论。狭义相对论把相对性扩展到时间与空间，即时间的快慢取决于运动的速度；而广义相对论再进一步，把相对性扩展到惯性系与非惯性系，于是，时间的快慢不仅取决于运动速度，而且取决于物质分布的密度。因此，广义相对论的引力定律不再是力的定律，而是时空几何结构，就是说，广义相对论统一了几何与物理，它用空间结构的几何性质来描写引力场。在这种空间几何中，引力速度等于光速。

1964 年，美国物理学家罗伯特·迪克用高科技设备重演伽利略的自由落体实验。他把同样体积的两坨轻铝和一坨黄金放进高灵敏扭秤，通过飞船送往太空，在太空中宇宙飞船的飞行与地球的引力相互抵消，因此没有引力，然后让扭秤朝向太阳落下。如果引力和惯性质量不一样，则轻铝与黄金落向太阳时其速度将不同。结果，速度相同。迪克再次证实了爱因斯坦的伟大。

因此，我们的空间是"四维时空"，我们日常看见的物体只是四维时空中那个"原物"在三维空间中的"投影"，因此，高速列车对站在月台的人来说长度会缩短——因为我们看到的不过是"投影"而已。"原物"在四维时空中旋转，因此分到三维空间的那部分（即我们看见的物体）少一些，分到"时间"那一维的部分多一些。实际上，"原物"只在四维时空中保持不变。广义相对论证明，我们之所以只能看见三维空间，是因为我们思维习惯三维空间：我们只想看见三维空间。情人眼里出西施，说的是同样的道理。康德在《纯粹理性批判》中说："由于你精神上老戴着一副空间眼镜，你一定永远看到一切东西都在空间中。"有趣的是他与爱因斯坦一样希望建立世界政府，曾在《永久和平论》中倡导建立禁止战争的世界联邦，认为只有国际政府才能防止战争。

当然，康德与爱因斯坦一样没能看到世界政府的成立。

我们可能也看不到。

正如爱因斯坦那位可爱的老师闵可夫斯基 1908 年 9 月 21 日下午在德国自然科学家学会第 80 届年会上宣称的："我们现在讲的空

间和时间，是在实验物理学基础上发展起来的，这就是这个理论之所以有力的原因。它的意义是革命性的。从此以后，时间和空间退化为虚幻的影子，只有两者的结合才能保持独立的存在。"在牛顿力学中，物体如无外力作用将做匀速直线运动，在相对论中亦然，但相对论中这条"直线"是四维时空中的直线，在我们地球人看见的三维空间中它表现为弯曲的"世界线"。

说了半天，爱因斯坦发明这一堆理论，到底是啥子意思？

爱因斯坦的意思是：万有引力根本就不是力！

牛顿认为太阳吸引地球，而地球吸引苹果，最后苹果掉下来砸到牛顿脑袋上，都是因为万有引力。事实居然并非如此！无论地球还是苹果，它们都不过是义无反顾地选择了最近的路，而它们的路之所以是弯的，以至我们错误地认为它们受到万有引力的影响，仅仅是因为任何物体的存在都会导致自己周围的空间弯曲，重量巨大的物体（如黑洞或星系）会使空间明显弯曲。换句话说，如果我们这个空间什么东西都没有，它就是平直的欧几里得空间；它之所以是弯的，就是因为存在黑洞、银河系、冯八飞教授这些东西。举个更容易明白的例子：我们把床单绷在长方形框架上，然后放上一个橙子，它会凹陷下去，之后我们再放一个小石子，根本不用我们推动，石子就会自动滚向凹洞中的橙子。这并非因为橙子的"万有引力"吸引了石子，而是橙子的重量在床单上压出的那个坑让石子义无反顾地选择最短的路顺着坑壁滚了下去。地球绕太阳旋转，苹果落向牛顿的脑袋，同理。

最让爱因斯坦苦恼的，不是广义相对论发表后遭世界物理学界集体漠视，而是它被新闻界披露后，大批圈外人如哲学家、作家、艺术家激动万分蜂拥而至，听了爱因斯坦只言片语后回去大肆演绎他们自己的"相对论"。当时最拥护爱因斯坦这个奇怪的学说的是中学生，因为爱因斯坦证明牛顿不对。牛顿既然不对，那为什么还要做几何题？

唯一的广义相对论诞生物理过程现场目击者是爱因斯坦第二任妻子罗爱莎。她曾向卓别林讲述这个过程，后被卓别林记入自传，原文如下：

> 博士像往常那样穿着睡袍下楼吃早餐，可那天他什么都没吃。我想一定出了大事儿，于是就问到底啥事儿让他魂不守舍？他回答说："亲爱的！我突然有了个巧妙的想法。"喝完咖啡后他走过去弹钢琴，几次停下来在纸上记录，然后重复说："我有了个巧妙想法，非常奇妙的想法。"他说："这很困难，我仍需工作。"他继续弹钢琴，并在纸上写来写去。半小时后他上楼去书房，告诉我不要打扰他。他一直留在书房里两个星期，每天我上楼把食物送给他，傍晚时他散一会儿步当作运动，回来继续工作。最后，他走下楼来，把两张纸放在桌上，脸色苍白说："这是我的发现。"

这就是广义相对论！

为什么说广义相对论伟大？

因为广义相对论面对的是人类的两个大问题。

第一个问题是引力。狭义相对论对力学、热力学和电动力学物理规律的解释都正确，却无法圆满解释引力。牛顿引力理论是超距的，他认为两个物体之间引力的传递是瞬间的，即传递速度无穷大，这与相对论关于场和光速恒定三十万公里的定律无法调和。

第二个问题是非惯性系。狭义相对论与牛顿力学以及其他物理学原理一样只适用于惯性系。但事实上我们很难找到真正的"惯性系"。例如狭义相对论就很难解释"双胞胎佯谬"：双胞胎哥哥在宇宙飞船以亚光速航行，根据相对论，高速运动中时钟变慢，哥哥回来时弟弟已经比哥哥老得多了，因为地球上已过去几十年。这事儿很多人都知道。可很多人不知道的是，按相对性原理，飞船相对于地球高速运动，实际上也等于地球相对于飞船高速运动，因此弟弟看哥哥变年轻了，哥哥看弟弟也应该年轻了。所以他俩现在看上去应当一样。

这问题简直没法儿回答。

1971年，科学家把一个非常精确的原子钟放在实验室，另一个由飞机载着飞行，然后比较两个原子钟的时间，令人惊讶的是，飞机上的原子钟确实比实验室里的钟慢了。

那么，狭义相对论错了吗？

没错。

这里的问题就出在惯性系。狭义相对论讨论的运动，其速度都是恒定的（即惯性系），而双胞胎哥哥要回到地球，肯定不能永远是恒定速度，因为他乘坐的飞船必须减速他才能降落地球（即非惯性系）。可狭义相对论并不讨论减速运动的事，因此狭义相对论无法解释双胞胎佯谬。

广义相对论这么伟大，到底有啥用？

啥用都没有。它既不能让我们变得年轻漂亮，更不能帮助我们找到又轻松挣得又多的工作。

广义相对论不过就是告诉我们，我们的宇宙到底是什么样。

够不够有用？

看官须知，直到1917年，最聪明的科学家包括伟大的牛顿，都认为我们的银河系就是整个宇宙，而且这个宇宙永远固定不变，直到发现仙女座星云是独立星系，人类才意识到：宇宙是由数十亿星系组成的！

从人类文明一发源，人类最大的问题就是：为什么有这个世界？

为什么月球不离开地球,地球也不离开太阳?

基督教说,世界是上帝创造的。上帝规定月球与地球必须待在一起。

牛顿说,是因为万有引力,所以地球永远都不离开地球。

爱因斯坦说,那是因为空间弯曲。

牛顿说引力是联系宇宙万物的纽带,引力将太阳和地球吊在空间中,并且自转加公转。

爱因斯坦说,其实根本没什么万有引力,那是我们肉眼看不见的空间弯曲造成的假象。

牛顿认为宇宙空间是平直的。

爱因斯坦认为宇宙空间像一张绷在方框上的床单,宇宙中质量巨大的星系就像放在这张床单上的铅球。铅球在床单上压出的坑,竖起来看就相当于哈哈镜,而光线通过这些哈哈镜时会改变空间的镜像,使我们产生宇宙广阔无边的幻觉。爱因斯坦预言,如果我们站的位置合适,我们可以看见一个遥远星体的数个幻象。此即天文学上著名的"引力透镜"。可我们很不容易透过引力透镜看见遥远的星体,因为宇宙如此辽阔,而且地球、引力透镜与我们观测的星体必须正好三点一线,我们才能看见引力透镜,这种概率微乎其微:地球上能观测到的星体,大概一百万颗才有一颗能被引力透镜放大。因此,从爱因斯坦提出这个理论至今,银河系还没发现较大的引力透镜,截至 1990 年,我们观测到的引力透镜,不过六例。不过,1979 年,爱因斯坦提出"引力透镜"半个多世纪之后,天文学家对遥远的双类星体(twin quasar)SBS0957+ 561=TXS 0957+561=Q0957+561=QSO0957+561A/B 的观测证实"引力透镜"存在。该星体前面有一个巨大的星系,这个星系的巨大质量造成附近空间弯曲(就像床单凹陷的地方),该星体发出的光经过这种弯曲汇集成另外一个一模一样的镜像,它俩像双胞胎一样紧紧靠在一起形成宇宙中巨大的"海市蜃楼"。

空间居然真的弯曲！当这一点被科学证实，我们才发现，牛顿只不过看见了自己鼻子尖，而爱因斯坦看见了万里之外的大海。

那是如此开阔而精彩的大海！

空间可以弯曲，我们很难理解，因为我们这些生活在地球上的人实在感受不到空间弯曲。牛顿的万有引力之所以容易理解，就是因为万有引力建立在人类日常生活经验之上。牛顿不仅认为太阳系是平的，他认为宇宙也是平的，所以他带领我们发现了三维世界，即万物都有长、宽、高。牛顿提出的万有引力是物理学的伟大革命，问题是一直到这场革命结束他都无法说明引力是怎么来的。以探索科学为己任的伟大科学家牛顿发现万有引力从而否定了上帝，但这个伟大的科学暴动者最后却不得不回到上帝温暖的身边：牛顿宣布引力源于上帝。西方文明老祖宗亚里士多德认为世界转运是因为有个"第一推动者"，基督教神学狂批亚里士多德，后来出了个意大利神父托马斯·阿奎那（Thomas Aquinas 1225－1274），他宣布亚里士多德的"第一推动者"就是上帝（其实亚里士多德本人从未说过这句话），欧洲历史上最为黑暗的政教合一中世纪随这句话降落人世。这个阿奎那是中世纪天主教最伟大的神学家之一，著作据说达一千五百万字。

爱因斯坦超越牛顿。他根本否认宇宙空间是平的，他认为宇宙就像一张放了无数棉花球和铅球的床单，床单被这些球压出深浅不一的坑。牛顿之所以认为宇宙是平的，是因为他只看到了几乎压不出坑的棉花球——地球。想在宇宙空间中压出明显的坑来，需要巨大的重量（即质量）。太阳这么大的星球也只能压出几个原子大小的坑来（即坑深只相当于几个原子的直径），这样的坑，我们地球人用现在最先进的仪器也测不出来。

所以，要找到地球人也看得见的坑，必须放眼整个宇宙。

相对论的另一个功绩，是发现黑洞（black hole）。

1916年爱因斯坦发表广义相对论后不久，德国物理学家、波茨坦天文台台长施瓦西德（Karl Schwarzschild, 1873—1916）就证明，如果把太阳压缩成半径三公里的球体，引力的强烈挤压会使太阳密度无限增大，随后产生灾难性崩塌，使太阳上的时空变得无限弯曲，在这样的时空中，连光都不能逃出来！由于无法反射光，崩塌后的太阳与宇宙就被分割成两个截然不同的区域，而那个分割的球面就是黑洞视界，即我们眼睛能看到的尽头，超过这个尽头，我们就看不见了。也就是说，如果这个黑洞是太阳，这时我们站在地球上就看不到太阳，却能看见太阳前后的其他星球。

这就是黑洞！

按照以他命名的"施瓦西德度规"，当我们接近黑洞达到一定半径之后，时空弯曲会变得无穷大，这时我们不再像是走缓坡，而是突然从悬崖边上掉下去了——你走得太远了，已经找不到回家的路。此即"施瓦西德半径"，即黑洞半径。任何东西包括光线进入施瓦西德半径后将无法逃走，最后一定会被黑洞撕碎吞掉。黑洞质量巨大，最大黑洞的质量据说超过太阳十亿倍。看官须知，太阳相当于一百三十万个地球！一百三十万乘十亿。如果黑洞是地球，地球大概相当于一粒芝麻。

有意思的是，当时所有科学家，包括爱因斯坦本人和证实相对论的爱丁顿，全体断然否认存在黑洞。爱因斯坦宣布他可以证明没有任何星体可以达到密度无限大。黑洞这个名称，也是五十年后（1967年）才由美国物理学家惠勒命名的。严格说来，黑洞并非星球，它只是宇宙中的一块儿地方，跟宇宙互不通连，黑洞视界将它们彻底分隔。黑洞视界以外光可以任意相互联系，意思就是，我们可以看见所有东西，这就是我们的宇宙。黑洞视界以内，光线不能自由传播，而是向其中心集聚，这就是黑洞。在黑洞内部，物体向黑洞坠落的过程中潮汐力越来越大，在中心区域，其引力和起潮力都是无限大。因此，在黑洞中心，除了质量、电荷和角动量以外，原子、分子等等都将分崩离析，根本不存在我们人类已知的任何"物体"。在黑洞中心，全部物质被极为紧密地挤压成为一个体积无限趋近于零的几何点，任何强大的力量都不可能把它们分开。

这就是"奇点"！

广义相对论无法说明"奇点"，只有量子理论才能说明，于是令人啼笑皆非的情况出现了：广义相对论发现了黑洞，却在"奇点"失效，被迫让位给量子理论，可广义相对论的发现者爱因斯坦与量子理论的发现者玻尔，却水火不相容！

广义相对论的第三个功绩是宇宙常数（cosmological constant）。

在爱因斯坦的天文学中，宇宙不是膨胀就是收缩。那宇宙如何在膨胀与收缩之间保持平衡呢？1917年，即创立广义相对论的第二年，爱因斯坦发表论文《广义相对论的宇宙学应用》，用广义相对论否定传统物理定论"宇宙是无限的"。他把宇宙看作一个具有有限空间体积的自身闭合的连续区，推论宇宙在空间上"有界无边"。这是天文学史上最大胆的推测，从此，人类对宇宙的研究摆脱了闭着眼瞎猜，真正睁开眼进入了现代科学领域。也是在这篇论文中，爱因斯坦提出宇宙在膨胀与收缩之间保持平衡的要素是因为"宇宙常数"——一个与引力相反且等量的斥力，它随着天体之间距离的增大而增强，完全抵消引力，从而让宇宙保持稳定，否则引力就会导致宇宙崩溃。

这是啥子意思？

意思就是：爱因斯坦认为宇宙是静态的。

可是，1922年俄裔美籍物理学家弗里德曼通过数学计算发现宇宙随着时间在不断膨胀。1927年，比利时天文学家、顶级桥牌大师乔治斯·勒梅特也计算出同样的结果。但爱因斯坦拒绝接受动态宇宙。他坚信宇宙是静态的，除了时间变化，其他一切都不会变。因此他尖锐地批评弗里德曼和勒梅特。这时，哈勃闪亮登场了。1929年，现代天文学之父哈勃观察宇宙深处星云的红移现象后证实，所有星系都在高速离银河系而去，而且，无论我们站在宇宙中哪个星系中，看到的情形也都一样：别的星系也在高速逃离我们所站的这个星系。距离越远的星系，逃离的速度越大。

这又是啥子意思？

意思就是，整个宇宙正在不断地膨胀。

即，宇宙是动态的。

哈勃说，如果星系1比星系2离地球远两倍，则星系1逃离地球的速度也将是星系2的两倍。此即"哈勃定律"。

哈勃得意洋洋地把自己的观测结果拿给爱因斯坦看，爱因斯坦当场哑口无言，不得不宣布放弃宇宙常数，承认该理论"超驴"（grösste Eselei），并公开收回对弗里德曼的批评。爱因斯坦七十岁生日时向好友索洛文表示："我感到我的工作没哪个概念绝对站得住，我不敢肯定我的道路确实正确。"业界一般认为这句话很大程度上是针对宇宙常数而发的。

哈勃定律带来的震动还没有结束：如果我们将宇宙的膨胀反推，就意味着在非常非常遥远的过去，最早的宇宙是半径为零的一个点。1948年，美国物理学家伽莫夫（George Gamow 1904—1968）和学生阿尔法根据哈勃定律联手提出宇宙大爆炸理论，认为原始宇宙诞生于一次壮观的大爆炸，立刻成为科学界主流意见。五十年后天文学家发现宇宙不只在膨胀，而且这种膨胀还是加速度的，即所有星系逃离银河系的速度都越来越快。

这是啥子意思？

意思是，一定有某种神秘的力量在暗中以加速膨胀的方式撕扯着宇宙的所有星系。这种力量，科学家称之为"暗能量"。近年来，科学家通过观测和计算证实暗能量不仅存在，而且还是宇宙主流，约占宇宙总量的73%，此外"暗物质"约占23%，而我们人眼能看见的宇宙物质如地球月亮星星等，仅约占4%。从小妈妈就告诉我们"天上星，数不清"。爱因斯坦告诉我们，数不清的满天星只是宇宙的"一小撮"，宇宙的绝大部分我们知之甚少，或者干脆毫无所知。

够不够惊心动魄！

人类认识道路永远如此：我们对最重要的东西总是视而不见。我们知道得越多，就越发现自己实际上非常无知。别忘记苏格拉底那句话：我最大的知识，就是知道我是无知的。

暗能量的出现给爱因斯坦平了反，它证明爱因斯坦当初提出的宇宙常数起码从思路上是正确的。宇宙常数以暗能量的面目满血复活，它产生的汹涌澎湃的斥力令整个宇宙为之色变。暗能量和引力之间的战争自宇宙诞生起就从未停止。科学实验证明现在暗能量的密度已大于物质的密度，即斥力已经战胜引力，宇宙正以前所未有的速度加速膨胀。科学家们预测，再过两亿年，宇宙将迎来动荡的末日，恐怖的暗能量终将把所有行星、恒星、星系一一撕碎，宇宙将只剩下没有尽头的寒冷。

和黑暗。

记不记得《菜根谭》下篇第十二节说的那句话："山河大地已属微尘，而况尘中之尘；血肉身躯且归泡影，而况影外之影。非上上智，无了了心。"

有天爱因斯坦在一个朋友家吃饭，边吃边和主人讨论物理学，说着说着忽然来了灵感，拿起笔却找不到纸，情急之下，他干脆把公式和灵感统统写到了主人家雪白的新桌布上。这是爱因斯坦一则广为流传的幽默故事，但这却是个误会：我们没明白，当爱因斯坦在桌布上写公式时，他脑海中浮现的是宇宙的终极毁灭。跟黑洞、暗能量、两百亿年后的宇宙末日相比，一块新桌布和主人痛心疾首的白眼，算个啥？

广义相对论还有一个功绩是发现了引力波（gravitational wave）。

爱因斯坦的引力波论文1918年发表于《普鲁士科学院学报》。它完善了广义相对论。

啥子是引力波？

质量巨大的星系在宇宙中压出深坑的同时还会形成"引力波"。任何被外力弯曲的物体在连续时间里都会形成"波"，比如风吹西湖就会产生水波。这种在宇宙星系弯曲过程中形成的"波"，就是引力波。引力波的传播与光波和声波不同，当它穿过物体时，首先是将物体左右拉长，再挤压回原来的形状，然后再上下拉长，再挤压回原来的形状。如果引力波作用于一个圆形截面体，我们就能看到这个圆面上下左右地被不停拉长，其形状将在圆和椭圆之间来回震荡。这就是"四极震动波"。引力波处处存在，声波和光波不存在的地方它也存在。声波和光波无法穿越墙壁，更不用说地球了，而引力波能以光速穿过真空。任何物体对引力波而言都是透明的，所以从太阳传向地球的引力波可以轻而易举地穿透地球。按爱因斯坦说法，引力波形成后就携带着能量和波源物体密码在宇宙中游荡，永不消逝。声波和光波为人类打开了地球的奥秘之门，而引力波为人类打开了一扇了解宇宙的全新窗口。凡是有质量的物体进入加速运动都会发射引力波：一个德约科维奇发出的网球，一个散步的爱因斯坦，月亮围绕地球运动……不过，对人类来说，引力波实在太弱了，根本测不出来。像太阳这么大的星球发出的引力波，人类用现有仪器也无法测量。要测引力波，只能把目光投向宇宙中那些质量巨大的恒星。天狼双星产生的引力波功率可达 1.1×10^{15} 瓦，其能量足以推动太阳那么大的恒星。不过，它们的引力波穿越辽阔的宇宙到达地球时仅剩下 1.3×10^{-24} 瓦，微弱得只能震动一个原子，根本测不出来。

我们只好想别的办法。1974 年 7 月 2 日，美国射电天文学家泰勒（Tayler）和胡尔斯（R.Hulse）师徒在宇宙深处发现射电脉冲双星 PSR1913＋16，它以每秒二百转的速度自转，同时以不到八小时一圈的公转绕其伴星旋转。在这样的"二人转"中，其能量在它们自己激起的时空巨浪中逐渐损失，结果两者越来越近，转速越来越快，预计在距离剩下五百公里时它们就会以亚光速扑向对方，直到碰撞融合，成为黑洞。这个碰撞的惨烈程度我们用人类语言无法描写，它相当于宇宙中发生一场巨大的时空海啸。我们常常津津乐道的什么"火星撞地球"在它们面前连个土鞭炮都不如。根据计算，这场宇宙大冲撞将于三亿年后发生。可它们离地球如此遥远，如果冲撞今天发生，以我们今天的科技，我们甚至听不到它们合二为一时发出的欢叫。

秦勒与胡尔斯的观测，证实引力波存在。

1976 年美国宇航局实施"引力探测 A 计划"，把一个原子钟送入离地一万公里的太空，该探测最后证实爱因斯坦的预言：重力会使时间放慢。2004 年 4 月 20 日，美国航天局实施"引力探测 B 计划"，该计划源于美国斯坦福大学三名科学家在 1959 年游泳聚会时的一场讨论。在发射到太空的"引力探测器 B 型"卫星中，依据四极震动波原理，用四个乒乓球大小的石英小球制成探测器，用它在距离地球六百三十五公里的卫星中测定引力波。该项目现在还未结束。美国宇航局从 1964 年开始资助该项目，四十多年来因技术、经费等问题多次下马，又多次上马，围绕本项目共产生约一百篇博士论文，成为 1958 年美国宇航局成立以来资助时间最长的项目，其现任首席科学家、斯坦福大学教授埃弗里特首次接触该项目时仅二十八岁，如今已年过花甲。

如果我们对引力波的了解跟对声波和音波一样多，我们就可以看见地球内部到底有什么、黑洞到底是什么、甚至有可能看见一百三十七亿年前宇宙是不是真的发生过大爆炸。我们还可能找到外星生命。至今为止我们寻找外星生命都是通过电磁波和声波，其实电磁波和声波连墙壁都无法穿透，它们在宇宙中到底能走多远很值得怀疑。也许外星人早就用引力波跟我们联系过了，只是我们的耳力如此不好，从来没听到过而已。

我们夜晚仰望太空，总觉得宇宙无限美丽寂静，其实那是因为宇宙中没有空气，声波无法传送，所以我们听不到声音。如果我们通过一个引力波喇叭来听，宇宙将变得万声鼎沸，引力波能让我们听到宇宙所有的故事：耀眼的超新星爆炸不再是哑剧，它会借引力波传来爆米花一样的声音；中子星碰撞和黑洞产生像一场《欢乐颂》大合唱；你甚至能听见宇宙炸开、但光子还没跑出来之前那阵空前绝后的巨响。光波让我们穿越空间看见远处的东西，而引力波则能让我们听见过去和现在。如果用引力波来发射信号，我们将不需要高高的电视塔和天上的通信卫星，我们的手机将没有盲区，而且永不掉线。咱们老说"穿越"，其实那都是电影。引力波带给我们的，才是真正无与伦比的时空穿越。

按照爱因斯坦的这个理论，创造宇宙的不是上帝，而是引力波。宇宙大爆炸后产生了一锅能量与物质完全均匀分布的高温"夸克汤"，根本没有太阳地球冯教授这些东西，正是与大爆炸同时产生的引力波搅动了夸克汤，让物质开始碰撞、旋转、冷却、凝聚，依次聚成原子、尘埃、恒星和星系，这才有的地球！然后又过了多少万年，才有的我们。

从光速不变原理的萌芽，到逐渐完成弯曲空间的宇宙构想，最终认识到波动时空这一宇宙本真，爱因斯坦思想的光辉历程不但为人类构建了一套前所未有的伟大相对论，也为人类发掘出一座巨大的引力波宝藏。我们不能完全想象出引力波的神奇用途，但它带给我们的每一种想象与期待，都无与伦比地迷人和壮观。为人类展现引力波神话的爱因斯坦，无疑是最伟大的为人类盗取天火的现实版普罗米修斯。引力场的预言彻底改变了时空几何学的游戏规则，它证实时间和空间是不可分割的四维整体，因此远远把牛顿力学抛在身后。

是的，我们的宇宙科学至今仍然不能超越爱因斯坦。也许永远都无法超越。因为，宇宙很可能就是他说的这个样子。

如果确实有宇宙大爆炸，那爆炸时产生的辐射，我们今天还能不能观测到呢？鲍伯·迪克，即做实验证实爱因斯坦等效原理的那个物理学家，他确信肯定还有大爆炸的辐射残留在宇宙某个角落，于是他在普林斯顿实验室组建团队到处寻找这些辐射残余。结果有天实验室的电话响了：贝尔实验室的科学家阿诺·阿兰·彭泽斯和罗伯特·威尔逊来电请教。他们用自制射电望远镜观测宇宙中几厘米波长的信号时总测到嘈杂的噪音。他们以为这来自望远镜上的鸽子屎，但清理鸽子屎后仍然有这些噪音。

为什么？

迪克听完后捂上听筒对学生说："嗨，有人抢在咱们前面啦。"然后他告诉彭泽斯和威尔逊，这些噪音可能来自大爆炸残留的辐射。不久彭泽斯和威尔逊合写的论文发表在美国天文学会主办的《天文物理学杂志》(*Astrophysical Journal*)上，全文仅九百四十个英文单词，无图表，无公式。该杂志同期还发表了迪克和他的研究生皮布尔斯合写的论文《宇宙黑体辐射》。彭泽斯和威尔逊因此获得1978年诺贝尔物理学奖。迪克啥都没获得。

这项由鸽子屎导致的发现不仅再次证明广义相对论,而且也间接证明宇宙大爆炸理论。

广义相对论亮剑,甚至赢得了科学死敌基督教的支持。在爱因斯坦之前,基督教基本上是反科学的,可尽管罗马教廷烧死布鲁诺、查禁哥白尼、监禁伽利略,但科学仍然不可阻挡地深入人心,牛顿力学更是一记打在胃部的重拳,疼得基督教直不起腰来,基督教从此不再是全体欧洲人的信仰,神学家已经不敢跟科学家论战。基督教虽然号称要拯救全人类,但处理具体事务时跟普通政党并无二致,也得遵循政治游戏规则,比如"敌人的敌人就是我们的朋友"。牛顿学说被相对论打倒,而广义相对论宣布宇宙"有界无边",基督教心情大愉快:宇宙有边界,那边界之外不就是天堂么?所以,1921年爱因斯坦访问英国的宴会上,坐在他旁边的坎特伯雷大主教就恭恭敬敬向爱因斯坦请教:"教授,听说您的理论似乎提供了基督教的某种证据?"正遭德国科学界万众围攻,急需同盟军的爱因斯坦却微笑着拒绝了大主教热情洋溢的大手:"对不起,相对论纯粹是科学问题,与基督教毫不相干。"爱因斯坦拒绝与敌人的敌人联手。他知道,那样他会得到一个强大的盟友,却会就此输掉自己。

丘吉尔曾说,为了打败希特勒,他可以跟魔鬼结盟。

爱因斯坦宁愿输掉这场战争,也不愿跟基督教结盟。

因此,丘吉尔虽然也很伟大,但跟爱因斯坦确实没法儿比。

真不是一个数量级。

1917年10月1日,德国即将战败,普朗克承诺的威廉大帝物理学院却终于建成,爱因斯坦出任首任院长。这个研究院主要赞助来自K. L. 考帕尔,威廉·封·西门子担任主席,顾问是哈伯、内斯特、普朗克、卢本和沃尔堡。这个研究院的办公室是爱因斯坦家的阁楼。

实际上钱是普朗克拉来的，但他却把这笔钱送给爱因斯坦用，仅仅因为他知道，爱因斯坦站在物理学研究的最前沿。这是爱因斯坦在伯尔尼那个业余的"奥林匹亚科学院"之后第二次当院长，区别在于这个院长有年薪，而且还挺高——五千马克。当了院长的爱因斯坦生平第一次可以聘请秘书，每周工作三天半，月薪五十马克。后来他聘了伊尔泽。

一年后，1918年11月9日，隆冬降临之际，德意志帝国投降，帝国崩溃，魏玛共和国成立，第一次世界大屠杀结束。德意志民族举国悲痛战败，而爱因斯坦等一小撮科学家高举双手欢迎。他说"对赤色分子的称号我感觉蛮开心的"。因为德国被打败了，爱因斯坦发现自己开始有点儿喜欢祖国了。

第一次世界大战战败，证明他当初签署《致欧洲人宣言》是正确的。可是，爱因斯坦会因此获得德国科学界的万众欢呼吗？

无法解雇的雇员

爱因斯坦是人类至今为止最伟大的科学天才，此事现在已经毫无疑问。他对人类进步、和平、科学的不懈追求，他对社会弱者的不懈关怀更让每一个人动容。

爱因斯坦几乎是个完人。

几乎。

爱因斯坦在科学世界和社会世界堪称完人。但在情感世界他几乎可称完败。因为他的情感生活一塌糊涂。好在爱因斯坦本人对此有清醒认识，他知道自己不是当模范丈夫的料，而且他一辈子最烦的就是老被树为各行各业的模范。他说："我宛如单人坐骑，无法与其他马一起拉车，因此我不宜参加研究小组。认真说，我不属于任何一个国家，不属于朋友，甚至不属于家庭。这种感受以前只是模糊于心，近几年越发明显。我发现我只属于我自己，于是便超然离群起来。"何止离群，首先他就离自己的爱人十万八千里。在这一点上，他跟德国最伟大的诗人、世界四大文豪之一的歌德如出一辙：他俩都超级喜欢美女，但只要美女被他们倾倒，这哥儿俩就马上退却，甚至转身撒丫子就跑。通俗地说，就是始乱终弃。

这也是各国妇联对他俩都非常有意见的原因。

首先要明确，说爱因斯坦在情感生活中一塌糊涂，不是说他不讨女人喜欢。事实上从幼儿园开始爱因斯坦就是个非常有女人缘的家伙。他一头蓬松黑发，在欧洲泛滥的黄发大海里颇具异域风情，加上热爱音乐与哲学，只要不讨论物理，又跟他喜欢的人在一起，爱因斯坦童鞋可称风趣幽默，妙语连珠。他对一切都漫不经心，不像大多数男人那样见着美女就两眼发直口水流了一地而招人厌恶，因此经常被认为没有侵略性而备受美女青睐。当然，1919年之后他成为全球公认的人类历史最伟大科学天才，吸引力自然翻着跟斗上升。卡普特木屋建筑师康拉德·瓦赫斯曼的证词是："而他在女人围绕中也颇感惬意，从不讨厌任何女性。"就是说，他兼收并蓄，有容乃大。

各国妇联都不喜欢爱因斯坦，这是实话。其原因当然不在各国妇联身上，而在爱因斯坦身上。他说过，"婚姻是对我耐心的考验"。这叫啥话！爱因斯坦是人类历史上最伟大的科学家，广泛被各行各业树为标兵，在这场声势浩大的树标兵竞争中，各国妇联是唯一的输家，因为，爱因斯坦的话"婚姻就是一种让意外事件延续的失败尝试"，确实没法儿让各国妇联树他为标兵。这话的意思是，结婚不是爱情的结果，而是意外事件的结果，而且婚姻就是为延续这种意外而进行的尝试，而且这种尝试肯定会失败。

Are you kidding me?

爱因斯坦很少说假话，但我可以跟大家保证他这句话是彻头彻尾的假话。因为，他跟结发妻子马蜜娃结婚，完全不是意外事件。他是拼了命才追到马蜜娃的。

看官须知，爱因斯坦是典型的姐弟控，他一夜成名之前的恋爱都是姐弟恋。在当时的欧洲，这差不多就等于犯罪。他的初恋是阿劳中学教师温特勒十八岁的女儿玛丽。玛丽比爱因斯坦大两岁。咱们前面说过,这段初恋像绝大多数初恋一样无疾而终。然后就是马蜜娃。这时他的"恋姐癖"变本加厉:马蜜娃比爱因斯坦大四岁。她是爱因斯坦在苏黎世 ETH 的本科同学,音译为米列娃·马里奇(Mileva Maric 1875–1948),我翻译成马蜜娃,因为马里奇是姓,米列娃才是名。再比如爱因斯坦是姓,他的名是阿尔伯特。欧美全名实在太长,而且前面是名字,后面才是姓,我们中国人不耐烦记这么多,所以一般都只说姓。但按中国规矩,只提姓你根本不能明确指的是哪个人。全中国姓王的超过八千万,你单说一个"王先生",人家晓得你说的是哪个"王"?所以我翻成马蜜娃,囊括姓和名。

马蜜娃出身塞尔维亚伏伊伏丁诺维萨德那一个地主家庭。一般家庭的女儿那时也根本上不起大学,而当时瑞士是唯一接受女学生的德语国家。有趣的是,人类历史上最伟大的科学天才爱因斯坦,结发妻子居然并非美女。马蜜娃聪明端庄,娇小玲珑,举止得体,跟爱因斯坦一样长着一头黑发,但却长相一般,且腿脚微跛。就是说,是个瘸子。她刚开始学医,后因热爱物理改行。她是爱因斯坦在苏黎世咖啡馆宣讲物理的忠实听众。征服他人的第一利器是倾听,而绝大多数女生不明白这一点:她们通常比男生讲得多八倍。因此,马蜜娃的知性智慧和成熟稳重让爱因斯坦神魂颠倒,一见钟情。后来爱因斯坦致信马蜜娃:"1899 年我第一次读亥姆霍兹,我真不敢相信你不在我身旁我还能读下去。"他这个话本是表扬亥姆霍兹,但其实却表扬了马蜜娃。更巧的是马蜜娃也喜欢音乐,于是他俩经常一起演奏,马蜜娃弹钢琴,有时也弹塞尔维亚的坦姆布里扎琴,爱因斯坦当然是拉小提琴。

儿子找女朋友,家长都说自己不干涉。其实,不干涉才怪!通常都要干涉至上吊投河。哪个母亲愿意儿子找个女朋友大四岁,还是瘸子啊?而且她还不是犹太教徒。因此,马蜜娃一开始就遭到爱因斯坦父母强烈反对，尤以妈妈保琳娜为烈。爱因斯坦对妹妹说，听说他的恋情后，"妈妈一头扑到床上，用枕头捂住头，像小孩一样号啕大哭"。但爱因斯坦一往情深，坚持与全家对抗，忠诚到连朋友们都不能理解：他们不明白爱因斯坦为何对这个其貌不扬的跛脚女人如此痴迷。爱情这事儿跟革命差不多，纯属"哪里有压迫，哪里就有反抗"，父母反对通常只会让子女更加坚定。爱因斯坦与马蜜娃如胶似漆。1900年爱因斯坦从ETH毕业，马蜜娃没通过毕业考试回娘家换换心情，秋天返回苏黎世准备补考。这时已毕业的爱因斯坦正四处找工作。与一般人想法相反，那时马蜜娃很希望爱因斯坦找不到工作，因为她担心爱因斯坦找到工作会离开苏黎世，她说："他会把我的一半生命带走。"

　　1901年爱因斯坦致信马蜜娃时曾提到"我们的工作"，很多人据此认为马蜜娃是爱因斯坦物理研究的合作者。其实马蜜娃并不具备这样的水平，根据专家研究结果，马蜜娃对爱因斯坦的帮助更多是一般妻子的贡献，帮爱因斯坦校对论文，偶尔修改一下明显的矛盾之处，并没有实质性帮助。当时爱因斯坦也完全没暴露将来会被各国妇联统一鄙视的蛛丝马迹，他对马蜜娃百般呵护。马蜜娃小时生病落下腿脚微跛，长年穿着令人十分痛苦的整形靴子。作为地主的爱女，马蜜娃性格也喜怒无常。爱因斯坦二十二岁时数次求婚都碰壁，因为她对未来婆婆的反对非常担忧，好不容易才答应嫁给爱因斯坦。但爱因斯坦妈妈保琳娜始终不喜欢马蜜娃。当时保琳娜最大的担心是马蜜娃突然怀孕，认为"那将是塌天大祸"！马蜜娃刚开始还乐观地认为通过良好表现能赢得未来婆婆的好感，但后来保琳娜背着他们写信给马蜜娃父母，指责他们家教不严，放纵女儿去勾引她的"杰出儿子"。这是一个母亲在儿子恋爱时所能犯的最大错误，不仅爱因斯坦非常不满，而且极大伤害了马蜜娃，更严重的是，也极大伤害了未来的亲家。这几乎是所有父母会犯的错误，区别只在于他们是否找到了机会犯这个错误。

所有的父母都不明白：这个女人要嫁给他们的儿子，并不是要嫁给他们。

保琳娜还没有成为马蜜娃的婆婆，就已经从根儿上搞砸了婆媳矛盾。马蜜娃一辈子都没有原谅保琳娜。

俗话说怕什么来什么，1901年春天，爱因斯坦毕业不过一年，保琳娜最担心的事儿发生了：马蜜娃怀孕了！有研究者推测此事是他俩在意大利北部科摩湖畔一次浪漫的秘密约会时发生的。这倒真是一个意外。听到这个消息时爱因斯坦正在去意大利米兰看望父母后返回瑞士途中，正准备前往瑞士温图尔技工学校代课。听到消息时爱因斯坦泰然自若，但很快意识到两个没工作的人是养不活孩子的。半年前他在好友格罗斯曼帮助下刚被伯尔尼的瑞士专利局录用，但还没上岗。1901年夏天爱因斯坦结束代课从温图尔回意大利米兰家中休整，而马蜜娃一个人挺着大肚子在瑞士苏黎世全力复习参加补考。显然，她没有被邀请去米兰做客。更令人失望的是，7月26日她再次考砸，没拿到毕业证，只好回娘家待产。1901年10月，大腹便便的马蜜娃到瑞士密会爱因斯坦，住在离爱因斯坦住处几英里外的一个小村庄，生怕爱因斯坦妈妈知道她怀孕。其实那个时候爱因斯坦妈妈在意大利。孩子预产期是1902年1月底，但保琳娜好像已经风闻此事，并显然出手干预过。1901年底马蜜娃回娘家后致信朋友说自己未来的婆婆"看来拼命要把我和她儿子的生活投入痛苦深渊……我简直无法相信世上竟有如此绝情、如此不可救药的刻薄之人！"爱因斯坦当然站在马蜜娃一边，继续给他的"Dolly"写情书，而马蜜娃则称爱因斯坦为甜蜜的"Johnnie"。当时德国南方的情侣都这么互称。

欧洲医学发达，预产期相当准确，1902年1月底，爱因斯坦的第一个孩子，女儿莉莎在马蜜娃娘家——塞尔维亚伏伊伏丁那诞生。

当时爱因斯坦正在瑞士伯尔尼等着上岗。马蜜娃父亲给他写信报喜，同时带来了不安的消息：马蜜娃得了严重的产后并发症。爱因斯坦回信对马蜜娃百般安慰，但并未动身前往伏伊伏丁那看望，原因很简单：这个刚毕业的大学生没路费，而且既不敢向父母开口，也不好意思向未来的老丈人伸手。但他写给马蜜娃的信中充满父爱，常问"她身体健康吗？是不是很爱哭？""她的眼睛长什么样？""她跟咱俩谁长得更像？""我是多么爱她啊！尽管我俩还没见过面呢！"他发誓："我每天都在想着你们。"马蜜娃带女儿在匈牙利娘家住了半年，爱因斯坦书信不断，却从未提到结婚。原因特别简单：他一贫如洗，而且父母坚决反对。保琳娜当年2月给朋友写信说："我们完全反对爱因斯坦和马蜜娃往来，我们甚至不希望他跟她有任何关系……她的出现是我一生的灾难。"而马蜜娃处境也很不理想。当时欧洲观念十分保守，塞尔维亚国教又是基督教中最保守的东正教，在塞尔维亚女儿未婚先孕是非常丢脸的事情，虽然不至于直接装猪笼丢进水潭淹死，却也足以让整个家庭在社会上抬不起头来。但马蜜娃父母仍像绝大多数同样处境的父母一样，义无反顾地承担起照顾未婚先孕女儿和外孙女的额外任务。

1902年马蜜娃数次到瑞士密会爱因斯坦，但都没带女儿。1902年10月爱因斯坦父亲心脏病病危，爱因斯坦急急忙忙从瑞士苏黎世赶到意大利米兰，弥留之际父亲终于同意爱因斯坦迎娶马蜜娃。这是这个贫穷的父亲送给自己儿子的最后礼物。因此，爱因斯坦对父母的感情一直不错。为了不让家人看到自己死前挣扎惨状，父亲说完此话后让所有家人退出房间，勇敢地单独面对死神降临，去世时年仅五十五岁，抛下四十四岁的妻子保琳娜和爱因斯坦兄妹。爱因斯坦伤心欲绝，但他继承父亲遗志，1903年1月6日，赫尔曼去世后三个月，历经六年半爱情长跑的爱因斯坦和马蜜娃在伯尔尼举行简单结婚仪式，整个婚礼只有"奥林匹亚科学院"另外两个"院士"

索洛文和哈比希特参加。

婆婆保琳娜缺席。

哪位看官认为儿媳妇马蜜娃会忘记这一点？

爱因斯坦是整个家族第一个配偶不是犹太人的。他们在伯尔尼蒂利尔街租了套公寓，婚后生活过得不错。与很多文章的污蔑相反，马蜜娃厨艺其实还算可以，起码比爱因斯坦好。1903 年 9 月马蜜娃返回娘家看望父母和小莉莎，她的信带来了坏消息：莉莎染上了猩红热。爱因斯坦十分关切病情，还问起过孩子是否登记户口。但蹊跷的是，时至今日，全世界也没找到马蜜娃的回信，包括莉莎的出生和受洗纪录。这是非常不可理解的，因为即使莉莎送人收养或者死亡，出生和受洗纪录也应保留下来。联合国儿童基金会最不能原谅爱因斯坦的一点是：莉莎始终没去过瑞士。爱因斯坦很可能连这个孩子的面都没见过。至于具体原因，我们只能猜测。瑞士今天风气仍很保守，一百年前当然更甚，承认莉莎这个私生女，也许会让爱因斯坦失去专利局的公务员职位。当然也可能就是因为手头拮据。但很多文章说爱因斯坦从头儿就对这个女儿不闻不问，这是不对的。爱因斯坦确实计划接莉莎去瑞士，他致信马蜜娃时明确说过："我不想放弃她。"然而，令人无法理解的是，这次莉莎没跟着马蜜娃返回瑞士，而且从此就从爱因斯坦夫妇的信件中消失了。有人猜测她死于猩红热，更多的人猜测她被送人收养。但如果说是因为手头拮据，其实理由也并不十分充足，因为爱因斯坦老丈人多次提议资助他们，都被爱因斯坦拒绝。无论理由是什么，总之当时在伯尔尼没人知道爱因斯坦还有个女儿。随着时间流逝，莉莎渐渐变成尘封往事，直到七十五年后爱因斯坦跟马蜜娃的通信公之于世，世界才知道原来爱因斯坦还有个女儿。时至今日，众多爱因斯坦研究者都没能找到莉莎的下落。这件事情不可避免地给爱因斯坦家庭生活蒙上一层浓重的阴影。作为心存不满的儿媳妇，马蜜娃当然会把女儿的遭遇归结到不宽容的婆婆身上。

一岁半的莉莎莫名消失，却伴随着另外一个健康新生命的降临。这次回到娘家（1903年秋）后马蜜娃写信告诉爱因斯坦她又怀孕了，爱因斯坦大喜。马蜜娃10月底回到伯尔尼他们便搬入一处漂亮街区普通公寓二楼的一套两居室。此时马蜜娃已经两次毕业考试失败，并且两次怀孕，她只好放弃自己热爱的物理，退守家庭，把探索宇宙末日的事儿完全交给爱因斯坦。1904年5月14日爱因斯坦当上瑞士专利局公务员，家庭经济终于稳定，马蜜娃生下大儿子汉斯。汉斯的运气比莉莎好，他一直跟父母在一起。二十五岁的爱因斯坦从此由人夫升为人父。马蜜娃父母刚开始其实也并不看好这对姐弟恋，但汉斯的出生让他们彻底改变了态度，而保琳娜作为奶奶在喜得长孙之后也勉强默认了儿子的婚事。

回想起来，这是爱因斯坦与马蜜娃婚姻生活中最美满的时光。

后来爱因斯坦在克莱纳教授帮助下当上苏黎世大学副教授，经常不经预告就把学生请到家里，一讨论就是半夜，作为家庭主妇的马蜜娃不仅没有家庭生活，还要随时准备咖啡点心，当然很难高兴。爱因斯坦是副教授了，就得过得像个副教授，但他的年薪仍然是四千五百瑞士法郎，家庭经济入不敷出，马蜜娃不得不把多余房间出租给学生补贴家用。当时只有柏林和哥廷根有理论物理学教授讲席，所有德语国家加起来也只有二十四个理论物理教授讲席，而且当时都满了。就是说，爱因斯坦短期内当上教授的机会不大。马蜜娃乃欧洲第一批物理女生，爱因斯坦参加第一次索尔维会议时马蜜娃给朋友写信说："我真想也去。这是我一辈子的梦想"。现在她不仅必须告别自己的物理梦，而且天天面对入不敷出，家里还老有几个衣衫不整的大学生窜来窜去，当然急需丈夫的关心和体贴。但爱因斯坦却是个一辈子都没真正长大的孩子，他还急需关心和体贴呢。他满脑子都是黑洞、弯曲时空和宇宙末日，家庭对他来说，实在不足挂齿。要命的是，马蜜娃知道这一点，她致信朋友时说，如果让爱因斯坦在物理与家庭之间选择，爱因斯坦会毫不犹豫地选择物理。她知道这一点，不等于她很喜欢这一点。这段时间，马蜜娃精神物质双匮乏，心情越来越差。

其实，为自己的婚姻马蜜娃做过很大努力。1909年夏末爱因斯坦去奥地利萨尔斯堡演讲，行前马蜜娃说服丈夫到阿尔卑斯山度假。这次旅行对修复夫妻感情颇有帮助，汉斯随之降临。马蜜娃10月发现再次怀孕时爱因斯坦刚把家从伯尔尼搬进苏黎世一套小公寓，开始在苏黎世大学讲授机械学和热动力学，同时主持物理学讲座。此时尚在伯尔尼的马蜜娃自豪之余已经预感到物理对婚姻的冲击，在致信朋友时她谈起爱因斯坦显得忧心忡忡："现在，他可以全心投入心爱的科学事业了。他心中只有他的科学。"1909年秋天，马蜜娃犹豫再三才决定离开伯尔尼前往苏黎世。爱因斯坦与日俱增的名声当然让她自豪，但却带给了她更多的不安全感。学术与社交活动与日俱增，爱因斯坦经常不着家，甚至从家里突然被人叫走。她写信给朋友抱怨说："我只祈求这种声望不会影响他心中所爱。"大孩子爱因斯坦天生有女人缘，马蜜娃作为妻子当然心知肚明。但这并没有让她骄傲，反而让她相当嫉妒与担心。爱因斯坦当上苏黎世大学副教授后，十年前的初恋女友玛丽写信祝贺，马蜜娃火冒三丈，愤而写信给玛丽的丈夫质问，搞得爱因斯坦十分尴尬。

1910年爱因斯坦家喜事连连：他唯一的妹妹玛雅与保罗·温特勒3月喜结连理；马蜜娃父母夏天前来苏黎世探亲；7月28日爱因斯坦第二个儿子爱德华（昵称"Tete"）出生。爱德华敏感聪明，但体质很差，经常生病。家里所有这些大事儿，统统指不上爱因斯坦。家里乱翻天，只要马蜜娃的饭勺子没落到他脑袋上，他就老僧入定坐在书房睁着眼睛白日做梦。作为妻子的马蜜娃抱怨："功成名就之后，他仍然没有时间跟我交流。"

1912年1月底爱因斯坦从布拉格德意志大学应邀回任母校苏黎世ETH理论物理学教授。就在妻儿兴高采烈期待7月搬回苏黎世时，爱因斯坦只身先回伯尔尼探亲，并且在途中去柏林看望了堂叔。对于马蜜娃的婚姻，这是一次致命的拜访，因为爱因斯坦在堂叔家见到了离婚回娘家居住的堂姐罗爱莎（艾尔泽·罗温塔尔，Elsa Löewenthal 1876–1936）。罗爱莎跟爱因斯坦青梅竹马，但出嫁后断了联系。她的前夫在离婚后很快去世，两个女儿，十三岁的伊尔泽和十一岁的玛戈特都跟着她回了娘家。罗爱莎眼睛湛蓝明亮，性格豁达开朗，与不苟言笑、喜怒无常的马蜜娃完全不同。爱因斯坦一见面就被这个知识层次不高却洋溢生命活力的女人深深吸引。他给了罗爱莎自己的地址。他们之间的秘密通信开始了，一直持续到爱因斯坦带着马蜜娃和儿子搬回苏黎世。爱因斯坦在给朋友的信中说他"不再是以前的那个人了。我现在有了一个人，每当想起她时都充满欢乐，并为她活着"。而且："我们是两个行者，注定在一群势力小人中站在高架线上跳舞。"明明已婚且有两子，却说为另外一个女人"活着"，妇联能树他当标兵吗？

马蜜娃回到瑞士后十分高兴，她从头就觉得脏兮兮的布拉格对她儿子的健康非常不利。爱因斯坦教授的工资比离开时翻了一倍，不再为钱发愁。他们搬入一所向阳大公寓，共有六个房间，街区高尚，设施齐全，离ETH很近，爱因斯坦十分享受在母校的教授生活。可是，马蜜娃得到了苏黎世，却将失去爱因斯坦。她本人对此并非毫无预感。回苏黎世后她曾致信朋友："我自己都觉得有些丢脸，我和孩子们对他来说显然不那么重要，只是处于他的物理学之后的第二位而已。"她不知道，其实是第三位。

这时马蜜娃残疾的脚疼痛不断，而时间邻近一战，她的祖国随时可能爆发战争，她十分担心父母。更重要的是，她内心深处已感到与爱因斯坦渐行渐远，脾气当然不会好。她愈发抑郁，乖僻暴躁。

如果是细心的五好丈夫,爱因斯坦应该探讨妻子脾气变坏的原因,并对妻子加倍体贴。可惜他只是一个永远都没有完全长大的物理天才,他的应对办法是躲到朋友那儿去拉小提琴,而这显然不是经营成功婚姻的妙方。到 1913 年爱因斯坦的婚姻已摇摇欲坠,但他却陷入激烈的思想斗争之中:他觉得不能逃避作为丈夫和父亲的责任。一度他有九个月毫无理由地断绝了跟罗爱莎通信。如果这时马蜜娃脾气变好,他们的婚姻未必会马上破裂。但这时腿疾恶化,马蜜娃终日卧病在床,连照顾孩子和打理家务都办不到,而爱因斯坦不仅不帮忙做家务,根本就经常不着家。一个身处这种环境的女人是很难招人喜欢的,马蜜娃变得越来越令人厌烦,终日喋喋不休地抱怨,忙了一天回到家中需要放松和温暖的爱因斯坦经常得到没完没了的指责和谩骂。为了逃避,他只好加倍忙于工作。

转眼到了 1913 年 3 月 14 日,爱因斯坦生日,九个月没通信的罗爱莎给爱因斯坦寄去一张生日卡,没有一个字儿提及爱情,却终结了爱因斯坦的婚姻:他们之间的秘密通信恢复了。之后不久爱因斯坦带马蜜娃去巴黎演讲,顺便到居里夫人家做客。当年 8 月居里夫人携九岁女儿回访,爱因斯坦带着九岁的汉斯陪同去瑞士南部恩格达恩山谷远足。马蜜娃无法参加远足,但对户外的新鲜空气和美丽景色也非常满意。艾伦费斯特夫妇随后前来住了两周,两位物理学家相谈甚欢,友情更加深厚。在爱因斯坦忙于家庭和朋友时,丹麦物理学家玻尔提出了量子力学,并获 1922 年诺贝尔物理奖。在这一激动人心的物理革命中,爱因斯坦完全只是一位旁观者。

我们经常说婚姻是需要经营的。经营,就是要把婚姻看作一桩生意,而生意要成功,就得大家都赚钱。如果只有你自己赚钱,就不会有人跟你做生意,也就意味着你赚不到钱。可惜马蜜娃出身地主家庭,她不明白资本运作。她固执地认为婚姻是爱情的事儿,而既然你爱我,你就得事事服从我的意见。她不仅对爱因斯坦与罗爱莎之间的秘密通信一无所知，而且固执地让爱因斯坦服从她，其结果当然离成功的婚姻越来越远。这一次的冲突是因为宗教。爱因斯坦跟托尔斯泰一样不相信任何宗教，包括基督教与犹太教，但马蜜娃却是虔诚的东正教徒。1913年9月爱因斯坦夫妇带孩子到伏伊伏丁那看望外公外婆，在马蜜娃坚持下，两个儿子汉斯和爱德华在当地东正教堂接受洗礼。夫妻喜欢吃的菜不一样对婚姻都有很大冲击，更不要说宗教信仰这么严重的事。宗教信仰不同的恩爱夫妻，在德国文化大师中，恐怕只有海涅可屈一指。爱因斯坦根本没参加这场洗礼，他的态度可想而知。马蜜娃成功地让儿子们信奉了自己的宗教，却将因此失去丈夫。如果生命允许悔棋，马蜜娃会不会改变？

返程途中他们到达奥地利首都维也纳，爱因斯坦作相对论演讲，在维也纳引起轰动，登上主流报纸的头版头条。然后，马蜜娃带着两个儿子回苏黎世，爱因斯坦则到德国柏林处理私人事务，即密会罗爱莎。这次密会的直接后果，就是后来爱因斯坦接受普朗克邀请于1914年出任柏林洪堡大学讲席教授，虽然马蜜娃反对。如果不是罗爱莎，爱因斯坦还会不会前往洪堡大学，也很难说。爱因斯坦此次前来显然并非暂住，因为他当年就把苏黎世家中大部分家具运到柏林并搬进选帝侯大街（Kurfürstendamm）附近一个公寓。马蜜娃只是短暂带儿子到柏林小住，然后就断然离开柏林返回苏黎世。1914年6月哈伯陪爱因斯坦去火车站送马蜜娃、贝索和孩子们，这是他们长期分居的开始，哈伯后来说爱因斯坦从火车站回来时眼含泪水。马蜜娃负气而去，因此很少写信。爱因斯坦把好不容易从苏黎世运来的家具又运回苏黎世给老婆儿子，自己则搬进一间小公寓，但显然并不沮丧，他致信朋友说："虽然我很少听到儿子们的消息，但我对分开仍十分高兴。我非常享受平和安静的生活，包括与表姐的绝妙关系。"他租的公寓，离罗爱莎的住处走路只消一刻钟。

从科学生涯来看，柏林十九年是爱因斯坦从物理名人上升为世界头号科学大腕儿的成功历程，但从家庭生活来看，这十九年可称彻底失败。德国作家尼菲在新出版的《爱因斯坦》中说，爱因斯坦对女人"最大的奖赏"就是"收用"她们为情人，但一旦被收用，她们便立刻贬值万丈，成为他发号施令的对象和不屑一顾的累赘。到柏林前他曾于1913年写信给罗爱莎说："我对待妻子就像对待一个无法解雇的雇员。我有自己的卧室，避免和她单独待在一起。对于这样的'同居'，我颇能忍受。"

Are you serious？

那时罗爱莎还是情人，所以还能经常收到情书曰："如果允许我在您身旁散步，即使为数不多，我也会幸福。只要能靠近您我就会快乐。我很痛苦，因为不允许我真正地去爱。爱一个女人而我对她只能看看。我甚至比您还要痛苦，因为您的痛苦只在于无法拥有。"

山雨欲来风满楼。像所有感情出现危机的夫妻，爱因斯坦家庭开始频繁出现争吵。这令爱因斯坦非常头疼。很久之后有人询问世界科学最大腕儿爱因斯坦对战争的看法，他居然说："除了与妻子之间不可避免的战争之外，我反对任何战争！"他这里说的是马蜜娃，因为他第二任妻子罗爱莎很少跟他争吵。在苏黎世时一次夫妻吵架，爱因斯坦愤而出走，马蜜娃请他回家，爱因斯坦在一张满是图示和计算公式的纸上罗列了一系列苛刻条件：

你要负责：

1. 保证我的衣服和被褥整洁；保证我的一日三餐；保证我的卧室和书房整洁，特别要提醒的是，我的办公桌只能我自己用。

2. 放弃我们之间的一切关系，除非出席社交活动；特别不要让我在家里跟你坐在一起、一起外出或旅行。

3. 不要想跟我发生亲密关系，也不许对我发火；如果需要，必须立即终止与我谈话；只要我要求，必须无条件离开卧室或工作间。

4. 你有义务在孩子面前不得以语言或动作蔑视我。

当马蜜娃屈服之后，爱因斯坦在第二封信中又写道："因为我不想失去孩子，并且也不想他们失去我，确切地说，正是因为这些原因，我准备搬回去住。但是，发生了这一切之后，和你继续保持志同道合在所不能。我们只是忠诚的商业关系（loyales geschäftliches Verhältnis），所有私人事务都应减少到最低限度……我可以向你保证我这一方会正当行事，学会像对待任何一个陌生的女人那样对待你。"

大部分《爱因斯坦传》"非常震惊于这些'苛刻条件'和'冷酷无情的话'。"

这有什么好"震惊"的？这不是典型夫妻打架的气话吗？未必我们自己跟老婆打架时没说过同样、甚至更过分的话？我们为什么不对自己的所作所为感到"震惊"？所有这些"震惊"，都是因为我们觉得爱因斯坦是个圣人。其实他不是。而且他说了一辈子自己不是。可惜我们不招耳朵听。爱因斯坦对此无可奈何，他说过："一个人是个什么样的人，和别人以为他是什么样的人，真是天差地别。"

在"人活七十古来稀"的20世纪，爱因斯坦活到七十六岁，要算高寿，但其实他的身体从小就不太好。1917年2月，三十八岁爱因斯坦致信荷兰莱顿大学老朋友艾伦费斯特说自己得了肝病，不能去荷兰了。一贯胡乱吃饭的爱因斯坦这时居然开始注意饮食。恰逢1916年天灾，而且又是第一次世界大战，柏林所在的普鲁士，土豆都变成奢侈品，1917年是柏林历史上著名的"萝卜冬天"，主食只剩下萝卜。第一次世界大战证明爱因斯坦当初加入瑞士国籍是正确的。战争中柏林食品供应十分紧张，而爱因斯坦不仅可从德国南部农村亲戚那里得到食物，朋友赞格尔也不断从瑞士给他寄食品包裹，亚赛救命仙丹，因为他得的是肠胃病，最需饮食调养。不过，包裹并不足以完全弥补营养不良，医生极力劝说他移居中立的瑞士。但爱因斯坦此时还未与马蜜娃离婚，拒绝前往。此后四年爱因斯坦一直缠绵病榻，迫切需要呵护。但按照宪法最有权呵护他的马蜜娃，此时却与他冷战，待在苏黎世。

罗爱莎在正确的时间出现在正确的地点，她给了病中爱因斯坦无微不至的看顾。四年的疾病让两个情感孤独的人都获得了温暖。离过婚的罗爱莎明白要征服一个男人必须征服他的胃，因此厨艺十分了得，超过马蜜娃三倍都不止。更强的是她还善于无米之炊，在物资匮乏的一战期间她仍能随时做出一桌色香味俱佳的饭菜，让爱因斯坦备感家的温暖。

爱因斯坦与罗爱莎仍是姐弟恋，罗爱莎虽然小马蜜娃一岁，但仍比爱因斯坦大三岁。她1876年出生在德国巴登－符腾堡州的海辛根（Hechingen）。作为姐姐，即使马蜜娃脾气并不暴躁，她也未必是罗爱莎的对手，因为，罗爱莎不仅厨艺超过她三倍，还天生拥有超过她三倍的优势：

1. 她跟爱因斯坦是真正的青梅竹马，拥有无数只属于他们俩的珍贵童年回忆。

2. 她父亲鲁道夫·爱因斯坦（1844—1928）是爱因斯坦父亲赫尔曼·爱因斯坦堂兄，所以俩人都姓爱因斯坦，因此她是爱因斯坦的远房堂姐。

3. 她母亲法妮·科赫（Fanny Koch, 1852—1926）是爱因斯坦母亲保琳娜·科赫（Pauline Koch 1858—1920）亲姐，因此，她还是爱因斯坦的亲姨表姐。

所以，罗爱莎与爱因斯坦的青梅竹马是货真价实的青竹，两家经常在苏黎世和海辛根互串亲戚，彼此了如指掌，罗爱莎后来说："我还是小女孩时就爱上阿尔伯特了，因为他用小提琴演奏莫扎特十分美妙……他还会弹钢琴。当他思考科学理论时，音乐给他启示。他到书房读书，然后走出书房，弹一会钢琴，写点儿什么，又回到书房，这时我和玛戈特就悄悄离开。我们不在他眼前晃，而是去给他准备好吃的和外衣。有时候尽管天气不好，他也会不戴帽子不穿外衣就出门儿，然后走回家来，一副可怜的样子站在楼梯上……"

天才都是孤独的，而爱因斯坦是人类有史以来最伟大的科学天才。因此，他注定不会是一个好丈夫。然而，身为欧洲第一代物理女生的马蜜娃并不愿意认可这一点。她深以爱因斯坦的天才自豪。还有谁比能她更了解爱因斯坦的才华？罗爱莎连什么是物理都不一定了解。

爱情需要的当然是了解。

婚姻，就不一定。

马蜜娃一辈子不认同，因为爱因斯坦是伟大的科学天才，她就必须照顾、忍受、宽容爱因斯坦的一切，而且得一辈子。性格倔强的她，始终认为自己与爱因斯坦是平等的。这思想毫无疑问是正确的。问题是，婚姻并非物理，不是所有参数正确就一定会得出美好的婚姻。

我们当然赞同马蜜娃的男女平等思想，但她最后失去了爱因斯坦。罗爱莎没学问，更不懂物理，遑论理论物理。但她深知爱因斯坦，她只想做"爱因斯坦的妻子"，照顾他的生活，并觉得"这样就挺好"。1921年3月底，已是世界科学头号大腕儿的爱因斯坦访美，纽约港口人山人海，"鹿特丹号"邮轮靠岸，记者蜂拥而上将爱因斯坦围困在甲板上，连珠炮般向爱因斯坦提问相对论，爱因斯坦耐心作答，记者们当然都没听懂，于是转而向罗爱莎发问："爱因斯坦太太，您也懂相对论吧？"罗爱莎说："哦，我不懂，虽然他不止一次给我解释过，但我的幸福完全不需要相对论。我的数学只要够记账就行了。"

作为科学家，她对马蜜娃可称不战而降。以新时代女性观之，她更像个老掉牙的古董。

可是，作为女人，她速胜、脆胜、大胜、完胜马蜜娃。

马蜜娃如果知道自己的三重劣势，会不会洗心革面，为自己的婚姻而牺牲自己地主家大小姐的脾气呢？

罗马不是一天建成的。但罗马能够建成，不是没原因的。罗爱莎不懂物理，更不懂罗马是怎么建成的，但她确实知道罗马是怎么建成的。

对于爱因斯坦来说，罗马即关爱，准确点儿说，是别人对他的关爱。而罗爱莎恰恰无条件地给予他无限关爱。1917年初，由于工作与婚姻的双重压力，爱因斯坦患上严重肠胃病，两个月瘦了五十六磅。肠胃病时好时坏折磨了他整整四年。1917年夏天爱因斯坦从威特贝彻大街搬到哈伯兰（Haberland）大街5号罗爱莎家所住四层公寓的对面。这套公寓就是罗爱莎帮爱因斯坦租的。她马上在自己家里为爱因斯坦腾出一间工作室，对爱因斯坦关怀备至。1917年12月爱因斯坦致信朋友说："多亏罗爱莎精心护理，我这个夏天重了四磅。她亲自给我做饭，看来也确有必要。"病中的爱因斯坦从罗爱莎那里得到了马蜜娃从未给予过的温情。他躺在病榻上，青梅竹马的罗爱莎坐在身边替他织毛衣，同时操着共同的南德乡音给他大讲柏林街上的趣闻：面粉又涨价了；有家商店来了批进口罐头，可谁也不知道里面装的是什么，更不知道怎样才能打开那些罐头……

1917年底，爱因斯坦因腹膜溃疡再次卧床好几个月，后来又患胃溃疡，虚弱到只能求同事到他家取论文代为寄交杂志。长期生病的人情绪都低落，爱因斯坦这时形容自己"精神颓废，气力不支"。这时他又患了十二指肠溃疡，当时这个病有生命危险。爱因斯坦躺在床上完成了关于引力波的第二篇文章，直到1918年4月医生才允许他下床活动。久卧病床的爱因斯坦高兴万分，马上拿起心爱的小提琴拉了一曲，居然就累得重新躺回病床，而且出现黄疸。这件事对爱因斯坦打击很大，他致信朋友说："近来，我遭到了极不愉快的打击，很明显，原因是我拉了一小时的提琴。"爱因斯坦一生忌医讳药，他说："我所相信的唯一诊断是事后诊断，否则就什么也不信。"而这显然对他的疾病没什么帮助。后来，他在波罗的海海边休养了八周，身体大有好转，爱因斯坦心情更好，写信调侃自己已经成为当地名人，因为"我出门一贯不穿袜子"。

我们都很倾慕天才，但天才也是人，他们也要生病，而生了病的天才比一般人脆弱得多。爱因斯坦1918年8月曾梦见用剃须刀割断了自己的喉咙。12月他给艾伦费斯特写信说自己可能永远无法恢复健康。这是爱因斯坦最需要马蜜娃的时刻，但马蜜娃却固执地待在苏黎世，原因是她的健康状况也不好。专家们初诊怀疑是脑结核，但最后认为是瘰疬。她变得更加抑郁，因腿部疼痛经常卧床，照顾孩子都有困难。多亏毒理学家赞格尔（Heinrich Zangger 1874–1957）和贝索经常来帮助照料孩子。这两个爱因斯坦的朋友都认为分居责任在爱因斯坦，但爱因斯坦固执地只承认他应负部分责任。爱因斯坦曾想让他们搬到德国南部的卡尔斯鲁厄附近，但马蜜娃不同意，爱因斯坦又提议搬去弗赖堡，也被拒绝。夫妻感情恶化时，孩子可能是挽回夫妻感情的特效药，但也可以是让夫妻感情更加恶化的毒药。2006年7月10日耶路撒冷希伯来大学公开爱因斯坦1912年至去世的1955年一千三百余封信，它们证明了这一点。1915年4月初大儿子汉斯在信中央求父亲春假时前往苏黎世看望他和弟弟爱德华（小名泰特）：

亲爱的爸爸：

你知道吗？泰特已经学会乘法和除法，我正在学几何。我们准备了一个小本子，平时妈妈会给我出题，到时你也可以给我出题。可最近你为什么都不写信给我们了呢？我一直在想："复活节你会来，到时候我们就又有爸爸了。"

爱因斯坦回了一张明信片答应7月带儿子们去阿尔卑斯山度假，说很高兴汉斯喜欢几何。他说自己那么大的时候"最喜欢的消遣"就是几何："可那时没人可以演示给我看，所以我只能自学……如果你每次写信都告诉我你学了什么，我可以给你出题目让你来解答呀。"他还给两个孩子各寄了一个玩具，并叮嘱他们要好好刷牙："我也好好刷牙，所以现在我的牙齿很健康。"其实这是彻头彻尾的谎言。连他最信赖的罗爱莎，都没能教会他按时刷牙。

1915年6月汉斯寄明信片答复爱因斯坦提出的度假计划：

亲爱的爸爸：
　　这事儿你应该跟妈妈商量，因为这不是我一个人说了算。不过，如果你对妈妈的态度那么不好，我也不想和你一起去度假了……

爱因斯坦收到这封明信片后非常恼火，他觉得这是马蜜娃教唆的，于是愤而跟罗爱莎一起去度假，并在1915年7月致信赞格尔说：

亲爱的朋友桑戈赞格尔：
　　因为我前妻捣鬼，我的好儿子这几年来跟我越来越疏远。我前妻是个爱报复的人，而且她很狡猾，外人尤其是男人经常被她欺骗……本来我早已决定7月份去苏黎世，但从现在的情况来看，即使我去了也根本别想见到孩子们。所以我最后一刻决定在哥廷根进行广义相对论的演讲时去塞林放松一下，我的表姐和她的孩子已经在那里租好房子了。

其实爱因斯坦从来没有忘却他的儿子。1915年11月4日他在哥廷根做了在德国的第一次广义相对论演讲,当天下午他就写信给汉斯保证:"以后每年我都会尽量陪你们一个月,好让你们能有爸爸的陪伴和爱护。你们可以从我这里学到很多好东西,这是任何人都不能给你们的。我如此艰辛工作得到的成果,不应该仅仅对陌生人有价值,更应该对我的孩子有特殊价值。过去一段时间里我完成了人生中最精彩的一篇论文,等你们长大,我会把它都告诉你们……我经常太专心工作了,连午饭都忘了吃。"

这时苏黎世大学和ETH联合向爱因斯坦提供一个完全为爱因斯坦度身定制的教授讲席,爱因斯坦面临在柏林与苏黎世之间、其实就是马蜜娃与罗爱莎之间的抉择。爱因斯坦提出可以每年去苏黎世两次,每次四到六周,共做十二次讲座,每次一百瑞士法郎。但是,这个抉择并不是个抉择,因为在马蜜娃与罗爱莎之间,爱因斯坦已经选择了罗爱莎。他根本就没说教授讲席的事儿(那意味着他必须搬回苏黎世居住),只要求签订一份讲座合同。就是说,他已决定留在柏林。不过,因为爱因斯坦讲课效果不好,该讲座刚开始有四十五名学生注册,一百零五名学生旁听,很快就剩下十五名注册学生和二十二名旁听生,第二个学期结束就夭折了。

其实这个时候(1915年)爱因斯坦已经向马蜜娃提出离婚,马蜜娃希望和解,爱因斯坦虽然拒绝了,但在法律上他们还是夫妻。所以他给赞格尔写信时称马蜜娃"前妻",完全是法盲的口不择言,但这也确实反映爱因斯坦的真实心情。他当时还向罗爱莎与前夫的女儿伊尔泽抱怨:"当一个人并没有发现另一个人有罪时,你是否认为离婚很容易?"

作为爱因斯坦粉丝,我们根本不能接受爱因斯坦离婚。可这是因为我们都把他看作"圣人"。其实他不是,而且他一辈子都在说他不是。夫妻感情转淡,主要责任无疑在爱因斯坦,但在经济上爱因斯坦还是负责的,他每月把一多半工资寄给马蜜娃,1917年寄了一万两千马克,这是当年他在普鲁士科学院的所有工资。而且他还要负担患胃癌的年迈母亲保琳娜,加上他领的工资是德国马克,而一战中德国马克对中立国瑞士法郎大幅贬值,因此爱因斯坦虽然名气很大,此时经济却相当吃紧,后来普朗克专门去找钱把爱因斯坦的工资增加了一万马克,方为爱因斯坦解了燃眉之急。这时洛伦兹给艾伦费斯特写信说:"如果能够解决爱因斯坦的经济困境就好了!为他争取诺贝尔奖?!"所以,爱因斯坦获得诺贝尔奖的最初动机,是因为他想离婚。

1918年,第一次世界大战接近尾声,爱因斯坦和马蜜娃的婚姻也走到了尽头。看官须知,德国是基督教国家,而基督教《太19:6》明文规定"夫妻不再是两个人,乃是一体的了,所以神配合的,人不可分开。"所以,在以基督教为国教的德国和瑞士,根本不允许离婚,夫妻如想分离,唯一的办法是其中一人死去。因此,作为离婚的提出者,爱因斯坦首先必须解释他为什么要求离婚。爱因斯坦只好向法庭承认自己与罗爱莎的地下恋情,以此为理由要求离婚。法庭认可了这个理由,之后认定爱因斯坦搞地下情违法,先课以高额罚款。1919年2月14日,瑞士苏黎世法院以"性情不合"判决爱因斯坦与马蜜娃离婚。经过贝索和赞格尔的不懈沟通,马蜜娃终于认识到爱因斯坦不会再回到她身边,签字同意离婚。

那几个瑞士法官的脑袋大概被门夹过,专门挑了情人节来判决离婚。他们判决爱因斯坦每年支付马蜜娃八千瑞士法郎,而且两年内不得再婚。但瑞士法院管不到德国。爱因斯坦于是决定遵守瑞士法院的离婚判决,同时不遵守同一份法院文书中两年之内不得再婚的条款。1919年3月14日爱因斯坦回到柏林,那一天,他满四十四岁。6月2日,他在柏林与远房堂姐兼亲姨表姐罗爱莎结婚。爱因斯坦不仅违反了瑞士法院判决,也违反了中国法律。按中国法律爱因斯坦算双重近亲结婚,论起来算犯法两次。可爱因斯坦身在德国,瑞士和中国拿他都没什么办法。而且中国那时处于内战,忙着自己杀自己,也没什么心思管德国和瑞士的事儿。此外,爱因斯坦离婚违反《圣经》,再婚又再次违反《圣经》。《太19:9》明确说,离婚的人再婚就算"犯奸淫"。因此,不仅现在世界各国妇联觉得爱因斯坦不占理,而且当时瑞士法院就已经从法律上判决爱因斯坦不占理。

关键是,爱因斯坦也觉得自己不占理。这是后世、特别是各国妇联都不大知道的。当时欧洲中产阶级女性一般婚后都不工作,离婚等于失业,第二天就无米下锅。因此,在离婚程序启动前爱因斯坦跟马蜜娃达成财务协议,规定爱因斯坦必须在瑞士银行为马蜜娃存笔巨款,此外每季度提供生活费,每年寄七千马克,是他工资一多半。协议中还有个特别有意思的条款是:如果爱因斯坦将来获得诺贝尔奖,奖金必须存在瑞士银行的马蜜娃账户上,马蜜娃可以自由使用利息,但动用本金须经爱因斯坦同意。两个儿子监护权归马蜜娃,但爱因斯坦可在放假时随时到瑞士看望孩子。

此事的后话是,四年后(1923年)爱因斯坦真的获得了诺贝尔奖!爱因斯坦收到12,1573瑞典克朗(时价32,250美元)奖金后马上依约存入瑞士银行信托账户。这在当时是一笔巨款。谁知此时马蜜娃反悔,对只能取用利息表示不满。爱因斯坦非常意外,因为他觉得自己已经很慷慨了。但经几轮讨论,爱因斯坦还是同意马蜜娃取用所有的钱,于是马蜜娃在理财顾问建议下用这笔钱在苏黎世买下三所公寓出租,获得稳定丰厚的经济来源,因此,离婚之后的马蜜娃衣食无忧。离婚程序结束前爱因斯坦赴苏黎世大学一个月完成讲座合同,与马蜜娃和孩子们共同度夏,后来还带两个儿子去德国南部度假。离婚后俩人马上就不怎么争吵了，因此孩子们对这次旅行的回忆都不错。至于为什么很多人离完婚第二天看对方就顺眼了，此事现在还在广大婚姻专家的热烈科研中。

马蜜娃再也没有离开过苏黎世。离婚后她恢复娘家姓马里奇，但苏黎世市政府1924年12月24日却判决她必须改回夫姓爱因斯坦。看来瑞士人都喜欢节日断案，因为这一天是圣诞节前夜。爱因斯坦看望儿子时常常住几天，但可以肯定从此跟马蜜娃没什么亲密关系。马蜜娃此后变得极难相处，怀疑所有人，长期心情忧郁。为给小儿子爱德华治病她后来不得不去教人钢琴。大儿子汉斯携妻带子去美国投靠爱因斯坦后，马蜜娃一直留在瑞士照顾爱德华，并于1948年去世，比爱因斯坦少活七年。她的讣告按照她的遗愿未写她是爱因斯坦前妻。多年后爱因斯坦说："她从未原谅我们的分居和离婚，她的性情使人联想到古代的美狄亚（复仇女神）。这使我和两个孩子的关系恶化，我对孩子向来温情。悲观的阴影一直持续到我的晚年。"他对爱德华非常内疚，曾说："是我的错误把他带到这个世上，在我一生中我第一次责骂自己，认为自己对此负有责任。"很多年后在普林斯顿一个讨论会上一位犹太学生问爱因斯坦是否可以与非犹太人结婚，爱因斯坦回答："那是很危险的，但是任何婚姻都是危险的。"这被广泛称为"爱因斯坦的幽默"。其实，这是他痛定思痛的肺腑之言。

在那个时候，全世界没有人比马蜜娃更明白爱因斯坦是多么伟大的天才，但她拒绝承认他是永远长不大的孩子，拒绝将就他，照顾他，以他为自己生命的中心。马蜜娃无疑是个自尊自强、独立自信的新女性，主要责任毋庸置疑在爱因斯坦身上。只是所有这些义正词严都不能改变一个事实：罗爱莎接管了爱因斯坦。

那么，罗爱莎会成为爱因斯坦最后一个女人么？

只有死亡才能解雇的雇员

第一次世界大战结束，盟国接管德国。

在柏林，罗爱莎接管爱因斯坦，荣升"爱因斯坦太太"。

塞翁失马，焉知非福。马蜜娃这个复仇女神美狄亚的复仇来得很快：罗爱莎刚一转正，马上失去自己，变成"无法解雇的雇员"。论到对待爱人，爱因斯坦比德国诗人榜万年老二席勒可差远了。席勒对爱人冷莎露姊妹充满感恩之心，可爱因斯坦丁点儿感恩之心都没有。嫁给爱因斯坦后，单为教爱因斯坦习惯使用牙刷、梳子和肥皂，罗爱莎就奋斗了整整一生，而且收获为彻底失败。爱因斯坦特别不喜欢用牙刷，而且他还有科研结果为证据："猪毛能钻穿钻石，我的牙齿怎么受得了！"两人在个人卫生上的分歧有时会变得非常尖锐，在柏林有次爱因斯坦给罗爱莎写了个纸条："如果我成为自己的仆人，那我就不是我自己了……如果我让你如此倒胃口，那就去找个合你胃口的男朋友吧！"落款是：你的邋遢鬼阿尔伯特。

问题是，马蜜娃的复仇完全不能称之为复仇，因为罗爱莎根本没有"自己"。她非常满意变成爱因斯坦"无法解雇的雇员"，压根儿不觉得有什么"自己"被"失去"了。纵观爱因斯坦的所有女人，"爱因斯坦太太"这个职位真的非罗爱莎莫属。1931年1月31日爱因斯坦第二次访问美国，卓别林邀请爱因斯坦夫妇前往洛杉矶参加《城市之光》首映，他对罗爱莎的描述非常传神："她是个身宽体胖的女人，生气勃勃，非常乐于做身边这个伟人的太太，并对此毫不隐藏。"当时全柏林都知道，要讨罗爱莎欢心，只需称呼她"爱因斯坦太太"就可以了。有人说她没品位，有人说她整天看着爱因斯坦就像盯着自己的摇钱树，罗爱莎充耳不闻。她细心看护爱因斯坦，让他身心健康地完全投入物理研究。俄罗斯政治家卢那察尔斯基20世纪20年代拜访爱因斯坦后说罗爱莎"徐娘半老，浓发灰白，但魅力四射，精神很美，甚至胜过肉体美。她全心全意地爱着自己伟大的丈夫，竭尽所能保护他免遭生活拖累，并为他建立极其安静的环境，让他具有世界意义的思想能在此中成熟。她充分意识到丈夫是个伟大的思想家，她对丈夫就像疼爱一个与众不同、招人疼爱的大孩子，充满伴侣、妻子和母亲的最温柔情感"。

That`s the secret of marriage！

天才难得，称职的天才太太更难得。如果你丈夫是天才，那你必得身兼伴侣、妻子和母亲三职。否则，你会觉得自己的婚姻是一场灾难。马蜜娃就这么认为。这跟什么女权运动毫无关系。这跟旁人对你们婚姻的看法同样毫无关系。这只跟婚姻中的那两个人有关。你，决定你的婚姻是否幸福，不是任何其他人。你永不会从其他人身上获得家庭幸福。罗爱莎能够成功地驾驭爱因斯坦这个伟大的天才，并非因为她从理论上特别明白这个道理，而是因为她恰好天生集伴侣、妻子和母亲于一身。天下都知道爱因斯坦不喜社交，但其实他只是不喜欢那些虚伪虚荣虚假的社交，在他自己那个圈子里，爱因斯坦非常幽默可爱，加上他诺贝尔获奖者的巨大光环，在那个圈子里爱因斯坦堪称"红颜都是知己"。各国妇联其实错怪了爱因斯坦，因为，在爱因斯坦的情感世界中，除了马蜜娃，主动的通常都不是爱因斯坦，而是红颜。罗爱莎高于马蜜娃之处是：她从头到尾给了爱因斯坦无限的婚姻自由，而且相信他绝对逃不出她的手心，我称之为"如来佛婚姻观"。罗爱莎的"婚姻"和"自由"是要分开来读的，即"他俩婚姻之中爱因斯坦东张西望的自由"。这自由甚至开始于他们结婚之前。当时罗爱莎跟前夫的长女伊尔泽（Ilse）二十二岁，小女儿玛戈特（Margot）二十岁，她俩都随罗爱莎一起生活。罗爱莎妈妈芬妮，即爱因斯坦的婶婶，还有其兄雅各布都住在柏林。据爱因斯坦世交、物理学家乔治·尼可莱（George Friedrich Nicolai，原名 Lewinstein，1874—1964，1914 年《致欧洲人宣言》起草者，曾是伊尔泽情人）后来透露，爱因斯坦与罗爱莎结婚前一年，年轻漂亮的伊尔泽偷偷告诉他，爱因斯坦提出要娶她！伊尔泽把这事儿告诉了妈妈。罗爱莎的态度匪夷所思：她让爱因斯坦在自己和女儿之间挑选。挑选过程长达一年，直到伊尔泽告诉爱因斯坦，她觉得爱因斯坦更像父亲而非丈夫。一周后爱因斯坦娶了她妈罗爱莎，而伊尔泽则成为威廉皇帝物理研究院的秘书。此事放在今天，爱因斯坦就被网上搞臭了。而且像他这种脚踏两只船的男人被搞臭也没什么冤枉。但其实仔细看，在整个全程中主动权都在伊尔泽与罗爱莎手中，爱因斯坦其实只是个听喝的。

男人认为他们掌握世界，因此他们掌握着女人。

这是男人最愚蠢的狂想。

伊尔泽与玛戈特都赞成母亲再嫁，因为她俩都很喜欢爱因斯坦。再婚根本没有心理障碍，因为妈妈离婚后她们就跟罗爱莎一起改回娘家姓"爱因斯坦"。所以罗爱莎再嫁爱因斯坦，这仨女人连姓都不用改，仍然姓爱因斯坦就好了。两人结婚后两个女儿当着亲戚就直呼爱因斯坦的名"阿尔伯特"，当着外人就称"阿尔伯特爸爸"。

罗爱莎给予爱因斯坦的"婚姻自由"并非权宜之计，这种举世罕见的婚姻自由并没有随着婚礼结束。婚后爱因斯坦爱上了朋友的侄女、已婚少妇倪贝弟（Betty Neumann），也是他的新任秘书。这个伟大的物理天才给秘书写信说他必须在星星之间寻找地球上没有的东西。罗爱莎发现后居然特批爱因斯坦每周去见她两次，理由是"省得他总是偷偷摸摸的"。这段罗曼史的结局与绝大多数婚外恋一样。一旦情人获得自由，她就失去了吸引力。1924 年倪贝弟离婚，爱因斯坦赶紧给她写了一封信，语气跟所有相同处境的老情人一样："如果我不是身陷泥潭，你就不用再找了……找个比我年轻十岁、并像我一样爱你的人吧。"此后，他们的联系戛然而止。此事的后话是：十五年后犹太人倪贝弟写信向在美国普林斯顿的爱因斯坦请求帮助移民美国，爱因斯坦不忘旧情，最后确实帮助她逃离纳粹魔爪去了美国。

　　爱因斯坦到了美国后这种婚姻自由仍在延续。在爱因斯坦建议罗斯福建造原子弹之后，另一名绝色美女玛加丽塔自动找上门来。她是苏联著名雕塑家科涅库夫的妻子，1924 年随丈夫赴美，以举办艺术展为生，在美国一住就是二十多年，其间被苏联女间谍扎鲁比娜招募为间谍，专事收集高科技情报。1935 年她与爱因斯坦初次相识时三十九岁，爱因斯坦五十六岁。同年 6 月普林斯顿高研院邀请她丈夫为爱因斯坦制作雕像，上司命令她抓住机会靠近爱因斯坦。他们夫妻一起来到爱因斯坦身边，并且显然很快就成为爱因斯坦暗中"无法解雇的雇员"。苏联确实通过她从爱因斯坦口中得到了关于原子弹的情报。后来玛加丽塔返回苏联，在沉默中安静老去，临死让家人销毁了自己绝大部分信件，但保留了爱因斯坦九封动人情书以及手表等礼物。这个美女间谍，一直珍藏着爱因斯坦那份短暂的爱情。此外，爱因斯坦还有不少其他情人：花店主埃斯·戴拉；优雅而富有魅力的犹太寡妇多妮·门德尔；M 夫人（近年曝光的米哈诺夫斯基，即社交名媛埃特尔）和L夫人；E.凯瑟耐勒波根小姐；金发美女M.莱恩巴赫；甚至包括玛丽莲·梦露，总数据说超过十名。所有这些女人都没有留下任何与爱因斯坦有关的文字。她们或者把它烧了。或者，她们把爱因斯坦放在了心底最隐秘的地方。

说到底，爱情只跟两个人有关，跟其他人毫无关系。

我们当然希望看到爱因斯坦是一个忠诚的丈夫、慈爱的父亲。那将是一个何等完美的爱因斯坦。问题是上天几乎从不创造完美，爱因斯坦得到了远超常人的天才，但他的情商显然停留在儿童时代。儿童抢苹果，并不在乎苹果大小，都是多多益善。法国著名作家蒙田说："我们的一生，一半是愚蠢，一半是智慧；不管你写谁，如果只写受尊敬和权威的一面，就等于只写了一半。"

我觉得蒙田是对的。

爱因斯坦能证明整个人类历史上独一无二的广义相对论，却无法在家庭生活上得出正确的方程式。真没听说过一半是天使，一半是魔鬼？基督教中最大的魔鬼撒旦，本来就是上帝座前的天使长。"撒旦"一词希伯来原文为"שָׂטָן"（对抗），基督教中意为"敌对者"和"剧毒光辉使者"。

作为现代人，我们当然更不赞成罗爱莎的人生态度，问题是，在爱因斯坦身上，罗爱莎的战术显然正确。爱因斯坦这个人类最伟大的科学天才，居然从此再也离不开她。当然，没离开并不等于言听计从。罗爱莎热爱健康的生活方式就很令爱因斯坦烦躁。他曾在信中大发脾气："你竟敢来信对我进行医学说教？还像个一贯正确的医生那样神气十足地命令我雨天游泳，晴天跑步？……我已下定决心，假设大限一到，就是倒毙也要尽量少用医疗手段。在此之前我将服从我罪恶之心的愿望为所欲为。我的日常生活是：吸烟像烟囱，工作像骡马，饮食无所顾忌不加选择，至于散步，只有真正有令人愉快的同伴才愿意进行，这样一来散步就很少了。不幸的是睡眠也无规律，如此等等。"如果你丈夫是这么一号，你能不大发雷霆吗？如果他天天这样，你是不是要跟他离婚！离婚正确不正确！可罗爱莎从没想过离婚。她留在爱因斯坦身边，而且显然过得不错。唯一的遗憾是：生活方式十分健康，而且比爱因斯坦仅年长三岁的罗爱莎，最后却比一贯病病歪歪的爱因斯坦早死了整整十九年。我对健康生活方式的信心最后崩溃，是因为罗爱莎的榜样。

1919年6月2日爱因斯坦与罗爱莎登记结婚，这年爱因斯坦四十岁。罗爱莎从此名正言顺接管爱因斯坦，并以此为乐。新房就是罗爱莎所住的哈伯兰大街5号，在柏林算高档社区。他们住在顶层四楼，公寓有七个房间。这次婚姻的得益者无疑是爱因斯坦。他生活一贯马马虎虎，但这并不等于他喜欢肮脏邋遢。在欧洲第一代物理女生马蜜娃料理下，爱因斯坦的家庭生活乱七八糟，唯一不缺的就是指责和谩骂。但在罗爱莎同志的正确领导下，哈伯兰大街5号一切井井有条，爱因斯坦终于有了温暖舒适的家庭生活，住宅宽大，客厅、餐厅、卧室和书房井井有条；地毯柔软，家具亮堂，窗明几净，中产阶级热爱的精巧小摆设一应俱全，连每天抽多少烟丝，罗爱莎都为爱因斯坦安排好了。

像所有孩子一样，爱因斯坦当然喜欢被人照顾，也喜欢在家接待朋友。但从根儿上说，从小独立叛逆的爱因斯坦与舒适安稳的中产生活格格不入。这个连访客都觉察到了，朋友来访后都说爱因斯坦"以前豪放不羁，现在也中产阶级起来了……他家如同柏林典型小康之家一样有豪华家具、地毯和画"。但是，大家都感受到："从踏进爱因斯坦房间那一刻起，你就会发现他是这个环境中的'外人'——中产阶级家庭里豪放不羁的客人。"他甚至根本不跟"爱因斯坦太太"住在一间屋。罗爱莎卧室隔壁是女儿的卧室，而爱因斯坦的卧室则在楼下大厅旁。他总是光着脚在客厅里走来走去，光着脚穿双旧皮鞋坐在豪华餐桌旁招待客人。罗爱莎发脾气时他就笑眯眯地说:"不要紧,太座,客人都是哥们儿,不是吗?"他的长发、心不在焉的神情和太过随便的衣着,在天鹅绒厚重窗帘前,在花篮形大吊灯下,显得十分突兀。然而,爱因斯坦我行我素。在晚年自述《我的世界观》中,爱因斯坦对物质生活的意见十分爱因斯坦:"要追究人或生物存在的意义或目的,客观而言,我总觉得愚蠢可笑。可每个人都有他的理想,这理想决定他努力和判断的方向。在这个意义上,我从未视安逸和享乐为生活目的——这种伦理基础,我称之为猪栏的理想。照亮我的道路、并不断地给我新勇气去愉快直面生活的理想,是善、美和真。如果没有志同道合的亲密感情,如果不能全神贯注于客观世界——那个艺术和科学永远无法达到的目标,那么,在我看来,生活就是空虚。大家努力追求的庸俗目标——财产、虚荣和奢侈——在我看来都是可鄙的。"因此,在思想深处,爱因斯坦觉得这幢豪宅不过是个猪栏。他在猪栏中穿着旧皮鞋走来走去,有什么不妥吗?

能说明这一点的证据很多,例如罗爱莎在这幢豪宅中给爱因斯坦准备了一间宽大明亮的优雅书房,但这间书房里从来找不到爱因斯坦。他真正做研究的书房是楼上堆放杂物的阁楼,他通常光脚穿件薄毛衣踡在安乐椅里,一张圆桌上堆满书刊和草稿,四壁都是满满当当的书架,墙上挂着法拉第和麦克斯韦的画像。以前还有张牛顿画像,但搬家时弄丢了。从小窗户望出去,阁楼漂浮在柏林一片橘红色屋顶海洋之上。这就是爱因斯坦思考时间空间和宇宙末日的精神孤岛,也是威廉皇帝物理研究院总部,与世隔绝,除了助手一律谢绝来访。罗爱莎也不能随便进来打扫卫生。

罗爱莎布置的优雅书房后来成为姨妈兼婆婆保琳娜人生的最后一站。爱因斯坦妈妈保琳娜与他第一任妻子马蜜娃始终无法友好相处,马蜜娃与爱因斯坦分居直到离婚,与婆媳关系不好也有很大关系。在婆媳矛盾中爱因斯坦经常站在马蜜娃一边，但太太有前任，母亲就从来没听说过有前任的。何况爱因斯坦与父母关系一向不错。保琳娜这个失败的婆婆其实一生坎坷，1902年丈夫死后断了经济来源，只好寄宿海辛根的姐姐范妮家，范妮就是罗爱莎的妈妈。之后她又为海尔布朗的银行家奥本海默遗孀操持家务，据说赢得奥家孩子的集体敬重。后来又为其遗孀的弟弟雅各布·科克料理家务。之后她搬到鲁塞耐市布兰堡大街16号甲，与女儿玛雅和女婿保尔·温特勒住在一起，但很快发现得了胃癌。到罗斯瑙疗养院治疗之后，保琳娜希望与儿子爱因斯坦同住。1920年初，爱因斯坦与罗爱莎结婚半年，保琳娜由玛雅和医生护送到柏林。母亲到来之前爱因斯坦写信给文化部长，要求房管部门在哈伯兰大街5号增加一个房间，以供保琳娜和护士居住，但部长没批准。保琳娜于是入住罗爱莎为爱因斯坦布置的优雅书房。

在婆媳关系的经营上，罗爱莎比马蜜娃成功得多，显然罗爱莎这个外甥女很明白如何讨姨妈欢心，这位小姨兼婆婆对罗爱莎非常满意。虽然长期服用吗啡影响了保琳娜的大脑，但在访客眼中她"眷恋人生，精神饱满"。不过，她没能战胜癌症。1920年2月初保琳娜去世，享年六十二岁，葬于柏林勋伯格公墓。妈妈跟马蜜娃的矛盾曾让爱因斯坦非常烦恼，但那毕竟是他妈妈。保琳娜去世后爱因斯坦给赞格尔写信说："妈妈上周这时候去世，历尽痛苦。我们都为母亲感到心力交瘁、悲痛欲绝。这时才知道血缘深入骨髓"。致信朋友海德维格·波恩时他写道："我知道那种痛苦：看着母亲痛苦去世，儿子却无可奈何，帮不上任何忙……我们都必须承担这份沉重，这是无法改变的血脉相连。"

罗爱莎与爱因斯坦并非完全没有矛盾。罗爱莎喜欢社交，而爱因斯坦厌烦一般的社交与宴会。他对社交的定义是"把时间喂给动物园。"罗爱莎经常大排家宴，宾客们揣着敬爱之心谦虚谨慎地赶来，都渴望见爱因斯坦一面。然而，每当罗爱莎要求他下楼与客人进餐时，正在思考宇宙末日的爱因斯坦立刻无名火高三丈："不！不！我不能去！我不能去！我不能忍受这样的骚扰，让我无法安心工作；我要立刻离开这个家！"爱因斯坦唯一从不拒绝的，就是罗爱莎组织的为慈善机构募捐。罗爱莎兴致勃勃地通知哪天有什么活动时，爱因斯坦如果心情好就会揶揄："这次你把我卖了多少钱？"如果是马蜜娃，马上就会翻脸：这是募捐好嘛！难道我要用你的钱？可罗爱莎并不生气，下周继续安排，而爱因斯坦也继续揶揄。有次爱因斯坦出席专为他举办的正式宴会，男宾西装革履，女宾袒胸露背。罗爱莎因感冒没能参加，好容易盼到爱因斯坦回家，不等他换好衣服就急忙询问宴会怎么样。爱因斯坦一一告诉她有哪些著名科学家出席，罗爱莎打断他的话说："不要说那些，告诉我，太太们都穿的是什么？"爱因斯坦考虑了一下说："这我可不知道。"看着罗爱莎惊讶的目光，爱因斯坦解释："从桌子以上的部分来看她们什么都没穿，桌子以下的部分我没敢偷看。"

当然，喜欢社交的罗爱莎偶尔也会讨厌社交。1923年2月他们在巴勒斯坦访问十二天，受到最高规格接待。当时巴勒斯坦由英国托管，英国高级专员萨缪尔请爱因斯坦夫妇住进自己官邸，亲自担任向导。每次外出，府邸都礼炮齐鸣，所到之处必有一队戎装骑兵如影随形。在隆重的接见和宴会时，甚至包括早餐，都要一丝不苟地遵守全套英国礼仪。爱因斯坦只好重装全套心不在焉来应付。这些繁复的礼仪甚至让喜爱社交的罗爱莎产生不满。当地报纸还经常取笑她，有次居然说罗爱莎把菜碟里装饰花朵的绿叶当成沙拉吃了。此事原因主要在于罗爱莎近视又坚决拒绝戴眼镜。遭到嘲弄的罗爱莎向爱因斯坦发脾气说："我只是个普通家庭妇女，对所有这些荒唐礼仪没兴趣。"爱因斯坦只好劝她忍耐，罗爱莎更不满了："你倒是会忍耐。你是名人嘛。你搞错礼仪或自行其是，大家都装作没看见，可报纸却常常戏弄我。"

1928年3月爱因斯坦在瑞士度假时突患严重心脏病，紧急送医才保住性命，但却卧床四月，而且整整一年才完全康复。病愈后他深感确实需要一个可靠的家庭秘书来处理海量事务，因为罗爱莎管家都忙不过来，于是，经罗爱莎面试，年轻的海伦·杜卡斯成为爱因斯坦家庭秘书。海伦没受过正规教育，十五岁辍学，聪明能干，善解人意，从此跟随爱因斯坦走遍天涯，凡二十七年，一丝不苟保护爱因斯坦隐私。爱因斯坦对她非常满意，去世时将自己在普林斯顿梅谢街112号房子留给杜卡斯，委托她为自己所有资料法定托管人，并书面指定她与G.布基、药剂经销商L.瓦特尔及经济学家O.纳珍一起为遗嘱执行人。杜卡斯在业界最出名的评论是对物理学家厄内斯特·斯特劳斯的评论。她在普林斯顿被第二次介绍给斯特劳斯时说："我当然认识您，您小时候行割礼我还在场呢。"1981年，晚年杜卡斯健康每况愈下，于是依爱因斯坦遗嘱将他的手稿、著作、文件等统统赠送爱因斯坦帮助建立的耶路撒冷希伯来大学，之后不到一个月，杜卡斯于普林斯顿逝世，终年八十五岁，终生未嫁。爱因斯坦就是她的整个生命，但她始终跟爱因斯坦无染。或者说，正因为无染。

罗爱莎陪同爱因斯坦进入美国不到半年，罗爱莎大女儿伊尔泽在巴黎重病，1934年5月，罗爱莎从纽约乘坐"伯根兰"号（zur Belgenland）独自前往欧洲陪护伊尔泽。几个月过后三十七岁伊尔泽去世，骨灰在荷兰入土，不过，罗爱莎把一些骨灰带回了普林斯顿。1935年8月他们买下普林斯顿梅谢（Mercer）大街112号，可乔迁新居的兆头却非常不祥，当天罗爱莎眼圈大浮肿，看医生后证明血液循环和肾都有问题。罗爱莎在这幢房子里度过了充满病痛的一个冬天，转年夏天爱因斯坦带她到纽约州北部萨拉内克湖（Saranac Lake）边的奥帝龙达克（Adirondack）山度假，效果一般。但她却十分开心，因为爱因斯坦很担心，"焦虑抑郁地来回踱步"，她告诉家人："我从来不知道我对他这么重要。这让我很开心。"

1936年12月20日，罗爱莎在普林斯顿家中去世。爱因斯坦从此没有再娶。罗爱莎去世不久后爱因斯坦致信玻恩说："我已十分适应新环境，就像洞穴里的熊，与以前纷乱复杂的生活相比，我现在自由多了。由于我太太去世，这种熊的特性增多了。她喜欢交际。"与所有天才一样，爱因斯坦把事业摆在婚姻和家庭之上。罗爱莎为他提供的舒适家庭生活并没有改变他这个基本世界观。有人看他不断清理烟斗，就问他，是因为喜欢抽烟才抽烟呢，还是为了清理烟斗而抽烟呢？爱因斯坦回答说："我们本来想抽烟，结果总是堵住抽不动。生活也像抽烟，婚姻更像抽烟。"德国著名作家、诺贝尔奖获得者黑塞在小诗《雾中》说："人生一世孤独立，人人彼此绝消息"，而他的婚姻生活就公认幸福。1931年，五十一岁爱因斯坦在自述《我的世界观》中坦承："我热爱社会正义和社会责任，但却不喜接触他人和社会，两者形成古怪的对照。我真是一个'孤独的过客'，我从未完全属于我的国家、我的家庭、我的朋友、甚至我的直系亲属；我总是追求与他们保持距离，我需要保持孤独——而且，这种感受与日俱增。我们要明白，理解他人和与他人协调是有限的。但我并不惋惜。像我这样的人无疑会失去一些天真无邪和无忧无虑；但另一方面却能在很大程度上独立于他人的意见、习惯和判断，挡住诱惑，避免把内心的平衡建立在这些不可靠的基础之上。"美国传记作家丹尼斯·布莱恩在《爱因斯坦全传》中说："爱因斯坦一生充满胜利和悲剧嘲讽；他的大脑对时空了解如此透彻，却有个精神异常的儿子，连过马路都不会；这位连苍蝇都不愿伤害的和平主义者，却是美国制造毁灭性原子弹的推手；这位对孩子和陌生人关怀备至的人道主义者，却无法照顾自己的儿子，还对自己的私生女讳莫如深；他喜欢孤独，身边却总是围绕着女人，终日被记者追逐，被民众包围；他是一位物理学家，却被提名为总统。"

纵观爱因斯坦一生，他只对一个女人自始至终充满温情。这就是 2004 年新鲜出炉的"爱因斯坦的女人"——范约娜。2004 年 2 月，在翻找图书馆如山资料时，普林斯顿大学工作人员偶然发现范约娜（Johanna Fantova）的档案，包括她本人在 1950 年代用德语写的六十二页日记。在她去世后二十三年，普林斯顿大学图书馆发表了这部日记。

这是全世界第一次惊悉爱因斯坦的黄昏恋。

这个比爱因斯坦小二十二岁的美女来自布拉格——全球第一个聘请爱因斯坦为讲席教授的美丽城市。这对年龄相差悬殊的老相识第一次见面是在布拉格的玛塔芳塔沙龙。1939 年范约娜只身移民美国，在爱因斯坦帮助下考入北卡罗来纳大学图书管理学院，后来又在他帮助下任职普林斯顿大学图书馆。这部开始于 1952 年的日记给世界留下了爱因斯坦最后两年生命的绝对隐私。据它记载，当时世界各地有无数素不相识的人给爱因斯坦写信，而爱因斯坦经常亲笔回信。有个母亲居然写信向爱因斯坦索取七个签名，理由是她想给自己的七个孩子留下绝无仅有的个性化珍藏。爱因斯坦不仅回信，而且真的给她寄了七个亲笔签名。

像所有老男少女的黄昏恋一样，爱因斯坦对范约娜十足溺爱。著名文学家梁实秋与包办婚姻的夫人程季淑伉俪情深，后来七十三岁太太意外去世，梁实秋写了一部《槐园梦忆》记述太太，情真意切，在台湾大红，谁知几个月后即再娶小他二十八岁的韩菁清，被广大忠实粉丝骂得狗血喷头，他只好为自己辩护说："老房子失火更难救。"爱因斯坦这幢房子显然更老。他不仅给范约娜写下缠绵悱恻的情书，而且在生命的最后一年半几乎天天给她打电话。他们一起泛舟大湖，出席音乐会，爱因斯坦给她画漫画头像，甚至允许范约娜在太岁头上动土，剪他那乱蓬蓬的长发。

爱因斯坦从未对一个女人如此温柔。

爱因斯坦呵护范约娜一直延续到他死后：他在临终前将"统一场"理论演算草稿密赠范约娜以备不时之需。他从未送过第二个女人如此珍贵的礼物。爱因斯坦逝世后范约娜将这部手稿卖了八千美元。都说美女因为愚蠢而可爱，范约娜是最有力的证明：这手稿卖八十万美元还差不多！2004年，爱因斯坦"奇迹年"第四篇论文《论运动物体的电动力学》手稿（二十页）在柏林拍卖会上以一千六百欧元起拍，一路飙升，最后被一位隐名买家以十万欧元购得。同场拍卖的一份列宁手稿只卖了九千欧元。这并不是爱因斯坦最贵的手迹。1996年，爱因斯坦当年写下人类历史上最著名公式"$E=MC^2$"的那张纸被估价四百万欧元（约合三千二百万人民币）。但是，范约娜这个糟糕的卖家却为我们留下了精彩的爱因斯坦。她的日记是一座丰富的金矿，随处可见爱因斯坦思想的光辉。给我印象最深的是爱因斯坦对她说："物理学家说我是数学家，而数学家又说我是物理学家。在科学界我没有同伴。世界上每一个人都认识我，可我依然如此孤独。几乎没人真正了解我。"

天才总是孤独的，越伟大的天才越孤独。他们总是被所有人误解，无论正面还是负面。从黑塞的"人人彼此绝消息"到歌德的"没有人懂得我的语言"，在在都是明证。

然而，爱因斯坦对范约娜金碧辉煌的夕阳情无法掩蔽他对家人的薄情。爱因斯坦对弱势群体所表现的宏大人文关怀，不仅长久感动世界，而且远超一般科学家所为。但他作为丈夫和父亲，其水平貌似连我都赶不上。与马蜜娃婚前所生的私生女莉莎后来不知所终，爱因斯坦在名满全球、叱咤风云的三十多年间也从未做过任何努力去寻找她的下落。除了莉莎，爱因斯坦还有一个私生女伊夫琳，是爱因斯坦1933年移民美国后与一名纽约芭蕾舞演员所生。对她爱因斯坦也是不闻不问，1941年大儿子汉斯不得不暗中接管了这个同父异母妹妹，据说直到伊夫琳成人，汉斯也没告诉她，爱因斯坦是她爹，因此至今仍有不少文章宣布伊夫琳是爱因斯坦的孙女。这是对伊夫琳辈分的巨大贬低。

有其父必有其子，这汉斯也是个"姐弟控"，成年后宣布要娶年长他九岁的科内希特（Elsa Frieda Knecht，1895—1958），不料遭到"姐弟控"父亲爱因斯坦强烈反对。爱因斯坦当时还给朋友写信说汉斯"很不体面地"让他当了爷爷，可当初他跟马蜜娃生第一个女儿莉莎时，也并没有结婚。更令人啼笑皆非的是，当初是爱因斯坦妈妈保琳娜觉得马蜜娃配不上她儿子爱因斯坦，现在轮到马蜜娃觉得科内希特配不上她儿子汉斯。1928年汉斯已与科内希特结婚一年，马蜜娃给朋友写信还说汉斯看上去"吓人的糟糕"，而"他妻子不懂如何照顾他，她想的只是她自己"。千年的媳妇熬成婆啊。熬成之后都是同样的婆啊。

弗里达其实温和聪明，后来为汉斯生育四个男孩，不过只有物理学家伯恩哈德（Bernhard Cäsar Hardi Einstein）成人。汉斯后来成为加州大学伯克利学院教授，并娶了第二任妻子、神经化学家罗博兹（Elizabeth Roboz），但两人未育。伯恩哈德的长子托马斯（Thomas Martin Einstein）1955年底出生于瑞士伯尔尼。

爱因斯坦的小儿子爱德华最后殁于苏黎世一家精神病院。

爱因斯坦在这个问题上唯一的高人之处就在于他还算有些自知之明。1955年老朋友贝索去世，爱因斯坦致信吊唁时坦承："我最敬佩的是他不仅能和一个女人平静生活许多年，而且还能持久和谐。在婚姻中，我自己很不光彩地失败过两次。"

这封信发出后不到一个月，爱因斯坦去世。

　　直到今天都少有人理解家庭生活的失败对爱因斯坦的创伤。"几乎没有人真正了解我"，并非这位天才的无病呻吟。天才需要红颜来点爆激情，但他们同样需要孤独来完成伟业。如果爱因斯坦天天点秋香，那只会给我们留下一个德国唐伯虎。问题是，红颜们并不知道爱因斯坦什么时候需要爱和关注，什么时候需要孤独。所以她们的爱和孤独几乎总是给错时间。所以她们才会收获如此多来自爱因斯坦的愤怒。所以她们才会如此无奈。

　　问题是，那是她们的问题，并不是爱因斯坦的问题。

　　爱因斯坦的婚姻生活确实乱成一团麻。但他仍然是人类历史上最伟大的天才。

　　不疯魔，不成佛。

　　各国妇联关于伟大天才兼道德完人的寻找，注定还有很长的路要走。

　　爱因斯坦的女人们，讲完了。那么，在这些女人的呵护之下，爱因斯坦将成为怎样的人类科学英雄呢？

星光弯曲 1919

在"爱因斯坦"这一场人类历史最精彩科学大事件中,有三个时间节点不容错过,一个是 1905 年,这一年他在德国莱比锡《物理学刊》发表五篇论文,狭义相对论横空出世,从此被物理学史定名"奇迹年"。第二个是 1915 年,这年 11 月爱因斯坦向普鲁士科学院提交四个科学报告,广义相对论诞生柏林。

最后一个,就是 1919 年。

那么,1919 年到底发生了什么事儿呢?

因为那年爱因斯坦遇到一个人。

爱因斯坦遇到这个人,但其实并未遇到他。

此人名叫爱丁顿。

1919 年,"奇迹年"已过去十四年,爱因斯坦作为科学新星在国际顶尖物理学舞台崭露头角。然而,他成为人类最伟大物理天才的那一夜仍未到来。爱因斯坦的远见卓识领先他的时代如此之远,以至于连他的拥护者也无法凭当时的科技来证明相对论。事实上,直到今天,全世界顶尖科学家还在孜孜不倦地求证相对论,或者试图证伪。1955年德国物理学家、量子力学奠基人之一玻尔说:"过去和现在,我都认为广义相对论是人类认识大自然的最伟大成果,它令人惊叹地一统哲学的深奥、物理的直观和数学的技艺。"

好嘛,啥子是物理?

物理是人类最古老的科学之一,它源于人类对于地球和太空的无限惊叹和夺命探索。可是,大部分人不知道,物理学分为实验物理学与理论物理学。

我们从中学就知道上物理课要做实验,物理是由实验证明的。我们通过实验把水分解为两个氢原子和一个氧原子,于是我们知道:水是由两个氢原子和一个氧原子组成。这个知识,就是物理。用这个实验证明水的成分,就是实验物理学。绝大部分物理学家都是实验物理学家,如伽利略、发现电磁感应定律的法拉第(Michael Faraday)、用实验证明电磁场磁感线的赫兹(Heinrich Rudolf Hertz)、发现中子的查德威克(James Chadwick)、发现氢气的卡文迪许(Henry Cavendish)、发现能量守恒定律的焦耳(James Prescott Joule)、提出分子电流学说的安培(André-Marie Ampère)和发现欧姆定律的欧姆(Georg Simon Ohm),等等。

理论物理学不同,它完全是理论,刚提出来时就是科幻小说,只能静待后世实验验证,有时实在无法验证,就一直是一种理论。比如宇宙大爆炸理论,现在算宇宙产生的主流理论,大家都比较同意,但其实到今天还没找到直接证据,因为根本造不出这么大的实验室来重现宇宙大爆炸。这个理论只是根据宇宙加速度膨胀的观测结果推论出来的猜测。

实验物理学家一般看不起理论物理学家,觉得他们基本上就是胡说八道。但从牛顿开始,近代最伟大的物理学家基本上都可以算理论物理学家,如提出电磁场理论的麦克斯韦(James Clerk Maxwell)、提出相对论的爱因斯坦、提出量子理论的玻尔和普朗克,最后是以解释虫洞出名、被誉为"宇宙之王"、得了肌肉萎缩性（脊髓）侧索硬化症的霍金（Stephen William Hawking）。顺便说一句，虫洞又名爱因斯坦－罗森桥（Einstein-Rosen bridge），它跟爱因斯坦也有关系。

理论物理学提出假设时一般都没有实验证据，都要依靠数学计算来推理，因此数学家格罗斯曼才对爱因斯坦发现广义相对论如此重要。爱因斯坦从不隐晦这一点。做诺贝尔奖获奖报告时爱因斯坦说，在寻找统一场理论过程中，数学是唯一的路标。1915年他在一封信中说："目前，我全心全意扑在引力问题上，我确信，依靠这里一位数学好友的帮助，我将克服这些困难。但有一点是肯定的，在我整个一生中，我的工作都不够努力。我现在非常尊重数学，而此前，我简单地认为数学的精妙只是纯粹的奢侈品，与此相比，最初的相对论不过儿戏而已。"

这位数学好友，就是格罗斯曼。

正因为如此，广义相对论刚问世即遭世界物理学界的集体冷落，都把它看成拼拼凑凑的数学游戏。爱因斯坦本人根本不屑于去验证，因为他知道自己是对的，但为让物理学界信服，他提出了验证广义相对论的三个预言。这三个预言最后都令人惊讶地成真。

第一个是"水星近日点进动"（mercury precession）。这是牛顿力学中的老大难。看官须知，亚里士多德认为星体运行轨道都是圆形。在古希腊哲学中圆形代表完美和谐，而地球上的运动，例如重物直线下落，在古希腊哲学看来都不完美。后来根据布雷赫－开普勒行星轨道运行定律和牛顿运动定律，大家认为行星围绕太阳旋转时轨道是椭圆，并非圆形。这个说法很快遭遇巨大的挑战——水星近日点进动。

太阳系离太阳最近的星体是水星。法国天文学家勒维里埃经观测发现水星轨道不是标准椭圆。水星每绕太阳公转一周，这个轨道离太阳最近的那一点（水星近日点）的位置就有微小进动（向太阳方向移动），每 100 年进动 5600.73 角秒。金星对水星的引力及其他因素可解释其中的 5557.62 角秒，但剩下的 43.11 角秒却无论如何也找不到解释。这是物理学史上最大的悬案之一，被称为"飘浮在牛顿引力理论上空的一朵乌云"。因为，无法解释这个进动，牛顿万有引力理论就有可能被推翻，那欧洲就没科学啦。于是，根据牛顿万有引力理论，大家只好假设太阳系还有一颗"火神星"，它的引力导致了水星近日点这 43.11 角秒的进动。这倒也并非闭着眼瞎猜，因为此前的海王星就是这样根据牛顿的万有引力理论找到的。但这一次遇到了问题，无论大家如何努力，这颗火神星始终没找到。

早在 1907 年，爱因斯坦就开始计算水星近日点。1915 年爱因斯坦论文《论广义相对论》发表在权威刊物《普鲁士科学院学报》。这是爱因斯坦的得意之作，他自诩为"一生最有价值的发现"，还预言"这个理论的魔力将让真正理解它的人终生难忘"。这篇论文的精华是一个方程式，凭它可在限定质量或辐射时得出空间曲率。爱因斯坦的结论是："物质决定空间的弯曲，而空间则决定物质的运动。"正是这篇论文提出引力场将导致星光弯曲，而这是爱因斯坦 1911 年后第二次预言星光弯曲。引力场导致星光弯曲这个观点完美解释了水星近日点进动，这意味着爱因斯坦的广义相对论直接 KO 牛顿的万有引力理论。爱因斯坦的解释是：根本就没有"火神星"！只是因为太阳引力场造成了空间弯曲，加上牛顿万有引力理论不够精确，计算轨道出现误差，这才导致了这场漫长的误会。爱因斯坦以他自己的引力场方程式精确地算出水星进动轨道的正确数值，后来科学观测得到的数值与此完全一致。

而且，至今我们确实也没发现"火神星"。

"水星近日点进动"是广义相对论诞生后的第一场胜仗，此后大家开始拿广义相对论当回事儿了。

第二个预言是"相对论红移"。我们观测宇宙时，邻近星体发出的光谱线与地球上同类分子产生的光谱线相比，其谱线偏向红端（长波端），原因是强引力减少了邻近星体发射出来的光的振动频率，而其波长则相应增大。爱因斯坦根据广义相对论算出百万分之二的红移值。20 世纪 20 年代天文学家观测天狼星伴星时验证了相对论红移。天狼星伴星与白矮星相似，密度很大，在观测过程中获得的值都与爱因斯坦的计算值相近。同时，还有科学家通过地球引力场中的穆斯鲍尔效应验证了 r 量子频率改变这一相对性红移，这个观测值也与爱因斯坦给出的理论值完全一致。这是广义相对论的第二个胜仗。

第三个预言，也是最重要和最直观的预言，是，爱因斯坦预言宇宙中巨大的星星都会形成引力场，这个引力场会让星星周围的空间弯曲。这同时是广义相对论最著名的预言：空间是弯曲的。要证明空间是弯曲的，地球上根本找不到证据，我们只能去太空中寻找。距离地球最近的最大星体是太阳。那么，如果广义相对论正确，当遥远外太空的星体发出的光通过太阳旁边时，因为受到太阳引力场的影响，星光会发生微乎其微的弯曲。这是当时人类能获得的证明广义相对论的最直接证据。完成这个实验的关键在于必须先把太阳挡住，否则，因为太阳光太强，我们根本无法看到掠过太阳边缘的外太空星光。

谁能挡住太阳？看官须知，太阳表面温度六千度，即使有人有这本事能飞过去，也根本飞不拢，因为还没飞拢就被太阳烤得化成一股青烟啦。

那么，什么时候才能把太阳光挡住呢？

日全食！

其实，1907 年，伯尔尼专利局公务员爱因斯坦就根据等效原理认识到光线会发生弯曲，但当时爱因斯坦认为这个弯曲度太小，根本无法观测。1911 年布拉格德意志大学讲席教授爱因斯坦发现日全食时能观测到星光掠过太阳边缘时发生的弯曲，而且他算出这个弯曲度是 0.87 弧秒。这个弯曲度非常小，相当于咱们看五公里之外的一枚硬币。

可是，这个计算结果是错误的！因为，爱因斯坦那时还没明白宇宙也是弯曲的，他那时仍相信牛顿力学，而牛顿认为宇宙是平的，这个 0.87 弧秒正是利用牛顿万有引力和光微粒说理论计算的。这个值现在称为"牛顿值"。1912 年，回到苏黎世 ETH 担任讲席教授的爱因斯坦在老朋友格罗斯曼帮助下终于结识黎曼几何，黎曼老师通知爱因斯坦童鞋：空间是弯的。空间弯曲实在不可思议，当时爱因斯坦的唯一同盟军是柏林皇家普鲁士天文台的 E. 弗劳恩德里希 (Erwin Freundlich)。1913 年 9 月弗劳恩德里希和妻子度蜜月，结果带着新娘跑到苏黎世与爱因斯坦讨论空间弯曲！一个月后他向加利福尼亚州威尔逊山天文台台长 G. 哈勒提出这个问题。说来好笑，为了证明提问的弗劳恩德里希不是疯子，信件还专门加盖了 ETH 公章。即使这样，到 1914 年爱因斯坦仍未找到正确答案。不过他从未动摇，他写信告诉贝索："不论日全食观测是否成功，我坚信整个体系正确。"后来爱因斯坦被罗爱莎锁到楼上俩礼拜，突然恍然大明白：原来，光线弯曲是因为空间是弯曲的！光线沿着空间传播，因此也是弯曲的。1915 年 11 月 18 日，普鲁士科学院院士爱因斯坦纠正了自己的错误，他算出日全食时星光掠过太阳边缘的弯曲度应为 1.74 弧秒。这个值现在被称为"爱因斯坦值"。也就是说，爱因斯坦值是牛顿值的两倍。1915 年 12 月爱因斯坦致信同事奥托•诺曼谈到光线弯曲时说："这个结果是所有现象中最有趣最令人惊奇的。"几周后爱因斯坦告诉波茨坦天文台台长施瓦西德："（观测）光线弯曲现在是当务之急。"

咱们先前说了，爱因斯坦从小是只"Underdog"，下狗，大学毕业前后运气要多糟有多糟。但是，其实人一生的运气都是差不多的，如果你小时候运气很差，通常意味着你长大了之后运气会变好。爱因斯坦是最好的例子，进入物理学研究之后，他的运气变得空前地好起来。在验证光线弯曲时他的运气更是超级好。欧洲历史的几次变故最终保证了他的成功，因为，为验证日全食时星光掠过太阳边缘会弯曲，欧洲人民努力过好几回，可都失败了。

1912年一支阿根廷观测队开到巴西准备观测日全食，结果没弄成。1914年8月，由爱因斯坦朋友弗劳因德里希率领的一支观测队费尽千辛万苦开到俄罗斯克里米亚准备观察8月21日的日全食。这次远征普鲁士科学院出资两千马克购买仪器和照相底片，克虏伯基金会捐资两千马克作为旅行和运输费用。谁知他们刚进入俄罗斯第一次世界大战就爆发了，俄罗斯与德国成为交战国，整个考察队都被当作德国间谍抓了起来，直到双方交换战俘才返回德国，只有队中的坎贝尔是美国人，来自中立国，可以继续观测，但日全食当天乌云罩顶，失败。1915年11月18日爱因斯坦发现爱因斯坦值，1916年委内瑞拉日全食，但再次因为战争无法进行观测。1918年6月一个美国人观察到了日全食，但没获得任何结果。

这些失败就是爱因斯坦的成功。连战争都在帮爱因斯坦，连天都在帮爱因斯坦。幸好这些努力都因故失败，因为此时爱因斯坦预言的光线弯曲值还是牛顿值，如果观测成功将证明爱因斯坦是错的。那他说不定会因此全盘放弃相对论。

1919年的开始对爱因斯坦而言并不愉快，这一年的2月14日，他与分居已久的马蜜娃离婚。

不过，上帝为你关上一扇门，就一定为你打开一扇窗。

为了证明上帝确实伟大，那个伟大的日子，1919年5月29日就来到了。

这个日子之所以伟大，是因为爱因斯坦遇到了爱丁顿。

爱因斯坦遇到爱丁顿,其实他并没有遇到他。

因为爱丁顿是英国人。

亚瑟·斯坦利·爱丁顿(Arthur Stanley Eddington,1882–1944),英国剑桥大学天文台台长。此公也是个妙人。广义相对论发表时《纽约时报》宣布"全世界只有十二个人懂广义相对论",意思是该东东实在曲高和寡。爱因斯坦回应说,世界上可能只有十二个人能看懂相对论,但世界上却有几十亿人借此明白了,其实世界上没有任何真理是绝对的。后来,《纽约时报》记者报告爱丁顿一个更极端的说法:"地球上只有三个半人理解相对论"。这个说法实在太极端了,因为广义相对论作者——爱因斯坦与格罗斯曼——肯定是懂的。爱丁顿立刻低下了天文台长硕大的脑袋,记者赶紧安慰他说:"您不必如此谦虚。我们都知道您肯定是其中之一。"谁知爱台长立即抬头反驳说:"对不起,我不是谦虚。刚才我是在想另外那半个人到底是谁?"爱丁顿同时还是英国剑桥大学三一学院天文学教授兼英国皇家天文学会权力极大的学术秘书。他与犹太人爱因斯坦不一样的是,他属基督教贵格教派。但与爱因斯坦一样,他也是坚决反战的和平主义者,并且跟爱因斯坦一样因为反战而被朋友和同事孤立。

爱丁顿验证爱因斯坦的广义相对论,并非顺理成章之事。看官须知,当时正值第一次世界大战,英国和德国是交战国。从国家层面而言,他俩是敌人。这个故事非常精彩,看官喝茶,听我从头道来。

故事开始于荷兰。1916年春天,英国皇家天文学会收到寄自中立国荷兰的《广义相对论基础》。寄信人是荷兰莱顿大学教授、英国皇家天文学会通讯会员威廉·德·西特(Willem de Sitter 1872–1934)。他刚从爱因斯坦那里收到这篇论文,马上转寄剑桥。西特是荷兰著名物理学家兼天文学家,他在第二年找到爱因斯坦方程的另一种解法,得出结果后大吃一惊,因为他发现,他的宇宙观被完全颠覆了。

爱丁顿毫无疑问是个识货的。他一眼就看出这篇论文的划时代意义，马上请西特写三篇文章介绍广义相对论，并很快发表在皇家天文学会会刊上，顿时轰动英国科学界。这可是英国人牛顿发现万有引力定律以来两个半世纪里，第一次有人向牛顿提出强有力的挑战，而挑战者居然是个德国人！而且看上去牛顿好像颇有点招架不住。

整个英国科学界纷纷要求迅速观测日全食，以证明爱因斯坦是错的！爱丁顿不是发起人，因为他认为这个理论就是对的，根本不需要验证。

根据计算，1919 年 5 月 29 日将发生日全食，而这天刚好能通过太阳附近观测到金牛座的毕宿星团，如果天气晴朗，至少可以照到十三颗很亮的星星。此乃天赐爱因斯坦良机：如果星光掠过太阳边缘时确如爱因斯坦预言的那样弯曲 1.74 弧秒，牛顿就得脱帽退出历史舞台；如果是 0.87 弧秒，爱因斯坦就必须亲自去伦敦西敏寺牛顿墓前赔礼道歉。当时照相技术还相当原始，要照出这 1.74 弧秒的弯曲度，跟现在隔十几米照出一根火柴棍同样困难（不许用长焦）。在英国科学界强力推动下，英国皇家天文学会决定观测这次日全食。

这被看成英国的牛顿与德国的爱因斯坦的个人决斗。

看官须知，当时德国潜艇封锁英国海岸线，广大英国人民忍饥挨饿，每天都有英军士兵死于德军枪炮，此时花费英国的财力人力去证明一个德国科学家的研究成果，非纯粹的科学家莫办。爱丁顿认为广义相对论不用验证，但他积极要求参加这个验证，因为他与爱因斯坦一样坚持科学无国界，并以自己的热情和执着感动了皇家天文官、格林尼治天文台台长代逊。这次日全食范围非常广，月球的巨大影子将掠过大西洋两岸。1919 年 3 月初，代逊在格林尼治皇家天文台官邸拍板决定出资一千英镑派出两支远征队分赴非洲西部的普林西比岛（Principe）和南美洲巴西的索布拉尔村（Sobral）拍摄日全食。会议快结束时爱丁顿副手开玩笑问代逊："如果观测到的星光弯曲度既不是 0.87 弧秒，也不是 1.74 弧秒，而是 3.4 弧秒，咋办？"代逊双手一摊说："那爱丁顿就要发疯了。英国不需要疯子，你就一个人回英国来吧。"

派遣过程还有个小故事：战争中此类远征都由军队统管，可是和平主义者爱丁顿拒绝在相关军队文件上签字。剑桥三一学院的教授们这次沉不住气了，因为此前著名哲学家罗素拒服兵役已引起轩然大波，这次再不能出岔子了。全院教授群策群力想出一个办法：爱丁顿只需要在一封声明上签个字就行了。爱丁顿虽然迫于同事压力签了字，但马上声明：他的态度毫无改变：绝不服兵役。好在他与海军上将关系不错，1919 年 2 月英军放他出发。当时英国虽然贵为海上霸主，但航海技术相当简陋，爱丁顿在海上颠到 4 月 23 日才赶到普林西比小火山岛，穿过毒蛇横行、疟疾猖獗的热带丛林，架设望远镜，选择角度，试拍照片，忙作一团，等待宇宙宣判爱因斯坦。

然后 5 月 29 日就到了，可一清早下起倾盆大雨，爱丁顿只好呆坐帐篷望天骂娘：这要是拍不到，两年多筹备就算泡汤，大笔银子就算变成雨水流走啦。当时英国是世界第一强国，所以老天爷听到英国人骂娘都比较给面子，到中午，雨居然停了，可阴云不散，中午一点半还看不见太阳。眼看月球已经准时来到地球和太阳中间，可太阳呢？看官须知，这天文观测不像吃瓜子，吃到一个臭仁吐了再吃一个就好了。天文观测失败就得等下一次，而下一次可能得好几年，而且很可能只有北极才能看得见，那你就得去北极！还得再花好大一笔银子。如果这次观测失败，下次政府给不给钱还另说着呢！所以，爱丁顿决心死马当作活马医，有云也拍。恰好此时云出现了一个缝隙，爱丁顿抓住机会，一声令下，"启动节拍器，开始拍照"。月亮遮住太阳，太阳变成一个大黑球，外圈却像烧红的煤球一样向外喷吐长长的火舌，而在太阳背后遥远的外太空，毕宿星团的几颗星星正调皮地向所有人挤眉弄眼。大家屏住呼吸，只听见拍照的咔嚓声和照相师手忙脚乱换底片的声音。当时没有电子相机，每拍一张照片都要另换一次巨大的底片暗匣，每一个小动作都必须准确无误，否则一年就白忙了。等节拍器报完302秒日全食时间，太阳重新普照大地，总共才拍了十六张照片。

爱丁顿实在等不及回到伦敦，他在岛上就开始冲洗。当时没有3D打印机，想看照片得用几种药液依次冲洗底片，十分复杂，而且耗时漫长，每夜只能冲洗两张。冲出一张来，一看，只有太阳和月球的影子，旁边根本看不见星星。不是没有星星，而是被云遮住了。第二张、第三张、第四张，都这样。每洗出一张照片，爱丁顿的心就下沉一格……直到最后一张照片，底片上出现了清晰的星星。爱丁顿的心脏呼一家伙猛然跳到最高格：他手里拿着的，可是宇宙的秘密啊。空间是否弯曲，宇宙是否有界无边，这些宇宙的终极秘密，都在他手中的这张底片上！他哆嗦着把这张底片与当年1月格林尼治天文台拍摄的毕宿星团片重叠起来放在装有照明灯的乳白色玻璃上，弯下腰去看。一秒弧度的偏差在底片上的反映是六十分之一毫米。尽管如此，爱丁顿腰还没彻底弯下去，他已经看到了：太阳周围的那十几颗星星发出的光，明显都向外偏转了！人类历史最大的彩票开出了中奖号码，中奖的是爱因斯坦：星光居然真的像爱因斯坦预言的那样弯曲了。

空间确实弯曲，宇宙真可能有限！

爱丁顿不知道，他拍摄成功之后四天，爱因斯坦跟罗爱莎在柏林结为夫妻，这等于是他送爱因斯坦的结婚礼物。有趣的是爱因斯坦并不领他的情，因为在婚礼上的爱因斯坦并不知道自己的伟大预言已经成真。

生命就是这样。伟大的历史事件发生时当事者经常并不知道。

爱丁顿不需要发疯了，因为他得去当英国最有名的相对论专家。他率领全团人马回到英国时，去南美洲索布拉尔的拍摄队也回来了。他们拍的照片中有七张很清楚，其比较结果与爱丁顿的完全相同：在两张重叠的照片底片上可以清晰地看到，当一条笔直的星光越过处于日全食的太阳边缘时，它竟然真像爱因斯坦预言的那样弯曲了1.7弧秒！看见日全食的地方天都会变黑，而这一天无疑是牛顿力学理论的黑暗之日，所以有人仿照蒲伯称赞牛顿的诗句，把这个事件写成诗："魔鬼说：'爱因斯坦，降生吧！'于是世界又遁入黑暗中。"

爱丁顿在伦敦经过好几个月的计算和核对才完成整个证明计算。9月12日，在"英国科学进步协会"会议上，爱丁顿第一次向与会者宣布了他的观测结果：光线的弯曲大约在0.83弧秒至1.7弧秒之间。不过，为了保证科学的严谨，皇家科学院将查尔斯·大卫松和A.C.D.克劳米林在巴西西北索伯拉尔拍摄的七张照片与爱丁顿他们的照片进行了严格的核对，一直10月才确认了爱因斯坦值。

广义相对论扬名世界的那一夜终于到了。

那是1919年11月6日。

这天下午，英国皇家学会（Royal Society）和皇家天文学会（Royal Astronomical Society）在伦敦召开联席会议，宣布两个观测队正式报告。会议厅济济一堂坐满英国科学界各路泰斗，这些德高望重的教授们集体正襟危坐，连说话都附耳私语。他们知道今天的会议意味着什么：虽然观测结果大家都有所耳闻，但今天的正式发布带有划时代的意义。全场肃穆。第一个发言的是皇家天文台的弗朗克·迪松。然后克劳米林宣布索布拉尔观测队的拍摄结果。他们用格林尼治天文台十三英寸的大功率望远镜测定的星光弯曲大约是1.52弧秒，用爱尔兰天文台的四英寸望远镜测定结果是 1.98±0.12 弧秒。因为格林尼治天文台望远镜观测时曾出现技术问题，因此他们认为爱尔兰天文台那架望远镜测得的 1.98 弧秒更准确。

之后，爱丁顿宣布他率领的普林西比观测队测定的星光弯曲为 1.61±0.30 弧秒。

这两个测定值与爱因斯坦值几乎相等。

说了半天，到底是啥子意思嘛？

轮到英国皇家学会会长、电子发现者汤姆森教授（Joseph John Thomson 1856—1940）总结发言。他孤独地站在发言台上，弯曲的脊背不胜重负。这个曾对相对论非常不以为然的世界科学领头人背后挂着一幅巨大的牛顿油画。担任英国皇家学会会长二十四年的牛顿居高临下威严地俯视自己后任的脊梁，静候他宣布自己与爱因斯坦之间这场决斗的胜负。

汤姆森清了一下嗓子，说："这是牛顿时代以来万有引力理论最重大的成果，爱因斯坦的相对论是人类思想史上最伟大的成就之一——也许就是最伟大的成就……这不是发现了一个小岛，而是发现了科学思想的新大陆。"接着，皇家天文官代逊宣布，两个日全食观测队获得的数据与爱因斯坦预言的 1.74 弧秒完全吻合，他说，空间是弯曲的，爱因斯坦是正确的。他说，牛顿为我们勾画的宇宙图像，已被爱因斯坦彻底推翻。

最后，爱丁顿对牛顿画像说："原谅我们吧，牛顿爵士，你的宇宙已经颠覆。"

晴天霹雳！皇家学会与皇家天文学会全体会员如丧考妣。因为，爱因斯坦对了，牛顿就错了。牛顿错了，他们的饭碗就打得稀烂。而且，还是一个德国人打烂的！一直坚持以太存在并计算出以太质量为每立方厘米几千吨，此前一直坚称星光绝不会偏移的 O. 洛吉一言不发离开会场。

牛顿接班人汤姆森亲口宣布将牛顿传下的世界科学权杖交到爱因斯坦手中。牛顿那条史上最有名的谦虚格言居然并非谦虚："我不知道在别人看来我是什么人，但在我自己看来，我不过是个在海滨玩耍的小孩，为不时发现更光滑的一块卵石或更美丽的一片贝壳而沾沾自喜，却完全没发现面前浩瀚的真理海洋。"

是的，牛顿确实没有发现。

可爱因斯坦发现了。

爱因斯坦传奇，从此开始。

这时，牛顿的老乡爱丁顿根本还没见过爱因斯坦。然而，这个英国天文学家宣布，一战死敌德国，他们家的爱因斯坦打倒了英国最伟大的科学家牛顿。

什么叫科学无国界？

这就叫科学无国界！

其实爱丁顿本人也是下狗。当时派往巴西东北部索布拉尔村的那个观测队才是首选，因为那个观测位置更佳，而且携带了当时格林尼治天文台最好的十三英寸大望远镜，还专门从皇家爱尔兰科学院再借了一台四英寸的望远镜备用，他们拍到的清晰照片超过爱丁顿百分之七百。爱丁顿的这个观测队只是备胎，他也只有一架从牛津天文台借来的低倍数望远镜。但是，爱丁顿这个为敌国科学家作嫁衣裳的伟大科学家不仅赢得了世界和历史的喝彩，也赢得了爱因斯坦一生的尊重。爱因斯坦不久即邀请爱丁顿合著广义相对论专著。爱丁顿1920年出版《空间、时间和引力》，三年后再出版《相对论的数学原理》。爱因斯坦则写了《相对论的意义》，其英译本于1922年出版。这三本书立成国际畅销书，爱丁顿就此荣升英国相对论权威。爱因斯坦逝世前不久重新审定《相对论的意义》第五版，普林斯顿报纸专题报道此事，并在报道中重提当年普朗克等待宣布观测结果时的一夜未眠，标题是：《新理论让我们彻夜未眠》。此书直到今天还在再版。

很多文章说 1905 年爱因斯坦一夜成名。其实它们的作者都没仔细读史。

1919 年 11 月 6 日下午，才是爱因斯坦真正成名的那一夜。

是的，当时就是这样。是的，当时是白天，但爱因斯坦这颗天定的明星仍然在这个白天闪烁华彩四溢的耀眼光芒，盖过太阳月亮。

那么，爱因斯坦知道他自己成名了吗？

他知道。早在 9 月 22 日，爱丁顿在"英国科学进步协会"做报告十天后，爱因斯坦的忘年交、荷兰物理学家、诺贝尔奖获得者洛伦兹给爱因斯坦拍电报，全文只有一句话："爱丁顿在太阳边缘确认恒星位移临时动量为 19 分之 1 弧秒和 19 分之 2 弧秒之间，恭喜！"五天后，汤姆森在伦敦皇家学会发言前十天，爱因斯坦给正在疗养院的妈妈保琳娜寄了张明信片："亲爱的妈妈，今天有个好消息。洛伦兹拍电报说英国科学探险队证实太阳导致星光弯曲。"让牛顿走下神坛、让世界科学史彻底重新写过的伟大发现，就值这几个轻描淡写的字！顺便说一句，对广义相对论爱因斯坦一生轻描淡写，他给洛伦兹回的电报同样轻描淡写："我知道这个理论肯定正确。难道您有所怀疑吗？"后来有人问他如果观测结果与他的预言不符怎么办，爱因斯坦回答："我可能会为我们亲爱的上帝感到遗憾，但我的理论仍然正确。"物理学历史记载，等待结果时最紧张的人其实不是爱因斯坦，而是普朗克，据说他彻夜未眠。爱因斯坦得知后说，如果普朗克真明白相对论，他就会"跟我一样放心上床睡个好觉。"跟爱丁顿一样，他不是谦虚。他知道自己是对的，所以他真的觉得用不着大吹大擂。反过来说，大吹大擂的人，通常都是因为心里明白自己微不足道。

爱因斯坦轻描淡写，世界媒体却陡然沸腾。第二天英国《泰晤士报》头版头条是《光线确实弯曲，牛顿神话破灭》，却没有介绍爱因斯坦本人，甚至没有给出他的年龄和名字，当然更没有提及他住在一战战败国首都柏林。大西洋彼岸的《纽约时报》头条是《俄国爆发革命》，接下来却是更大的标题:《爱因斯坦的胜利》，副题是《恒星出现在反常位置，不过据说暂时不必担心》，乍一看好像俄罗斯爆发十月革命是爱因斯坦搞的。据《纽约时报》报道，美国人已开始怀疑九九乘法表，而学生已经拒绝再作几何题。在巴黎，相对论变成社交美女的时尚话题，歌剧和音乐会都被抛到九霄云外。在柏林，所有啤酒馆飞溅的金黄色酒液之上都飘浮着同一个名字：爱因斯坦。是的，一战战败后被迫割土赔款的德国，还没有一个国民能受到战胜国如此狂热的集体高度追捧。一夜之间，连小学生也热衷于讨论爱因斯坦那著名的公式。寄出五篇奇迹年论文之后整整十四年，爱因斯坦那成名的一夜终于降临，年仅四十岁的他一夜之间名动世界，一跃成为物理学新教皇，人类历史上第一个真正的全球科学英雄。从这一天开始，爱因斯坦成为整个人类社会、整个人类历史的一个"现象"。

看官须知，从孔子开始，提出新思想的人很少立刻得到社会承认。从麦哲伦和哥伦布到郑和，所有代表人类去发现新世界的人，都是在全社会的怀疑和嘲笑中乘船远行的，但是，当他们带着整个一个新世界归来，我们这些浅薄而怯懦的名利之徒将竖起耳朵唯恐漏掉了来自远方的丁点儿讯息。他们，于是在一夜之间成为人类七彩未来和永恒幸福的担保人。

这就是发现者与名利之徒的区别。

看官须知，麦哲伦和哥伦布不过带回来一个新大陆，而爱因斯坦带来的可是一个全新的宇宙！而且，他还是一个真正的科学天才。于是，爱因斯坦物超所值地变成了超过哥伦布和麦哲伦三千倍的超级权威。那一年荣誉像雨点般降落柏林，而且无一例外都砸在爱因斯坦头上，这个情形足以证明牛顿的万有引力确实是错的，所以砸在牛顿头上的只是一个苹果。1919 年，爱因斯坦真是想不出名都难，这年的 11 月 12 日他接受德国罗斯托克大学的名誉博士学位，这是他一生中接受的唯一德国学位。他从此成为人类最伟大的先知。爱丁顿创造了人类历史上独一无二的科学惯例：证明爱因斯坦的预言正确；或者企图证明它错误，两者都是伟大的科学发现。看看 1919 年以来的诺贝尔获奖名单就知道此事并非在下坐在电脑前盖的。很多年后，普林斯顿大学物理学家罗伯特·亨利·迪克质疑爱丁顿的日全食观测结果。他认为太阳可能并非正圆，而是稍微有点扁，因此爱丁顿的观测结果可能有误，于是他着手观测太阳是否正圆。如果太阳确实发扁，爱丁顿的观测结果就要被否定，广义相对论就要打个大大的问号。但是，迪克的观测却证明太阳是正圆，从而再次证实星光经过太阳时确实发生弯曲，让广义相对论更加牢不可破。

  爱因斯坦当然希望赢得世界的承认，否则他不会去组织那个"奥林匹亚科学院"，也不会去当威廉皇帝物理研究院院长。不过，当荣誉排山倒海而来时，他却相当困惑。1919 年 11 月初他回到柏林，发现自己被当作德国英雄，爱因斯坦完全不能理解，他致信朋友说："就算这些是伟大的成就，它们也是七年前取得的。最近我的研究乏善可陈，因此没什么值得你祝贺。"1930 年他还说："命运的讽刺在于，大家给了我实在太多的赞叹和荣誉，这不是我的错，却也非我应得。"

  这不是他伟大的谦虚。这是他的真心话。

  那么，爱因斯坦会就此一举拿下诺贝尔奖吗？

乘光电兮轻取诺贝尔

1919年11月7日爱丁顿的日全食观测结果让爱因斯坦一夜成名。发现狭义相对论之后第十四年，爱因斯坦，终成科学史上最伟大的传奇。

看官须知，第一家传奇爱因斯坦的报纸不在德国，也不在美国，而在奥地利。维也纳一家报纸1912年即以耸人听闻的标题《时间危险　数学激动》介绍狭义相对论的钟缓效应，结果没啥影响。爱丁顿证明广义相对论后欧洲报纸这才集体激动，而且一激动就直接到顶，一哄而上把新闻焦点对准爱因斯坦，差点直接把爱因斯坦满脑袋乱发点燃。

作为这场物理大革命的发生地，英国报纸近水楼台先得月。伦敦《泰晤士报》1919年11月7日第十二版第六栏标题全与此有关：《科学革命》《宇宙新理论》《牛顿思想被推翻》，最刺激读者的是第六栏正中的副标题：《空间是弯曲的》。第二天该报再接再厉，通栏标题是：《科学革命》《爱因斯坦和牛顿》外加《物理精英释疑》，其中的报道说："昨天众议员会议上相对论成生动话题，皇家学会会员、国会议员、约瑟夫·拉蒙爵士访问剑桥大学时陷入提问的大海，例如牛顿是否已被推翻、剑桥是否已经'完蛋'，等等。"另有报道说爱丁顿在剑桥介绍相对论，会场爆满，外面还有好几百人没挤进去。看官须知，剑桥即徐志摩名作《再别康桥》中的"康桥"，那可是骄傲的英国人骄傲中的骄傲。历史上，能让《泰晤士报》这种超级自以为是的百年老报说出"剑桥完蛋"这种话来的，再无第二人。投桃报李。11 月 28 日爱因斯坦怀着"喜悦和感激之情"在《泰晤士报》撰文感谢英国同行："现在我十分高兴借此机会表达我对英国天文学家和物理学家的无上感激。为验证这个在你们的敌国完成并发表的理论，贵国著名科学家不惜时间和精力，贵国科学机构不惜金钱，而这一切完全符合贵国科学研究伟大的光荣传统。虽然研究太阳引力场对光线的影响是纯粹客观的科学，但我仍然必须向英国同行表达我个人的感谢；如果没有他们，也许我难以在有生之年看到我最重要的理论得到验证。"最后爱因斯坦还开了个未必可笑的玩笑："贵国报纸对我的生活和为人的某些报道完全出自作者的奔放想象。为求读者一乐，我不妨介绍一下相对论的另一实际用处：今天我在德国被称为'法国学者'，在英国则被称为'瑞士犹太人'。如果我命中注定成为惹人生厌的家伙，那么不妨颠倒一下：对德国人来说，我就变成了'瑞士犹太人'，而对英国人来说我却变成了'德国学者'。"《泰晤士报》配发评论："爱因斯坦博士善意赞美英国科学的公正，实在过奖。"而对于这个玩笑，《泰晤士报》也以玩笑回应："我们承认他有点诙谐。但我们也注意到，根据相对论，爱因斯坦博士是不会对自己作绝对描述的。"

荷兰报纸大量转载《泰晤士报》并广邀著名物理学家评论。11 月 19 日洛伦兹在《新鹿特丹思潮报》向读者介绍广义相对论："据伦敦《泰晤士报》报道，许多人抱怨看不懂相对论，我很不理解。看来爱因斯坦写的小册子《狭义和广义相对论浅说》受战争影响未能传到英国。"

对于自己最伟大的科学儿子，德国反应迟钝，直到1919年11月23日玻恩才在《法兰克福大众日报》发表文章《空间、时间和万有引力》。11月30日弗劳恩德里希在柏林《沃赛西日报》上说："德国发生惊天动地的科学事件，却无人喝彩。"12月14日周刊《柏林画报》（Berln Illustrierte Zeitung）终于在封面登载爱因斯坦画像，解说是："世界历史新伟人，阿尔伯特·爱因斯坦，他的研究是对自然概念的彻底革命，他的研究洞察力足与哥白尼、开普勒和牛顿相提并论。"

作为爱因斯坦国籍所在地，瑞士报纸当然也要插上一脚。12月10日《新苏黎世报》头条说天文学家德兰德雷斯在12月8日的法兰西科学院会议上介绍爱丁顿的日全食观测，并用"能量吸引能量"来总结相对论。其实1914年爱因斯坦就曾给这家报纸写过相对论文章，但当时却无人喝彩。

从新闻传播上讲，爱因斯坦真正成为世界风云人物，是在他赢得美国新闻界之后。这也侧面体现从二十世纪开始美国就是超级大国了。美国物理学家刚开始对相对论不感兴趣，认为它是典型的德国形而上学。不过《纽约时报》从1919年11月9日开始报道爱因斯坦，直到爱因斯坦去世，这家报纸每年都报道相对论和爱因斯坦八卦。1919年11月9日《纽约时报》头版标题是《11月7日赤色分子阴谋世界暴动》《列宁密使企图发动整个欧洲起义》，而在下面的专栏中却是大了六倍的标题：《星光弯曲》《科学家翘首盼望日全食观测结果》《十二智者之书》。正文"出版家接受相对论，爱因斯坦说全世界没人懂"，报道说英国皇家学会认为欧几里得几何已被打倒，而爱因斯坦把著作交给出版商时警告他们：全世界只有十二个人懂相对论，但出版商们甘愿冒这个险。当年12月《纽约时报》记者到爱因斯坦家中采访，当面求证全世界是否真有十二个人懂相对论，记者记载："博士温厚地大笑起来，但他仍坚持外行人理解他相当困难。"1919年11月11日《纽约时报》报道："与众不同、令人震惊的消息是，大家甚至开始担心乘法表会被打倒……两个皇家学会会长宣布'光有重量，空间有限'似乎合理、可以想象。但根据定义恰恰并非如此，普通人的理解能力到此为止，或许更高一级的数学家也未必能理解。"11月16日的报道是："这些先生可能是伟大的天文学家，但他们的逻辑很蹩脚。外行批评家反驳，如果科学家宣布空间有尽头，那他们也有义务告诉我们尽头之外是什么。"11月18日《纽约时报》劝慰那些报怨无法理解广义相对论的读者说：不要因为全世界只有十二人懂得"这位一夜成名的爱因斯坦博士"而怪罪他。到11月25日标题变成《爱因斯坦奠定崭新物理学》和《奥利弗·洛奇爵士说，相对论将广为传播，数学面临崩溃》。而29日的社论标题更加耸人听闻：《学术界厄运已至》。12月7日《纽约时报》再次发表题为《向绝对进攻》的社论："对时间和空间的侮骂之声四起，使某些天文学家陷入深渊，他们认为人类的思想基础悉数被毁，至少有时候他们这么认为。"

爱因斯坦一夜之间成为世界科学新掌门，很大程度上要归功于"看热闹不嫌事儿大"的新闻界。爱因斯坦毫无疑问是人类有史以来最伟大的科学天才，但他不是在1919年才变成天才的。他早就是天才。可为什么他的成名一夜非要等到1919年呢？看官须知，1895年德国人伦琴发现X射线时新闻界也大吹大擂，但那时新闻焦点是X射线，到了爱因斯坦，焦点却不再是相对论（也没几个人懂），焦点变成了爱因斯坦，这个不仅因为爱因斯坦这个人比相对论好懂，更重要的解释来自时代。爱因斯坦是德国人，牛顿是英国人，在刚结束的第一次世界大战中德国是英国的死敌，而且刚被英国打败。可爱因斯坦提出的广义相对论却干净利落地打败了二百多年来统治世界科学的牛顿力学，而证明这一点的却是英国科学家！欧洲人厚重牢固的宇宙秩序突然之间双重崩塌，几千年来人类憧憬向往、惊叹敬畏的满天星星摇摇欲坠，眼看就要像雨一样直接落到我们的脑袋上。天门开处，一种全新的、谁也不明白的宇宙新秩序从天而降。乱发蓬松衣衫不整的爱因斯坦用我们根本听不懂的语言说话，而这个星球上所有最智慧的大脑都点头表示他说得对！

二十世纪注定是个不安静的世纪，这个世纪刚开始世界即骚动不安，第一次世界大战、罢工和十月革命让世界陷入空前混乱，而这场混乱背后，是工业革命后人类在新世纪失控的集体精神骚动。爱因斯坦在正确的时间出现在正确的地点，此前一切的下狗，都变成砥砺这柄无敌科学利剑的磨刀石。爱因斯坦一夜之间成为人类历史最伟大的科学英雄，他无愧于这个称号，但他获得这个称号，却是因为历史的风云际会。看官须知，当时德国是魏玛共和国，这是德国历史上第一次共和尝试。魏玛共和国注定要失败，因为它实在太虚弱了。然而，正因为虚弱，所以它对"爱因斯坦热"推波助澜，因为，实在太需要振奋民心了，哪怕用一个犹太人来振奋。魏玛共和国大使馆小心翼翼地搜集并珍藏世界人民对爱因斯坦的热情欢迎，并且为此投入十五万马克巨款。1920年6月爱因斯坦访问奥斯陆，大使馆向德国政府报告"爱因斯坦演讲受到公众和报界异乎寻常的好评"，同月来自哥本哈根的报告是："近来所有立场的报纸均发表长篇文章和访问记强调爱因斯坦的重大意义，他被誉为'当代著名物理学家'和'伟人'。"1922年4月爱因斯坦在巴黎做报告，外交部报告是："轰动一时，巴黎自以为高深的人都不愿错过这个机会。"1923年1月来自东京的报告是："爱因斯坦到达东站时人群汹涌，警察疲于应付……在菊花节，天皇、摄政王和王子王孙都未举行招待会，一切都围着爱因斯坦打转。"1923年3月来自新德里的报告是："热情洋溢……报纸每天设专栏报道他的行踪。"1925年6月来自乌拉圭首都蒙得维的亚的报告："他是首都的话题，他成为头条新闻达整整一星期之久。"

"相对论热"让爱因斯坦突然变成世界明星，对爱因斯坦的崇拜媲美披头士和猫王普雷斯利，他的讲演听众往往上千。根本不用打听爱因斯坦在哪里演讲，只需看人流涌向哪里就行了。当时到柏林旅游的人除了看王宫和勃兰登堡门之外，就是去洪堡大学听爱因斯坦讲座："报告大厅坐着许多身穿裘皮大衣的阔太太，她们来自美国和英国，手举望远镜仔细端详这位学者。"报告一结束这些外国游客就冲向黑板争夺爱因斯坦用过的粉笔头，这是他们此行最珍贵的旅行纪念品。这些人严重影响学生听课，所以洪堡大学还专门讨论游客听课是否需要收费，不过最后决定还是免费。1921年6月13日爱因斯坦首次访英时应邀入住海尔登爵士家，他刚踏进大门，海尔登的女儿得知站在眼前的便是大名鼎鼎的爱因斯坦时，竟激动得昏了过去。看官须知，海尔登是爵士，他女儿并非没见过世面的小家碧玉。父亲海尔登后来回忆爱因斯坦也不吝赞美："他与众不同。他不愿引人注意，但那毋庸置疑的天才却驱使他前行，不让他有片刻喘息。"

那时的爱因斯坦，真是想不出名都难。举个例子，1920年1月底伦敦《每日邮报》报道说，爱因斯坦称，如果火星或其他行星有人居住，行星间的通讯可能使用光线而非无线电波。记者问他当时观测到的外星不明电流是什么，据说爱因斯坦猜测这些信号来自大气层干扰，也可能来自秘密的无线电报系统试验。爱因斯坦本人非常苦恼于经常得回答这类稀奇古怪的问题，但每次回答都让他在全球的知名度大涨。他觉得自己变成了希腊神话中的财神迈达斯王，并为此深为苦恼。1919年9月他致信物理学家玻尔说："就像神话中的迈达斯王，他摸过的一切都变成金子。就我而言，是所有的东西都变成了报道。"爱因斯坦认定自己并不值得"如此广泛的崇拜"。他根本就反对崇拜任何人。可民众却反而传得更加玄乎，甚至认为爱因斯坦的宇宙没人能理解。爱因斯坦对突如其来的巨大声誉刚开始感觉不错，但很快就感受到作为媒体关注焦点之不可承受之重，开始疏远声名，希望回归宁静。他抱怨说自己简直像个偶像："看在上帝的份上，这种现象最好马上消失。"

爱因斯坦一夜之间成为人类历史上最快速爆红的世界科学英雄。

前无古人，后也很难再有来者。

然而，叫座未必叫好。爱因斯坦爆红，并不意味着他获得了科学界的承认。出名就是得罪人，人红是非必然多。事实上，当时不份儿他的科学家占多数。从1919年爱丁顿证实广义相对论，到他获得1921年诺贝尔奖，爱因斯坦还要走过漫长的三年。大家一说诺贝尔奖获得者，马上觉得无比伟大，有点儿天主教封圣的感觉。其实截至2014年底已有八百六十四人次和二十二个组织机构二十五次获诺奖，在这么多人中间，爱因斯坦的获奖道路可能是最坎坷的，这个故事是彻头彻尾的《傲慢与偏见》的物理学版，值得专门在此介绍。

看官须知，爱因斯坦获得诺贝尔奖提名非常早。1909年10月，爱丁顿证实广义相对论之前十年，德国著名化学家、爱因斯坦从ETH毕业时拒绝帮他找工作的奥斯特瓦尔德教授就第一个提名爱因斯坦获1910年诺贝尔奖，理由是狭义相对论。后来他又两度提名爱因斯坦，1912年他的联合推荐人、德国物理学家普林斯海姆的推荐信有句话分量很重："我确信诺贝尔奖委员会很少有机会颁奖给一件意义如此重大的工作。"

现在我们都知道他说得对。

可爱因斯坦两次都没获奖。

普朗克，这位刚开始劝爱因斯坦"不要去搞什么广义相对论，即使搞出来了也没人信"的伟大物理学家，于1919年1月19日以广义相对论提名爱因斯坦。爱丁顿证实星光弯曲之后，1919年9月22日，当时科学界顶尖权威之一、荷兰物理学家洛伦兹（1902年奖得主）写信给艾伦费斯特说，日全食的观测结果"是我们获得的最光辉的理论验证之一，而且十分适于铺设通往诺贝尔奖的道路"。

1921年提名爱因斯坦的人更多了，可当年诺贝尔物理学奖最后竟空缺。看官不要惊讶，这种事儿严格来说还要算诺贝尔奖委员会传统。这个委员会很多成员并非所评专业的专家，因此诺贝尔奖评选争议一直不断，爱因斯坦虽然贵为人类最伟大的物理天才，但在诺贝尔奖这儿却没能例外。

看官喝茶，听我把这个精彩的故事从头讲来。

1919年爱丁顿证明广义相对论，普朗克、劳鹤等人提名爱因斯坦获奖，瑞典物理化学家阿列纽斯（S.A.Arrhenius）则提名爱因斯坦因"布朗运动"研究获奖。诺贝尔物理学委员会有五名成员，他们先在全世界提名中评出一个提交物理部，再由物理部提交瑞典科学院投票表决。物理部有时会否定委员会提名，例如1908年物理部就否定了委员会对普朗克的提名，普朗克等了十年才获诺贝尔奖，普朗克获奖提名人包括爱因斯坦，而普朗克获奖之后马上就提名爱因斯坦获1919年诺贝尔奖。1919年物理委员会最后报告认为，"如果爱因斯坦因为统计物理学成果……而非因为他的主要论文获奖，那会让学术界惊诧。"意思就是说爱因斯坦的统计力学成果（布朗运动研究）科学价值没有相对论高。这当然不错。但他们建议等1919年5月29日的日全食观测结果公布后再讨论广义相对论，可观测结果11月6日才正式公布，堪堪错过诺奖评选时间。最后，1919年物理学奖授予"发现极隧射线的多普勒效应以及电场作用光谱线的分裂现象"的德国人斯塔克（Johannes Stark 1874–1957），这是个种族主义份子，此处按下不表。尽管日全食观测结果证实广义相对论，但爱因斯坦错过了评选时间，愣是没赶上这一拨。

第二年（1920）更多科学家提名爱因斯坦的广义相对论获奖，包括量子力学创立人玻尔，他特别提出相对论是"第一和最重要的"。量子力学与广义相对论差不多等于敌我矛盾，但玻尔却称赞广义相对论是"物理学研究发展中最具决定性的进步"。委员会于是让阿列纽斯写报告评估广义相对论。可1905年诺奖得主、德国实验物理学家莱纳德（Philipp Eduard Anton von Lénárd, 1862 – 1947）和1919年诺贝尔奖得主斯塔克都是种族主义者，他们强烈反对相对论，因为爱因斯坦是犹太人！他们还公然要求建立纯种的"德意志物理学"。阿列纽斯跟他俩是好朋友，他在评估报告中指出红移效应尚未被实验证实，而1919年日全食观测结果还有许多人质疑。关于"水星进动"，阿列纽斯则附和德国科学家革尔克的意见加以否定。革尔克1916年提出"水星进动"难题早就被德国物理学家格伯解决了。其实1917年爱因斯坦就已指出，格伯的理论基础和革尔克的意见建立在相互矛盾的假说上，格伯的解决方案是错的。

但诺贝尔奖委员会只相信自己的评估专家阿列纽斯，爱因斯坦说了什么他们并不关心。在阿列纽斯坚持下，爱因斯坦出局，最后1920年诺贝尔物理奖在瑞典皇家科学院院士、诺贝尔奖物理委员会成员哈瑟伯格（Bernhard Hasselberg 1848–1922）坚持下授予瑞士籍法国裔冶金学家纪尧姆，因为他"发现了镍钢合金的反常性及其在精密物理学中的重要性"。全世界物理学家，包括纪尧姆自己，都对这一决定大吃一惊，只有法国人和瑞士人高兴。

1921年普朗克以一封简短有力的信再次提名爱因斯坦因广义相对论获奖，爱丁顿等纷纷附议，瑞典乌普萨拉大学的奥森（C.Oseen）则提名爱因斯坦因"光电效应"获奖。诺贝尔委员会让阿列纽斯去评估"光电效应"，让乌普萨拉大学眼科医学教授、1911年诺贝尔生理学/医学奖获得者古尔斯特兰德（Allvar Gullstrand 1862–1930）去评估广义相对论。古尔斯特兰德根本不懂物理，更甭说相对论了，但他偏要钻进物理学评选委员会，而且自不量力地要去决定物理学奖给谁！这个古尔斯特兰德在瑞典很有权威，而他用他的全部权威反对爱因斯坦。他私下说："绝不能让爱因斯坦获奖，哪怕全世界都支持他！"他严厉批评相对论根本未被实验严格证明，而且也没有经过时间的考验。这个否定可称人类科学史上最大的笑话之一：彻底改变了人类时间和空间观念的广义相对论，居然被一个医生认为"没经过时间的考验"。而且，爱因斯坦居然就因此未能获奖！

这种故事在诺贝尔奖评选史上多次、反复出现。因此，没得诺贝尔奖，并不证明你的贡献一文不值。得了诺贝尔奖，也并不证明你就一定比别人强多少。

除了古尔斯特兰德之外，爱因斯坦的敌人还包括那位哈瑟伯格。我们多次说过搞实验物理学的一般都看不上理论物理学家。广义相对论是理论物理学推导的结果，这对实验物理学家来说简直就是笑话。哈瑟伯格正是瑞典实验物理学权威，他坚持实验"是我们深入了解物理定律的根本的和主要的条件，是走向新发现的唯一道路，是科学进步的不二法门"。当时瑞典物理学界当权派是乌普萨拉学派，这帮人基本都是搞实验物理学的，古尔斯特兰德医生也来自乌普萨拉大学，他们都把理论物理学看作科幻小说。哈瑟伯格躺在病床上还强烈反对广义相对论，他白纸黑字写道："考虑颁奖给一个猜想，极其不智。"哈瑟伯格和古尔斯特兰德等人后来直接称广义相对论为"病态物理学"，批评它侵蚀亚里士多德物理学，与古希腊传统的真善美观念背道而驰。就是说，他们认为广义相对论纯属假恶丑。

与他们不同，阿列纽斯是斯德哥尔摩大学教授，他提出电离理论时也遭乌普萨拉学派封杀，而且他并不像哈瑟伯格和古尔斯特兰德那样盲目崇拜实验，但是，他也不支持爱因斯坦获奖，理由是

1918年普朗克已因量子论获奖，紧接着又因量子论颁奖给爱因斯坦，不妥；而如果真要颁奖给"光电效应"，也应该颁给一位实验物理学家，而非被大家看作理论物理学家的爱因斯坦。于是，他建议1921年诺贝尔物理学奖空缺。

结果，1921年诺贝尔物理学奖空缺。

诺贝尔奖是一部奇特有趣、精彩纷呈的历史。尽管如此，像1921年这样奇特的颁奖，在诺贝尔历史上仍属少见。

青山遮不住，毕竟东流去。1922年推荐爱因斯坦获奖的著名科学家排山倒海，1910–1922年十三年内爱因斯坦总共被提名六十二人次，法国物理学家布里渊甚至写道："试想：如果诺贝尔获奖者名单上没有爱因斯坦，那五十年后的世界将会怎么看？"这时的关键已经不是爱因斯坦因为哪个理论获奖，而是他必须获奖！爱因斯坦的科学威望已经远远超出诺贝尔奖，如果不给他奖，诺奖将无地自容。此时普朗克提出合理化建议：将1921年物理学奖补颁爱因斯坦，而1922年物理学奖颁给玻尔。诺贝尔奖委员会又让古尔斯特兰德去评估相对论。但这次委员会放弃了阿列纽斯，而让理论物理学家奥森去评估"光电效应"。这时连上帝都在帮爱因斯坦：哈瑟伯格久病去世，奥森递补为评奖委员会候补委员。而1921年，这个奥森曾提名爱因斯坦因"光电效应"获得诺贝尔奖。

光电现象是德国著名物理学家赫兹1887年发现的，但正确解释光电效应，源自爱因斯坦在奇迹年（1905年）发表的第一篇论文《关于光的产生和转化的一个启发性观点》。让广大实验物理学家说不出话的是，这篇论文确实经过了"时间的考验"：它发表十一年后（1916年）美国科学家密立根通过精确定量的实验证实了光电效应。光电效应理论当然杰出，它开启了光量子理论的大门，但与广义相对论相比，它基本相当于西瓜王前面的一粒芝麻。

古尔斯特兰德的评估坚持认为相对论没有经过"时间的检验"，

但他这个医生最后没敢挑战理论物理学家奥森对"光电效应"的评估。

更重要的是，此时已是诺贝尔奖物理学委员会主席的阿列纽斯也转而支持爱因斯坦。他此前到访柏林会见爱因斯坦，亲眼看到柏林科学界对爱因斯坦的尊敬和爱戴，原先他十分敬重的莱纳德和斯塔克名望扫地，被德国科学界主流唾弃。谁无暴风劲雨时，守得云开见月明。这一年，爱因斯坦要风得风要雨得雨，天时地利人和一把抓完，诺贝尔奖委员会终于被迫做出顺应人心的决定：接受普朗克建议，绕过他们认为未经实验证明的广义相对论，以"光电效应"把1921年空缺的物理学奖补颁爱因斯坦，将1922年物理学奖授予玻尔。

因此，这两个物理死敌，是同一年获得诺贝尔物理学奖的。

天作之合。

诺贝尔奖委员会正式的颁奖书面文字是："由于爱因斯坦发现光电效应定律以及他在理论物理学领域的其他工作，特向爱因斯坦授予奖金。"

其实就是说，他们也知道相对论更重要，但颁奖理由却是光电效应。

那么，到底啥子是"光电效应"？

我们大家都知道，金属表面在光照之下会反光。但这个反光并非只是光线，而是包含着从金属表面逃出来的电子。这些电子就是"光电子"，这种效应就是光电效应（Photoelectric effect）。不是光强电子就会逃逸，电子的逃逸取决于光线频率（颜色），光波长小于极限波长时，即使光线很弱，电子也会逃逸，对应的光频率就称为极限频率。极限波长取决于金属材料，而发射电子的能量取决于光的波长，与光的强度无关，这一点用牛顿力学"光的波动性"无法解释。与牛顿相矛盾的还有光电效应的瞬时性。按"光的波动性"

理论，如果光线较弱，那么需要照射一会儿后，金属中的电子积累了足够能量，才能飞出金属表面。可事实是只要光的频率高于金属的极限频率，无论光的亮度强弱，光电子的产生几乎是瞬时的，不超过 10^{-9}／秒。这里的正确解释只能是，光是由与波长有关的严格规定的能量单位组成的。这个能量单位，就是光量子，或称光子。在这个研究中莱纳德与爱因斯坦合作过，莱纳德也因此获诺奖，斯塔克还把一摩尔光量子的能量定名为"一爱因斯坦"。他俩那时跟爱因斯坦关系非常好。不过，纳粹上台改变了一切。此为后话，这里按下不表。

爱因斯坦终于在1922年获得了1921年诺贝尔奖。这不是诺贝尔给爱因斯坦面子，而是爱因斯坦给诺贝尔面子。想想吧，如果爱因斯坦没获得诺贝尔奖，我们肯定不会为爱因斯坦惋惜。但我们肯定会为诺贝尔奖惋惜。列位看官，这不是我的意见，这是世界科学史史学家的意见。他们一致认为爱因斯坦对物理学的贡献至少值五个诺奖：光量子理论、狭义相对论、广义相对论、玻色—爱因斯坦凝聚、激光理论，个个都是大号诺奖级别。

其实，他还至少应当获得一次诺贝尔和平奖。

事实上，由诺贝尔评审委员会来评审爱因斯坦能否获奖，这本身就多少有点可笑。而依我看，奥森本人应当因为他的提议获得诺贝尔智慧奖。将来我要真发了大财，钱多得实在没地方花，就去诺贝尔设个智慧奖，规定可以发给去世的科学家，第一个奖要给奥森。

1922年9月18日，诺贝尔奖物理学委员会主席阿列纽斯致信爱因斯坦委婉地说："您很可能需要于12月份前往斯德哥尔摩。如果那时您身在日本，也许不太合适。"同一天1914年诺奖得主、好友劳鹤也致信爱因斯坦："据昨天可靠消息，11月开始推选诺贝尔奖候选人，因此12月你最好待在欧洲。"他们这么说，是因为他们知道爱因斯坦与日本东京出版社改造社签订了合同得前往亚洲，爱因斯坦却不愿仅因可能获诺奖而违反合同。他9月22日不能适应阿列纽斯："合同规定我非去日本不可，我不能推迟旅行……希望不要因此取消对我的邀请，我可稍后前往瑞典。"

阿列纽斯和劳鹤没有骗爱因斯坦。1922年11月10日，一份诺贝尔委员会的电报送到爱因斯坦柏林家中，电文十分简短："兹授予您诺贝尔物理学奖，余函详。"

爱因斯坦远比星光弯曲的天才之路，终于直达天庭！

仔细看历史，很少有平坦的天才之路。不经历风雨，怎么见彩虹，没有人能随随便便成功。因此，最后站在代表社会承认的领奖台上，很多通常淡定的获奖者都会泪流满面。

爱因斯坦没有泪流满面。

他根本就没流泪。

他甚至没有站在领奖台上。

事实上，他根本不在斯德哥尔摩。也不在柏林。他这时正飘在从香港去上海的海上。1922年12月10日的颁奖典礼上，是德国驻瑞典大使纳尔多尼代他领的奖。

这个代领本身也是一个精彩故事。当年爱因斯坦在瑞士要求退还德国国籍，德国乌尔姆市政府照准，并未挽留这个学习成绩不怎么样的犹太少年。三年后他申请瑞士国籍，瑞士也并未张开双手热烈拥抱他，收费差点儿让爱因斯坦破产，而且把他祖孙三代问了个底儿掉。就是说，当时德国和瑞士都不怎么欢迎爱因斯坦。

现在，他获诺贝尔奖啦！他自己还没得到正式通知，瑞士和德国打起来了：瑞士驻瑞典大使马上宣布爱因斯坦是瑞士人，因为他持瑞士护照。因此，诺奖理应由他代领。

紧接着，德国驻瑞典大使纳多尔尼（Rudolf Nadolny）收到柏林普鲁士科学院电报："爱因斯坦是德国人"。

然后，瑞士外交部正式致送公函给德国驻瑞典大使馆：爱因斯坦是瑞士人。

一个月后，普鲁士科学院再次致函德国文化部：经查，有确切文件证明爱因斯坦于1920年5月4日宣誓成为德国国家公务员，1920年7月1日，他对德国宪法宣誓，而九个月后他又向普鲁士宪法宣誓。

德国国家公务员，当然是德国人！

此事到颁奖日也没争出结果，唯一没争议的是获奖者为爱因斯坦。而他当时对自己国籍的说明也非常模糊："我任职科学院说明我获得了普鲁士国籍。现有文件也未发现矛盾。我不反对这种观点。"为了留住爱因斯坦，魏玛共和国政府破例同意爱因斯坦同时拥有瑞士国籍，所以他也就没有大声抗议，最后是德国大使代他领了奖。但诺奖也不想得罪瑞士，所以，征得纳尔多尼同意，诺奖委员会请驻柏林的瑞士大使S.拉米尔将奖章和证书面交爱因斯坦。

爱因斯坦当然为获奖高兴。但他得知获奖时十分平静，并没有把裤子跳掉，也未像很多获奖者一样把奖状加个框挂到墙上。他的所有获奖证书，包括诺贝尔奖，统统塞进一个箱子，平时根本就不打开。他的忘年交英费尔德说，他觉得爱因斯坦可能连诺贝尔奖到底是什么都不明白。

那么，爱因斯坦到底是在哪里正式得知自己获得诺贝尔奖的呢？

上海。

10月8日他携罗爱莎从法国马赛启航，途经科伦坡和新加坡。对中国人有意义的是，他访问了香港和上海。1922年11月13日上午10时爱因斯坦乘日本船"北野丸"号到达上海，在汇山码头登陆。抗日战争"八一三淞沪会战"，这个码头是日军据点，至今尚存。到码头迎接爱因斯坦的有德国和瑞典驻上海总领事、中国学者、改造社代表与新闻记者等。就在这个码头上，瑞典驻上海总领事代表瑞典皇家科学院正式通知爱因斯坦获诺贝尔奖。

爱因斯坦这次在上海仅停留一天,在"一品香"进餐,在"小世界"听昆曲,游览城隍庙和豫园,被上海青年学生用双手抬起来观南京路全景。《民国日报》1922年11月15日第十版专题报道说爱因斯坦"是一个相貌和蔼的绅士,看起来更像乡村牧师,而不像是发展了颠覆世界的理论而且从世界上最伟大的科学家手中得到诺贝尔奖的人。他穿着很普通的黑色衣服——一件礼服,带了一条黑白相间的领带,这和他的胡子很相配。他有着一头短而浓密的灰色头发,就像是一顶纸制王冠,有的地方压扁了。他还有一双棕色的炯炯有神的眼睛。他说起话来声音温柔,根本没有经常能够在德语中听到的刺耳的音调。"第二天凌晨爱因斯坦夫妇即乘"北野丸"号离开,11月17日抵达神户。

一个多月后爱因斯坦从日本北九州门司乘"榛名丸"号离日返欧,于1922年最后一天(12月31日)上午11时到达上海。应上海犹太青年会和学术研究会邀请,爱因斯坦于1923年元旦下午3时在福州路17号公共租界工部局礼堂作了相对论讲演。

此次再访上海,爱因斯坦差点前往北京大学。

爱因斯坦的北京之行,是三顾茅庐的物理学版。

此事得从1917年说起。这年初蔡元培演讲宗教信仰,演说词发表于《中华新报》,其中蔡元培提出科学无法解决时间和空间的问题,得靠哲学来解决。当时在日留学的许崇清于当年9月发文反驳:"方今自然科学界关于时空(即宇与宙)之研究,则有爱(因)斯坦于1905年发表之'相对性原理'。"然后他简要介绍了狭义相对论,就此成为中国介绍狭义相对论第一人。1920年8月许崇清回国,心胸开阔的蔡元培专邀其到北大任教,后来许崇清三次出任中山大学校长,1969年在文化大革命中被批斗后心脏病发作去世。

看到许崇清这篇文章,蔡元培向当时在德国柏林师从爱因斯坦的北大学生夏元瑮请教,后者给蔡元培寄了一本《相对论简明读本》。夏教授也因此成为中国第一批接触相对论的学者。其实,身为北大校长的蔡元培一直对德国教育情有独钟,他建设北京大学的理念很大程度上来自德国柏林洪堡大学和莱比锡大学。因此,此时他就有意邀请爱因斯坦到北大演讲。1920年8月底中国教育部次长袁希涛访德时拜访爱因斯坦,正好8月24日柏林举行"反相对论"集会,随后德国报纸大规模报道爱因斯坦准备离开德国,袁希涛于是电告蔡元培,"爱(因)斯坦博士有意离德意志,或能来远东",并询问北大是否愿意接待。蔡元培立刻复电:"甚欢迎,唯条件如何?请函告。"袁希涛遂于9月11日向爱因斯坦转达邀请。爱因斯坦没有马上接受,此事搁置。

这是蔡元培一邀爱因斯坦。

不久蔡元培和梁启超等人邀请罗素访华,经费来自讲学社。1920年11月到1921年3月罗素在北京大学作《哲学问题》《心之分析》《物的分析》《数学逻辑》和《社会结构学》五大系列演讲,作为爱因斯坦铁哥们儿,他在演讲中当然大谈相对论。当时罗素在中国被列入"世界三大哲学家",他的演讲及其后翻译发表的演讲文集在中国掀起了第一波爱因斯坦热。1921年3月罗素演讲结束,蔡元培赴欧美考察教育,主要任务之一就是邀请欧美著名教授来华任教或讲学,爱因斯坦首当其冲。蔡元培抵达柏林第三天(3月16日)即专程拜访爱因斯坦,面邀他来华讲学。爱因斯坦表示已答应赴美讲学并为耶路撒冷犹太大学筹款。蔡元培仍恳切劝说从美国前往中国非常方便,"何不乘此一行?"爱因斯坦说他担任威廉皇帝物理研究院院长,不能离职太久,但表示"很愿意晚些时候访华"。爱因斯坦并非随口客气,他马上问蔡元培在华应用哪种语言演讲。蔡元培说可用德文,然后由夏元瑮翻译。陪同前往的夏元瑮此时已是北大理学院院长,他说也可用英文。爱因斯坦表示恐怕不成,因为自己的英语太烂。

此为蔡元培二邀爱因斯坦。

一年后（1922年3月）蔡元培接到中国驻德公使魏宸组电报："日本政府拟请Einstein博士于秋间往东京讲演，该博士愿同时来华讲演半月，问条件如何？"蔡元培大喜，当即复电："电诵悉。Einstein博士来华讲演，甚欢迎。各校担任中国境内旅费，并致送酬金每月千元，祈转达。"蔡元培明知爱因斯坦最多能来半月，却开出月薪，诚意可见。这封邀请函于4月8日到达柏林，由中国驻德公使魏宸组转交爱因斯坦。

此为蔡元培三邀爱因斯坦。

1922年6月下旬蔡元培收到驻德使馆转来爱因斯坦5月3日的回信。爱因斯坦表示访日后"深愿于本年冬季至贵国北京大学宣讲，其时以两星期为限"，同时提出"关于修金一层，本可遵照来函所开各条办理，惟近接美洲各大学来函，所开各款，为数均在贵国之上。若对于来函所开各款，不加修改，恐有不便之处。"大概考虑到夫人随行等因素，爱因斯坦提出两项条件："第一，一千华币改为一千美金。第二，东京至北京及北京至香港的旅费，暨北京饭店开销，均请按两人合计。"蔡元培毫不犹豫地电告驻德公使："条件照办，请代订定。"8月底蔡元培收到驻德公使转来的爱因斯坦答复："拟于新年前后到北京。"

当时北大钱紧，蔡元培提出一千元已是北大教授三个月的月薪，现在变成一千美元，不啻天文数字，蔡元培虽然爽快答应，其实根本"真不知往何处筹措"。直到7月初他专赴山东向出席中华教育改进社年会的梁启超求援，梁启超答应他旗下的讲学社"必任经费一部分"，才算大致落实经费。蔡元培松了一口气，马上在北京组织宣传爱因斯坦和相对论，又筹集集各大学术团体签名起草欢迎信，并于12月8日发出德文欢迎信，表示"整个中国正准备张开双臂欢迎您"。

可是,等到1922年12月7日,爱因斯坦从日本京都致信夏元瑮,全文为:

> 夏博士鉴
>
> 今接来书,甚为欣喜。然予恐不能来北京,对于君之盛意,实异常抱歉。此次在日本,以种种原因,费时太久,游中国、印度之决心,竟不能见诸事实。北京如此之近,而予之夙愿,终不得赏,其怅怅之情,君当可想象也。现以要事,急需西归,不能与君一晤,只能函告一切,君之盛情,敬心领矣。然予甚期望,君不久再来欧洲,吾等仍可会谈也。尊夫人之处,亦乞问候。
>
> 爱因斯坦

夏元瑮大惊,立告蔡元培,蔡元培连忙去信询问,12月22日爱因斯坦致信蔡元培方道出原委:"我到日本以后等了五个星期,不曾得到北京方面的消息。那时我推想,恐怕北京大学不打算践约了……今日接到尊函,我才知道是一种误解。"此时爱因斯坦日程已定,终于未能前往北京,爱因斯坦称为"莫大的痛苦",而蔡元培则说这是"最大的遗憾"。

有文章说当时爱因斯坦未到北大是因为北大没答应一千美元的高额出场费和他们夫妇的全部开销,其实此时蔡元培已筹措到足够经费,肯定不会因为钱拒绝爱因斯坦来访。无论何种原因,错过北京之后,爱因斯坦于1923年1月2日11时乘"榛名丸"号离开上海,顺访埃及、耶路撒冷,在巴勒斯坦获特拉维夫荣誉市民称号,为耶路撒冷希伯来大学奠基,然后绕道西班牙,在马德里大学讲演,最后辗转回到柏林。

爱因斯坦两次途经上海，总共停留不足三天，但他却看到了中国社会当时的苦难现实和欧洲殖民者对中国人民的残酷压迫。爱因斯坦的伟大，就在于他永远自觉自愿地站在被压迫者一边。他的旅行日记充满对中国人民的同情，后来被他继女伊尔泽的丈夫凯塞（R.Kayser）收入以笔名赖塞（A.Reiser）所写的《爱因斯坦传》。顺便说一句，伊尔泽的妹妹玛戈特嫁给苏联作家马里亚诺夫（Dmitri Marianoff），1937年离婚，七年后马里亚诺夫也在纽约出版了一本《爱因斯坦传》，招致爱因斯坦大怒。不过，凯塞版《爱因斯坦传》爱因斯坦本人是首肯的。凯塞跟伊尔泽结婚时爱因斯坦曾禁止他在德国出版任何《爱因斯坦传》，不过没说不可以在德国之外出版。爱因斯坦后来的解释很搞笑："作家急需挣钱，显然不能让他们等到我死之后。"

爱因斯坦对上海的第一段纪录是客观的描述："中国人的勤劳是他们外表上最引人注目的特点。他们对生活和儿童福利要求十分低微。他们比印度人乐观，也更认真。但他们大多数负担沉重，男人女人天天敲石子，日工资五分钱。看上去，他们鲁钝得不理解他们命运之可怕。"

另一段则强烈地敲击了我的灵魂："这个城市（上海）鲜明体现了欧洲人与中国人的社会地位差别，这差别让人十分理解近来的革命事件（五四运动）。在上海，欧洲人是统治阶级，而中国人则是他们的奴仆。这个受折磨的、鲁钝的、不开化的民族与他们国家伟大文明的过去好像毫无关系。他们是淳朴的劳动者，欧洲人欣赏的也正是这一点……呻吟着，并且是顽强的民族……这是地球上最贫困的民族，遭受着残酷的虐待，所受的待遇真是牛马不如。"

这是地球上最贫困的民族，遭受着残酷的虐待，所受的待遇真是牛马不如。

九十年前，人类最伟大的科学家这样描写中华民族的境遇。

连老天也流泪了。

Yes, that's what happened.

是的，当时就是这样！

让那些吃饱了鼓吹"殖民促进社会进步"的"意见领袖"都来。让这些在国外有银行户头有房产的孙子都来。让他们看看这些文字！

他们饱读中外诗书，为什么都装作没看见？

这些中国的"意见领袖"，对中国人的感情还不如一个作客的犹太人。

说实话，有时候我都想抽他们。

爱因斯坦在中国不到三天，但他跟中国的关系不止于此。他像关心世界上所有被奴役、被压迫、被任意侮辱的民族一样关心中华民族，他的同情发自内心，并且付诸行动。1931年11月17日爱因斯坦公开谴责日本发动"九一八事变"侵略东三省，呼吁各国联合起来对日本进行经济制裁。1932年10月中国共产党创始人陈独秀在上海被捕，爱因斯坦、罗素和杜威等名人联名致电蒋介石要求释放。1937年3月沈钧儒、章乃器、王造时和史良等"七君子"因要求抗日入狱，爱因斯坦又联合杜威等通电国民党当局要求释放。1934年爱因斯坦文集《我的世界观》在欧洲出版，留学法国的物理学教授叶蕴理从法文本转译中文出版，惜乎抗战前夕国难当头，这本书没引起多少反响。1936年爱因斯坦在美国普林斯顿大学与前来进修的周培源单独交谈，他说："中国人民是苦难的人民。"1938年6月爱因斯坦与罗斯福总统长子共同发起"援助中国委员会"，在美国两千个城镇开展援华募捐。

爱因斯坦是真正的世界公民，他的爱没有国界和肤色，他对中国的同情没有任何功利色彩，完全建立在人类同情心和强烈的人道主义情怀之上。

1955年爱因斯坦去世，许良英和周培源发表长篇悼念文章。

可笑的是，在文化大革命中爱因斯坦被打成"二十世纪以来自然科学领域中最大的资产阶级反动学术权威"，全国掀起大批判狂潮，直到1979年北京隆重召开爱因斯坦诞辰一百周年纪念大会，爱因斯坦才得以在中国正名。

其实这个大会对爱因斯坦无关痛痒，即使中国到二十五世纪仍然把爱因斯坦称为"最大的资产阶级反动学术权威"，也完全无法动摇这位人类最伟大的科学天才之荣誉于分毫。

然而，这个大会对中国却十分重要。没有这个大会，也许中国到3010年都无法成为世界第二大经济体。

亚洲之行结束，爱因斯坦于1923年7月前往瑞典参加诺贝尔授奖仪式。玻尔已于1922年12月10日在斯德哥尔摩领取1922年的诺贝尔奖，而爱因斯坦直到1923年7月11日才拿到1921年的诺贝尔奖，已经很有趣。更有趣的是，爱因斯坦拿到了这笔奖金，他太太罗爱莎却根本没看见这笔钱，因为，他立刻把这笔奖金（当时约合十二万瑞士法郎）汇入瑞士银行前妻马蜜娃的账户，作为她与两个儿子的生活费用。

罗爱莎也没有因此跟爱因斯坦离婚。

关于授奖仪式还有个小插曲：1922年诺贝尔奖委员会授奖通知特别暗示爱因斯坦获奖演说只能谈"光电效应"，不能谈相对论。爱因斯坦没赶上那次颁奖。到他1923年7月领奖时，阿列纽斯却说："大家肯定会因为相对论的演讲而感谢您。"于是，爱因斯坦7月11日在哥德堡的答谢演说题目是《相对论的基本思想和问题》，台下听众两千人，包括瑞典国王古斯塔夫五世。

也就是说，诺贝尔委员会其实知道他们1922年11月发的通知有点儿傻。

1919年11月7日,爱因斯坦一夜成名,他是工业革命之后人类的最后一篇伟大的天才童话。然而,爱因斯坦是否像通常童话中所说的那样,"从此过着幸福的生活"了呢?

没有。

不是社会让他没有,而是他自己不让。

爱因斯坦当然希望赢得世界承认,否则他也不会在伯尔尼组织那个总共只有三个成员的"奥林匹亚科学院"。不过,当荣誉排山倒海而来时,他的心理却非常矛盾。他后来说:"命运的讽刺在于,大家给了我太多的赞叹和荣誉,这既不是我的错误,也不是我理所应得。"很多人生导师奉此为爱因斯坦的伟大谦虚,欣然拿来教育俺们这些群众。

其实他根本不是谦虚。他说的是事实。他就是这么想的!这是爱因斯坦最大的悲剧。他堪称人类历史被误解之王。

什么是误解?就是我本来说的是一,你却偏说我说的是二,而且从此坚持我说的是二,哪怕我本人再三告诉你,我说的是一。

根据我的研究,爱因斯坦虽然伟大,但从来没谦虚过。他几乎每一句说的都是实话。他名气这么大,所以被误解如此之深,开句玩笑说可称"罪有应得",但认真地看确实不是他的错。可爱因斯坦成名太早,所以他不得不一生都忙于向世人有一说一。令他痛苦的是,他说了一生,全世界的人还是认为他说的是二。

不知是爱因斯坦二,还是我们二。

名和利是两位一体。谁不喜欢钱啊?可是,真正有了很多很多钱,我们才能明白,其实有钱很辛苦。作为全世界最著名的科学家,爱因斯坦深感名利的不可承受之重。他对此非常苦恼,曾说:"我写的书从不畅销,可我却如此有名,岂非咄咄怪事?"爱因斯坦视名利为累赘，并非始自深为名利所累之后。1909年7月，初出茅庐的爱因斯坦应邀接受日内瓦大学名誉博士学位并参加隆重的日内瓦大学三百五十周年校庆，参加盛大宴会时爱因斯坦说："如果加尔文还活着，他会堆一大堆柴火把我们全烧死，因为我们实在太铺张。"

爱因斯坦当然为获奖高兴，但他高兴的时间肯定很短，因为，诺贝尔奖很快就把他变成了名利场中最大的猎物。考夫斯基说："荣誉要求做出牺牲，而说到追逐荣誉，那么在这种追逐中，在所有场合，爱因斯坦扮演的都是猎物，而非猎人。"考夫斯基此言不虚，从1919年11月9日早晨开始，爱因斯坦就成了新闻界与读者的牺牲品。记者们一拨儿拨儿地揿响哈贝兰大街5号的门铃。谈话、采访、拍照、没完没了的追问，故作深刻的对话，添油加醋的渲染，廉价的吹捧……爱因斯坦心惊肉跳，最后居然开始害怕邮递员。他说："我最凶恶的敌人还是邮递员；我已无法摆脱他的奴役！"每天早班邮件一到，爱因斯坦就落入无数信件的大海之中，讨照片，要签名，邀请演讲，邀请写稿……许多信连地址也没有，只写着"柏林，阿尔伯特·爱因斯坦收"，而这样的信居然都能寄到爱因斯坦家里！最后邮递员变成了爱因斯坦的噩梦，1920年他说："我从不会说'不'。但现在报刊报道和信件不断向我提问，发出邀请和要求，我每晚都梦见自己地狱火缠身。邮递员化身魔鬼，大声斥骂并把成捆的信件扔到我头上，因为我来不及答复。"每个人都只有一个小问题，每个人都只要花费敬爱的教授一分钟。一个学生没考上大学，请教授在教育部帮他说情；一个青年发明家请爱因斯坦在科学院为他的新发明说句话；一位年轻妇女自荐充当"天文观察者"；一家雪茄烟厂主宣布他们已经出产新牌雪茄"相对性"……

谁能把爱因斯坦从这个深不见底的汪洋大海中捞出来？

罗爱莎！

这个不拿薪水的忠实秘书每天负责把信件分类，一些留存，一些她回复，有必要的再交爱因斯坦过目。这项工作要占去她整整半天，有时还得加晚班。尽管罗爱莎已经筛选，但潮水一般的来信仍让爱因斯坦应接不暇。谁不愿意出名啊？可是，人怕出名猪怕壮，是箴言。真正的名人，比我们这些成天琢磨怎么才能出名的人辛苦一万倍。爱因斯坦一夜成名，让他深陷名利泥淖，他向朋友诉苦："我母亲病了，但我的'伟大时刻'——即许许多多毫无意义的会议又来了。简言之，我差不多是只会做简单反射运动的一捆东西了。"实际上，爱因斯坦把所有伟大的会议和上流社交统统视为集体说废话。有次一个美国记者向爱因斯坦打听成功秘诀，爱因斯坦回答："1901年，我还是二十二岁青年，那时我就发现了成功的公式。"他向记者倾过身子，放低声音说："我可以把这公式的秘密告诉你。"记者顿时瞪大了眼睛，呼吸都不太顺畅了：谁不想从人类最伟大的天才那里独家得到成功的秘密公式啊？爱因斯坦回身坐稳，微笑说："我的成功公式是'A=X+Y+Z'。A是成功，X是努力工作，Y是懂得休息，Z是少说废话！这公式对我有用，我想对许多人也是一样有用。"

你知道为什么爱因斯坦最讨厌参加高级会议和上流社交了吧？

因为他准备成功。

要成功，就要少去那些"上流社会"说废话！

后来爱因斯坦终于想出个好办法：他请慈善机构代为处理索要照片和签名的信，只要给慈善机构捐钱，就能得到爱因斯坦教授的签名照片。

不过，再忙再累，只要是讨论物理和请求帮助，爱因斯坦一律亲自回复，实在忙不过来，就请罗爱莎的大女儿伊尔泽帮忙。

信件已经让爱因斯坦一个头两个大，更麻烦的是直接打上门来的：摄影家、画家、雕刻家、作家、诗人……已经成名的想一网打尽世界名人，尚未成名的想借爱因斯坦成名。历史证明爱因斯坦娶罗爱莎确实没亏本,她不仅为爱因斯坦挡住了潮水般的信件,而且也不动声色地为爱因斯坦挡下访客大潮。

可是,爱因斯坦家的大门,永远向真正需要帮助的人敞开。

波兰物理学家英费尔德(Leopold Infeld 1898-1968)就是见证人。1920年,这个二十二岁的波兰雅盖斯基大学学生在第五学年前往柏林选修普朗克、劳鹤和爱因斯坦的课程。

看官须知,从古到今德国人都看不起波兰人,更看不起犹太人,可英费尔德是出生在波兰的犹太人!所以他只好向素昧平生的爱因斯坦求援。英费尔德对此次求援的描述细致传神,值得一读:"我在哈贝兰大街5号爱因斯坦家门口按了电铃。我胆怯又激动,像过节一样憧憬着面见当代最伟大的物理学家。爱因斯坦夫人请我走进一个摆满笨重家具的小房间。我说明来意后她表示抱歉,说我还得等一会儿,因为她丈夫正在和中国教育总长(时任中国教育总长为范源濂,此处所指应为袁希涛)谈话。我等着,由于焦急和激动而脸色通红。最后,爱因斯坦打开房门,与中国人道别后他请我进去。爱因斯坦穿着黑色短上衣,条纹裤子,裤子上掉了一颗重要的纽扣。那张脸我在报纸杂志上已见过多次,但没有一张照片能表现出他那炯炯有神的目光……我把事先认真准备的话忘得一干二净。爱因斯坦友好地微笑着递给我一支烟。这是我到柏林后第一次见到亲切微笑。我结结巴巴地叙述自己的困难。爱因斯坦全神贯注地听着……他说'我倒很乐意替你写封信给普鲁士教育部长,不过不会有什么用。'我说:'那为什么呢?'爱因斯坦说:'因为我已经写过许多信了',接着他冷冷一笑,低声加了一句:'他是个反犹主义者'……他在房间里来回踱步,沉思一会儿说:'好在您是学物理的。我写个条儿给普朗克教授。他的推荐信比我的作用大,这样办最好了!'……他开始找写信的纸。纸就在书桌上,在他面前,可我不好意思指给他看。最后他终于找到了纸,草草写了几句。他根本不知道我物理学得怎么样就写了推荐信。"

从此,英费尔德成为爱因斯坦最坚定的波兰拥趸。

其实,爱因斯坦很烦爱因斯坦热,他说:"这世界是个奇怪的疯人院。现在,包括马夫、侍者在内,大家都在争论相对论是否正确,而一个人对这个观点的信念取决于他属于哪个政治党派。"可爱因斯坦热却持续升温。全世界都在谈相对论,哲学家、科学评论家、打油诗人、漫画家,当然还有商人。一个美国富翁出五千美元巨奖征求三千字文章介绍相对论。市场上出现"相对论"香烟和"爱因斯坦"雪茄。英国一家报纸登出漫画,把星光弯曲与英国人对侦探故事的传统爱好紧密结合,画着一个侦探手拿电筒,电筒光绕成两个大弯,落到正在撬保险柜的窃贼身上,标题是:《爱因斯坦说,这只是小意思!》

还有一位打油诗人写诗描写相对论的尺缩效应:

> 杰克小伙剑术精,
> 出刺迅捷如流星,
> 不料空间一收缩,
> 长剑变成小铁钉。

相映成趣的是,爱因斯坦也写诗。很少有文章介绍这一点。他的诗当然不能拿来跟李白杜甫比,但确实可以跟张打油比一下。

打油诗为什么叫打油诗?话说唐代有个人叫张打油,喜欢吟诗。有天大雪下了一夜,天地皆白,他早上起床出门一看,诗兴大发,于是赋诗一首:"江山一笼统,井上黑窟窿,黄狗身上白,白狗身上肿。"全体中国人都觉得这首诗很搞笑,都举这首诗来嘲笑某人诗写得烂,已经笑了一千多年。其实这首诗题目是"咏雪",但通篇没有出现"雪"字,从立意上说并不算很烂。爱因斯坦的诗就跟张打油有一拼。他的创作热情来自"相对论热"。有次他在一位渴望获得签名的年轻太太纪念册上写下两句诗:

> 小牛和山羊在菜园游戏,
> 咱俩之间有个它们的同类。

另外一首诗比较长:

> 我走到那里,我站在这里,
> 眼前总有一张我的画像——
> 在写字台上,在墙壁上,
> 在围着脖子的黑丝带上。
> 男男女女满脸仰慕,
> 前来索取签名留念。
> 人人都从那可敬的好小子那里,
> 讨到一个带钩的签名。
> 有时我感到无比幸福,
> 可清醒时我却想:
> 是我已经发疯,
> 还是误入牛羊群之中?

除了信件与来访,爱因斯坦最头痛的就是出席各种社交活动。名流如云,高贵典雅,彬彬有礼,所有出席者从政治到哲学、从科学到艺术都能摆活仨小时,实际上屁都不懂,此即当今中国某些人艳羡得流口水的"high society"(上流社交)。可总有些场合无法推托。被迫参加的爱因斯坦虽然烦透了,但仍然不得不勉强应付,这时他就显得心不在焉，可就连这也被新闻界歌颂为"爱因斯坦教授那可爱的心不在焉"。其实，与有意思的人在一起爱因斯坦非常心有在焉。俄罗斯政治家卢那察尔斯基20世纪20年代拜访爱因斯坦，他对爱因斯坦心不在焉的描写显然高于那些记者："爱因斯坦眼睛近视，目光心不在焉。也许，他一半以上的注意力早就彻底地转向内心深处。也许，爱因斯坦大部分的眼神老是跟他的思想一起忙于某个计算图。因此，他的眼睛充满抽象思维，甚至有些忧郁。然而，在社交生活中爱因斯坦是一个异常快活的人，他爱开玩笑，笑声充满善意，像孩子一般。这时，他的眼睛霎时间变为孩子般的眼睛。他不同寻常的质朴魅力四射，以至人人都忍不住想抚爱他，握握他的手，拍拍他的肩膀，当然，怀着极大的敬意，包含着温柔的同情、质朴的赞赏以及无限的尊敬。"

爱因斯坦对"上流社交"态度明确：无论出席多么庄重高雅的社交，他都坚决保持在ETH和布拉格德意志大学的穿衣风格，即胡乱穿衣！他经常无论寒暑穿着一件很旧很旧的咖啡色皮上衣，这是罗爱莎的礼物。如果天太冷，再加一件灰色英国羊毛衫——也是罗爱莎的礼物，同样很旧很旧。如果确实需要穿西装，爱因斯坦就穿一套黑西服，照例很旧很旧。只有实在特殊的场合，经全家一致哀求，他才会破例穿上不那么旧的晚礼服。

这时的爱因斯坦买得起任何名牌西服。

他为什么要胡乱穿衣？

其实这是他的入世宣言：名牌于他如浮云。而且，他不是成名之后才这样。他生下来就这样。嗜好名牌的人，不是工作需要，就是彻头彻尾缺乏自信的家伙。想想吧，全世界有多少人买得起路易·威登、香奈尔、普拉达、卡地亚、蒂芬尼、江诗丹顿、劳力士、兰博基尼、法拉利、劳斯莱斯……

可是，全人类到现在一百七十万年历史，只有一个爱因斯坦。

获得诺贝尔奖,是很多获奖者一生的顶点,可它只是爱因斯坦登上的一个山间平台。

山高人为峰。爱因斯坦还将登上更多更险峻的高峰。

那么,是哪些高峰呢?

周游列国终去邦

前面说到广义相对论几经周折终为爱丁顿证明,爱因斯坦历尽坎坷拿下诺贝尔奖,一夜成名压倒牛顿成为世界科学新教皇。然而,这只是爱因斯坦传奇的前半部。如果爱因斯坦就此止步,他不过是另外一个牛顿。爱因斯坦传奇更引人入胜的是后半部。广义相对论让爱因斯坦在科学上超过牛顿,而爱因斯坦传奇的后半部让他成为世界历史上最伟大的人之一。牛顿,望尘莫及。

牛顿望尘莫及主要怪他自己。《自然哲学的数学原理》(1687年)出版后牛顿一举成名,两年后作为大学代表当选国会议员,竟从此道别科学,热衷炼金术和研究《圣经》,写下一百五十多万字手稿,没一个字儿跟科学有关,后来更踏入仕途,官居英国皇家铸币厂主管,尽心尽力当官儿去了。他严厉打击假币,不惜手上沾血下令执行十名罪犯死刑,安妮女王大赞,1705年亲封牛顿为贵族,担任英国皇家学会会长二十四年,生活豪奢,红黑白灰通吃。从四十四岁写出《原理》到八十四岁去世,牛顿在四十年间成为英国科学的大独裁者,却再无可屈一指的科学成绩。

爱因斯坦超越牛顿，始自成名。咱们前面说过，从小学直到大学毕业，爱因斯坦基本上一直是头下狗（underdog），栖身瑞士专利局之前，他更像一头流浪狗。1919年11月爱丁顿证实广义相对论，来自世界各地的邀请立刻像海啸一样涌进爱因斯坦柏林家中的客厅，爱因斯坦当场化狗为龙，一夜之间成为人类历史上第一个流行全球的科学家。流行现在称作"时尚"，其实这是人类与生俱来的不治之症，历史悠久，内容可笑，表现形式统统奇葩，一旦流行，那就泥沙皆下，势不可当。20世纪80年代中国流行过"鸡血疗法"，即直接把鸡血抽出来给人注射，据说打了之后延年益寿，包治百病，结果风靡一时，蔚为时尚。看官明鉴，七亿人民同时打鸡血，一人一管儿，得多少鸡血？当时养鸡还算"资本主义尾巴"，更谈不上工业化，全国能有多少只鸡？随便估算，一只鸡至少得负责好几百人，所以把鸡抽得啊，见人就跑，跟鹞式战斗机一样能平地起飞，根本抓不住。看官不信？那我天天来抽你三管血，看下对你的飞行能力有没有帮助。现在的时尚更有趣。我任职的大学开放校园，夏天晚饭后很多居民把校园当公园，袒胸露背前来散步。散步当然欢迎，可他们突然时尚举手散步。吃过晚饭到校园里走走，黑咕隆咚一转弯，突然好几个黑影不声不响举着双手迎面而来，亚赛丧尸，钢铁心脏都得剧烈运动好几分钟。所以，我们学校老师的心脏都特别好。被吓得多了，我后来还专门向他们请教了一下，结果说是这样散步有利于血液循环。

　　这种事儿就叫时尚。

　　科学算是时尚的天敌。科学需要理性，时尚恰恰需要消灭理性。因此，科学家一般视时尚为粪土。但爱因斯坦例外，他是极少数真正时尚过的大科学家之一。他时尚到流行全球，于是，爱因斯坦像孔子一样开始周游列国。他周游列国，说起来是给全世界人民上相对论的课，但从结果看，周游列国却变成了爱因斯坦上过的最好一课。孔子周游列国，一路上用的都是中文，而人爱因斯坦周游的可是操着完全不同语言的世界列国！不过，他们这两次周游列国的结果很相似：他们都成了人类文明史的纪念碑。认真些看，除了康德，大多数人文大师，都是"行千里路，读万卷书"的。

现在大家都知道周游列国首先得有护照。那么，一向鄙视犹太人的德国政府，会给犹太人爱因斯坦发护照吗？

不仅发了，而且还很支持，因为这时的德国是魏玛共和国。这个德国历史上第一个共和国从诞生起就十分虚弱，因此它非常支持爱因斯坦。1921年初德国发布了一本只有三十人的科学艺术荣誉榜，四十二岁的爱因斯坦是其中最年轻的。可爱因斯坦出席公众场合不戴荣誉徽章，遭到老朋友内斯特的强烈谴责。然而，下次爱因斯坦还是不戴。

虽然不戴徽章，但爱因斯坦那时非常热爱新生的魏玛共和国。1922年德国第一次世界大战战败，急需重塑国家形象，爱因斯坦作为战后第一个获得世界广泛承认的顶尖科学家出访，对外有助修补德国形象，对内能帮助德国人重拾民族自信，魏玛政府岂有不支持之理？

项羽早就教育我们：富贵而不还乡，如衣锦夜行。爱因斯坦周游列国，第一次感恩与荣归之旅去了荷兰。因为，证实广义相对论的虽然是英国爱丁顿，可如果没有荷兰教授西特把材料寄给爱丁顿，当时还是德国死敌的爱丁顿根本就不知道世界上还有广义相对论这回事儿。从此，荷兰成为爱因斯坦最信得过的国家，而且它最早承认爱因斯坦是国际科学巨星。爱因斯坦还没获诺奖，荷兰王室即于1920年6月24日专门颁布一部法令聘请爱因斯坦为莱顿大学特邀访问教授。为什么要专门颁布法令呢？就是因为这封聘书太优厚了，基本上就是白给爱因斯坦两千荷兰盾，没有任何硬性条件比如出版几部著作、上多少课等等。当年10月27日，爱因斯坦前往莱顿大学发表就职演讲，题目是《以太和相对论》，并顺访挪威和丹麦，再次见到玻尔。获诺贝尔奖后爱因斯坦仍多次前往莱顿。荷兰王室这封聘书原为三年，后一再延长，后来爱因斯坦还当选阿姆斯特丹科学院院士。更重要的是，他在德国国外的收入都不寄到柏林，而是寄往莱顿，由艾伦费斯特替他保管。直到1952年9月23日，美国都要试爆氢弹了，聘期才宣布结束，长达三十二年。我查了很久也无法确认三十二年是否世界大学史最长访问教授聘期，但我自己是肯定拿不到这么一封聘书的了。即使能拿到，我也多半不能再活三十二年啦。

爱因斯坦喜欢莱顿，除了那儿有老朋友艾伦费斯特之外，自然风光也令人心旷神怡，古老幽静的小城，大大小小的风车，更重要的是，他可以穿着布鞋汗衫随便乱逛，既没有狂热的粉丝，也没有乏味恼人的上流社会。当然，偶尔也会有意外。话说有天爱因斯坦吃完饭正午睡，忽然电话铃大作，原来荷兰女王陛下视察莱顿，听说爱因斯坦在呢，想见见他。这下可忙坏了艾伦费斯特夫人。看官须知，爱因斯坦到莱顿的口头禅就是："我除了提琴、床、桌子和椅子，还需要什么呢？"因此，他的礼服撂八百公里外的柏林了。艾伦费斯特夫人急忙到处打电话找朋友借到一身礼服，才算搪塞过去。

访问莱顿后，爱因斯坦应菲力普·弗郎克之邀前往世界上第一个聘请他为教授的城市布拉格。在人满为患的布拉格"乌兰尼亚"科学协会大厅，一百多人隆重致辞后总算轮到爱因斯坦，他拿起小提琴说："太严肃了。我先为大家来一段吧。音乐令人愉快，也更易理解。"于是，相对论的前奏变成了莫扎特奏鸣曲。离开布拉格后爱因斯坦直赴维也纳，在三千人音乐大厅演讲。他住在奥地利物理学家埃伦哈夫特家。这是一对永不停止争执的老朋友。埃伦哈夫特妻子是奥地利著名妇女教育家，非常重视仪容，专门把爱因斯坦的裤子送去熨平，可第二天一上台她大吃一惊：尊敬的爱因斯坦博士仍穿着到达时那条皱巴巴的裤子。

孔子周游列国是为了实现自己的政治理想。爱因斯坦周游列国，却是因为他没有什么政治理想。然而，在周游列国的过程中，他却发现了一个政治理想。因为这个政治理想，他一度被中华人民共和国批判为"最大的犹太复国主义分子"。然而，这却是对事实极大的歪曲。因此，我们要在这里具体说下这个故事。

这个政治理想，爱因斯坦是在美国发现的。

二十世纪二十年代，欧洲各国在第一次世界大战中打得稀烂，战争末期加入胜利者协约国一方的美国大捞一把，一跃成为超级大国。就是说，有钱。1921年3月普林斯顿大学邀爱因斯坦访美。1921年4月2日至5月30日，爱因斯坦随魏兹曼（Chaim Weizmann 1874-1952）开始第一次美国之行，为创建耶路撒冷希伯来大学筹款，罗爱莎全程陪同。爱因斯坦开始对犹太复国感兴趣，完全是魏茨曼的责任。魏茨曼比爱因斯坦大五岁，在瑞士弗莱堡获得博士学位，是世界犹太复国主义者组织主席，当时还是英国公民，后来出任以色列首任总统。爱因斯坦与太太乘火车前往荷兰，在那里登上荷兰客轮"鹿特丹"号，魏茨曼带领他的代表团在英国南安普敦登船。爱因斯坦与这位未来的以色列总统在茫茫大西洋上争了一路，天南海北无所不包，魏茨曼后来说："爱因斯坦每天向我解释他的理论，抵美时我终于相信，他真明白他提出的相对论。"

1921年4月2日下午"鹿特丹"号在纽约下城区炮台靠岸，记者们蜂拥而上把爱因斯坦围在甲板上，要求爱因斯坦解释相对论。爱因斯坦说："从前大家以为，如果所有物体在宇宙中消失，时间和空间依然存在。而根据相对论，时间和空间将同物体一起消失。"这可能是相对论最简版了，但记者们面面相觑，还是一头雾水，只好换个简单的问题："全世界真的只有十二个人懂相对论吗？"爱因斯坦两手一摊说："怎么会呢？所有物理学家都不难弄懂相对论，在柏林，我的所有学生都懂。事实上，现在所有国家的物理学家都懂。"《纽约时报》当天报道："在他蓬乱的头发下深藏科学的大脑，其运转的结论让欧洲最有才华的知识分子都大吃一惊。"

纽约市政府出动警船护送爱因斯坦上岸，成千上万纽约人与"犹太军团"军乐队在炮台公园迎接，他们挥舞蓝白相间的旗帜（后来的以色列国旗），高唱美国国歌《星条旗永不落》和《希望之歌》（后来的以色列国歌）。爱因斯坦和魏茨曼原打算下船后直奔曼哈顿中城区的康莫德酒店休息，却不由分说被拥上一辆敞篷汽车游街。看官须知，美国文化跟中国文化大大地不同。中国文化中游街的经常是罪犯，可在纽约游街的都是英雄。满头花白乱发的爱因斯坦站在车上手足无措，一会儿摸出烟斗一会儿提起小提琴盒，罗爱莎只好提醒他："向大家致意。"爱因斯坦这才明白为什么要坐敞篷车，赶紧举起手来僵硬地乱摆。车队经过曼哈顿大街来到市政府大厅，纽约市长詹姆斯·海伦亲候。欢迎仪式后车队在下东城犹太居民区艰难穿行直至深夜。魏茨曼后来回忆："每辆车都有喇叭，每个喇叭都在响。我们到达酒店已经十一点半，又累又饿又渴，而且精神恍惚。"

爱因斯坦这次访美很隆重，但却差点导致世界犹太复国主义组织的分裂。因为，他访美是为计划中的耶路撒冷希伯来大学募捐，可美国犹太复国主义组织不欢迎他来募捐。

说了半天，到底啥子是犹太复国主义嘛？

犹太复国主义（Zionism）又称锡安主义。此事说来话长，看官泡茶，听我细细道来。

远古时，巴勒斯坦那块地方本来有两个国家——以色列国和犹太国。以色列国于公元前八世纪被亚述帝国所灭，两百年后犹太国被巴比伦帝国所灭。过了七百多年（公元135年），犹太人起义反抗占领巴勒斯坦的古罗马帝国失败，被全体逐出巴勒斯坦，流落世界各地，跟吉普赛人一样成为没有国家的民族，惨遭迫害。然后那块地方就住了很多阿拉伯人。一千七百年后（1882年）俄罗斯敖德萨（现属乌克兰）的犹太医生平斯克（Leo Pinsker 1821—1891年）宣布犹太人遭到歧视与迫害，"是因为我们不是一个国家。这个问题唯一解决方法是建立犹太国"。因此，俄国首先出现犹太复国主义组织"比路"，开始有组织地向巴勒斯坦移民，希望恢复犹太国家。1895年维也纳犹太记者赫茨尔出版《犹太国》，此书遂成犹太复国主义行动纲领。两年后他在瑞士巴塞尔召开第一届世界犹太人大会，通过《世界犹太复国主义纲领》，明确提出要在巴勒斯坦建立犹太人之家，世界犹太复国主义组织成立，赫茨尔出任主席。

又过了二十年（1917年11月），托管巴勒斯坦的英国由外交大臣贝尔福发表《贝尔福宣言》，声称"赞成在巴勒斯坦为犹太人建立一个民族之家"，开始组织犹太人向已经住满阿拉伯人的巴勒斯坦西部移民，在1882—1948年的六次大移民中共涌进四十六万犹太人。1918年奥斯曼帝国瓦解，犹太复国运动进入高潮，他们首先扩大巴勒斯坦的犹太移民区，筹募建设基金修桥修路，并公开要求英国当局限制巴勒斯坦的阿拉伯人数。1947年11月29日联合国通过决议在巴勒斯坦分别建立阿拉伯国和犹太国，耶路撒冷由国际共管。话音未落，犹太复国主义者立即武力抢占协议中划定的"犹太国"，同时还强占协议中划给"阿拉伯国"的部分领土，四个月内三十多万阿拉伯人离乡背井成为难民。1948年5月14日以色列国成立，瞬间引爆与整个阿拉伯民族的矛盾，中东从此成为世界火药桶。1950年以色列国会通过法令宣布全世界犹太人都有权回归以色列，1968年，世界犹太复国主义大会明文规定全球犹太人都有权移民回到祖先的土地——以色列，移民源源不断，很快以色列的绝大多数国民变成犹太人。

爱因斯坦赴美筹款，就是在犹太复国主义飞速成长的历史背景下展开。这次美国之行注定不会平静，因为美国犹太人并不都欢迎爱因斯坦。当时美国犹太复国组织名誉主席是最高法院大法官布兰代斯（Louis D.Brandeis）。他是魏茨曼的老熟人，却非老朋友。1919年他与魏茨曼共赴巴勒斯坦，次年又共同参加伦敦犹太复国主义大会，却会上会下针锋相对，势同水火。布兰代斯希望资助巴勒斯坦的犹太定居者，却反对政治鼓动建立以色列国，可爱因斯坦跟魏茨曼专程来筹款，筹款就是政治鼓动！

布兰代斯不喜欢魏茨曼，不仅因为政见相左，还因为权力斗争。他俩的权力斗争在犹太复国主义中具有指标意义，因为他俩分别代表犹太穷人跟富人。当时犹太复国主义积极分子基本上是犹太穷人，在欧美的犹太富人多不支持建立犹太国，因为他们在西方国家都是上层，混得很好，干吗要没事找事换一本可能根本没人承认的护照？

魏茨曼代表的是犹太穷人。他出生于俄罗斯，后移居英国，从头到尾鄙视削尖脑袋想钻进英国上流社会的犹太富人。布兰代斯则是典型的犹太富人。他出生于美国肯塔基州路易斯维尔，哈佛法学院高材生，毕业后成为波士顿大律师，后由威尔逊总统任命为美国最高法院历史上第一位犹太裔大法官，身世显赫，地位崇高，强烈鄙视东欧犹太穷人。1921年他写信给弟弟谈及他与魏茨曼的矛盾："犹太复国主义者之间的冲突不可避免，这源于价值标准的差异。东欧人与在美国的俄罗斯犹太人一样毫无诚信可言，我们绝不会把我们的钱给他们。魏兹曼知道什么是诚实，但他十分懦弱，总是向他的俄罗斯同伴让步。这才是矛盾的根源。"

尽管与魏茨曼势同水火，但布兰代斯并不准备跟声誉如日中天的爱因斯坦作对。他致信岳母时说"伟大的爱因斯坦"证实了犹太民族的优秀。不过，阎王好见，小鬼难缠，布兰代斯身边有两个亲信不喜欢爱因斯坦，一个是他的弟子费利克斯·法兰克福，哈佛大学法学院教授；另一个是法官朱利安·麦克（Julian Mack）。布兰代斯一直想让麦克接任美国犹太复国主义组织主席。这两个人都反对爱因斯坦为犹太人募捐，他们致电魏茨曼特别要求爱因斯坦举办"免费物理学讲座"，当他们得知爱因斯坦坚持募捐时，顿时急了眼。于是有趣的现象出现了：美国犹太复国主义组织反对最著名的犹太人爱因斯坦在美国为耶路撒冷的希伯来犹太大学募捐。麦克致电魏茨曼："爱因斯坦处境尴尬，作为权宜之计，请您给我们详细解释一下他的具体谈判……请告知他是否接受你提出的在几所大学免费讲座的建议。"后来他们发电报明确要求取消爱因斯坦的访问，另外一封电报拒绝爱因斯坦前往法兰克福工作的哈佛大学演讲："哈佛绝不欢迎爱因斯坦"，并称爱因斯坦只能非正式地去哈佛看看，爱因斯坦得知后怒不可遏，麦克却辩称这是"为了保护您免受不公平的攻击，并保护组织不受这种不公平攻击的影响"。正好这时候阿拉伯人和犹太暴徒在巴勒斯坦的雅法发生流血冲突，布兰代斯等人趁机要求停止资助希伯来大学。后来布兰代斯朋友犹大·马格奈斯（Judah Magnes）提议在曼哈顿聚会讨论希伯来大学事宜，爱因斯坦说如果允许在会上筹款他就参加，结果马格奈斯回信取消聚会："我无意筹款，现在看来取消聚会也许更好。"

以爱因斯坦当时的地位，这等于给了爱因斯坦一耳光。

反对爱因斯坦访问的不仅布兰代斯，那些德国血统的纽约犹太富人大部分也反对。爱因斯坦后来邀请五十名纽约犹太名人来酒店会面，遭到大范围拒绝，其中包括第一位犹太内阁秘书斯特劳斯、著名慈善家古根海姆等在美国政商通吃的名人，连负责替爱因斯坦征收捐款的沃伯格也不支持。他说："我的存在没有意义；相反，如果真有的话，我恐怕也只能缓和一下气氛。正如我此前所言，我个人非常怀疑犹太复国主义计划，而且非常担心其后果。"

因此，犹太人并非铁板一块，也分穷人和富人，而犹太穷人跟犹太富人之间的距离，跟中国穷人与中国富人的距离一样远。通常说起来，富人讨厌的，穷人多半喜欢。纽约穷苦犹太人疯狂欢迎爱因斯坦和魏茨曼，其中一次活动现场人数超过两万，《泰晤士报》说他们冲破警察封锁线时"近乎暴乱"。爱因斯坦在哥伦比亚大学和纽约市立大学用德语演讲，然后翻译成英语，听众场场爆满，虽然很难说有几个人真听懂了，但现场气氛比鲜开水还热烈。

在纽约逗留三星期后爱因斯坦前往华盛顿。他的到访竟然导致美国参议院停止议事，开专场辩论相对论。纽约众议院议员金德里德建议在国会记录中解释相对论，马萨诸塞州的议员沃尔什马上反问金德里德是否理解相对论。金德里德的回答非常有趣："这仨礼拜我一直在努力理解，现在已经有些眉目了。"后来有人问相对论跟美国国会有什么关系时，金德里德回答："这可能从立法和宇宙的宏观关系方面影响未来的立法。"

根本风马牛不相及。

尽管风马牛不相及，但爱因斯坦到访仍然造成美国国会瘫痪，参众两院议员把宪法修正案扔到一边儿，七嘴八舌讨论相对论。一位议员坦承自己根本不懂相对论，另一位议员说他想弄懂相对论，结果差点儿发疯。还有一位议员引证某伯爵的宏论，后者说世界上只有两个人懂广义相对论，可一位已经去世，而爱因斯坦本人年事已高，已经把相对论给忘了，这番妙论居然赢得全场鼓掌。议员们雄辩滔滔，不亦乐乎，最后达成一致意见：参众两院里谁都不懂相对论，所以，谁都没丢面子。

爱因斯坦没参加这场辩论，他去华盛顿国家科学院演讲了。五十八年后，为纪念爱因斯坦百年诞辰，科学院门前竖起一座巨型爱因斯坦塑像。演讲后爱因斯坦与国家科学院科学家一起到白宫会晤美国总统哈丁，记者们追问哈丁懂不懂相对论，直到大家站好合影时哈丁才笑着承认自己不懂。《华盛顿邮报》于是刊登一幅漫画，画着哈丁总统正为面前的论文"相对论"绞尽脑汁，而爱因斯坦则对他面前的论文"常态理论"大惑不解（常态理论是哈丁的执政理念）。《纽约时报》的头版标题是：哈丁承认不懂爱因斯坦的思想。其实哈丁刚开始并不想接见爱因斯坦。虽然一战结束已三年，但德美这两个一战敌国的关系仍十分冷淡。两周后美国接待另一位诺贝尔奖获得者、法国的居里夫人，官方场面要宏大得多，即是明证。

就在爱因斯坦访问华盛顿期间，著名记者李普曼邀魏茨曼和布兰代斯会谈，撮合他们讲和。但犹太复国主义两大巨头最后不欢而散。不过，尽管魏茨曼反对，爱因斯坦还是拜访了布兰代斯，俩人还谈得不错，之后爱因斯坦表示布兰代斯"完全不像"魏茨曼说的那个样子。布兰代斯第二天也兴高采烈地给妻子写信说："爱因斯坦教授夫妇简单可爱，事实证明，虽然他们俩并未参与争吵，但也免不了谈到'破裂'。他们把话题主要放在大学之事上。"但是，短短的和睦相处无法弥补富人与穷人之间的深刻矛盾，两大阵营之间的裂痕在继续扩大。

爱因斯坦第一次访美最重要的一站是普林斯顿大学，其实他这次访美就是普林斯顿大学邀请的。他在麦科什大厅第50演讲大厅连续演讲四场并接受荣誉博士学位。与傲慢的哈佛不同，普林斯顿张开双手拥抱爱因斯坦。安德鲁·韦斯特教授致欢迎辞时宣布："我们向跨越新思维大海来到新大陆的科学哥伦布致敬"，公然把爱因斯坦与哥伦布并列。

说到底，这还算爱因斯坦给哥伦布面子。

爱因斯坦来普林斯顿演讲，部分原因是报酬丰厚——他当时很需要钱，因为很多亲戚正在苦挨一战后的饥荒，还要养活马蜜娃母子。普林斯顿大学最初邀请爱因斯坦两个月内讲演二十四场，报酬一万五千美元,这在当时来说是个天文数字。后来双方商定日程缩短为一周,演讲四场,报酬也大幅缩水,但双方签订协议出版演讲稿,版税定得很高。第二年美国和英国同时出版《相对论四讲座》,后更名《相对论的意义》。此即爱因斯坦相对论代表作,至今仍在再版。面对人满为患的大厅,爱因斯坦一边说着口齿不清的德语,一边在黑板上潦草写下一百二十五个方程式,会后一位学生向记者坦承:"我虽然坐在窗台上,但他还是说得我云里雾里。"学生虽然云里雾里,爱因斯坦的感受却很清爽:他爱上了普林斯顿。他说普林斯顿"年轻、清新,像一根新烟斗"。对于天天抽烟斗的爱因斯坦来说,这是一个很高的评价。

爱因斯坦后来定居普林斯顿,源于这次访问。

访美后期爱因斯坦还是参观了哈佛大学校园,在实验室评论了学生的研究,但确实没有获邀在哈佛发表演讲,而他显然也没有爱上这所世界顶尖大学。法兰克福在爱因斯坦访美后期频频致信试图推卸责任:"说我想阻止您访问哈佛大学,这种指责实在离谱。"其实爱因斯坦知道他和麦克曾发电报阻止他去哈佛发表演讲,于是不以为然地回答:"现在我觉得似乎解释得通了,你的行为似乎确实出于内心的善意,"他接着说,"即使所有大学都拒绝我的演讲,天也不会塌下来。"

今天我们知道,哈佛拒绝爱因斯坦,确实不是爱因斯坦的损失。
是哈佛的损失。

此后爱因斯坦与魏茨曼穿过美国中西部,在芝加哥会见了美国最著名的物理学家罗伯特·A.米离堪。他们的最后一站是克利夫兰。欢迎的人照例挤满火车站,然后照例游街,随行的是两百辆喇叭震天、覆盖旗帜的汽车。爱因斯坦和魏茨曼乘坐一辆敞篷车,国民警卫队乐队和身穿军装的犹太老兵队伍开道。沿途,仰慕者不断跳上敞篷车的脚踏板，警察则不断拉他们下来，场面一片混乱，没出恶性交通事故纯属侥幸。

魏茨曼是来克利夫兰参加美国犹太复国主义组织年会的，会上魏茨曼代表的犹太穷人与追随布兰代斯的犹太富人摊牌，唇枪舌剑，声嘶力竭，很多人大骂布兰代斯没有热烈欢迎爱因斯坦，谁也无法说服谁，于是：投票！投票是魏兹曼送给布兰代斯的一堂深刻的民主课，这堂课的老师其实只说了一句话：穷人永远比富人多！You have to know it！中国有句名言"得人心者得天下"。其实这句话的真正意思是："得穷人心者得天下"。因为，当权者其实并不需要争取有钱人的支持。一般而言，有钱人总是支持当权派的。

于是，魏兹曼阵营大胜，布兰代斯推荐马克担任主席被会议否决，布兰代斯只好辞去名誉会长，他的人马，包括法兰克福等连执行委员都没当上，一败涂地。

位于风暴中心的爱因斯坦根本没出席会议，他这时已登船返欧，正在船上对自己受到的盛大欢迎困惑不解。"美国比我到过的其他国家更易激动，"他致信好友贝索，"我在这里度过了十分疲乏的两个月……我像斗胜的公牛一样被到处展示……我居然能忍受下来，真是奇迹。但现在一切都已结束，留下的唯一印象是，尽管有来自犹太人和非犹太人的诸多非议，我还真做了些好事，为犹太事业尽了分力。我们这些犹太人大多数智慧多过勇气。"他在这里说的犹太事业，就是犹太复国主义。布兰代斯阻挠爱因斯坦进入犹太复国主义事业，反而激发了爱因斯坦的犹太意识，他说过，"到了美国之后我才发现了犹太人民"。他后来还告诉艾伦费斯特："犹太复国主义的确给了我们全新的犹太理想，让犹太人为自己的存在自豪。我很高兴这次接受魏茨曼的邀请。"离开美国那天爱因斯坦告诉记者："上一代德国犹太人并不认为自己是犹太人，他们认为自己只是属于犹太宗教社团……我的很多朋友都疯狂地去适应、遵从并融入其他文化，极损尊严，对此我一直反感。"

虽然贵为人类历史上最伟大的科学天才，但由于布兰代斯阵营的阻挠，爱因斯坦此行筹款相当有限，因为响应他号召的都是犹太穷人，而穷人之所以叫穷人，就是因为他们没钱。最后爱因斯坦只为希伯来大学筹到七十五万美元，远低于他和魏茨曼行前计划的四百万。但这毕竟是个良好的开端,爱因斯坦致信艾伦费斯特说："大学在资金方面似乎有保证了。"

欧洲的相对论热已让爱因斯坦招架不住，到了美国热度陡增一百倍。年轻的美国不仅对相对论感兴趣，对爱因斯坦本人更感兴趣，美国报纸连他的小提琴也不放过："教授胳膊下夹着琴盒小心翼翼走下扶梯。他看上去更像欧洲著名小提琴大师；不过，作为著名艺术大师，他的头发实在是太少了。"他们还写道："爱因斯坦和小提琴形影不离，是一位醉心的提琴迷！"爱因斯坦当然希望美国人喜欢相对论，可相对论在美国这么热，却令他丈二金刚摸不着头脑。他绞尽脑汁，回德后对一家荷兰报纸这样解释："如果我没弄错，主要是那儿的人太无聊了。纽约、波士顿和芝加哥等都有戏院和剧场，但此外还有什么？几百万居民精神空虚，能有一点儿让他们沉醉的东西，他们就会兴高采烈。"无论从什么角度看，美国之行都相当成功，但有意思的是，初次访美的爱因斯坦对美国人评价却不大高，他不理解美国为什么禁酒，尽管他本人并不怎么热衷喝酒。他说美国好的酒店太少，政治孤立等等。最过分的是，他居然说美国男人都是老婆的哈巴狗，而美国主妇们则"乱花丈夫的钱"，这个评价招致美国人民一片哗然。美国人民很长时间都没能原谅爱因斯坦的这个说法，因为他伤害了美国男人的自尊心，同时未经同意透露了美国女人的秘密。

更有意思的是，爱因斯坦回德后遭到德国科学家弗里茨·鲍尔的激烈批评，他指责爱因斯坦访美却为希伯来大学募款，纯属叛国。

看官须知，这位鲍尔，是个犹太人。爱因斯坦回应说："虽然我拥有国际化思维，但我仍然常常觉得必须为我那些被迫害和压抑的同胞说句话……这是忠诚，而非背叛。"

回德途中爱因斯坦应哈定勋爵邀请到访伦敦，6月10日下船，哈定勋爵到火车站迎接爱因斯坦，之后他先去西敏寺拜谒牛顿墓，敬献鲜花，然后再去皇家学会演讲。广大皇家学会会员对这个德国科学家的态度十分审慎，演讲开始时没有掌声，按英国礼仪而言已算相当不礼貌。爱因斯坦不以为意，他讲了科学的国际意义、学者交流和英国在科学发展史的作用，感谢英国同行证实来自敌国德国的相对论。他最后打动了听众，演讲结束时掌声热烈，全场起立，大声欢呼。此后爱因斯坦还在伦敦大学国王学院和曼彻斯特大学演讲，并在曼彻斯特大学黑板上签名留念。这块黑板从此被校方封存，至今还在曼大。本来一年前经投票，皇家天文学会决定授予他金质奖章，但由于他是德国人，学会内部意见不统一，最后临时作罢。跟美国人一样，此时英国人并没有完全原谅德国人。不过，1926年爱因斯坦还是获得皇家天文学会的金质奖章，因为一年前他获得威望更高的英国皇家学会考普利奖牌。后来他在曼彻斯特大学作亚当森讲座并接受了名誉学位。

穷人富了没个样儿，富人穷了不走样儿。英国人虽然对爱因斯坦态度保留，但作为百年世界强国，礼数却是不会缺的。他们安排爱因斯坦夫妇在圣詹姆斯公园一幢巨大的女王宅邸下榻，数不清的礼仪，一步不离的贴身仆人，爱因斯坦这个科学天才简直被吓到了。进入府邸后刚有个机会跟罗爱莎单独在一起，他就赶紧问："老婆，你怎么看？要是我们企图逃跑，他们会放过我们吗？"他们就寝的巨大卧室四面挂着厚厚的窗帘，爱因斯坦第二天照例起得很早，下床去拉窗帘，这时背后响起罗爱莎的声音："你为什么不叫仆人来干？"爱因斯坦坚持不用麻烦仆人，结果，老夫妻俩共同奋斗，好不容易才拉开了窗帘，这才借光找到路去餐厅吃早饭。现在高谈爱情的心灵鸡汤多如牛毛，其实爱情的真谛不过"少时夫妻老来伴"。一般来说，活过六十岁的夫妻都明白，成功的婚姻，就是能够齐心协力拉开沉重的窗帘。

虽然爱因斯坦对尽心照顾他的英国贵族毫无尊敬之情，但他却始终保持着对牛顿的尊敬。1928年爱因斯坦应邀为牛顿逝世两百周年撰写颂词，对英国世代相传的科学传统和尊重知识大加赞赏，认为这让人类精神得以"高扬"。不过，在最后爱因斯坦还是忍不住挪揄了一下学术死敌玻尔，他说，只有量子理论是牛顿微积分用错了地方之后的产物。爱因斯坦自此与英国交好，1931年初第二次访美回程中他再次访问英国，前往牛津大学罗德希厅做了三次报告，并接受了牛津大学五年合同，每年访问牛津一个月，酬金四百英镑。

爱因斯坦这次周游世界用了很长时间，直到1921年6月底才回到柏林，俨然魏玛共和国的无冕巡游大使。回到柏林他应德国红十字会会长邀请做了一个报告，总统艾伯特和好几位部长都出席了报告会。

但是，不过半年，他的下一次出访在德国激起了轩然大波。

1922年初，爱因斯坦访问法国。

列位看官，甭看现在法德两国作为欧盟核心国关系这么铁，但对当时德国人而言，爱因斯坦访问法国几乎等于叛国，而在很多法国人眼中，则等于上门踢馆。邻居通常关系不好，在历史上德国与法国这对近邻向为死敌，几百年打得热火朝天，在刚刚结束的第一次世界大战中更是如此。1916年2月，决定一战胜负的凡尔登战役在法国凡尔登打响，德国皇太子督军，动用二十七个师外加一千门大炮，十二个小时发射炮弹超过两百万枚，而法军只有十一万人和二百七十门大炮。此战一直打到4月。就是在这次战役中德军使用了哈伯的毒气弹。双方共投入士兵近两百万，伤亡一百多万，最后德军战败，德国投降，在《凡尔赛条约》中失去13%的国土和12%的人口。从此，德法两国仇视日深，科学交流完全断绝。

正因为如此，爱因斯坦起初婉言谢绝法国物理学郎之万前往法兰西公学讲演相对论的邀请。在好友、也是犹太人的德国外长拉特劳（Walther Rathenau 1867–1922）再三鼓励下才接受邀请，成为一战后第一个公开访问法国的德国名人，法国民情顿时汹汹。为避免意外，郎之万专程前往法德边境迎接爱因斯坦，陪他坐火车到巴黎。行程中他听说有人准备来车站闹事，因此直接从车站边门把爱因斯坦送进巴黎。其实这是个乌龙，来的是准备保护爱因斯坦的法国大学生，挑头儿的正是郎之万的儿子。

1922年3月31日下午5点，爱因斯坦来到法兰西公学最大的讲演厅。为防止有人捣乱，郎之万和前总理、数学家潘列维亲自把守大门验票。法国共产党机关报《人道报》第二天报道："昨天下午5时，法兰西公学郎之万教授报告厅座无虚席，这是第一次讨论会，正如德国人所言，是第一次学术讨论会。巴黎所有物理学家、数学家、各系教授以及全体科学院院士悉数出席。爱因斯坦谦虚而若有所思地坐在郎之万身边桌旁，等待解答大家对他的理论提问。"参加者包括居里夫人、H. 伯格森、查尔斯·吉永。不过，没有邀请德国人参加。在这次演讲中主要提问者为吉永。4月3日在法兰西公学物理讲堂举行小范围讨论会，主题为"我们无法通过观察彼此相对运动的系统中时钟的进程来校准时钟"。主要提问者是潘列维，他很佩服爱因斯坦，对相对论却相当不佩服。三天后，在索尔邦大学举行的法兰西哲学协会会议上，爱因斯坦讨论了康德与马赫。

与美国和英国不同，法兰西科学院拒绝爱因斯坦发表演讲，这个保守的最高学术机构中有三十名院士表示，如果爱因斯坦来，他们就走。爱因斯坦知道后干脆拒绝了邀请。他才不稀罕什么科学院呢！他宁可去凭吊昔日的法德战场。说到做到，返回德国的那天早上，爱因斯坦专程凭吊了法国东部的法德战场，面对颓垣残壁，他表示人类应不惜一切代价埋葬战争，并强烈谴责法西斯主义。爱因斯坦对陪同的郎之万和索洛文沉痛地说："每一个德国学生，不，全世界每一个学生都应该来这里看看。他们会认识到战争多么丑恶和可怕……空谈和平无用，应该为和平事业切实工作，为和平而斗争。"

虽然爱因斯坦致信罗曼·罗兰说"我很高兴我的巴黎之行非常成功"，但其实他并没有在法国受到隆重欢迎，不过，他却迈出了两个一战死敌重开科学交往的第一步。

先天下者，肩天下之险。

两周之后，在大街之上，支持爱因斯坦访问法国的外交部部长拉特劳被枪杀。

阻止爱因斯坦出访的不止暗杀威胁。他的德国朋友圈几乎一致反对。爱因斯坦出访美英前大他十一岁的哈伯就专程找他谈话，希望他不要出访。他访问法国回来，住在慕尼黑的索末菲致信爱因斯坦，不相信他在法国说过"德国在战争中起了极大的破坏作用，所以理应战败"。爱因斯坦回信表示这确实是他的话，结果，直到去世索末菲也没有回复爱因斯坦的这封信，他没回信并非因为他没有收到爱因斯坦的信。两个人的共同朋友、工业家安术茨后来告诉爱因斯坦："你那封信对索末菲的打击就像炸弹。他失望地把这封信给我，对你和人类都感到绝望。"

柏林风险陡然升高，远东却在招手。1921年罗素曾为日本东京的左翼出版社改造社做过报告。之后改造社请他列举三位下一步应当邀请的"当今最杰出人士"，罗素只举了爱因斯坦与列宁。当时列宁忙于革命，所以改造社决定邀请爱因斯坦。1922年1月双方签订合同，爱因斯坦做六次讲座，费用两千英镑。虽然旅行要花七百英镑，但仍是笔巨款。为此，爱因斯坦请求普鲁士科学院从10月1日开始停薪留职。1922年10月爱因斯坦夫妇从马赛乘日本轮船"北野丸"号出发，穿过地中海和印度洋，在斯里兰卡、新加坡、中国香港和上海短暂停留。漫长的海上旅途触发了爱因斯坦的老胃病，而更大的痛苦来自精神：他在斯里兰卡坐人力车，如坐针毡。让同类像畜生一样拉着自己向前跑，爱因斯坦无地自容。斯里兰卡"具有国王风度的乞丐"和拥挤不堪的贫民窟、上海租界的高楼大厦与老城的破烂弄堂震撼爱因斯坦，欧洲之外血淋淋的贫穷让爱因斯坦永远同情弱者的心灵从此无法平静。

1922年11月底，离开马赛六周后爱因斯坦抵达神户。日本的爱因斯坦热比美国的还吓人，接连不断的讲演、会晤、接见和访问让爱因斯坦应接不暇，最难受的是还要翻译！成千上万的日本人端坐恭听他们根本不懂的德语，然后更注意地听日语翻译。第一次在东京庆应义塾大学的讲演加上翻译持续四个多小时，翻译是日本物理学家石原纯。爱因斯坦决定饶了听众，在第二次演讲做了压缩，讲演加翻译"仅有"两小时。可此番好意却完全被误解，日本学者不好意思地告诉他，听众很不高兴，因为演讲时间太短了！要知道门票三日元，当时够吃十顿午饭。其实即使翻译成日语，这些成千上万的听众也没几个听得懂相对论。但这没关系，只要能亲眼看见、亲耳听见爱因斯坦就行！当爱因斯坦出席帝国公园菊花节时，他甚至抢走了天皇的风头。日本新闻界甚至宣布，相对论在日本这么热，是因为日文中的"相对论"有"爱"和"性"的意思……爱因斯坦到达东京第二天清晨他和罗爱莎到阳台看看，结果突然楼下大街上爆发出热烈的欢呼：原来外面大街上站了上千日本人，他们已经在那里守了一夜，希望能够一睹爱因斯坦本尊……那时候并无追星之说，爱因斯坦对此完全受宠若惊，他对罗爱莎说："世界上没有活着的人配得上这种荣誉。我觉得我们是骗子，最后会坐牢的。"邀请爱因斯坦的东道主、改造社社长山本幸子就这样把爱因斯坦卖了个好价钱，除规定的讲座之外不允许爱因斯坦发表公开演讲，赚得盆满钵溢。

爱因斯坦不顾可能错过瑞典诺贝尔发奖仪式坚持前往日本，不仅因为签了合同（他连总统都懒得当，合同并不是无法克服的困难），而主要是因为《爱因斯坦科学论文集》日文版将在日本出版。这是全世界第一部爱因斯坦文集，而它既不是爱因斯坦的母语德语版，也不是证明爱因斯坦伟大的英国出版的英语版，更不是德国的死敌法国出版的法语版，而是在遥远的东方充满异国情调的日本出版的日语版。

在爱因斯坦那里，文集出版，可能比获得诺贝尔奖更重要。

爱因斯坦对日本印象深刻：单是喝茶，日本人就送了他一部《茶道百科全书》，厚厚的四卷都是喝茶礼仪。爱因斯坦致信索洛文说："日本是奇妙的。人人温文尔雅，对一切都感兴趣，有艺术鉴赏力，智力的天真与健全的思维融合，他们是景色如画的国度里的优秀民族。"爱因斯坦对日本儿童说："你们在学校里学到的知识是先辈的遗产，你们自己也应对它有所贡献并传给自己的孩子，这样，即使我们死去，我们参与创造并遗传后世的事物也将使我们不朽。"1924年5月他致信朋友贝索提到日本之行时还说："我第一次见到一个幸福而健康的社会，社会的每一个成员都完全融入其中。"在日本福冈的最后公开行程中，爱因斯坦在基督教青年会的圣诞集会上突然拿出小提琴演奏一曲，让日本听众欣喜若狂。

访日后爱因斯坦写了《我的日本印象》并发表在日本刊物《改造》杂志1923年1月号，其德文原稿赠送给予他同船抵达日本的日本医生三宅速。他们在船上结识并相谈甚欢，三宅速还在船上帮助胃病发作的爱因斯坦渡过难关。2014 年 3 月，爱因斯坦诞辰一百三十五周年，三宅的孙女、散文家比企寿美子将原稿捐赠庆应义塾大学并公开展出。庆应义塾大学是日本第一所私立大学，现与早稻田大学并称"日本私学双雄"。

对照爱因斯坦对上海的描写就知道，日本给爱因斯坦留下的观感比对中国的好得多。他觉得他在日本第一次见到了"健康的人类社会"。

毋庸讳言，那时的日本，也当得起这个评价。

爱因斯坦和罗爱莎满载礼物和开心从日本启程回国，再度路过上海后于 2 月 2 日到达巴勒斯坦，逗留十二天。这是人类最伟大的犹太科学天才唯一一次踏上耶路撒冷的土地。当时巴勒斯坦最高长官是希尔伯特·撒母尔，他以国宾礼节欢迎爱因斯坦，爱因斯坦到达时卫队鸣枪致礼。爱因斯坦成为特拉维夫建城后第一个荣誉公民。在特拉维夫和耶路撒冷，爱因斯坦看到犹太劳工和农民的高超技艺，他曾怀疑犹太人没有能力建立自己的国家，现在转而支持成立犹太之家。在耶路撒冷爱因斯坦还参加了希伯来大学奠基仪式并第一个发表演讲，尽管他不懂希伯来文，但他在演讲时是说了生平第一句希伯来文，之后用法语继续演讲，然后与其他犹太名人一起为校园第一座建筑奠下基石。他还出任学术委员并承担希伯来大学第一卷《数学和物理概论》的编辑工作。这时爱因斯坦完全没想到"阿拉伯问题"，只是天真地设想犹太人和阿拉伯人和谐生活的美丽图景。他从未考虑过"犹太国"带来的民族矛盾，他那时主要担心卫生、疾病和债务。他认为以色列将是全世界犹太人的精神家园，却很怀疑能否吸引全世界犹太人到此定居。从巴勒斯坦回到德国，乃至日后到了美国，爱因斯坦继续全力帮助以色列建国，直到二十年代末巴勒斯坦发生大规模反犹起义，爱因斯坦才开始关注阿拉伯人权益，同时，他对犹太复国主义的态度也发生了变化。

四年后希伯来大学终于建成。具有讽刺意味的是，爱因斯坦访美时表现冷淡的纽约犹太银行家们最终却掏了大笔赞助，而资本从来都是要说话的，哪怕面对爱因斯坦。随着犹太富商进入，希伯来大学办学方向发生根本变化。一战后在德国的东欧犹太人很难进入大学，爱因斯坦对此非常愤怒。他热心帮助筹建希伯来大学，是想把希伯来大学建成一流的教学研究型大学，重点为科学和医学，让全世界没学上的犹太学生都有学可上。但这些纽约犹太银行家决定将希伯来建成师范大学，安排那些捐钱的美国犹太人到校当老师，对吸引高水平学者兴趣缺乏。他们坚持任命犹大·马格奈斯为校长。此人1921年曾取消首次访美的爱因斯坦为希伯来大学筹款的酒会，现在居然当了校长！魏茨曼居中调停，说即使只建半所大学，也总比没大学强。爱因斯坦回应说他宁可没大学，也比半吊子大学强！他激烈批评学校领导只选"道德低下的人"，几经争执无效，爱因斯坦只好悄悄退出学校董事会和学术委员会，从此不再参与希伯来大学事务。不过，他最终还是将他的所有文献资料及普林斯顿的房产留给了这所大学。

此事的后话是：1946年移居美国后爱因斯坦再次为爱因斯坦高等教育基金会募捐，希望在美国创建一所犹太大学，并已购得波士顿郊区一所即将倒闭的大学，但他再次与其他捐助者在校长人选上发生冲突。于是，当捐助者要求把这所学校命名为爱因斯坦大学时他断然拒绝。结果，这个荣誉给予了第二候选人——那个爱因斯坦首次访美时从中作梗的布兰代斯，当时已去世五年。现在，布兰代斯大学被称为"犹太哈佛"，是与哈佛、麻省理工齐名的全美名校。其实，它本应叫爱因斯坦大学。当然，爱因斯坦对此事并不感到遗憾。就像故乡乌尔姆市的爱因斯坦大街一样，他也并不在乎是不是有所大学名叫爱因斯坦。

虽然爱因斯坦支持过犹太复国主义组织，但我们可以肯定，如果在今天，爱因斯坦会毫不犹豫地反对以色列政府的巴勒斯坦政策。很多"文革文章"说爱因斯坦是"最大的犹太复国主义者"，这顶帽子跟"最大的资产阶级反动学术权威"一样是无稽之谈。爱因斯坦虽然热爱犹太文化，但对犹太复国主义并不入迷。对那些墨守犹太成规，整天祈祷并遵从各种繁杂古老传统的保守犹太人，他称之为"愚昧的部落伙伴"并敬而远之。1929年底他致信以色列首任总统魏茨曼，认为犹太人应与阿拉伯人和平合作："如果找不到良方与阿拉伯人诚实合作并订立诚实条约，那就意味着我们未能从两千多年流离失所的痛苦中汲取教训，而且未来仍然无法逃脱同样的命运"。他热诚希望"两个同属古闪族的民族"共同拥有光明未来。他呼吁魏茨曼接受犹太人两千多年苦难的教训，建议由四名犹太人和四名阿拉伯人组成秘密委员会共治巴勒斯坦。结果当然是无人理睬。谁会凭空交出自己抛头颅洒热血打下的江山？

爱因斯坦的朋友厄内斯特·斯特劳斯概括爱因斯坦的立场说："他成为一个犹太复国主义者是出于人道主义，并非出于民族主义。他感到犹太复国主义是解决欧洲犹太人问题的唯一方法……他从不赞成侵略性的民族主义，但认为在巴勒斯坦建立犹太国是拯救欧洲犹太人的关键。"斯特劳斯的这段话比较公允，但也有很大的一个错误：很少有人知道，爱因斯坦其实根本就反对建立"犹太国"，他只希望建立一个犹太人自治区（犹太人之家），由联合国管理，与巴勒斯坦人和平共处。

今天，已经独立的以色列人却反对建立一个独立的巴勒斯坦国。你真认为爱因斯坦会支持这样的以色列？

因此，称爱因斯坦是犹太复国主义分子是错误的，遑论"最大"。爱因斯坦认识犹太复国主义活动家库尔特·布隆菲德之后才开始对犹太复国主义产生兴趣,爱因斯坦后来说他"帮助我意识到自己的犹太灵魂"。爱因斯坦到柏林前根本没什么犹太意识,因为他认为所有民族都是平等的。更重要的是,尽管爱因斯坦支持建立"犹太人之家",但他从未正式参加过任何犹太复国主义组织,而且他坚定反对任何形式的民族主义,包括犹太民族主义。访美前魏茨曼让布隆菲尔德向爱因斯坦讲解犹太复国主义基本理论,后来他向魏茨曼汇报说:"爱因斯坦不是犹太复国主义者,我请求你们不要说服他加入我们的组织。"

是的,终其一生,爱因斯坦从未加入任何犹太运动组织。在他访问美国那个时候,居住在巴勒斯坦的犹太人只不过八万左右,比纽约的犹太人还要少。1920年爱因斯坦曾向一个德国犹太团体宣布:"我不是德国公民,我的信仰中也没有任何东西可称为'犹太信仰',然而我很高兴自己是犹太人,尽管我并不认为犹太人是所谓的'上帝的选民'。"

看官须知,相信犹太人是"上帝的选民",是虔诚犹太人的基本原则。

因此,再说一遍:爱因斯坦不是什么犹太复国主义分子。

离开巴勒斯坦后爱因斯坦和罗爱莎于1923年3月到达马赛,从马赛前往西班牙,在马德里大学做报告,最后返回柏林。

不过,这不是爱因斯坦最后一次访问美国。1930年12月2日,他和罗爱莎带着家庭秘书海伦与助手迈尔第二次访问美国,这次的重点是加利福尼亚州。

虽然时间过去了将近十年,但美国的爱因斯坦热并没有降温。他依然在甲板上被一大群饿狼一般的记者包围,他依然被称为"哥伦布转世",他见到了泰戈尔、米离堪等人,参观了印第安人保留区。最后乘坐火车到达纽约。登上港口的"德国"号客轮后,欢迎的人几近疯狂,很多人冲前亲吻爱因斯坦的手和衣服,不知所措的爱因斯坦只好逃回船舱躲避。德国总领事的报告说爱因斯坦"引起了大众歇斯底里的狂热,支持者中不仅有提倡和平的朋友、新建神秘宗教团体中浪漫的梦想者,还包括那些头脑相对稳健清晰的人"。面对爱因斯坦,没人能保持清醒,堪称"神一样的存在"。在欧洲的玻尔通过新闻看到这样狂热的场面后致信爱因斯坦揶揄说:"能在新闻中看到你,听到你说话,还看到你在圣地亚哥受到花船与美人鱼的欢迎,觉得很有趣!"魏茨曼请求爱因斯坦在送行宴会为以色列募捐,爱因斯坦答应了。这次宴会入场费一百美元,但参加的人远远超出了规划的一千人。宴会结束,大家集体到码头欢送爱因斯坦,"德国号"是在码头上响彻云霄的"永无战争"呼声中启航的。

爱因斯坦对这次访美著名的总结是:"在我们到达哈瓦那时那里正在革命,我们离开巴拿马时,那里也发生了革命。"

他显然并非引以为耻。

此时,德裔美国商人班贝格兄妹(Louis/Caroline Bamberger)捐助五百万美元创建普林斯顿高级研究院(Institute for Advanced Study, IAS),首任院长是爱因斯坦老友弗莱克斯纳(Abraham Flexner),他有意延揽爱因斯坦。爱因斯坦此时已爱上普林斯顿,他初步计划每年在柏林和普林斯顿各过半年。

他完全没想到,他将在普林斯顿度尽余生。

因为,德国将赶走这个人类历史上最伟大的科学天才。

爱因斯坦学习孔子周游列国,但结局却大不一样。孔子周游列国后回到故乡鲁国,五年后去世,落叶归根,化作春泥护鲁国的花儿去了。而爱因斯坦周游列国后却断然离开故乡德国,在遥远的新大陆化作春泥,护异国的花儿去了。

挥一挥手不带走德意志的云彩

上回说到爱因斯坦一夜成名，周游德国一战死敌英、美、法等国，全世界掀起爱因斯坦热，而最热的国家，毫无疑问应当是德国。应当是。看官须知，当时，全世界只有一个国家不遗余力地攻击爱因斯坦。

德国。

相对论摆在那儿，诺贝尔奖也摆在那儿，爱因斯坦明明是人类历史上最伟大的科学天才，然而，德国政府还是把他赶出了德国。

这个故事够不够离奇？

看官喝茶，听我把这个离奇故事细细道来。

前面说过，在诺奖评选中，反对爱因斯坦的主力军，除了瑞典的乌普萨拉学派，就是德国的诺贝尔奖获得者莱纳德与斯塔克。已获奖的德国科学家反对德国科学家爱因斯坦获诺贝尔奖，乍一听很荒谬，其实乃人之常情：上下班高峰坐公车，挤上车的都希望马上关门，车下的都上不来才好呢。莱纳德他俩虽是顶尖物理学家，但心理跟坐公车白领一样。这俩物理高手知道自己跟爱因斯坦完全不是一个数量级，爱因斯坦出手，他们就没得玩儿了。

不过，如果他俩反爱因斯坦仅仅出于同行嫉妒，那只是个人道德问题。事实上这事儿并没有这么简单。他俩反爱因斯坦，不是看爱因斯坦满脑袋的卷发不顺眼，而是有着深刻的历史根源和重大的现实政治利益。

爱因斯坦是犹太人。

好教列位看官知晓，从历史上看，基督教跟犹太人一直是死对头。

这事儿说来更离奇。北京人都知道"先有潭柘寺，后有北京城"。在基督教那边就是"先有犹太教，后有基督教"。基督教最早是犹太教的一个小教派，就像禅宗是佛教一个教派。耶稣本人其实原是犹太教徒。

好吧，那为什么基督教徒会视犹太教徒为死敌呢？

此事要从头说起。看官须知，三千多年前犹太教首先出现在巴勒斯坦。犹太教相信将来有一天救世主（弥赛亚）会降临世界拯救苦难的犹太人。后来犹太教教徒耶稣宣布，弥赛亚（基督）已经降临人世，就是他！所以，他的这个教后称基督教。咱们老昕说"耶稣基督"，所以很多人误认为耶稣姓"基督"，其实"基督"只是一个称号，"基督"这个字本意为"受膏者"，在基督教中意为"救世主"，"耶稣基督"意为"救世主就是耶稣"。欧仁•鲍狄埃在《国际歌》中宣布"从来就没有什么救世主"，那个"救世主"指的就是耶稣。所以，共产党员成为基督徒或者基督徒成为共产党员，说起来都算黑色幽默。

刚开始入基督教的都是犹太教穷人，拜上帝的形式也跟犹太教差不多。公元66年和131年，犹太人两次大起义反抗占领巴勒斯坦的罗马帝国军队，基督教徒曾与犹太教徒并肩血战。但渐渐地富人加入基督教,有钱的人说话都管用,所以他们慢慢取得基督教领导权。有钱人一般都不激进,基督教因此开始变得温柔,提出"爱仇敌""骂不还口,死不威胁"等口号,罗马统治者觉得这个东西好啊,有利于自己的统治,于是大转弯,公元392年,罗马皇帝狄奥多西一世宣布基督教为帝国内唯一合法宗教,废除一切其他宗教,关闭所有其他神庙,禁止所有异教活动,基督教成为罗马帝国国教,相当于西汉董仲舒提出"废黜百家,独尊儒术"后儒教成为中国国教。也就是说,罗马帝国树他们当初钉死的耶稣创立的基督教为国教。耶稣当初应当没有预见到此事,否则一定应当留下些相应的天启。

于是,基督教顺应时势,接受了钉死耶稣的罗马帝国的招安,并在成为国教后做出了一个非常重要的决定:宣布任何民族都可以加入基督教,基督教就此走上世界宗教的光辉道路。与此同时犹太教却仍只允许犹太人参加,信众越来越少,影响力日渐衰微。

伟大的宗教都是准备拯救世界的,但为了拯救世界,它通常都得先把别的宗教干掉。为争夺宗教领导权,成为罗马帝国国教的基督教开始打击犹太教,他们把犹太人的《圣经》称为《旧约》,而将基督教徒后来新加上的那部分称为《新约》,意思是当初上帝与犹太人订约选择犹太人为"上帝的选民",那算"旧的约定",现在上帝又跟基督徒订了"新约",等于上帝现在只带基督徒玩儿了。《圣经·新约》中有很多地方攻击犹太人,其中最严重的就是指责犹太人出卖耶稣,遂成万世基督徒仇恨犹太人来源。《新约》说耶稣原为犹太教徒,却不按犹太教传统布道,招致正统犹太人仇恨,他进入圣城耶路撒冷宣讲福音时被叛徒犹大出卖,由犹太祭司捉拿审问,遭到侮辱和毒打。为置耶稣于死地,犹太教那些当官儿的就把他捆起来交给罗马总督彼拉多,要求彼拉多把耶稣钉上十字架,彼拉多怕犹太人因此事暴乱,于是在众人面前用水洗手,说"流这义人的血,罪不在我，你们承当吧"。犹太人回答说"他的血归到我们，和我们的子孙身上！"彼拉多于是下令将耶稣钉上十字架（《太 27：24》）。

就是说，耶稣虽然是罗马帝国杀的，但究其原因还是犹太人的罪过。

此即基督教对犹太人的原始仇恨，深入血液，骨髓，和基因。

其实根据现代西方学者研究，这些基本上都算讲故事。即使真有耶稣这个人，那他生下来时犹太人早是罗马帝国殖民地臣民，哪有审判耶稣的权力？罗马总督彼拉多是个残暴的统治者，经常不经审判就滥杀无辜，犹太人根本不可能强迫他去杀耶稣。顺便说一句，根据基督教传说，彼拉多后来被该撒撤职调回欧洲，隐退瑞士一座山峰，到老年时总看见自己手上有血，一下雪就跑出门不停用雪洗手，然后说"干净了，干净了"，进屋后几分钟又跑出来说"还有血，还有血"，再用雪洗手，如此反复不停。此人后来在维也纳自焚。这座山峰就叫彼拉多峰，在瑞士卢塞恩湖边，至今仍叫此名。随着对犹太人迫害的加剧，公元五世纪罗马帝国禁止犹太人担任公务员和士兵，犹太人渐成基督教国家不可接触的贱民。

因此，基督教敌视犹太人有深刻历史和文化根源，不是咱们这些无神论者在旁边说几句公理就能劝和的。从这个角度上说来，德国这些基督徒物理学家批判犹太人爱因斯坦，在基督教德国而言，其实还要算继承传统文化。1919 年爱丁顿证实广义相对论，普朗克等非常高兴，但在德国物理学界他们算一小撮，主流都反爱因斯坦，并在 1920 年正式浮出水面。

那么，这一年出了什么事呢？

导火索还在爱因斯坦身上。他一辈子认为最根本的社会公平就是穷孩子也有机会上大学。这事儿他不是在报纸上说说就算了，他有具体行动，而且从自己做起：他公开宣布，欢迎没在洪堡大学注册的人来听他的课。

作为天生同情弱势群体的大学生，一定无条件支持爱因斯坦吧？

恰恰相反。爱因斯坦的声明激起洪堡大学学生强烈抗议。因为学生注册是要缴费的，没注册的人来蹭课，等于占注册学生的便宜。于是，1920年2月洪堡大学学生在演讲会当众质问爱因斯坦，且态度十分恶劣，爱因斯坦气得当场离开。这次对抗持续数天并登上柏林报纸头条，演变成轰动一时的"学生骚乱"。世界上无论哪个国家，学生一"骚乱"，校方就麻爪，洪堡大学校方于是赶紧宣布禁止校外人士免费听课。

学生有担忧其实可以理解，谁愿意被人占便宜呢？但如果没人暗中赞许学生的行为，他们不会态度如此恶劣。看官须知，当时来洪堡大学蹭课的多为东欧犹太穷人。支持学生的力量不仅来自洪堡大学多数的基督教教职员工，而且还来自慕尼黑，挑头儿的那个人名叫阿道夫·希特勒。就在这个月，希特勒在慕尼黑组建"纳粹党"，这个党全称"Nationalsozialistische Deutsche Arbeiterpartei"，一般翻译为"德意志国家社会主义工人党"，"纳粹"即其缩写"Nazi"的音译。其实这个翻译大有问题，就是把"national"这个词译成"国家"。德语中这个词意为"民族的"，"国家"应为另外一个词"Staat"。德国作为一个国家，1791年才由首都为柏林的普鲁士王国统一，在此之前并没有"德国"，但德国这块土地上说德语的这些人，都认同自己是"德意志人"。不过，因为德国只有一个民族"德意志族"，因此他们说"Nation"（民族）时约等于"国家"。如果忠于原文，其实应翻译为"民族社会主义德意志工人党"。这不是翻译问题，而是实实在在的政治问题，所谓"民族社会主义"，就是希特勒的这个"社会主义"只属于"德意志民族"，而非德国国内的所有居民。比如就不属于住在德国的外国人和犹太人。所以，翻译为"国家社会主义"，是不对的。

一战德国战败，德国人普遍认为德国是被犹太人出卖了，就是说犹太人出卖耶稣后又出卖了德国人，旧仇未报，再添新恨。他们在这双重仇恨中迅速聚集在希特勒纳粹党旗下。1923年11月，爱因斯坦刚获诺贝尔奖，希特勒即在慕尼黑发动啤酒馆政变企图推翻魏玛共和国，事败被判入狱五年。这个刑期听起来很严重，有了刑事案底，以后公务员都当不成了，其实已是主审法官超级纵容。按魏玛共和国法律，阴谋推翻政府应判死刑。如果当时希特勒被判死刑，也许世界能躲过二战浩劫？不仅法官，监狱所在的巴伐利亚州政府也向着希特勒，仅关了八个月便将他释放，说他表现良好。其实希特勒在狱中写下臭名昭著的《我的奋斗》第一章，通篇煽动对犹太人的仇恨，种下纳粹灭绝犹太人的精神种子。

看官须知，一战战败，德国马克大幅贬值，经济萧条，而法英等战胜国却坚持索要巨额战争赔款，德国民众深恶痛绝。屋漏偏遇连阴雨，几年后全球爆发三十年代金融大危机，失业率没有最高只有更高，政府只好拼命加印钞票，导致恶性通货膨胀，民众存款一夜回零，经济一片混乱，城乡满目凋零，德国人万众一心呼唤政治强人降临。因此，希特勒这个恶魔不是从天上掉下来的，他也是时代的产物。只不过，他是一个特别疯狂的畸形产物。当时主审法官和巴伐利亚监狱轻纵希特勒，也不是偶然的，也是那个时代的必然。在那个时间，在那个德国，希特勒不可能被判死刑。

希特勒这个"民族社会主义工人党"的主要纲领之一就是反犹，而且反犹也是这个党改名后迅速获得广大德国人支持的主要原因之一。反犹当然首先要反世界上最著名的犹太人爱因斯坦，于是德国那两个诺贝尔奖获得者莱纳德和斯塔克及时跳将出来，宣布相对论是"犹太人科学"。德国当时已是欧洲科学强国，科学家其实平时都懒得关心政治，但是，很快，德国科学家就以爱因斯坦划线分成两派，而大部分反爱因斯坦。令人匪夷所思的是，作为德国科学重镇，洪堡大学的大部分教授也都反爱因斯坦，以至于爱因斯坦这时在洪堡大学已不能跟德国同事讨论政治问题。

所以，洪堡大学学生公开反爱因斯坦不是偶然的，他们背后站着这些老师。还有希特勒。

德国人反爱因斯坦，那德国犹太人对爱因斯坦态度又怎么样呢？

奇怪的是，很多德国犹太人也反爱因斯坦。当时德国犹太人跟美国犹太人一样也分成两派，一派反所有的反犹主义者，而另一派却枪口对内，认为首先应当反犹太富人，因为犹太富人都像布兰代斯一样反对建立以色列。爱因斯坦天生支持穷人，当然也支持犹太穷人。所以，德国犹太富人基本上都不支持他。

相映成趣的是，在德国遭到猛烈攻击的爱因斯坦，世界声誉却日见高涨。1929年爱因斯坦满五十岁，无数贺卡、贺信和电报雪片般从世界各地飞来，全世界给他寄的礼物据说装了一火车皮，还专门在柏林组织祝寿大会，文化部长 C.H. 贝克发表贺电，犹太教书刊之友学会还并出版了定量八百册的爱因斯坦诗集，雕塑家 H. 埃森斯坦创作了一尊爱因斯坦半身像，最后被普鲁士教育部收藏。柏林市政府赞美爱因斯坦说，他的名字"将永远与那些不朽的人物并列，他们的科学发现形成了我们今天的宇宙观"。

可是，爱因斯坦本尊并没有出现在柏林的祝寿大会上。代表他出席的是继女伊尔泽。

那么，爱因斯坦去哪儿了呢？

他去了柏林西南郊区波茨坦附近的小村卡普特。

为什么要去卡普特这个小村去呢？

这里也有两个有意思的故事。

第一个是这栋木屋本身。本来这是朋友们送爱因斯坦的生日礼物。他们策划完了之后认为柏林市政府理当顺水推舟建幢房子送给爱因斯坦，谁知市政府却说产权不好处理。实际上是因为德国反犹浪潮高涨，此事可能给市政府惹来麻烦。当时已有反犹人士放话说："一位犹太人购买一块具有历史意义的地产，就是侵略！"于是市政府建议爱因斯坦去看好一块儿地皮，市政府买下来，爱因斯坦自己建房子，可以终生居住，但没有所有权。爱因斯坦一怒之下拒绝了这个礼物。他自己在卡普特买块地皮，由伊尔泽负责监工，建了栋度夏木屋。

第二个是这栋木屋的电话。

爱因斯坦到卡普特就是为了躲清静，因此他坚持不装电话。可他还当着威廉皇帝物理研究院院长呢，院里有急事得能找着领导签字啊！经过长期斗争，最后达成默契：有急事找他就打电话给爱因斯坦的邻居、陶匠沃尔夫，然后沃尔夫再叫爱因斯坦去接电话。刚开始沃尔夫就是扯着破锣嗓子喊，可距离较远，大声喊叫实在费力，而且沃尔夫又不是帕瓦罗蒂，声音这么难听，喊的时间长了，邻居也有意见，于是爱因斯坦太太罗爱莎灵机一动，送给沃尔夫一个小鼓，让他击鼓为号。可这一来问题更多了：因为也有找爱因斯坦家其他人的电话啊。如果去错了人，走回来再叫，不仅费劲，也浪费电话费：那儿可算长途。

那这每次击鼓，到底应当让爱因斯坦家谁去接电话呢？

群众是真正的英雄。经过长期革命实践，沃尔夫与爱因斯坦家人终于建立了一套完善的击鼓密码体系，爱因斯坦家每个人都有相应的鼓声暗号，比如"长而高的一声"就是"爱因斯坦本人接电话"，如果短促有力的好几声，就是"阿姨来就行啦"。

在世界密码史上，这绝对是最有特色的一套密码系统。

卡普特木屋并非豪宅，但访客却"豪"翻天，堪称往来皆鸿儒，谈笑无白丁，包括德国著名作家亨利希·曼和G.豪普特曼、女作家安娜·西格斯、德国最伟大的物理学家普朗克和鲁迅十分欣赏的版画家珂勒惠支等。1930 年诺贝尔奖获得者、印度诗人泰戈尔曾专程到卡普特拜访爱因斯坦，长谈两次，由罗爱莎小女儿玛戈特的丈夫记录。根据纪录，泰戈尔"身穿飘逸的长袍，具有思想家头脑的诗人"，爱因斯坦是"具有诗人头脑的思想家"，而他俩的聚会是"两颗巨星的对话"。不过，爱因斯坦本人的感受完全不一样，他后来说："我和泰戈尔的对话完全是失败的，因为交流十分困难"。

爱因斯坦非常喜欢卡普特木屋，因为这儿没人知道这个目光和头发同样散乱的老头儿多有名。而且他终于有了一艘帆船，可以在旁边的湖里驾驶帆船兜风，这是爱因斯坦非常开心的时光。但罗爱莎并不喜欢，她经常待几天就必须回到有上流社会交际的柏林去。

爱因斯坦坐在卡普特木屋里沉思辽阔的宇宙到底有没有边，可柏林的希特勒已经把德国搞得混乱无边。1932 年 7 月 31 日，纳粹党在大选中成为议会第一大党，1933 年 1 月 30 日，连任德国总统的兴登堡任命希特勒为政府总理。当时兴登堡在德国声誉很高，所以希特勒上台后暂时不敢乱说乱动，但承诺终结凡尔赛和约，改善经济，而这正是德国人当时最关心的两个问题。实事求是地说，希特勒上台后确实也给德国人办了几件实事。举个例子，德国大众汽车公司，就是做那个广告"Volkswagen, das Auto"的公司。这个广告貌不惊人，其实很惊人，它的含义是"只有大众汽车才是真正的汽车"，翻译成唐诗就是"一览众车小"。可很多人不知道大众汽车公司是希特勒下令创建的，因为他承诺让每个德国家庭都有自己的车。"Volkswagen"，直译就是"人民的汽车"。北京现在雾霾这么严重，北京人民怨声载道，可你去问下有几个人愿意卖掉自己的汽车？

因此，承诺给人民带来汽车的希特勒，民调超高。

当时德国是欧洲犹太人最多的国家，欧洲总共有九百五十万犹太人，其中近五十万在德国。在纳粹宣传下，在基督教传统教育下，德国穷人都认为犹太人抢走了他们的工作，赚走了他们的钱。1934年兴登堡去世，同时希特勒《我的奋斗》出版大卖，人气爆棚，纳粹这块刚开始没人重视的乌云，开始兴风作浪。

德国对犹太人的敌视，其实十几年之前就已见端倪。早在1922年6月，魏玛共和国外交部部长拉特劳在柏林被两个法西斯分子暗杀。他是爱因斯坦的朋友，也是犹太人，爱因斯坦马上取消所有公众活动，写了一篇文气冲天的悼文。拉特劳是爱因斯坦的政界守护者，他被杀后，德国物理学界对爱因斯坦的迫害开始升温。爱因斯坦其实非常明白，他当时已经准备投靠远方城市基尔的朋友、企业家安术茨，在后者的公司任职了。

"外行领导内行"经常被批评为坏的政治，其实"内行领导内行"更坏，因为内行更知道从哪儿下手整你。看官须知，当时最恨爱因斯坦的并不是德国老百姓，而是德国物理学家。要打倒爱因斯坦，最彻底的方法莫过于打倒相对论。爱丁顿证实广义相对论之前德国科学界就有人开始恶毒攻击相对论，不过那时还停留在专业攻击范围。

在一战时那个臭名昭著的《告文明世界书》上签字的九十三位德国著名科学家中，有莱纳德（Philip Edward Anton Lenard），1905年他的光电效应实验让他获得诺贝尔物理奖，这个实验也是爱因斯坦光量子学说的实验基础，他一度与爱因斯坦关系很好。不过，普朗克在一战后对自己的签字表示忏悔，而莱纳德零忏悔。这个伟大的莱纳德其实是匈牙利人，当年在匈牙利就是种族主义者，只不过那时他认为匈牙利人是全世界最高尚的种族，因此只说匈牙利语。他所住的那个省有很多地名出自德语，他坚决反对使用这些德语地名。因此，那时他彻头彻尾反德国。后来不知怎么一弄加入德国籍，马上眼睛一眨老母鸡变鸭,成为"雅利安优秀种族"代表和更狂热的反犹分子。这莱纳德反爱因斯坦还有专业背景,他极端崇拜实验,天生仇恨属于理论物理学的相对论与量子论。他是德国正式加入纳粹党的第一个著名科学家,他最著名的话是"像人类其他所有创造一样,科学也取决于种族和血统"。

经常有些人大喇叭宣称"科学没有国界"。我怀疑这些人的心智停留在幼儿园中班。

科学当然没国界,但承载科学的科学家,当然有国界。而且,通常这国界还挺明显。

伦纳德在德国物理协会莱比锡大会上拼命鼓动反相对论,但无人喝彩。直到 1933 年,在德国也没有反相对论的人获得物理学教授讲席。当时莱纳德唯一的同盟是斯塔克。斯塔克发现的"斯塔克效应"也是量子力学的实验基础,他为此获得 1919 年诺贝尔物理学奖。在当时 P. 威兰德在德国成立了"德国自然研究者保持科学纯洁工作小组",赤裸裸地在科学界推广种族主义,而此时希特勒的《我的奋斗》还没完成!就是说,莱纳德的反犹资格比希特勒还老。1924 年希特勒因"啤酒馆政变"锒铛入狱,斯塔克和勒纳德共同签署声明称希特勒为"来自种族更纯、人民更伟大、心灵更少被骗的旧时代的上帝的赐品"。

在莱纳德之流强力动员下,德国质疑相对论的声浪渐高,爱因斯坦却毫不示弱,他并没有接受索末菲的劝说低调一点。在 1920 年 9 月德国自然科学家大会上爱因斯坦以一当百,与莱纳德激烈交锋,大会不欢而散。当时普朗克也站出来支持爱因斯坦,把这些攻击压下去了。但随着纳粹离政权愈来愈近,莱纳德也越来越猖狂。可是历史经常证明,恶人处心积虑想整死你之时,正是你在他们头顶之上三千米自由行走之日。莱纳德们汗流满面拼命想把爱因斯坦批倒批臭,却迎面挨了来自北欧一个冰冷的大耳光:1922 年爱因斯坦获诺贝尔物理学奖！莱纳德差点当场气疯，他对爱因斯坦的追杀随之几近疯狂，1930年德国甚至出版一本专著，题目就是《一百位教授证明爱因斯坦错了》，爱因斯坦听说后说："要这么多干嘛？只要能证明我错了，一位就够了。"

此时柏林天空已经乌云密布，1933年希特勒上台，莱纳德在纳粹党报《人民观察》发表文章恶狠狠地说："把爱因斯坦这个犹太人当作优秀德国人是个错误！让相对论在德国存在更是个错误！"与此同时，身为国家物理研究院院长的斯塔克也赤膊上阵展开谩骂，而不久前他还宣称自己是爱因斯坦的好朋友呢！这种攻击现在已经跟物理学关系不大了，已经几近人身攻击。莱纳德他们公开称相对论为"犹太物理学"，甚至是"布尔什维克物理学"，呼吁建立"德意志物理学"。1936年莱纳德出版臭名昭著的四卷本物理教科书《德意志物理学》，开宗明义就宣布要建立"德意志物理学"。"你会问什么是'德意志物理学'——我也可以说北欧日耳曼物理学、或北欧日耳曼民族气质物理学、探索实在与寻觅真理的物理学、奠定科学基础的人的物理学——'科学是国际的，永远不变！'你会这样抗议。但是，这是显而易见的虚妄。其实，跟人创造的任何事物一样，科学是由人种或血缘决定的。不同种族以不同方式从事实际科学。"众所周知犹太人出了很多金融家，莱纳德的一个学生通过科学研究得出结论说，犹太人哪怕经商看到的也都是数字，而不像一般人看到的是实实在在的货物，所以物理学中抽象晦涩的数学和理论形式完全符合犹太种族特征，而这就是"犹太物理学"，而其代表当然就是爱因斯坦。

不过，希特勒上台时莱纳德已退休，他主要还是在报纸上吼叫提供理论依据，而年轻一些的斯塔克则在一线充当打手迫害犹太科学家，疯狂攫取物理界领导职位，安插纳粹科学家，连索末菲和海森堡也被他称为"白色犹太人物理学"加以打压。这时爱因斯坦继女伊尔泽非常担心爱因斯坦的安全，毕竟拉特劳身为外长都能在大街上被人暗杀。伊尔泽劝爱因斯坦不要再在任何公开宣言上签字。其实当时爱因斯坦也很为自己的安全担心，但他却对伊尔泽说："如果我是你希望的那个样子，我就不是爱因斯坦了！"他依然同意把他的名字印在大街海报上，号召社会民主党和共产党组成反法西斯战线。泰山崩于前而色不变，其实任何人都很难做到。不过，人可以在泰山崩于前的时候坚持自己的观点不变。1932年在莱纳德率领下，德国国内对爱因斯坦犹太身份的质疑甚嚣尘上，爱因斯坦针锋相对于8月底在卡普特木屋写下了《我的信仰声明》。这是一篇掷地有声的历史雄文，值得全世界每一个知识分子自勉，我这里翻译几个片段：

"我向来重视作为个体的人并极端仇恨暴力与党同伐异……我是一个充满热情的和平主义者与反军国主义者，拒绝任何种族主义……我向来认为社会地位和财富带来的特权不公平并且败坏道德，过分夸张的个人崇拜同样如此……我认同民主理想，虽然我深知民主国家的痼疾……国家这个共同体的重要目标就是保护社会正义和个人财产。"

Did you get it？

国家存在的首要意义不在于管理人民，而是保护人民的个人财产，即每一个人民，及其钱包、信用卡、首饰、房产之类。

记得在网上看到一个故事，一个人对公安局长说：您是为人民服务的，我是人民，所以您应当为我服务。猜猜公安局长的回答是什么？他说：我是为人民服务的。你不是人民。

其实，我们就是人民。

只有我们才是人民！并没有其他人民。

1932年底爱因斯坦携太太罗爱莎离开卡普特赴美讲学，本计划

1933年3月返回柏林，可来自德国的消息让他在美国度过了生命中最寒冷的冬天。爱因斯坦离开柏林一个多月共和国总统兴登堡元帅就委任希特勒为总理，纳粹的"革命"开始了：焚书、抄家、把犹太人与共产党人送进集中营、拷打、暗杀。街道上纳粹冲锋队列阵而过，长筒皮靴整齐的跺地声摇动房屋，数不清的大会和火炬游行，主题都是"反犹"和"反犹"和"反犹"。爱因斯坦家门前的大街上出现匿名大字报，悬赏两万德国马克要爱因斯坦颈上人头，3月23日德国议会所有党派投票通过"授权法"，以宪法承认希特勒独裁。因此，请大家牢记：希特勒是在自由选举中被德国人民选上台的。他的独裁得到当时魏玛共和国所有党派授权。

因此，再周全的民主和自由，也不能保持永不出现独裁。

当时，整个德国议会，只有左翼的社会民主党投了反对票（共产党当时已被希特勒查禁）。而在精神上，德国科学家，只有爱因斯坦与社会民主党站在一起。1933年3月爱因斯坦从美国返回比利时，登船前他对《纽约世界电讯报》说："只要我可以选择，我就要生活在政治自由、宽容和所有公民在法律面前人人平等的国家……德国目前不具备这些条件！"

此前一百八十一年，有个美国人为了证明闪电并非上帝发怒而不惜以身试雷。

这个人是富兰克林。

爱因斯坦与富兰克林相得益彰。富兰克林说过："哪里有自由，哪里就是我的祖国！"

该富兰克林参与起草了美国最伟大的两个文件——《独立宣言》和《美国宪法》。您不认识富兰克林？其实您多半见过他：一百美元钞票上，印的就是他。

离开美国前爱因斯坦到纽约面见德国总领事。后者是爱因斯坦老朋友，但见面后相当尴尬，总领事说爱因斯坦在《纽约世界电讯报》

的发言在柏林引起很大震动，劝他赶快回德国把事情说清楚。这时总领事秘书有事出门，总领事立刻压低声音劝爱因斯坦千万别回德国。

原来，这个秘书是纳粹安排在总领馆的特务。

在波涛汹涌的大西洋上，爱因斯坦积极参加"比利时号"的义演音乐会为德国犹太人募捐，可无线电里传来更加汹涌的不祥消息：爱因斯坦在柏林的银行账户被纳粹查没，故乡乌尔姆的爱因斯坦大街被改名，卡普特木屋被纳粹冲锋队查抄……

纳粹横流，方现爱因斯坦本色。爱因斯坦拍案而起，脚踏汹涌的大西洋向德国法西斯宣战！他宣布退出普鲁士科学院，誓言永不踏上德国土地一步。客轮到达比利时安特卫普港，爱因斯坦第一时间赶到比利时首都布鲁塞尔，当面把德国外交部签发的护照奉还德国，正式放弃德国国籍，辞去一切职务，与自己的祖国割袍断义！

三十七年前，十七岁爱因斯坦厌恶慕尼黑僵化的军事化教育放弃德国国籍，今天，他再次告别德国，我不知道他有没有挥衣袖，但他确实没带走德意志哪怕一片云彩。他从此再未寻求过恢复德国国籍。从法律上说，德国从这一天起正式失去了自己最伟大的科学之子。

而且，德国从此再没能赢回他。

直到太阳熄灭，宇宙末日。

如愿把爱因斯坦逐出德国，莱纳德终于当上希特勒物理学顾问，但他仍未停止对爱因斯坦的迫害。他接任爱因斯坦辞去的威廉皇帝物理研究院院长职务，在就任演说中宣称："我希望研究院成为科学界反亚细亚精神的堡垒。我们元首正将其逐出政治和政治经济学——在那里它叫马克思主义……我们必须明白，德国人拒绝成为犹太人精神传人。"莱纳德写下这些来自地狱的文字并非仅仅因为信仰纳粹。他获诺奖在爱因斯坦之前,而且强烈反对犹太人爱因斯坦获奖,结果现在爱因斯坦不仅获奖,而且一夜之间红遍全球,名气超过他一千公里有余,他能不嫉妒乎?

可是,同样的物理学家,同样的诺贝尔奖获得者,普朗克就为爱因斯坦十分高兴。

这就是普朗克与莱纳德的差别。

看官须知,在诺贝尔奖获得者层次上,大家的聪明才智相差不会很大,可确实有非常伟大的获奖者与非常猥琐的获奖者,其间的差别,即来自人格。把莱纳德这段话与爱因斯坦《我的信仰声明》对照,你能相信它们同样出自诺贝尔获奖者之手吗?我在查资料时见到一封莱纳德邀请爱因斯坦去演讲的信,写于爱因斯坦成名早期,其言辞之谦恭、礼貌之周到,让我认为它出自另一个莱纳德之手。等我终于弄清这是同一个莱纳德时,我对诺贝尔奖残存的最后一点尊敬荡然无存。一般而言,获诺奖的科学家都是地球上的顶级科学家。顶级科学家是这样的么?其实,顶级科学家就这样儿。顶级科学家仍然是人不是神,而"人"这个物种,天生充满各种缺点。不过,诺贝尔委员会真的不应该觉得自己有啥了不起。看看他们评出了什么样的获奖者!

莱纳德攻击爱因斯坦,既不是学术讨论,也不是政治斗争的需要。

那就是政治斗争!

爱因斯坦是纳粹的眼中钉。他实在太优秀了,有他在,"犹太人是劣等种族"的谎言连小学生都骗不过。更要命的是,爱因斯坦的巨大威望让他在德国和世界拥有远超纳粹宣传能量的听众,而他坚定反战、反暴政、爱自由、爱和平的言论,没一个合纳粹的胃口。

爱因斯坦不再仅仅是个科学家,他具有巨大的政治影响。

纳粹榻旁,岂容爱因斯坦酣睡?

当然要赶尽杀绝。

此事的后话是：1945年希特勒战败，盟军没有起诉年过八旬的莱纳德，但把他逐出海德堡，两年后他在一个小村庄离开了这个世界。斯塔克就没有那么幸运，他七十二岁时被盟军判处四年有期徒刑。

希特勒成功地赶走了爱因斯坦，然而这个成功却直接导致了他失去了原子弹，也输掉了第二次世界大战。这是世界的大幸，却是希特勒的大不幸。更为不幸的是，德国人民从此失去了这位伟大的科学家，在半个世纪后还不得不与瑞士、以色列和美国去争夺纪念这个德意志伟大儿子的权利。

当时遭到纳粹迫害的德国科学家多如牛毛，为了营救他们，世界上很多科学家捐出自己的一部分工资。1933年5月，在英国建立了"学术援助协会"（后名"捍卫科学与学术协会"），第一任主席是"诺奖幼儿园园长"卢瑟福。美国建立"援助失业德国学者应急委员会"，而先期出走的德国学者建立"境外德国科学家应急协会"，泡利是瑞士主席，波尔是丹麦主席。这些组织都得到社会各界的大力资助。当时有一份三十八名欧洲重要物理学家名单，其中十一人侨居英国，其余二十七人前往美国。

看官须知，二十世纪初世界科学四强是德、英、法、美，它们的物理学家及成果占全世界一半。就质量而言德国还是老大，美国是老幺。1900年权威的《科学传记字典》列出二十岁以上著名科学家一百九十七人，德国五十二人，英国三十五人，法国三十四人，美国仅二十七人，刚及德国一半。1901-1914年的二十名诺贝尔奖得主十六人来自四强，只有一个美国人。一项根据科学院科学家平均论文数做出的"产出率"统计，德国为3.2，法国2.5，英国2.2，美国1.1，只有德国的三分之一，甚至低于意大利的1.4。一战后德国在科学特别是理论物理学方面的优势非但没有被削弱，反而更进一步，据1926-1933年量子理论出版物统计，这八年德国的贡献占全世界的44.8%，其中1931年是50.5%，以一国之力雄踞世界半壁江山，独占鳌头。当时的量子物理学重镇是普朗克、爱因斯坦和薛定谔的柏林洪堡大学；索末菲的慕尼黑大学；玻恩、弗兰克和约尔当的哥廷根大学；泡利的汉堡大学；海森堡的莱比锡大学；座座威震全球，绝大部分在德国，美国在这方面算白丁。然而，1933年1月30日希特勒出任德国总理，一天之内解散议会，一个月之内制造国会纵火案并中止宪法，三个月之内规定非北欧日耳曼血统都不得担任公职，于是，在科学界对犹太人的迫害开始了。第一波解雇一千多名教师，包括三百一十三名教授。当普朗克战战兢兢地向希特勒进言说，解雇犹太教授将会损害德国根本利益时，希特勒歇斯底里地咆哮道："如果解雇犹太科学家意味着德国科学的毁灭，那么我们今后几年就不要科学！"

在一战中立下奇功的"毒气之父"哈伯早已皈依基督教，而且特别认真努力想成为"真正的德国人"，还劝说爱因斯坦步其后尘，一战后还为德国赢得诺贝尔奖，可是现在六十四岁的他被逐出洪堡大学和科学院，在逃往耶路撒冷的路上突然病逝。洪堡大学教授薛定谔已于1933年逃爱尔兰。培养了大批量子物理大师的哥廷根"玻恩幼儿园"几乎全军覆没。玻恩德国生德国长，但却因为犹太血统被解雇，辗转到了英国剑桥，在给爱因斯坦的信中他说："我从未对自己是犹太人感觉如此强烈。至于我的妻儿，他们只是在最近几个月才意识到自己是犹太人。"共同获得1925年诺贝尔物理奖的弗兰克和赫兹也逃到美国。弗兰克一战作战英勇获"铁十字勋章"，本来被恩准继续在哥廷根大学任教，但他必须开除非雅利安人教授，弗兰克愤而主动辞职，并拒绝交出原子弹研究成果，结果纳粹追杀他到美国。1935年在美国马里兰州一所大学任教的弗兰克遭纳粹份子暗杀，但子弹没打中，一个正向他请教问题的学生被误杀，弗兰克幸免于难。物理数学家韦尔是哥廷根大学希尔伯特讲席教授，其名著《空间、时间和物质》影响了海森堡，仅因妻子有百分之五十犹太血统也被迫逃亡美国，因此，哥廷根物理研究所几成空城。泡利父亲是犹太人，后改宗天主教，马赫还是泡利的天主教教父，但他也被迫于1928年赴瑞士ETH任教，1935年更逃往美国。这一场科学浩劫的结果，是德国损失了1932年物理学共同体的四分之一，包括五名诺奖得主和八名未来诺奖得主。后来纳粹禁止德国科学家参加国际学术会议，1937年，直接禁止德国人接受诺贝尔奖！

希特勒反犹太歇斯底里发作最大的受益者，是美国科学。1933年到1934年美国就接收了一百多名欧洲物理学家，狠狠发了笔"难民财"，学术水准一举跃居全球领先。当时英国实验物理发达，而欧陆擅长理论物理，此前美国物理学主要由英国实验派主导，欧陆理论物理对美国学生而言就像来自另外一个星球，而欧陆教授也从美国学生自由放任的学习风气中获得青春的滋养。1936年美国《新闻周刊》已宣称："美国领导世界物理科"。二战后美军更是有计划地抢走一大批为纳粹服务的德国科学家，为美国的科技领先敲钉转脚，再加一磅。

有很多文章和著作把纳粹横行的原因归结为德国人民受了希特勒的骗。其实不确。希特勒当然是骗。但必须承认，当时的德国人民也很愿意被骗。如果希特勒是周瑜，当时的德国人民即黄盖。每个执政党最终都必须代表当时人民的需要，否则就会无情地被人民淘汰，无论选不选举。纳粹确实代表了当时德国人对一个强大德国的殷切向往。希特勒上台后宣布："德意志从此觉醒了！"让一战战败、饱受战胜国欺压凌辱的广大德国人民普遍热泪盈眶。

我们不能在每一次历史浩劫之后把所有责任推给那个已经进入历史垃圾堆的前执政党，然后轻轻吹去自己手上所有的血滴，很傻很天真地闭上眼认为自己就此不用带走一小朵罪恶的云彩。纳粹当然是恶魔。纳粹当然是主犯加首犯。但是，每一个投票给纳粹的德国人，每一个行过纳粹礼的德国人，每一个承认"犹太人是德意志社会的癌症"的德国人，每一个因为德军占领巴黎而心花怒放的德国人，每一个为希特勒那句"德意志从此觉醒了"而热泪盈眶的德国人，都同样对历史负有不可推卸的责任！

他们，都是责无旁贷的纳粹暴政的沉默的协从犯。

总有一天，我们每一个人都终将无可回避地面对自己心中的纽伦堡审判。

因为，我们也曾助纣为虐！

而且，我们自己知道。就算我们瞒过了全世界。

爱因斯坦深知这一切，而且他利用一切机会宣言之。B. 罗素后来到普林斯顿经常去爱因斯坦家座谈。一次座谈时罗素建议战争结束后应帮助德国重新站起来，爱因斯坦强烈反对！他认为整个德国应为这次大屠杀负责。1944年法西斯德国面临彻底崩溃，爱因斯坦发表著名谈话说："德国人作为世界一个民族必须对这些大屠杀负责，并且，德国民族必须受到惩罚，如果世上还有正义，如果各国还有集体责任感。站在纳粹党背后的是德国人，希特勒已经在自传和演说中阐明了他的可耻意图，但德国人仍然投了他的票。德国人是唯一没有做过任何认真抵抗来保护无辜受害者的民族。"他宣布德语是他的"继母语言"，德国是"继祖国"。战后索末菲邀请爱因斯坦重新加入普鲁士科学院，爱因斯坦不仅拒绝，而且说："由于德国人在欧洲屠杀了我的犹太兄弟，我不希望与德国人有任何联系，当然也包括'没有任何危险'的科学院。"当哈恩请求爱因斯坦作为"外籍科学家"加入普朗克学会时，对普朗克向执学生礼的爱因斯坦断然拒绝，并尖锐地指出："德国人的罪行是所谓文明国家历史所见的最残忍、最恐怖的罪行，整体而言，德国知识界的态度并不比那些暴徒好到哪里去。"

鞭辟入里。

1935年8月爱因斯坦与美国作家巴特勒特对话，1938年8月发表在《观察画报》。巴特勒特问爱因斯坦："你在同纳粹政府的争论中已经做出真正的牺牲并离开德国。你会不会再次采取同样的步骤？"爱因斯坦回答道："我没有牺牲。我仅仅做了任何一个有思想的人在这种情况下应该做的事……我们应该在重大争论上立场坚定。我认为我的行动没什么值得称赞的；当时实在是没有别的路可走。"两年前他宣布他只愿意"生活在政治自由、宽容和所有公民在法律面前人人平等的国家"，他不是哗众取宠争当"公共知识分子"。

这是他的信仰。

爱因斯坦从此再未踏上德国一步。

宣布放弃德国国籍后，爱因斯坦隐居比利时奥斯坦德附近的海滨小镇勒科克。比利时王后伊丽莎白是爱因斯坦好友，比利时政府全力保护爱因斯坦，禁止当地居民向任何人透露爱因斯坦行踪。当时爱因斯坦已名列希特勒通缉学者黑名单首位，而这个黑名单上的人已屡遭纳粹特务袭击。德国还出版一本画册《希特勒制度之敌》，第一页就是爱因斯坦，第一条罪状就是相对论，最后用大字标注："尚待绞死"。罗爱莎非常担心爱因斯坦的安全。1933年8月30日，纳粹在捷克的马里恩巴德暗杀了L.莱辛，比利时也显得不安全了。1933年9月初，比利时宣布爱因斯坦乘私人游艇前往南美，其实他在安特卫普暗度陈仓去了英国，在诺福克下船后秘密住进一位英国贵族领地的僻静大圆木房子里，周围有武装骑兵巡逻。为了避免引人注意，这个巡逻队由女兵组成。

以前的研究通常认为爱因斯坦是仓促离开德国的，其实不确。

现有回忆文章证明，1932年12月6日爱因斯坦离开卡普特赴美时告诉罗爱莎："我们这次离开前你可要再好好看它一眼！"罗爱莎问："为什么？"爱因斯坦说："这辈子你再也见不到它了。"

一语成箴，罗爱莎此后于普林斯顿去世，再也未能见到卡普特木屋。

希特勒上台，兑现了自己的选举诺言，让爱因斯坦亡命天涯。那么，这个人类最伟大的科学天才，会在美国待多长时间呢？

爱因斯坦人在美国

前面说到利欲熏心的种族主义者、诺贝尔奖得主莱纳德和斯塔克等背靠希特勒终于把爱因斯坦赶出德国，爱因斯坦再度成为国际浪子先后前往比利时和英国，但比利时离德国太近，英国也不远。作为纳粹的眼中钉肉中刺，爱因斯坦只好远走天涯。

要说明的是，虽然希特勒不要科学，但世界上需要科学的地方还是很多的。事实上这段时间爱因斯坦收到了来自全球的邀请：布鲁塞尔、牛津、马德里、巴黎大学。魏茨曼也邀请他去耶路撒冷。他后来说"我要接受的邀请太多了，而我脑袋中并没有这么多有用的思想来满足这些需求。看到这么多邀请，魔鬼也会打哆嗦的"。

那么，他去了天边的哪个国家呢？

他去了美国，那个男人都是老婆的哈巴狗，而女人都是把老公信用卡刷爆的败家子的国家。美国女人没有忘记这个令人火冒三丈的评论，美国妇女联盟专门给国务院签证部发出正式请愿书，要求禁止爱因斯坦入境。爱因斯坦后来说："我从来没有被女性如此强烈地抛弃过。"那么，他能在美国站住脚吗？还是像孔子一样，在一个和另外一个国家之间流浪？

看官喝茶，听我给您讲爱因斯坦之人在美国。

1933年10月17日，爱因斯坦从英国出发，携太太罗爱莎、秘书杜卡斯（Helen Dukas）和助理迈耶尔（Walther Mayer）从纽约入境美国。这个城市像他前几次来时一样热情，纽约市长在23街码头亲自迎接。但爱因斯坦没有在纽约盘亘，他立刻乘车前往新泽西州普林斯顿，出任普林斯顿高级研究院终身教授。为此，他放弃了米离堪从加州理工大学发出的第二年去帕沙第纳帕客座研究的邀请，令米离堪非常失望。

金钱不是万能的，但没有钱是万万不能的，这事儿在爱因斯坦身上也不例外。风尘仆仆到达普林斯顿，爱因斯坦的第一件事就是跟普林斯顿高级研究院院长弗莱克斯纳（Abraham Flexner 1866–1959）商谈他这个终身教授的年薪。

在人类求职史上，这个故事绝对是空前绝后的绝响。

俩人坐定，寒暄之后弗莱克斯纳请世界上最伟大的科学天才随便开条件。爱因斯坦想了半天提了个要求：给秘书、奥地利数学家迈耶尔安排个饭碗，以便他将来百年之后迈耶尔失业。弗莱克斯纳一开始拒绝。但迈耶尔在黎曼几何上给爱因斯坦帮助非常大，被称为"爱因斯坦的计算器"。在爱因斯坦坚持下，弗莱克斯纳让步同意。然后爱因斯坦的嘴就不动了——他根本没想起他自己也是要吃饭的，而且还有个老婆，也是需要买时装和化妆品的。

弗莱克斯纳跟爱因斯坦算老哥们儿，他当年在瑞士参加过爱因斯坦那个三人"奥林匹亚科学院"讨论。他此前已跟爱因斯坦讨论过几次来工作的事儿，知道爱因斯坦不是谦虚：他是真忘了自己。于是他递给爱因斯坦一张空白支票，请他自填年薪。爱因斯坦仔细考虑了他日常生活需要多少德国马克，再把德国马克兑换成美元，最后郑重其事地在支票上填了一个数字——三千美元。陪同爱因斯坦的会计师莱德斯多夫（Samuel D.Leidesdorf）花了至少一个钟头给这位科学巨匠解释美国物价比德国贵得多，爱因斯坦在谈话全程不停点头和发音表示同意，却根本没被说服。最后弗莱克斯纳只好与爱因斯坦太太罗爱莎抛开爱因斯坦强行确定他的年薪：一万七千美元，超过爱因斯坦要价六倍！

绝响是：这份高薪遭到爱因斯坦当场强烈抗议！他不明白为什么自己非得在一年内花掉一万七千美元。他觉得花这么多钱是很辛苦的一件事。爱因斯坦坚决要求降低年薪，谈判于是进入第二轮。这轮谈判进行得比中国的 WTO 谈判都艰苦，经过长时间唇枪舌剑，最后双方各退一步，以一万美元成交，后被研究院赞助商路易斯•班贝格调整为一万五千美元。

看官须知，这并不是个小数目。当时美国人平均年薪是一千五百美元。

其实，弗莱克斯纳这手儿是跟中国人学的。

两千多年前（公元前 313 年）战国时期，燕昭王登基后打算招纳天下贤才强国。但那时燕国是个弱国，有本事的人谁愿去弱国啊？燕昭王只好求教本国贤士郭槐。郭槐给他讲了个故事：古时有个国君派亲信去买千里马，亲信走遍天下找到时，千里马已经死了，他就花五百两黄金把骨头买了回来。燕昭王大怒，觉得他实在太过分了："你到底吃了多少回扣？"亲信却说："天下人如果知道死马骨头您都愿出五百两黄金，还愁活马不来？你踏实坐着喝酒，千里马这就自动上门来了。"果然，不出一年，人家主动送来的千里马就有三匹。现在您选贤不妨从我开始，如果像我这样的庸才您都肯重用，还怕天下贤才不来吗？燕昭王依言重用郭槐，并在易水河畔筑"黄金台"重金求贤，天下人才果然争相投奔燕国，燕国从此强大起来。

我强烈怀疑弗莱克斯纳读过这个故事。

作为一个杰出的管理者，弗莱克斯纳以高出开价六倍的还价证明普林斯顿高级研究院为什么"高级"。他这笔钱简直就是广告费，在那个广告根本还不发达的年代。看官须知，爱因斯坦得比死马骨头强多少倍啊！普林斯顿因为有了弗莱克斯纳这样的管理大师而迅速展开它最新最美的宏图。一万七千美元当然配得上爱因斯坦，却更配得上普林斯顿誓言成为全世界最伟大科研机构的雄心。随着科学教皇爱因斯坦入驻，普林斯顿继剑桥和哥廷根之后成为新的世界科学中心。咱们中国能与此相提并论的佳话，大约仅蔡元培（1868－1940）延聘号称"大中华最后一条辫子"的辜鸿铭（1857－1928）略可比较。依在下愚见，这才是蔡元培对"北大精神"的最大贡献。

爱因斯坦拒绝这么多年薪并非偶然。他一生厌恶豪华生活，曾说过："每件多余的财产都是人生绊脚石，简单生活才能给我创造的动力！"他被带到普林斯顿大学办公室，人家问他要什么办公用品，他说："书桌、椅子和纸张铅笔。对了，还要一个大纸篓。"人家问为什么要大纸篓，爱因斯坦说："好让我把所有错误都扔进去。"从伯尔尼专利局开始，爱因斯坦就养成了这个习惯。在他看来，物理研究纯属个人爱好，他一辈子都是个物理青年。他不愿意凭研究拿薪水。他一辈子想当老师，就是因为老师可以上课拿薪水，但下课后可以做自己喜欢的研究。

其实，就是当物理老师，爱因斯坦也并非心甘情愿。英费尔德回忆爱因斯坦曾多次告诉他："他倒是乐意干体力劳动，从事某种有益的手艺，比如做鞋，而不想靠在大学教物理挣钱。这些话的背后蕴藏着深刻的思想。它们表现一种类似'宗教感情'的东西，他就是怀着这种感情对待科学工作的。物理学是如此伟大和重要的事业，绝不可拿它去换钱。最好是通过劳动，比如看守灯塔或鞋匠的劳动来谋生，而使物理学远远地离开起码的温饱问题。虽然这种看法相当天真，然而它实乃爱因斯坦特有。"从苏黎世、布拉格到柏林，他讲课时间越来越少，但总还上课，到了普林斯顿，人家居然告诉他根本不用上课，单研究物理就可以拿工资。在爱因斯坦心中，这等于拿干薪。二十一世纪很多中国当官儿的求之不得的干薪，却让爱因斯坦很难为情。在这点上爱因斯坦神似斯宾诺莎：斯宾诺莎一辈子靠磨镜片维持生活，哲学只是业余爱好。斯宾诺莎至死都是一哲学青年。尽管普林斯顿研究院多次声明该院科学家可以自由支配自己的时间，但爱因斯坦就是不愿意不干活儿白拿钱。他牢记个人应对社会承担的责任与义务，哪怕所有的人都告诉他，他的物理研究就是全人类的财富。

关于爱因斯坦年薪的故事并未到此结束。

爱因斯坦生活简单，一万五千美元确实太多，爱因斯坦有罗爱莎帮忙都没花完。1933年底爱因斯坦把一万五千美元交给陪自己去谈年薪的会计师莱德斯多夫理财。该莱德斯多夫并非无名鼠辈，他是曼哈顿最有名的会计师之一。爱因斯坦去美国时一个美国朋友托他关照爱因斯坦的财务。他几乎一见面就赢得了爱因斯坦的信任。有段时间北京流行"理财"，还有名言说"你不理财，财就不理你"。当时有很多人上赶子帮人理财。现在据说把钱拿给人去理财已经变成"新北京十大傻"之一了，因为理着理着你就穷了，帮你理财的顾问却眼瞅着换车换房了。但是，似乎所有沾着爱因斯坦的人都会变得崇高，反正莱德斯多夫没像绝大多数理财顾问那样狂黑爱因斯坦一把，而是兢兢业业埋首理财。爱因斯坦去世时罗爱莎小女儿玛戈特到莱德斯多夫那里结清本金和利息，拿回二十五万美元！二十二年中爱因斯坦的投资增长十六倍，可爱因斯坦本人甚至都不知道自己有二十五万美元。他从没问过自己的投资收益怎样。他根本就不关心。

爱因斯坦理财是"无心插柳柳成荫"的美国版。为什么咱们投资很少增值十六倍？就是因为太关心了。咱们每天都忙职务、忙职称、忙房子、忙汽车、忙票子、忙小三、忙被小三举报，已经很少有人去"插柳"了，遑论"无心"！爱因斯坦对女人的漫不经心地球人都知道。这也是世界各国妇联都不喜欢他的主要原因。而他对钱的漫不经心，可能不是地球人的人都知道。有次电台请他作一次演讲，每分钟一千美元，他一口回绝，理由是他很忙，要去帮个小姑娘做物理作业。另一次有人看见他用一张洛克菲勒基金会的一千五百美元支票当书签——后来他连那本儿书都找不着了。

讨论完年薪，爱因斯坦安家普林斯顿。普林斯顿研究院位于一个大公园之中，草坪间散落着榛树丛和长满梧桐树、槭树、椴树的小树林，还有很多果树，入秋后遍地落果，一片春华秋实美景。爱因斯坦住的梅塞（Mercer）街112号是栋二层楼，现在可能是全世界名气最大的二层楼，它的照片任何国家互联网都能搜到。进入112号后到大门是条小道，两边是修剪整齐的灌木。进门朝左，靠近玉米秆装饰墙壁的是木质楼梯。上楼后是爱因斯坦的工作室，四面全是书架，房门正前方是俯瞰花园的大窗户，窗户左面挂着甘地肖像，右面是通向阳台和爱因斯坦卧室的门，还有约瑟夫·沙尔的美丽油画、法拉第和麦克斯韦的肖像。大窗户前面摆着一张长方形大桌，旁边是放烟斗的小茶几，上面还有一个澳大利亚的飞去来，门旁放着圆桌和沙发。想当年，爱因斯坦就坐在这张沙发上，把纸放在膝盖上计算，写完的纸随手乱扔，满地都是。

沾了弗莱克斯纳的光，普林斯顿居民从此连散步也能看见世界上最伟大的科学天才。爱因斯坦每天走路去两公里外的研究院，他准时的身影与那条漫长的林荫道成为普林斯顿标准风景。后来杨振宁求学普林斯顿，他证实了此事。当时美国中产阶级以有车为荣，但爱因斯坦坚决不学开车，总是每天来回步行四公里，并按照在柏林养成的习惯永远随身带把雨伞。普林斯顿居民普遍视爱因斯坦为邻家大爷，他们根本不懂相对论，但却依然喜欢爱大爷。上下班时爱大爷边走边拿雨伞在人行道旁铁栅栏上一格一格划过，同时目光散乱，神游太虚。但如果错过了一格，他的眼睛马上就有神了——他一定要走回去再划一遍。有个刚放学的小姑娘看到衣衫不整的爱因斯坦举动如此奇特，回家后向正吃饭的父亲八卦，谁知父亲立刻放下刀叉，饭都不吃了，神色庄重地说："我的孩子，记住这一天吧，今天你见到了世界上最伟大的人！"

爱因斯坦的医生古斯塔夫·布基说，虽然相对论十分伟大，但"最大和最感人的奇迹"却是爱因斯坦。他说爱因斯坦不喜欢画像，但只要画家说给他画幅像可以卖钱让自己暂时摆脱贫困，爱因斯坦就能毫无怨言地陪上许多时间让他给自己画像，尽管他经常觉得画得一点儿都不像。布基说普林斯顿人看见爱因斯坦时总是面露笑容，而每次爱因斯坦都非常腼腆地点头："在普林斯顿这个小小的大学城，所有人都用贪婪的好奇眼光看爱因斯坦。我们一起散步时总是避开那几条繁华大街，专捡野外和行人寥落的小街。比如，有一次，一辆小汽车里的人请我们稍等片刻，从汽车里钻出一位已经不年轻的带着照相机的妇女，由于激动脸都红了，她请求：'教授先生，请允许我给您拍一张照片。''请吧'，他安详地停步几秒钟，然后继续谈话。我相信，几分钟后他就忘了这件事。"

还有一次，布基跟爱因斯坦去看电影，检票入场后才知道电影还有十五分钟才开演，爱因斯坦建议出去散步。出门时布基对检票员说他们几分钟就回来。但爱因斯坦有些担心，他对检票员说，我们的票已经给你了，我们回来时你能认出我们吗？检票员开心地笑了，在普林斯顿，谁不认识爱因斯坦啊？他认为这是爱因斯坦开的一个成功的玩笑，于是对爱因斯坦说："是的，教授，我大概能认出您来。"

在这样的普林斯顿，欧洲对于爱因斯坦而言只是一片遥远而模糊的记忆。他丝毫不思念德国。他决定留下来。因为他是持旅游签证赴美的，1935年5月他专程到了百慕大，这是他最后一次离开美国，而目的是为了取得美国移民签证。进入美国七年后（1940年10月1日），爱因斯坦、玛戈特、杜卡斯在特伦敦大法官菲利普·福尔曼主持下宣誓成为美国公民，但爱因斯坦保留瑞士国籍，他一直持着瑞士联邦红色护照在各地旅游。瑞士也从未声明吊销爱因斯坦的护照。因此，很好记，爱因斯坦是在中华人民共和国国庆节变成美国人的。遗憾的是，他从没有娴熟地掌握这个国家的语言。

爱因斯坦进入美国，无论是从科学史还是从第二次世界大战来看，都是美国的一大胜利。研究一下美国历史就能发现，其实美国真没什么了不起。美国唯一了不起的，就是让全世界精英都想去美国。

够不够了不起！

这个其实说到底还真不是美国人的发明。《论语·子路》说有个姓叶的去找孔子，问他什么才叫好的政治，孔子回答"近悦远来"，意思是让附近的人都很开心，让远处的人都愿意到你的国家来。我们中国知道这个事儿其实比美国早二千多年。因为时间实在太长了，所以可能最近有些忘记了，经常干些"近痛远走"的事儿。好在这东西毕竟是中国创造，所以想起来也容易。

那么，爱因斯坦在美国过得怎么样呢？可以说，爱因斯坦活了七十六岁，周游世界，曾定居德国、瑞士和捷克，但他一生过得最好的国家，无疑是美国。

不过，他在美国过得很好，却不等于他没有遇到什么问题。

他首先遇到的问题，就是熟悉普林斯顿。

普林斯顿是美国历史名城，一百多年前美国开国总统华盛顿率军在此大败英军，后来美国独立，他宣布退休，也选在这里向美军发表他著名的退役演说。

贵为历史名城,面积却只有七平方公里,不到三个北京大学那么大,居民三万,差不多等于北京大学的学生数量。可是,透破宇宙时空秘密的爱因斯坦,为熟悉小城普林斯顿,却费了很大的劲儿。他到普林斯顿不久,一天普林斯顿高级研究院院长办公室的电话响了,秘书拿起电话,对方客气地问:"我能跟院长讲话吗?"

"很抱歉,院长出门了。"秘书回答说。

"那么,也许,嗯……您能告诉我爱因斯坦博士住在哪儿吗?"

研究院有严格规定,绝不能干扰爱因斯坦的研究,其实也是希望控制爱因斯坦的政治活动,弗莱克斯纳甚至扣留过爱因斯坦的信件。1934年1月罗斯福总统邀请爱因斯坦夫妇去白宫作客,弗莱克斯纳没征求爱因斯坦意见就替他回绝了!爱因斯坦得知后强烈抗议,1月24日才终于和罗爱莎一起在白宫与罗斯福一家共进晚餐。因此,秘书很抱歉地说:"爱因斯坦教授不喜欢打扰,因此抱歉,我不能告诉您他家的地址。"对方非常尴尬地吭叽了几声说:"欸,我就是爱因斯坦。现在我找不到我家住哪条街了,能麻烦您告诉我一声吗?"

这事儿不是编的。确有其事。

不仅要适应普林斯顿,爱因斯坦还得适应美国学术。到普林斯顿不久爱因斯坦就领教了以民主、自由和平等自矜的新大陆。1936年他将一篇论文投往《物理评论》,责任编辑循例将论文匿名送一位专家审阅。谁知,认真的审稿专家居然写了洋洋十页修改意见,把爱大师论文批得满纸花红,一无是处!爱因斯坦大为不悦,致信《物理评论》曰:请退稿!《富兰克林杂志》那边儿已经表示欢迎了。又谁知,《物理评论》编辑居然回信曰:投稿者既已投稿,就应按照审稿专家的意见修改错误,否则投到哪里,也是要被枪毙的!

有没有搞错？爱因斯坦可是诺贝尔奖获得者！

最后，还是爱因斯坦体现了气度：怒火中烧一刻钟之后，他按照审稿专家的要求改写了论文的第二部分，并最终发表在《物理评论》。

必须要承认，当初那些走投无路的英国人坐着"五月花号"来到美利坚，最后能把美国建设成一个这样的国家，他们有理由自豪。

当时爱因斯坦致力于统一场研究，而统一场研究已经明显干不过量子力学与核物理，所以，研究院有些研究员警告自己手下的年轻人：为了今后的事业和前途，你们最好不要跟爱因斯坦混。但爱因斯坦的个人魅力不可阻挡，年轻人都很愿意参加每天上午跟爱因斯坦的集体研讨。几十年后回首，他们中没有一个人后悔，而且，他们都成了教授，虽然，他们都没有爱上统一场理论。

爱情这事儿都是双方的。爱因斯坦热爱普林斯顿，普林斯顿大学的学生当然也很快爱上了他，感情深到甚至编了支歌在马路上传唱：

谁数学最棒？
谁爱上微积？
谁不喝酒只喝水？
我们的爱因斯坦老师！
我们的老师饭后不散步，
我们的老师时间最珍贵。
我们要请上帝，
把爱因斯坦老师的头发剪短些！

这首歌的来历也是一个桥段。爱因斯坦在普林斯顿跟在世界上任何其他地方一样保持自己胡乱穿衣的风格：他依然长年穿件黑色皮衣，不穿袜子不打领带。爱因斯坦很喜欢穿吊带裤，可是却坚决不系吊带，于是他站在黑板前讲课时总得用一只手拉住马上就要滑下来的裤子，这事儿有很多相片证明，并非污蔑。爱因斯坦的卷发长久不理，蓬松而混乱地堆在他脑袋上，经常（包括在上海）被误认为是顶帽子。他还曾穿着短裤和拖鞋出席盛大上流宴会，在鞋店发票背面写草稿，然后在庄严的授奖仪式上掏出来宣读。

看官须知，普林斯顿大学是美国历史上第五所大学，第一是哈佛，第二是威廉／玛丽学院，第三是耶鲁大学，第四是宾夕法尼亚大学，均为美国顶尖大学。普林斯顿大学从创办开始即为贵族大学，学生很少见到衣着发型如此特立独行的教授，当然泼天喜欢，因此专门编了这首歌要求上帝把爱因斯坦头发剪短。据我所知上帝没听到这首歌，所以一直到死，爱因斯坦的头发都是蓬松爆炸式。

这些学生喜欢爱因斯坦，还因为爱因斯坦终于给他们清楚解释了什么是相对论。一次跟大学生一起座谈，学生问爱因斯坦到底什么是相对论。爱因斯坦回答说："你坐在一个漂亮姑娘旁边两小时，觉得只过了一分钟；如果你坐在一个火炉上一分钟，你却觉得过了两小时。这就是相对论。"

是为史上最佳相对论简短科普版。

不仅坚持穿衣风格和发型，爱因斯坦还坚持交友风格。咱们前面说过比利时王后伊丽莎白是爱因斯坦密友，而且在他被纳粹追杀时帮过他。有次她御笔题诗送给爱因斯坦，结果普林斯顿的朋友发现爱因斯坦在御笔诗背面打草稿。当时王后如果听说了可能会不高兴，今天王后肯定会高兴得昏过去：没有爱因斯坦的草稿，谁知道哪位比利时王后写过诗啊？

在普林斯顿，爱因斯坦还保持了他另外一个习惯：永远站在弱者一边。他从不拒绝那些需要帮助的人，甚至是孩子。普林斯顿一个中学生听老师说爱因斯坦是世界上最伟大的数学家，就写信去问他一道几何题怎样解，爱因斯坦真的回信帮他解这道几何题。还有一个十二岁女孩放学回家途中总是跑到爱因斯坦家去玩，妈妈发现后把孩子骂了一顿，同时赶紧向爱因斯坦道歉，说浪费了教授的宝贵时间，爱因斯坦笑着说："不用道歉。她带甜饼给我吃，我帮她做算术题。不过，我从她那里学到的东西，恐怕比她从我这里学到的还要多。"

爱因斯坦乐于助人，不限于孩子，对于那些真正需要帮助的陌生人，他可称有求必应。爱因斯坦的忘年交英费尔德说："虽然只有物理学和自然规律才能引起爱因斯坦的真正激情，但如果他发现谁需要帮助并认为自己帮得上，他一定帮。他写过成千上万封推荐信，给千百人出过主意，一连几个钟头同疯子谈话，只是因为疯子的家庭写信告诉爱因斯坦，只有他一个人能帮得上病人。他善良、慈祥、健谈、面带笑容，但异常不耐烦地（虽然是暗中）期待能开始工作的时刻。"他拒绝参加一个盛大宴会，却跑到业余音乐会上去拉巴赫协奏曲第二乐章，给犹太难民筹集六千美元，并为此十分得意。

爱因斯坦乐于助人的铁证，是他的推荐信。

新中国成立之后，推荐信已经不太流行。但进入二十一世纪，出国留学的人越来越多，大家才发现，原来教授的推荐信相当值钱。人类历史上最伟大的科学家，诺贝尔奖获得者爱因斯坦，他的推荐信理当更加值钱。

事实恰恰相反。

有次一家医院招聘 X 光专家，一个犹太难民来求爱因斯坦帮忙，爱因斯坦给他写了一封推荐信。过了几天又来了一个刚从希特勒魔掌中逃出的犹太人，爱因斯坦又写了一封推荐信……这样，他总共给四个逃难的犹太人写了推荐信去应聘这个 X 光专家职位。当时爱因斯坦的亲笔推荐信在美国很有名，因为他写得实在太多啦。那些犹太难民跑到英国和美国大学，郑重其事地拿出一封爱因斯坦的亲笔推荐信，还没来得及开口，就是当头一盆冷水："行了行了，收起您的推荐信吧。每人都有爱因斯坦的推荐信！"后来警察调查一个江湖郎中，结果赫然在他家中也发现了一封爱因斯坦的推荐信……

爱因斯坦显然是一个糟糕的推荐者。

但他显然是一个伟大的人。

在柏林得到爱因斯坦帮助才能入学洪堡大学的波兰学生英费尔德在普林斯顿担任过爱因斯坦助手，他说："在物理学方面我向爱因斯坦学到许多，但最珍贵的，却是在物理学以外学到的。爱因斯坦是——我知道这样说多么平庸乏味——世界上最好的人。"

所谓"好"，即"善"。关于善恶，人类文明有一万多个定义。其实"善"很简单，就是具有同情的能力。爱因斯坦说："同情——一般说来这是人的善良的源泉。对别人的同情，对贫困、对人的不幸的同情——这就是善意的源泉"。

所以，行善，首先证明"我是好人"。说到底，行善者是"善"的第一个受益者。当然，善并非"妇人之仁"。爱因斯坦说："善意的、清醒的思想把人引向善，引向忠实，它们让生活变得更单纯、更充实、更完美……我见过很多非理性支持的感情多么有害。"

爱因斯坦是最好的人，因为他的有求必应甚至不限于人类。他在普林斯顿养了只猫，名叫"老虎"。有次连绵阴雨，"老虎"情绪低落，爱因斯坦怎么逗都不管用，他只好无奈地双手一摊对它说："哥们儿，我知道你为什么不高兴，可我不知道雨的开关在哪里，没法关掉它。"他还养了只鹦鹉，有时那只鹦鹉也发脾气，爱因斯坦就整天啥都不干，站在那儿冲鹦鹉讲笑话，直到它心情好转为止。

对于需要帮助的人有求必应，但爱因斯坦并非对每个要求都有求必应。其中包括块儿很大的要求。

爱因斯坦拒绝过的最大块儿的要求是什么呢？

我来告诉大家。

1952年，爱因斯坦老友、以色列首任总统魏茨曼去世，之后就不断有流言说以色列政府会邀请爱因斯坦出任第二任总统。终于有天晚上，以色列驻美国大使阿巴厄班来电话，表示奉总理大卫·本·古德里安之命询问爱因斯坦是否愿意出任以色列第二任总统。爱因斯坦断然拒绝："关于自然我了解一点，关于人，我几乎一无所知。我这样的人怎么能担任总统？"大使说："魏茨曼总统也是教授啊，您肯定能胜任。全世界每一个犹太人都在期待您呢！"爱因斯坦无可奈何地说："那我只好让他们失望了。"

以色列政府锲而不舍，因为他们找不到更合适的人选。1952年11月8日，阿巴厄班派副手来到普林斯顿爱因斯坦家中面交以色列总理亲笔信，正式提名爱因斯坦为以色列共和国总统候选人。

爱因斯坦随后在报上发表声明，正式谢绝。

他跟美国开国总统华盛顿一样主动放弃担任总统的机会。普林斯顿大学爱因斯坦办公室门上挂着一句话："不是所有可计算的东西都重要，也不是所有重要的东西都可以计算。"

对于爱因斯坦而言，什么东西重要，昭然若揭。

1938年10月纽约修建第二年世界博览会建筑，开工时把一些纪念品装进坚固的金属桶埋进地基，其中包括爱因斯坦写给五千年后的人类的一封信。后来这封我们的子孙到公元6939年才能读到的信被泄露，爱因斯坦在信中说："我们这个时代产生了许多天才，他们的发明让我们的生活变得舒适。我们早已利用机器横渡海洋，并且利用机械把人从各种辛苦繁重的体力劳动中解放出来。我们学会了飞行，电磁波让我们天涯若比邻……但商品生产和分配完全无序，人人都生活在恐惧阴影里，都怕失业陷入悲惨的贫困。而且，各个国家的人民还不时互相残杀。因此，大家想到将来都提心吊胆和充满痛苦。这都是因为大众的才智和品格无比低下，只有少数真正为社会创造价值的人具有高尚的才智和品格。"在结尾爱因斯坦表示对未来有信心："我深信，后人会带着自豪和正当的优越感读这封信。"

那么，我们算不算爱因斯坦笔下的"后人"呢？

如果不算，我们算什么呢？

如果算，我们能够"带着自豪和正当的优越感"去读爱因斯坦的信吗？

千个太阳恶之花

希特勒终于把爱因斯坦赶出德国。德国从此失去爱因斯坦。美国从此变成世界科学强国。在希特勒看来,这是他的政治得意之作。六年后,1939年9月1日,德军不宣而战攻入波兰,第二次世界大战拉开帷幕。闪击波兰得胜的希特勒沾沾自喜。他不知道,他将因为赶走爱因斯坦而输掉这场战争。他后来也不知道。因为原子弹在日本爆炸时,希特勒已经在柏林把自己烧焦了。某种意义上可以说,原子弹结束了第二次世界大战,而原子弹,来自爱因斯坦的狭义相对论。

看官须知,爱因斯坦跟原子弹的关系,来自那个人类历史上最有名的公式。话说当时人类已经发现了物质不灭定律和能量守恒定律,但大家都认为这俩定律风马牛不相及,还有人根本认为物质不灭定律属于化学,能量守恒定律属于物理。爱因斯坦匠心独运,用同一个公式证明物体的质量是惯性的量度,而能量是运动的量度,因此能量与质量相互依存。该公式即爱因斯坦奇迹年第五篇论文《物体的惯性是否决定其包含的能量?》中那个伟大的质能公式:$E =$

MC^2。1911 年布鲁塞尔第一届索尔维会议，爱因斯坦第一次见到大名鼎鼎的居里夫人，很不礼貌地盯住后者被放射线灼伤的手背，居里夫人微笑着说："这就是你的——"，她用手指在空中写出"E = MC^2"。

这个公式说了很多次了，今天给大家一个了断。

爱因斯坦 1905 年的天才发明，解决了当时大量发现的放射线的来源之谜。

看官须知，物体的相对性并非爱因斯坦首创。1632 年伽利略就提出：无论观察者自身运动状态如何，只要其运动速度不变，所有的物理定律相同。这是啥子意思？意思就是，如果你从一艘船桅杆上扔下一块石头，不管船正以多快的速度航行，石块都会从桅杆上垂直落到甲板上。牛顿力学定律证明了这个论断，后来德国的伦琴和法国的居里夫妇也证明了。此后有很多人确实这样去扔过石头，也都得到了证明，于是，这变成了人类的一个常识。

可是，爱因斯坦的这篇论文提出的相对性原理完全与该常识相悖，即：无论观察者坐在书房摇椅上，还是坐在亚光速飞行的太空船上，光速对他都保持不变。光速不变原理彻底摧毁牛顿的绝对时空观。速度等于距离除以时间，也就是说，宇航员体重在飞船起飞后会增加。这一点已被现代航天学证明。也就是说，物体的重量并非固定不变，而是随着运动速度的增加而增加。这就是大名鼎鼎的"质增效应"。

这篇论文的第二个结论是质能转换，即那个人类有史以来最著名的公式：

$$E = MC^2$$

这里有个小桥段：根据新发现的原始手稿，爱因斯坦最开始写的是"L = MC^2",后来才将"L"改成了"E"。

这个公式这么有名,它到底有啥用?

认真说起来,啥用都没有。然而,它却是迄今为止人类知识中最有用的东西。大音希声,大象无形。我们今天文明的所有进步几乎都离不开相对论,没有它,就没有太阳能电池、光电探测器、电动门、复印机、交警酒精检测仪、火星探测车、数码相机、激光CD、激光武器、同位素和放射医疗器械、甚至包括GPS全球卫星导航系统。按照E=MC^2,我们甚至可以称称灯光有多重。经科学家计算,一个10瓦灯泡每分钟发射的光约等于7×10^{-12}克。每天太阳发出的光造成其重量损失4×10^{11}吨(因此太阳早晚有一天要熄灭);一升水在100℃时比一升冷水重十到二十克;一个两万吨级的原子弹所释放的总能量约重一克。

让我们回到"质增效应"。举个例子来说明,质增效应等于我们在真空中推一辆空的小板车,车本身很轻,真空中也没有阻力,只要我们一直推,它的速度就会越来越快。可随着速度的增加,板车的重量也越来越大,起初像车上堆满了鸭毛,然后好像堆满了钢铁,然后好像装着一座喜马拉雅山,然后好像装着地球、太阳系、银河系……当板车接近光速时,好像整个宇宙都装在它上面——它的重量达到了无穷大。这时,你无论使多大劲儿,推多长时间,都不可能让板车的速度再增加。

因此,甭管发明多少兴奋剂,人类百米赛跑的纪录肯定是有极限的。

我们这里说的,物理上都称为"质量",但为便于理解,姑且称之为"重量"。由这个原理可见,光子既然以光速传播,它的静止重量就必须等于零,否则它的运动重量就会无穷大。由此推论,宇宙中最大的速度只能是光速,因为再没有比"零"更轻的东西了。

当小车接近光速时,我们继续加大推的力量(即增加能量),

但小车速度的增加越来越难，那我们施加的能量去哪儿了呢？

其实能量并没有消失，而是转化成了重量，就是板车的重量！所以你施加的能量越多，速度越快，小车就越重。你等于是自己在跟自己较劲儿。这就是质量（重量）和能量的转换原理。

那么，能量与重量按什么比例转换呢？

$E=MC^2$——能量等于质量乘以光速的平方！

这个公式中包含的物理学革命惊天动地，人类自牛顿以来视为天经地义的质量守恒定律在光速面前颓然倒塌。什么叫作"能量等于质量乘以光速的平方"？就是物质是凝固的能量，而能量是重量的 9×10^{16}，就是说，一公斤物质如果完全消失，将产生 9×10^{16} 的（九万兆公斤）能量，也就是说，指甲盖般大小的物质如果完全消失，其释放的能量得以万吨煤炭来计算！如果此话当真，那石油一美元一桶都没人要，北京的雾霾马上消失。然而，当终于弄明白了这个公式的记者转身向爱因斯坦求证时，他却非常遗憾地说这只是一种理论假设："没人能随便减少质量。上帝未必会允许我们开这个玩笑。"

的确，没人能随便减少质量。一公斤石头，我们可以用锤子把它砸得粉碎再过八遍筛子，但如果你把所有碎末都收集起来，就会发现它总重仍然是一公斤。哪怕把石粉通过化学反应变成气，只要把反应过后的气和残渣收集起来，放到天平上过秤，我们就会大失所望地发现：石头的形态确实变化了，但质量却一点儿也没减少。

但是，如果真有哪种物质能减少质量呢？

沿着爱因斯坦指出的思路，后来的科学家论证了核能的惊人爆炸力。

当时科学家发现组成原子核的所有成分，其重量加起来要超过原子核的重量。比如说氦-4（He4），其原子核由两个质子和两个中子组成，所以氦-4原子核的重量理应等于两个质子加两个中子的重量。可科学家经过研究发现，氦-4原子核的重量比两个质子加两个中子重量之和轻了 0.0302u（原子重量单位）！

哇塞，为什么？

又经过艰苦研究，科学家发现，当两个氘核（每个氘核包括一个质子和一个中子）生成一个氦-4原子核时，会释放出大量能量，生成 1 克氦-4 原子大约释放 2.7×10^{12} 焦耳的原子能。按爱因斯坦的公式计算，氦-4原子核失去的质量正好等于生成氦—4原子核时释放出的原子能的能量。

因此，质量并不守恒！

物理学并没有就此止步。它继续前行。1931年英国物理学家考克罗夫特（Cockcroft）和爱尔兰物理学家沃顿（Walton）在卡文迪许实验室用一个很原始的粒子加速器把质子（氢核）加速到接近一兆伏，用它轰击锂原子，结果锂原子变成了两个氦原子，这个嬗变公式为：氢（1个质子）+锂（3个质子、4个中子）→氦（2个质子、2个中子）×2。

这是人类历史上第一次人工核反应！像当年发现浮力定律的阿基米德一样，考克罗夫特疯狂地冲上剑桥的大街，冲每一个走过的人大叫：" 我们打碎了原子！我们打碎了原子！" 考克罗夫特这么疯狂是有原因的，要知道，二三十年前大家都还不相信存在原子，现在居然已经把它打碎了！

考克罗夫特在剑桥大街上发狂时，回旋加速器发明者劳伦斯正坐在船上去度蜜月，看到这条消息后他把自己嘴巴都扇肿了：他的加速器已达几兆伏，先进得多，而且他已经考虑轰击锂原子，只是觉得能量还不够，正在改进加速器，不想就此与这个重大发现失之交臂。他立刻给同事发电报："考克罗夫特和沃顿打碎了锂原子。马上去化学系弄些锂，准备重复该实验。我这就回来。" 接到电报的同事正在热恋，为让未婚妻对未来化学家庭生活有个清醒的认识就把电报给女朋友看，并说："这就是物理学家蜜月里要考虑的事情！"

只有偏执狂才能在科学世界中成为英雄！破坏了劳伦斯蜜月的考克罗夫特和沃尔顿直到1951年才因这项发明获诺贝尔物理奖，被很多物理学家视为丑闻。

考克罗夫特这个实验代表研究电子的原子物理学已近尾声，物理学将要发现一个从未见过的新大陆——原子核，于是大家都争先恐后地去轰击原子核。八年后（1939年），三位物理学家（巴黎的约里奥－居里、纽约的费米和西拉德）发现，铀—235的核受到中子轰击后裂变成两个新原子核，放出1—3个中子，同时释放巨大能量，这些中子又再轰击其他铀核，引起后者裂变，如此反复，形成像链条一样的反应，同时源源不断释放巨大能量。

此即链式反应。

啥子是链式反应？传说阿基米德跟国王下棋，国王输了，就问阿基米德要什么奖赏，阿基米德说：我只要棋盘第一格放一粒米，第二格放二粒米，第三格放四粒米，第四格放十六粒米……按这个方法放满所有的格就行。棋盘总共三十六格。国王觉得这能要多少米？随口就答应了。然后国王就破产了。

因为，这些米能从地球堆到月亮。

此即链式反应。

链式反应的结果，就是原子弹。

据说发现这链式反应后费米完全没有考克罗夫特的兴奋。他忧郁地看着窗外，同事问他为什么不高兴，他说："一个裂变的炸弹可以摧毁我们所见到的一切。"

这时候希特勒的高瞻远瞩就显出功效来了。在核裂变研究中领先世界的是德国科学家，然而，伟大的希特勒上台后疯狂迫害犹太人，将爱因斯坦、费米、玻尔、西拉德等科学家统统赶到美国。居里夫人的女婿约里奥－居里在德军占领挪威前夕将制造核弹必需的两百升重水全部运到美国，而此时全世界其他试验室中的重水加在一起不过几升。约里奥是法共党员，也是我国著名科学家钱三强的博导，钱三强在他与居里女儿合作领导的居里夫人实验室中工作了十年。

历史就是一出对独裁者充满讽刺的活报剧。希特勒以征服世界为己任，可为世界提供打败德国人力和物力的，却正是他自己。希特勒不是因为输掉二战而输掉了德国科学，而是因为输掉德国科学而输掉了二战。1938年德国科学家奥托·哈恩和弗里兹·斯特拉斯曼在《自然科学》发表原子核裂变论文，是德国科学在世界原子舞台的绝唱，之后德国就彻底退出了这个舞台。那么，为什么原子弹首先在美国而不是在德国出现？须知裂变首先由德国科学家发现，而现在德国又控制了捷克的铀矿，原子弹其实更应当首先在德国成功。

是科学的偶然吗？
是天道的必然！
如果恶不被惩罚，则人类为何要存在！
这件事情并不需要上帝来帮忙。爱因斯坦，就是上天派来惩罚恶的天道使者。他完成了美国制造原子弹的临门一脚。

1939年夏，二战爆发迫在眉睫，旅美匈牙利犹太科学家西拉德（Leo Szilard）向美国政府提议抢先研制核弹。当时费米也曾向美国海军推荐这一试验，可那些尸位素餐的军官却将此视为天方夜谭，认为费米教授是来骗科研经费的。在一次核问题会议上有个来自阿伯丁军营的高级军官说："我们阿伯丁有只山羊，用三米长的绳子拴在一个木桩上。有谁能用死亡射线把他杀死，我们愿付他一万美元。山羊至今还活得很健康。其实赢得战争的不是谁拥有好武器，而是谁有正义！"西拉德哭笑不得，只好去请求爱因斯坦致信总统罗斯福说明核裂变的威力。带着起草好的信，他从纽约出发了，但当时在哥伦比亚大学工作的西拉德没问清爱因斯坦住在普林斯顿什么地方，结果到达后问了很多人也没打听到爱因斯坦住处。最后他问到一个"梳着漂亮小辫子"的八岁小姑娘，她也不知道"爱因斯坦先生"住在哪里。西拉德灵机一动说"就是那个满头白发的老头儿"。小姑娘马上说："哦，那边的第二栋房子！"

这封信实际是西拉德他们起草的，但1939年8月2日，爱因斯坦在这封决定世界历史进程的信上签下了自己的名字，信中说："这种新物理现象的发现也能用于制造炸弹。虽然还没有十足的把握，但可以想象，有可能根据这个理论制造出一种威力巨大的新式炸弹，仅需一枚，用船运载到港口爆炸，就可以完全摧毁整个港口连同它周围的部分地区……但这种炸弹也许过于笨重，不便空运。"落款为"您的忠实朋友，阿尔伯特·爱因斯坦"。

这封信没有直接寄给罗斯福，那样它会被总统秘书截杀，罗斯福根本看不到。西拉德把这封信给了纽约大银行家亚历山大·萨克斯，他是罗斯福与爱因斯坦的共同朋友。罗斯福10月11日才看到这封信，而那时纳粹德国已经开始忙着与苏联瓜分波兰了。罗斯福读信后马上接见爱因斯坦，爱因斯坦像辅导小学生做物理题那样向美国总统讲解了核裂变原理。罗斯福之所以是伟大的政治家，并非因为他是瘸子，而是因为他在历史关键时刻做出了伟大的决定。跟爱因斯坦谈完，他马上决定制造原子弹。

一定要赶在希特勒之前！

核弹历史上著名的"曼哈顿工程"就此出笼，加州大学伯克利学院教授奥本海默被选定为项目领导。不过，尽管总统下令，但美国军方和国会对花费巨资研发一种效果未知的新武器并不热心。当时战火只在欧洲燃烧，美国还是一派歌舞升平，没多少人愿意为欧洲的战争掏钱。列位看官知道罗斯福批给曼哈顿工程的第一笔经费是多少吗？曼哈顿工程第一次会议经过激烈争论做出决定：教授都是公务员，不需领薪水，只需拨经费购买纯净的石墨。结果，曼哈顿工程第一笔经费是拨给哥伦比亚大学的石墨购买费——六千美元。还不到爱因斯坦年薪的一半。

可见当时美国军方完全在敷衍。

爱因斯坦虽然是著名的和平主义者，但参加反对希特勒的战争，他却义无反顾。1943年5月爱因斯坦应聘为美国海军军械局烈性炸药与燃料组签约顾问，顾问费每天二十五美元。1944年，六十五岁的爱因斯坦以六百五十万美元拍卖1905年狭义相对论论文手稿，所得全部用于支持反法西斯战争。

可让人啼笑皆非的是，出面说服罗斯福下令制造原子弹的爱因斯坦，却被关在曼哈顿工程大门之外。

有没有搞错？

并没有。因为，胡佛怀疑爱因斯坦。1941年11月曼哈顿工程开始筹备，美国军方向联邦调查局（FBI）递交参与其事的科学家名单，爱因斯坦榜上有名，可最后却没通过"政审"，被刷了下来！原来爱因斯坦反战和思想"左倾"素负盛名，联邦调查局局长胡佛批示："基于这种背景，此人看来短时间内不可能摇身变成忠诚的美国人。"在胡佛授意下，FBI不仅阻止爱因斯坦加入"曼哈顿工程"，而且开始监视爱因斯坦的邮件和电话，甚至分析他家的垃圾，直到他1955年去世。

胡佛此人虽然声名狼藉，但从美国特务总舵把子这个职位来说，应当说他还是颇为敬业的。在胡佛执掌FBI的四十八年里，美国换了八位总统和十七位总检察官，他们均必欲搞掉胡佛而后快，但联邦调查局局长始终是胡佛，而他对爱因斯坦的关注也始终不变。作为被监视的对象，爱因斯坦同样无与伦比：他是唯一在联邦调查局档案库中占有一千四百页黑材料的物理学家。

历史证明，胡佛的鼻子与狗鼻子确实有些亲戚关系。因为当时在爱因斯坦身边，还真有一个苏联美女间谍。

玛加丽塔。苏联著名雕塑家科涅库夫的妻子。她1924年随丈夫赴美，以举办艺术展为生，并作为访问学者在美国住了二十多年，其间被另一名苏联女间谍耶丽扎鲁比娜招为间谍，专门收集高科技情报。1935年6月普林斯顿高级研究院邀请谢尔盖为爱因斯坦做雕像，玛加丽塔上司要求她借此机会结识爱因斯坦，她于是随丈夫一起来到爱因斯坦身边，并显然很快成为爱因斯坦"无法解雇的雇员"。那一年，她三十九岁，爱因斯坦五十六岁。

十年后，1945年8月，玛加丽塔最后一次陪爱因斯坦去萨拉纳克莱克休假。她显然在莫斯科授意下向爱因斯坦和盘托出了自己的身份，而爱因斯坦也显然尽力地满足了她的好奇心。玛加丽塔去世后，她的后人整理遗物时发现九封德语情书，作者爱因斯坦！此前很多人认为爱因斯坦至死不知玛加丽塔是苏联间谍，但这些情书证明，他知道。但他仍然向玛加丽塔透露了原子弹信息。并非仅仅因为玛加丽塔的美貌。在爱因斯坦看来，原子弹这样的恐怖武器根本就不应当开发，而如果开发出来，又被掌握在一个国家手中，哪怕是美国这样号称民主法制的国家，也不啻是世界末日的前兆。所以，他向玛加丽特提供关于原子弹的情报，完全出于自愿，就像约里奥—居里当年向钱三强透露这个秘密时一样，完全是为了世界和平，跟美人计无关。当然，美人，爱因斯坦似乎也笑纳了。他只是并非"中计"。

当时持这样思想的科学家，并不止爱因斯坦一个人。钱三强的恩师约里奥－居里后来专门帮已回到中国的钱三强购买核能计划急需的资料和仪器，并亲口让居里夫人博士生杨承宗回中国后转告毛泽东："你们要保卫世界和平，要反对，就必须自己先有原子弹。原子弹又不是美国人发明的！"

爱因斯坦的伟大，并非因为他喜欢美女，而是因为他对人类和平的坚定信念。

但仅凭爱因斯坦的情报，苏联人仍只能管中窥豹，因为爱因斯坦实际上被胡佛关在曼哈顿工程核心机密的大门之外。可大门之内被严密监控的四千多名科学家中竟有英国科学家福克斯等几十名共产主义同情者。他们像爱因斯坦一样认为绝不能让美国独吞这种可怕的武器。他们冒着身败名裂的巨大危险向苏联国家政治保卫总局（格别乌，即列宁时代的"契卡"，后来的"克格勃"）和苏联红军情报总局（格鲁乌）提供制造原子弹的详细情报。而且，他们拒绝收取任何报酬！他们不是为了钱。他们比我们强多了！他们确实为世界和平而甘冒奇险。人类至今只朝自己脑袋上扔了两颗原子弹，某种意义上说，确实是他们的功劳。

克劳斯·福克斯出生于德国吕瑟斯海姆（Ruesselsheim），先后在莱比锡大学和基尔大学学习，1932年加入德共。希特勒上台后他移居伦敦，1937年进入爱丁堡马克斯·博恩教授试验室研究理论物理。1940年经博恩推荐进入伯明翰大学鲁道夫·派耶斯教授试验室研究原子弹。1943年参加英国科学家小组前往洛斯-阿拉莫斯参与"曼哈顿工程"，开始向苏联提供原子弹情报。1945年4月苏联得到费米设计的美国原子反应堆构造情报，1946年12月25日苏联的"Φ-1"原子反应堆即开始运转。

后来福克斯回到英国领导秘密研究原子弹。1949年9月美国国家安全局破译苏联驻纽约情报机构电报，其中提到福克斯，1950年2月3日福克斯被英国逮捕，判处十四年监禁，当时被称为"最危险的世纪间谍"。

福克斯因在狱中"表现优良"而于1959年提前五年获释，他拒绝在西方继续从事科学工作前往东柏林，在东德结婚，任核物理研究所副所长，后成为东德科学院院士，获一级国家奖金和卡尔·马克思勋章，1988年2月28日，福克斯在东德去世。

福克斯们的努力也没有白费。1945年7月，美国试爆原子弹成功两天后，刚刚接任总统的杜鲁门在德国波茨坦会议上向斯大林大吹大擂。斯大林面无表情，毫无当场被"雷到"的样子。吸着粗大雪茄的丘吉尔因此嘲笑斯大林这个土包子根本没听懂。其实，斯大林这个土包子知道曼哈顿工程的时间甚至早于杜鲁门（因为罗斯福指示不许通知当时还是副总统的杜鲁门），苏联的核研究已于1943年上马，人类核竞赛那时已经开始两年之久。

1945年春，美军进占德国西部，发现纳粹已经放弃核武器计划，爱因斯坦得知后马上向白宫提出不要使用核武器。美国七名著名科学家联名向政府递交请愿书，指出使用核弹会带来严重道德问题，开创毁灭性攻击的先例，并引发核竞赛。何况日本败降在即，战略上原子弹并非必需。西拉德战后写道："到1945年我们已经不再担心德国人会用原子弹轰炸我们了，我们开始担心美国政府可能用原子弹轰炸别人。"1945年3月，西拉德再次请求爱因斯坦向罗斯福转呈备忘录——千万不要用原子弹轰炸日本。爱因斯坦再次发信，可罗斯福没赶上看，1945年4月12日他突然逝世，办公桌上还放着这封尚未批阅的信。

历史通知我们，杀人武器制造完毕之后一秒钟，科学家对政治家的影响便下降为零。经常以"无国界"自诩的科学家，其实绝大多数不过是穿着燕尾服的国家机器。国家机器的主人从来都是政治家。只有政治家才能决定是否杀人，和杀多少人。在绝大部分政治家看来，这才是权力中最令他们心醉神迷的G点。

原子弹之父奥本海默，就是这个断言的最好注脚。

1941年6月英国政府将旅英奥地利科学家奥托·弗里什（Otto Robert Frisch）的原子弹理论转告罗斯福，并通知他德国人确实在进行有关实验，一旦成功，这种炸弹足以决定战争胜负。12月日本偷袭珍珠港，几乎全歼美国太平洋舰队，美国对日本宣战，正式加入第二次世界大战。1942年8月奥本海默被任命为"曼哈顿计划"

实验室主任。

奥本海默（J.Robert Oppenheimer，1904—1967）德国哥廷根大学博士，出生在美国的犹太人。他对量子物理的兴趣起于1923年10月玻尔访问哈佛所做的两场报告，他从此变成玻尔粉丝。1925年哈佛大学化学系毕业后他赴英国剑桥师从汤姆逊攻读硕士，后因对实验课老师布莱克特有意见，他居然用致命化学品做了一个毒苹果放在布莱克特桌子上，好在被发觉，奥本海默因此被诊断为精神病。后来他转投哥廷根"玻恩量子力学幼儿园"，这时的哥廷根是世界物理学重镇，上课的都是玻恩、海森堡、索末菲、玻尔这个等级的大腕儿，而同学有矩阵力学创始人之一约尔当、即将创立狄拉克方程的狄拉克、电子自旋的首创者乌伦贝克和古德斯米特，已获诺贝尔奖的康普顿甚至都不能进入"哥廷根才子"名单。这些天才的组合气场拯救了奥本海默，他在这里绽放了，而且绽放得十分疯狂。据说师生一起开研讨会他经常打断别人跳上讲台长篇大论，连导师玻恩也不例外，研讨会几乎变成他的独角戏，且日复一日毫无变化。后来同学们忍无可忍给玻恩写信扬言除非奥本海默收敛，否则他们就抵制研讨会！玻恩真是一个好老师：他当然需要研讨会，但又不能把这封信给奥本海默看：如果这个二十二岁的天才看了之后做个毒苹果自己吃了怎么办？最后他在研讨会时把信打开放在讲台上，然后借故出去了。他知道他一走奥本海默一定会跳到讲台上去。结果过几分钟玻恩回来，发现信生效了：奥本海默脸色很不好，但从此也让别人讲话了。虽然疯狂，但奥本海默在哥廷根一年就发表七篇论文，与狄拉克和约尔当并列"哥廷根三大才子"。后来哥廷根前辈才子海森堡专门拜访奥本海默，据说这是奥本海默第一次能停下来听别人说话，两人相谈甚欢。不过，几年之后，两人分别领导德国和美国的原子弹项目，整天为置大西洋彼岸的对方于死地而殚精竭虑。

1927年5月11日奥本海默以优秀成绩通过博士论文答辩，答辩老师弗兰克事后说："我及时逃离了考场，因为他已经开始向我提问题了。"后来奥本海默又师从艾伦费斯特与泡利，据说他对泡利褒扬有加，称赞泡利的"理论物理如此优秀，以至于他一进实验室设备仪器不是出故障就是爆炸"。

1938年年底，O. 哈恩与F. 斯特拉斯迈恩发现在轰击过程中铀原子核发生了裂变。在华盛顿一个会议上玻尔介绍了这个发现，结果报告还没结束就有几位学者离开会场冲进实验室重复这个实验。1941年底费米在芝加哥体育场看台下造出世界上第一座铀裂变反应堆CP-1，这个大家伙有一千四百吨重，十米见方。此时美国已向意大利宣战，意大利人费米算"敌国侨民"，住在新泽西州的他要去芝加哥还得提前十天向检察官申请批准，但费米毫无怨言。1942年12月2日反应堆以小于0.5瓦的功率连续运行二十八分钟，世界上第一个人工链式核裂变反应产生，费米的领导康普顿用密语向华盛顿报告这一好消息："意大利领航员已经到达新大陆！"当晚费米夫人劳拉收到无数祝贺，但没一个人告诉她为什么要"祝贺"，只有一个实在憋不住的女物理学家说："费米击沉了一艘日本旗舰！"直到1945年劳拉才知道：其实费米证明原子弹确实能造出来。

然后，就进入奥本海默时间。

奥本海默1929年回到加州伯克利学院任教，十年做到教授，一手在理论物理落后的美国打造出"美国理论物理学派"。1941年6月希特勒发动"巴巴罗萨计划"入侵苏联，1941年10月21日奥本海默参加铀委员会秘密会议，在一百多位科学家面前宣布他认为二百公斤浓缩铀就可以造出原子弹。而在大西洋彼岸，一个月前海森堡在哥本哈根密谈中充满威胁地告诉老师玻尔，用十三吨浓缩铀可以造出原子弹。十三吨的炸弹当时根本无法投送，所以此后德国降低了原子弹研究的层级，而美国却上马了曼哈顿工程！

1942年10月底，三十八岁的奥本海默走马上任，成为曼哈顿工程最年轻的领导人。他率领三千多名年轻学者在美国西南部新墨西哥州首府圣菲西北约五十公里的荒原小镇洛斯阿拉莫斯建立"洛斯阿拉莫斯实验室"。这个肯定是世界建过的最大实验室，在这个实验室里前后总共有四万五千名职工和数千名军人工作过，光是物理学诺奖得主就有十二名，这个小镇因为充斥诺奖获得者和未来诺奖获得者而得名"诺奖集中营"，但营长奥本海默却未获诺奖。这就是阴晴不定的诺贝尔奖。奥本海默在这里摇身一变成为杰出的庞大工程领导者，完全看不出曾是精神病患者和谋杀嫌疑犯。

看官须知，这造原子弹跟煮茶叶蛋是有区别的，光是获得足够的原子弹原料就是一个浩瀚工程——二百吨铀矿才能提取一公斤铀-235，而铀-238与铀-235性质很相近，几乎无法把后者从前者中分离出去。美国政府动用了通用电气公司等数个大公司，总耗资近十亿美元才获得足够核原料，到1945年上半年总共生产三枚原子弹："小玩意儿""小男孩"和"胖子"，总耗资二十多亿美元，耗费全美国三分之一的电力。

1945年7月15日黄昏"小玩意儿"被装上实验架。当时没人知道原子弹爆炸的真正威力——此前并无原子弹爆炸过。于是奥本海默与特勒打赌"它"爆炸的TNT当量，奥本海默赌三千吨，而特勒赌四万五千吨TNT，最后特勒赢了。之后奥本海默又建议赌爆炸时空气会不会随之燃烧，把一旁的警卫听得毛骨悚然。

1945年7月16日凌晨5时29分45秒，美国南部新墨西哥州沙漠中的阿拉莫戈多31试验场，人类第一次原子弹"小玩意儿"（The Gadget）爆炸，一千余名科学家和政府官员在场观礼，爆炸产生上千万度高温和数百亿个大气压，火球升上八千米高空，"比一千个太阳还亮"，爆炸圈内空气随之燃烧，半径四百米之内的沙石被熔化为黄绿色玻璃，半径一千六百米内的动物全部死亡，整个美国西部都听到了爆炸的巨响，爆炸威力超出奥本海默此前想象二十倍，达到两万吨 TNT 当量。目睹如此威力，喜欢印度哲学的"原子弹之父"奥本海默欣喜若狂，心中浮起印度《摩诃婆罗多经》的《福者之歌》："漫天奇光异彩，犹如圣灵逞威，只有千个太阳，始能与它争辉"。

奥本海默当然没想到，不到一个月，这一千个太阳降临日本，发动了征服亚洲的残酷太平洋战争，至少直接造成一百六十五万人死亡，而且至今坚持不认罪的日本人遭到人类历史上最残酷的报复。

1945 年 8 月 6 日，一架 B-2 轰炸机从南太平洋小岛蒂尼安岛出发，飞行一千五百英里来到日本广岛，将十分原始的核装料不过二十公斤铀-235 的原子弹"小男孩"送给了广岛。广岛是当时少数未遭轰炸的日本城市，日本人都说广岛像京都一样是历史名城，不会遭到轰炸。其实是为原子弹保留的！1945 年 8 月 6 日 8 点 15 分 17 秒飞机弹仓打开，九千磅重的"小男孩"弹出，在离地六百六十码的空中爆炸，火球直径一百码，爆炸时温度三十万度，花岗岩熔化，几微秒之后冲击波涌来，所到之处房屋像火柴盒一样被吹倒，估计至少十二万人当场死亡，广岛应声变成焦土。

日本政府还没搞清这是什么炸弹的干活，三天后，另一架 B-2 将核装料仅几公斤钚-239 的原子弹"胖子"送给了长崎（命名"胖子"是为了感谢丘吉尔对曼哈顿工程的支持），长崎直接变成地狱。

日本官方统计，这两个天上掉下来的礼物共造成逾三十万人死亡，其中约二十万人当场被还被原成基本粒子。这个史上最大规模屠杀人类的过程在我们后人看来惊心动魄，但对死者本身来说其实相当于安乐死：他们几乎是在一秒钟之内实至名归地"魂飞魄散"。

有趣的是，日本人现在认为美国人是他们最好的朋友。然后有不少中国人认为日本人是亚洲最聪明的民族。

核轰炸成功，杜鲁门兴高采烈地欢呼这是"一项人类历史空前的大规模有组织的科学奇迹"。可是,随着两颗原子弹带来的血肉横飞焦土千里,绝大多数参与开发这一史上威力最强武器的科学家们顿觉自己变成了杀人犯。后来,美国原子弹委员会主席施特劳斯在回忆录《人与决策者》中有一章专门谈到广岛,这一章的名字即"千古悔恨"。当初力主投弹的奥本海默如遭禅宗棒喝,他后来对记者坦言:"什么都不能使物理学家摆脱本能的内疚,因为他们知道,他们的知识本不应用于此"。他后来作为美国代表团成员更在堂堂联合国大会上脱口而出:"主席先生,我的双手沾满了鲜血。"气得杜鲁门跳脚大骂:"他不过造了颗原子弹。下令投弹的是我!"发誓永远不再接见奥本海默。奥本海默本来就是著名左派,曾在西班牙内战中资助反法西斯联盟三十万美元,并因此很长时间被禁止参加"曼哈顿工程"。他后来还反对制造氢弹。但是,科学家的反对其实没有任何意义。历史的规律是,杀人武器制造完毕,科学家会得到一秒钟万众喝彩的盛装光荣。然而,这一秒钟之后,他们便立刻无足轻重。五年后威斯康星州参议员麦卡锡(Joseph McCarthy)凭一己之力掀起"麦卡锡反共大清洗",全国二百五十万公务员被逐一审查,两位国务卿马歇尔和艾奇逊先后被迫辞职,一千四百多名政府官员被指"亲共"而遭清洗,八千多人被认定"危害国家安全"——"原子弹之父"奥本海默赫然名列其中,1954年4月12日-5月6日对他进行了长达四周的安全听证会,史称"奥本海默案件"。最后,不顾洛斯阿拉莫斯实验室一百五十八名科学家联名抗议和作证科学家的反对,奥本海默仍被艾森豪威尔一脚踢出美国原子能委员会。当此凄风苦雨时节,否定原子弹的爱因斯坦挺身而出为奥本海默辩护,在《纽约时报》等报刊上强烈抗议美国政府迫害奥本海默,其声音并不比当年批判希特勒时来得小。1954年3月,爱因斯坦被麦卡锡公开斥为"美国的敌人",爱因斯坦像面对纳粹一样并未低头,5月他公开发表声明,抗议对奥本海默的政治迫害,后来还专门写文章指控麦卡锡违宪，在那篇文章中他斩钉截铁地说："宪法的力量完全在于每个公民捍卫它的决心。"

历史证明，麦卡锡就是个政治小丑，而爱因斯坦，再次正确！

有意思的是，被解职后奥本海默到普林斯顿大学当老师，但跟爱因斯坦并无什么交往。他对爱因斯坦的评价也相当不高："普林斯顿是座疯人院，一群唯我独尊的名人处在孤独、无助的荒凉之中。爱因斯坦完全是位怪人。"

虽然被胡佛挡在曼哈顿工程大门之外，但爱因斯坦的内疚丝毫不比奥本海默小。他后来说："如果知道德国研制原子弹不会成功，我绝不会支持美国制造原子弹。"安东尼娜·瓦朗坦记录了她在普林斯顿爱因斯坦办公室与他的一次谈话："爱因斯坦说：'实际上我起了邮箱的作用，他们给我一封写好的信，而我必须在这封信上签名'……灰暗的光线通过大窗户照耀爱因斯坦布满皱纹的脸上和似乎被他视线之火烧红了的眼睛。他开始沉默不语，这是因为内心隐忍的问题引起的沉痛缄默。他那一如既往炯炯发光的目光转向我。我说：'然而，您按下了按钮。'他迅速转过脸去，从窗户眺望荒凉的山谷和一片被古老树丛遮住地平线的绿色草地。然后，爱因斯坦似乎不是回答我，而是回答他所注视的树梢，若有所思地、一个字一个字地低声说：'是的,我按下了按钮。'"爱因斯坦后来多次称"写信给罗斯福总统是我一生中犯下的最严重的错误"，他甚至后悔当初从事科研："早知如此，我宁可当个修表匠。"他说这句话还真不是作秀。当芝加哥水暖工和清洁工卫生工程师协会授予他会员卡时，爱因斯坦相当高兴。说出这些话的爱因斯坦并不是物理学家。他像欧洲大哲学家斯宾诺莎，这位圣哲在荷兰阿姆斯特丹小巷一家小眼镜店里以磨镜片为生。这个人类最纯净的哲学家没杀过一个人，因为磨镜片吸入大量微尘，他四十五岁就去世了。然而，他对人类的影响远远超过希特勒，或者奥本海默。更不用说杜鲁门了。

斯宾诺莎，也是犹太人。

他宣布上帝就是大自然："上帝并非处于自然秩序之外、作为第一推动者的形而上或准科学的假设。上帝就是自然秩序。"他还认为，如果我们把"上帝"与他所创造的"自然"区别开来，那么上帝就不可能是全能和无限的，原因很简单，因为这时上帝之外还有自然，因此，上帝就不可能是全能和无限的。按马克思的解释，斯宾诺莎的这个上帝就是"形而上学地改了装的、脱离人的自然"，正是在这个意义上费尔巴哈说"斯宾诺莎是现代无神论者和唯物者的摩西"。

1946年5月，在与爱伦堡的谈话中爱因斯坦谈到原子弹，他认为特别可怕的是，很多美国人并不认为广岛和长崎的毁灭乃人类悲剧。《纽约人》杂志当时发表文章描述广岛被轰炸后的惨状，爱因斯坦买了一百份杂志分发学生，谁知后来有个学生专门来向他道谢，兴奋地说："这个炸弹真神奇！"这句话让爱因斯坦痛心疾首。他后来说："如果所有努力都白费，人类将最终走向自我毁灭，整个世界不会为它掉一滴眼泪。"他甚至宁愿人类保持愚昧无知，因为人类还是猿猴的时候是造不出原子弹的，可是"那就不会再有人演奏巴赫或莫扎特了，这也很可悲"。

不出爱因斯坦所料，核武器从潘多拉盒子中跳出来之后人类再也无法把它收回去。美国制成原子弹后仅四年苏联便进行了核试验，不久两国都制成威力大千百倍的氢弹。到六十年代中期，核国家发展到五个，核弹总存量达七万枚，其中98%为美俄两国拥有。他俩都可将对手毁灭十几次，带来的核污染会波及整个北半球。更可怕的是，核爆炸的烟云会长时间挡住阳光，气温骤降导致全球进入"核冬天"，世界上所有的农田都将颗粒无收，从掩蔽所中钻出来的我们不丧命于原子病也会饿死。对此，爱因斯坦十分悲观："现在所走的每一步似乎都是前一步的必然结果，很明显最终将导致人类灭绝。"他后来有篇文章题目就是《爱因斯坦警告世界：禁止氢弹或者自取灭亡！》

二战结束时爱因斯坦正好退休，之后，他除了继续研究"统一场"，所有精力都用来反战。1945 年 12 月 10 日在纽约举行诺贝尔追思晚宴，素不喜宴会的爱因斯坦不仅破例出席，而且发表著名讲话：《我们赢得了战争，却没有赢得和平》（The war is won, but the peace is not）！这个演讲堪称人类有史以来最伟大的科学家演讲，他说："参加过研制这种历史上最可怕最危险武器的物理学家，虽然不能说是犯罪，但也被同样的责任感烦恼……我们曾经帮助制造这种新武器，目的是为预防人类的敌人比我们先得到它；按照纳粹的精神状态，让他们占先，就意味着难以想象的破坏，以及对全世界其他各国人民的奴役。我们把这种武器交到美英人民手里，因为我们把他们看作全人类的信托者，和平自由的战士。但到目前为止，我们既没有和平的保证，也没有《大西洋宪章》所许诺的任何自由的保证。我们赢得了战争，却没有赢得和平！"

原子弹的使用让爱因斯坦对人类的未来充满担忧，他后来曾说："我不知道第三次世界大战使用什么武器，但我知道第四次世界大战我们一定使用棍子。"

进入二十一世纪，咱们使用棍子的可能性比以前任何一个世纪都大！

爱因斯坦直到离开这个世界的时候仍然是一位毫不动摇的和平主义者，其证明就是《罗素—爱因斯坦宣言》。1955 年 2 月罗素致信爱因斯坦，爱因斯坦 2 月 16 日回信赞同，4 月 5 日罗素将完成的宣言寄给爱因斯坦，11 日爱因斯坦签名，两天后爱因斯坦重病住院，

4月18日逝世。1955年7月9日罗素在伦敦公开发表宣言,并将副本分送给美、苏、中、英、法、加六国政府首脑,但罗素与爱因斯坦共同邀请参加签名的十五名科学家中有十人没签名,其中包括玻尔。在最后签名的十一个人中有十位诺贝尔奖获得者。某种意义上,这宣言可以看作爱因斯坦留给人类的政治遗嘱:"我们此刻发言的身份不是这个国家或那个国家、这个洲或那个洲、这种信仰成员或那种信仰的成员,我们发言的身份是人类,其继续生存已成问题的人类成员。这世界充满冲突,个中之由即共产主义与反共之间的剧烈斗争……人类有过极其惊人的历史,我们谁也不愿意看到它绝迹……一般公众、甚至许多当权者都没意识到核战争的后果……我们中大多数人感情上并不中立,但作为人类成员我们必须牢记,东西方争端的解决有利于同时满足共产主义者和反共者、亚洲人和欧洲人或美洲人、白种人和黑种人,我们绝不可以用战争去解决这些争端。我们希望东方和西方都了解这一点……难道我们无法忘记我们的争吵,竟然要因此而选择共同毁灭吗?"

宣言发表后,在罗素推动下,由美国大企业家赛勒斯·伊顿资助,1957年7月《罗素—爱因斯坦宣言》签字者在加拿大东部新斯科舍州的普格瓦许村(Pugwash)伊顿的家乡召开会议,有十个国家共二十二位科学家参加。以后这个会议每年举行一次,开会地点包括魁北克、维也纳、莫斯科、伦敦等,该会议后来称为"普格瓦许—科学和世界事务会议",罗素生前是会议常务委员会主席。

这个宣言与1930年5月30日爱因斯坦带头签署的《全世界裁军宣言》(签名者包括罗素、茨威格和托马斯·曼)和1914年的《告欧洲人书》一样体现出爱因斯坦一生坚持的信念:自由与和平。

作为科学家,爱因斯坦知道自己无法决定世界的战争与和平,但他仍然选择终生宣讲和平。

因为,这是我们的责任。

他非常不理解二战后世界要分为"东方"与"西方",而且虎视眈眈随时准备把对方生吞了。去世前几天他录制以色列广播节目时说:"我们这个时代最大的问题是人类分成两个敌对阵营:共产世界和所谓的自由世界。我很难理解'自由'和'共产'这两个词的意义,我宁愿将其视为'东方'和'西方'的权力冲突。但是,地球是圆的,因此到底谁是东方,谁是西方,也很难说。"

爱因斯坦人在美国,主要致力于和平主义活动。

那么,他在科学上还会有新的发现吗?

爱因斯坦的战争与和平

一部人类历史，仔细看下，不外乎战争与和平。人类从诞生就开始互相杀戮，随着文明的进步，技术日见精湛，手法花样繁多。俄罗斯作家托尔斯泰为作品取名《战争与和平》，就是因为要评判整个人类历史。这部出场人物多达五百五十九位的巨著出版后立刻被评为人类最伟大的小说之一，至今。罗曼·罗兰称其为人类"有史以来最伟大的两部小说之一"，将之与西方文学源头的《荷马史诗》并列。无独有偶，美国著名文学批评家哈罗德·布鲁姆称列夫·托尔斯泰为文艺复兴以来"唯一能挑战荷马、但丁和莎士比亚的伟大作家"。

连歌德都不是这个数量级。整部德国文学史被托尔斯泰一个人比下去。

无与伦比。

可见战争与和平实乃人类终极话题。人类作为个体有无数悲欢离合、阴晴圆缺，但人类作为一个物种，其实说到底只有两件事：战争，与和平。即爱，和恨。几乎没有人不讴歌和平。几乎没有人讴歌战争。包括拿破仑与巴顿。

问题是，什么是和平？

中国举例最多的是《易经·咸卦·象》："天地感而万物化生，圣人感人心而天下和平。"但这个"和平"说的是"圣人用心感化天下人"，然后"天下平和"，并非直接与"战争"对应的"和平"。现代这个"和平"最准确的定义应为"非战"。《汉书·王商传》说："今政治和平，世无兵革。"

"和平"即"非战"。中文最早的"和平主义"（pacifism）也翻译为"非战主义"。信仰这一原则的人就被称为和平主义者（pacifist）。看官须知，这个词其实并非来自战争，而是来自航海。1520年葡萄牙航海家麦哲伦率船队从西班牙塞尔维亚港出发横渡风高浪险的大西洋，转过南美洲最南端的麦哲伦海峡（智利境内）进入新的大洋，但见风平浪静，唯美海天，被大西洋狂风巨浪揉碎摇烂的水手们欣喜若狂，于是满怀感恩地将它称之为"太平洋"（pacific）。

因此，太平洋即"和平洋"。

爱因斯坦，是彻底的和平主义者。诺贝尔物理奖发给爱因斯坦绝对超值——他们起码省了一个和平奖。其实，爱因斯坦爱好和平跟诺贝尔奖还真没啥关系，他并非获诺贝尔奖后突然变成和平主义者的，他天生反战。他连象棋都不喜欢，因为即使是象棋中他也能感受到那种力的争夺和竞争带来的压迫感。

1914年6月2日爱因斯坦在柏林就任普鲁士科学院院士，上任演说话音未落，8月1日第一次世界大战爆发。一战是人类第一次在世界范围内分成两个阵营大规模屠杀同类。一战彻底改变了世界，也彻底改变了人对世界的看法，包括爱因斯坦。它让爱因斯坦抬头走出象牙塔，从此成为和平主义者。他义无反顾加入德皇御医尼可莱组建的反战联盟"新祖国"。德皇是一战发起者，他的御医却反战，此事并不奇怪。事实上，真正打过仗的人很少热爱战争，而好战分子通常都是因为和平太久而忘记了战争的残酷。当然，他们见到死神那狰狞可怖的脸之后通常都吓得屁滚尿流。尼可莱说："我现在才知道这些过去的恶魔仍然统治着我们这些新时代的人。现在我憎恨战争——至少憎恨二十世纪的战争。"他起草《致欧洲人宣言》(*Manifest an die Europäer*)，爱因斯坦毫不犹豫地签下了自己的名字。那时，离他获得诺贝尔奖还有八年。

1915年10月一家德国文化组织出版丛书《爱国的纪念》，遍邀德国名人著文呼吁在战争中保护德国文物。爱因斯坦亦受邀作文，结果他的《我看战争》大大偏离主办者要求的爱国主义，通篇强烈反战，称战争是"男性生物特性的侵略攻击倾向"，呼吁德国人对所有战争说"不"！当时一战烽火连天，德国也实行出版审查，这篇文章大部被删，但发表的版本仍然通篇反战，因为它的每个字都反战。其实当局根本就应当删除这篇文章。柏林官员删去的最长两段文字是1915年11月11日写成的，而就在第二天他决定做四个报告。这四个报告标志着的广义相对论的诞生。在这篇著名的反战檄文中爱因斯坦宣布："我的国籍和公民资格所在国对我而言只是浮云。我认为国家与个人之间即商业关系，相当于我们跟人寿保险公司之间的关系。"

What?

漫说德国政府，单说一战中狂热"爱国"的德国人，能喜欢这种文章和这句话吗？要知道洪堡大学几乎所有的教授都为德国军队服务，只有爱因斯坦拒绝。

1916年9月爱因斯坦长子汉斯户外长走偶遇法国作家罗曼·罗兰。这也是个坚定的和平主义者。据他回忆，爱因斯坦曾说希望德国战败，这样才能制约普鲁士的强权。他主张按地理分界线把德国一分为二，北边的普鲁士为一国，而南德和奥地利组成另一个国家。爱因斯坦此时虽持瑞士护照，但在所有德国人心中，身为柏林威廉皇帝物理研究院院长的他，当然是德国人。一个德国人，在德国与法英美苦战时公然鼓吹"分裂国家"，德国当然大哗，爱因斯坦立遭广大德国人民充满"爱国"热情的疯狂围剿，打翻在地，再踏上一只脚。

在德国的处境都这样了，爱因斯坦仍然不低调，又跑到奥地利去掺和。

1916年11月26日，爱因斯坦好友、曾被他选为ETH接班人的阿德勒枪杀奥地利总理卡尔·G.斯图克！

阿德勒1912年从苏黎世回到奥地利。斯图克当上总理后解散议会，阿德勒组织示威反对，被斯图克禁止。结果，他走到正照例在米斯尔沙登宾馆吃午饭的斯图克餐桌前，高喊"打倒专制主义！我们需要和平！"然后照着斯图克头部连开三枪，斯总理就此挂了。

一般人都认为物理学家很枯燥。其实，他们是更加热血沸腾的人。

阿德勒被捕入狱后爱因斯坦四处找人营救阿德勒，阿德勒本人却若无其事地在狱中研究物理，并就"钟摆实验"写了一篇文章。这篇文章是反相对论的，而人所共知，阿德勒是拥护相对论的。结果他父亲想用这篇文章证明阿德勒患了精神病，以此逃脱死刑。但阿德勒坚持自己是在清醒状态下枪杀斯图克的，坚持这是政治谋杀，而且他愿意承担责任！

他跟苏格拉底一样不愿逃避死刑。

于是，宣判，阿德勒被判处死刑！

爱因斯坦坐不住了，上诉宣判之前，他接受《福斯报》专访，对阿德勒的物理天才大加赞赏。因为阿德勒刺杀事件当时在奥地利万众瞩目，所以，这是非常勇敢的举动。最后，阿德勒被改判十八年监禁。他在狱中整理自己的书稿，爱因斯坦一直与他通信探讨物理问题。1920年阿德勒出狱，并马上出版了这本书，结果反响并不佳。

晚年爱因斯坦说:"奥地利人没判暗杀斯图克的阿德勒死刑,这给他们带来永不磨灭的名誉。"诚然,一个热爱和平的物理学家刺杀了自己的总理,他想好了为此而死,可他居然只坐了四年牢。

大概只有爱因斯坦才会有这样的朋友。

爱因斯坦的和平主义不是作秀,1920年他说:"我的和平主义是本能感情,它支配我的原因是:杀人即邪恶。我的态度并非来自某种理论,而是基于对任何形式的残暴与仇恨的最深切厌恶。"杀人即邪恶,其实是世界上每个政府坚持的原则。真没听说过哪国政府规定杀人应当奖励的。那么,为什么在战争中杀人就英雄了呢?就能封妻荫子、光宗耀祖呢?爱因斯坦反正认为任何时候杀人都是杀人。他反战,跟反对和平时期杀人,是一回事。

决定发动战争的都是政治家,但打仗的都是士兵。各位看官什么时候见过两国宣战,由两国总统或者国防部长单挑的?爱因斯坦深知这一点,因此他的反战直击七寸:反对强征青年服兵役。获诺贝尔奖之后四年(1926年)他签署反强制兵役声明,签名者包括印度非暴力不合作运动领袖圣雄甘地、印度诺贝尔文学奖得主泰戈尔和英国作家赫伯特·乔治·韦尔斯(《时间机器》和《世界大战》的作者)等。爱因斯坦深信,如果全世界都反强制兵役,各国没有兵,和平就有了保证。1931年他写道:"有两条道路反对战争——合法途径和革命途径,合法途径即全面推行志愿兵,而非将其局限于某些特权者,让它成为全民权利;革命途径即不妥协抵抗,打破军事主义和平时期大权在握、战争时期掌控国家资源的局面。"

看官须知,德国一战败给法国,战后备受法国霸凌,德国人民对法国恨之入骨。可爱因斯坦访法时公开发表反战言论,极大刺激德国民族主义者,一家颇有影响的德国报纸评论:"无论如何,政府主管部门必须警告他,作为德国公务员与法国人开展学术亲善,时机极其不宜。"还有德国犹太科学家大骂爱因斯坦凭吊昔日德国西线战场时的发言"损害民族尊严",痛骂他"叛国"。爱因斯坦不为所动,他从 1920 年起就宣布科技可能被发展为杀人工具,现在更呼吁建立国际组织防止科学发明用于战争,同时积极参加左翼组织活动,很快成为右翼极端分子眼中钉,收到死亡威胁已成家常便饭。其实这些德国右翼分子确实脑袋有些进水,他们不明白,爱因斯坦这时反的是暴力霸凌,并非反德国。因为,当德国遭到霸凌时,爱因斯坦同样挺身而出。1922 年 4 月,刚因访法遭德国人民围攻的爱因斯坦接受国际联盟(联合国前身)秘书长邀请参加国联组织的"国际知识分子合作委员会"。其实他根本不清楚这个委员会要干什么,但听说是为了和平,而且洛伦兹和居里夫人都参加了,就一口答应下来。

这个委员会没想到的是,它把爱因斯坦从坚定的和平主义者变成了绝对的和平主义者。起因,是法国政府拒绝服从"国联",悍然出兵德国。

故事还要从头说起:1919 年 6 月 28 日,死亡超过一千万人的第一次世界大战终于结束。按战争法则,败方在被打得稀烂之后,还要包赔胜方损失。依《凡尔赛和约》,德国首先于 1921 年 4 月先向协约国移交价值两百亿金马克(相当于七千吨黄金)的商船、飞艇、工业机械、海外投资,甚至包括牲畜,等等。这是第一笔赔偿。德国战争赔款在《凡尔赛和约》中并未明确规定,只是确定由赔偿委员会根据各协约国的损失评估。

1921 年 1 月 29 日协约国在巴黎开会,确定德国战争赔款为 2,690 亿金马克(当时相当于 96,416 吨黄金),分四十二年偿清,德国每年必须将其出口总值的 12% 用于赔偿。这笔战争赔款当时合 134.5 亿英镑或 640 亿美元,等于现在的 3,890 亿美元或 2010 年的 14,265 亿欧元。协议还规定这笔款项中的 2,260 亿金马克为本金,其余为利息。一战中法国受创最重，死亡近三百万人，所以，1921年7月的比利时斯巴会议上确定法国获战争赔款总额的52%，英国22%，意大利10%，比利时8%等，主要支付给个人，还包括一些欧洲投资受到损失的美国人。法国希望用这笔巨额赔款长期削弱德国国力，法国的苛刻甚至在协约国也遭到反对。出席巴黎和会的英国财政部首席代表约翰·梅纳德·凯恩斯就于1919年辞职以抗议法国狮子大开口，他警告说，这等于点燃了另一场战争的导火索。因此，在其他协约国的坚持下，这笔战争赔款一再削减。

事实证明这个凯恩斯说得对。

到1921年8月德国仅支付相当于五亿美元的马克，但因此时马克大幅贬值，实际价值距离五亿美元甚远。德国在一战中被打得稀烂，根本没能力按期还款，到1923年已多次拖欠。法国政府多次催款无果，于是，1923年1月11日，六万法国和比利时军队驾坦克开进德国鲁尔工业区，几天内占领德国两千一百平方公里国土，三百万德国居民沦为占领区居民。非但如此，法国宣布出兵是为了保障煤炭生产，进而要求协约国确认德国蓄意违反《凡尔赛条约》。德国当时根本无力还手，时任总理威廉·古诺只好宣布消极抵抗：被占领期间停止鲁尔区一切生产，禁止各级官员执行法方命令。法国的回应是于1月17日开始接管工厂企业，没收煤炭、木材和交通工具，设立关卡征收关税和商品税，甚至直接接管私人公司资产。法军的占领极大破坏了德国经济，德国应声出现恶性通货膨胀，政府只好滥印钞票偿还战争赔款，当时大家去银行取钱都得扛着箱子去，最后魏玛政府为支付赔款只好在国际市场狂发债券，进一步加剧通货膨胀，到1929年居然一百亿马克买不了一片面包，德国的战争赔款只能暂停。

哪个公民会支持这样的政府？即使是真正民主上台保证你所有自由平等的政府？

然而，占领并非这次行动的结束，而只是开始。1月15日，五百多名德国人游行，面对法国军队高唱"我们一定要战胜法国"，被激怒的法军直接向人群开枪，一名十七岁学生当场丧命。

哪个德国公民会认为法国有理？

跟宋高宗向金进贡一样，德国的战争赔款并非仅是金钱的损失，也是巨大的政治羞辱：德国必须交出全部商船，每年再上交二十万吨新船（等于德国船厂年年免费替法国造船），年交四千四百万吨煤，三十七万头牛，还有德国化工和医药产品的百分之五十。德国人的私有财产被征用……德国所有殖民地被协约国瓜分，包括1897年以"巨鹿教案"为借口在中国抢到的青岛也被中国政府收回（当然，昏愦的满清政府随即又将青岛拱手送给了日本）。

这时候，谁反对赔款，谁就能赢得德国人的支持。

希特勒从头就反对赔款。1932年协约国召开洛桑会议要求德国在1933年之内赔款三十亿金马克，余款豁免。但第二年希特勒就上台了，他一向不承认《凡尔赛和约》，上台后立即拒绝继续支付赔款。此时，德国实际支付的战争赔款只是《凡尔赛和约》的百分之十七。

如果你是当时的德国人，你支不支持希特勒？

此事的后话是：二战后，再次战败的德国为重建千疮百孔的国家必须向全世界借款，但要借新款，就得先还旧债。1953年，德国债务国际会议确认德国当局必须兑现魏玛政府为支付一战赔款而在法美等国发行的债券。联邦德国首任总理阿登纳签订伦敦债务协议，同意由联邦德国赔偿二战之前的债务（当时德国分为西方支持的联邦德国与苏联支持的民主德国。民主德国完全不认这个账。）根据该协议，西德政府到1983年支付一百四十亿西德马克。可此事并未至此结束。这些赔款拖延了这么长时间，利息也是一大笔钱。从希特勒纳粹德国1945年倒台至1953年伦敦债务谈判开始前这段时间,所有债务产生的利息,伦敦债务协议明文规定德国重新统一后二十年内全部清偿。按当时计算,利息总额约为2.51亿西德马克。

在当时,这被认为是国际外交史最伟大的成功案例,大家俨乎其然地在谈判桌上激烈讨价还价,最后勉强达成双方都能接受的方案。而其实,这方案只是为了让联邦德国有资格再举新债。没人认为这笔债真有偿还的那一天,因为,坐在谈判桌前的人都坚信,自己不会活着看见德国重新统一。即使统一,也还不知道西方支持的联邦德国和苏联支持的民主德国到底谁统一谁呢。

三十七年后(1989年),柏林墙倒塌,冷战结束。1990年10月3日,联邦德国统一了民主德国!

而联邦德国政府居然就从1995年开始按伦敦债务协议开始偿还利息,按通行的3%计息。2010年10月3日,德国政府支付最后一笔赔偿九千四百万美元,距离1919年6月28日《凡尔赛和约》签字,这笔历时九十二年的债务至此划上句点。

这肯定是世界还债史上时间最长的赔偿之一。

这一天,正是德国重新统一的二十周年。德国历史学家郑重宣布:"2010年10月3日,第一次世界大战正式结束!"

看官须知,两次发动世界大战、两次被炸得稀烂的德国在二十一世纪重新赢得世界普遍尊重,重新成为世界强国,不是因为德国有钱,而是因为德国那块土地上的德国人。多少钱能买到一个世界强国?想当年宋朝时中国财政收入相当于全球GDP百分之五十,可宋徽宗和宋钦宗这两个伟大的艺术家不仅败光了家,最后自己也变成了金人的阶下囚。

富国,并不自动等于强国。

花开两朵,各表一枝,回过头再来说法国占领鲁尔区的事儿。法国出兵占领鲁尔区,这时爱因斯坦断然站在德国人一边。1923年

3月22日，爱因斯坦访华回德不久即发表措辞强硬声明退出"国际知识分子合作委员会"，抗议国联无所作为："我确信国联既无达其目的必需的力量，也无达其目的必需的愿望。作为虔诚的和平主义者，我必须断绝与国联的一切关系。我请求你们在委员会成员名单上划掉我的名字。"国联的软弱无力让爱因斯坦明白，和平主义在好战势力面前虚弱无力，在致和平主义杂志的信中他说："我做出这一决定是因为国联的表现显示它无法制止统治集团的任何勾当——无论其多么残暴。我离开国联是因为它在活动中不仅未能实现该国际组织的理想，事实上还践踏了这一理想。"

战胜国对德国的霸凌不仅出现在政治和经济，也出现在科学界。虽然战胜国所有科学家都高唱"科学无国界"，可他们反对邀请德国科学家参加国际交流。与他们相反，在和平主义者爱因斯坦眼中，科学从来都是国际的。1922年他写道："伟大的科学家毫无例外都知道这一点（科学是国际的），并且对它有强烈感受，甚至在国际冲突年代，当他们在心胸狭窄的同事中孤立无援时，他们仍会坚持这一点。欧战时每个国家选出来的代表大多背叛了他们的神圣职责。'国际科学院协会'解散。（战后）开过的一些学术会议不允许来自前敌对国家的学者参加，至今仍然如此。"他尖锐地指出："只要大多数知识分子心怀仇恨，就无法安排一次真正有意义的国际会议。而且，反对恢复科学家国际组织的心理仍很强大。"爱因斯坦当时唯一赞赏的是英国科学家："我必须借这个机会向为数众多的英国同事们表示感谢，他们在这困难的年代中始终不渝地表现出保卫知识分子国际组织的强烈愿望。"

一战中，英国正是德国死敌。

进入现代，科学的本质要求国际必须合作。而且爱因斯坦深信科学将会导致和平，因为"自然科学的代表人物，由于他们理论的普适性和有组织的国际联系的必要性，倾向于接受和平主义的国际思维……科学传统作为文化教育的力量应当在理性面前展示日益广阔的视野，并由于其普适性对人们产生强烈作用，使他们抛弃疯狂的民族主义"。爱因斯坦这些话其来有自。科学和平，是爱因斯坦和平主义最主要的基础。

然而，事实证明，科学是没有国界的，但科学家却是有国界的。一战后欧洲筹备召开新一届索尔维国际物理学大会，组委会提出原则上排除德国科学家，爱因斯坦大怒。1923年7月，爱因斯坦非常尊敬的前辈洛伦兹写信询问爱因斯坦是否愿意单独参会，爱因斯坦一口回绝。狭隘的民族主义是爱因斯坦平生最恨。他天生厌恶把科学作为推行强权的工具。1923年12月25日，已获诺贝尔奖的爱因斯坦给他一向敬重的居里夫人写信，再次表达对国联的不满："我知道我退出国联委员会并发表措辞尖锐的声明会惹您生气，理所当然。因为这之前不到半年，我自己还劝您参加该委员会呢！我的辞职不是出于卑下的动机，也不是出于对德国人的同情。我深信，国联（不同于我所属的那个委员会）尽管还虚饰一层薄薄的中立外表，但它的所作所为已经很像一个强权政治的驯服工具。在这种情况下，我不愿同国联发生任何关系。我觉得直率的声明并非坏事。也许我错了，但当时我的信念确是这样。"在信中爱因斯坦再次拒绝出席索尔维物理大会："如果我们跟那些被蛊惑人心的舆论操纵的群氓一样，按国籍或其他浅薄准则来对待对方，那我们肯定不配做真正的文化人。如果世道正是如此，那我宁愿待在自己书房，也不愿为外界的纷扰心烦。请一刻也不要以为我觉得德国人优越而鄙视他国人民；那可绝不符合相对论精神。"

当德国人遭到霸凌而国联无所作为，爱因斯坦就退出国联。

当德国人迫害犹太人，他就退出德国。

此事后话颇为有趣，值得一记：一年后，爱因斯坦很不寻常地承认自己错了。看官须知，爱因斯坦基本上是从不认错的。1924年

5月30日爱因斯坦致信该委员会副主席、英国古典文学家吉尔伯特·默里："我坦率相告，我最亲密和最开明的朋友们对我的辞职都深为惋惜。我自己也慢慢觉得，我的决定主要来自幻想破灭后那种短暂的情绪，而非清醒思考。固然国联至今常常失败，但在如此黯淡的日子里，它作为一个机构毕竟还能对那些为国际和解忠诚工作的人开展有效行动提供最大的希望。"当年6月21日国联秘书长埃里克·德拉蒙德正式邀请爱因斯坦重新参加该委员会，他欣然同意，此后任职八年，经常出席会议，发言重点一以贯之：呼吁改革中小学教育，而目的，是反战！他说："应当重写教科书。我们的整个教育制度应当灌注新精神，而不该延续古人的怨恨和成见。教育应始于摇篮，全世界母亲都有责任在自己孩子的心灵播下和平的种子。"

和足球一样，和平也得从娃娃抓起！爱因斯坦不相信世界上有人生为军国主义者。1931年1月访美期间他对美国作家乔治·西尔威斯特·菲雷克说："民众从来就非军国主义者，除非他们受到宣传毒害。我同意你的意见，我们必须教导群众抵制这种宣传。我们必须用和平主义精神来教育我们的孩子，让他们能预防军国主义。欧洲的不幸就在于欧洲人民已被灌输了错误的心理，我们的教科书颂扬战争，同时掩饰战争的恐怖，它们把仇恨灌输给孩子们。"然后，他说："我要教他们和平而不教他们战争。我要向他们灌输爱而不灌输恨。"

他是爱因斯坦。不过，对我而言，他是耶稣。

如果有耶稣的话。

1932年4月爱因斯坦再次宣布永久退出这个委员会，从此再未参与，不过这次原因是率性自在的爱因斯坦自认不适合参加严格认真的委员会工作。他退出了这个委员会，但并未退出反战舞台。就在这一年5月30日他带头签署著名的《全世界裁军宣言》，签名者还包括诺奖获得者简·亚当斯、罗曼·罗兰、罗素、泰戈尔、托马斯·曼、杜威、弗洛伊德和茨威格等。宣言不是爱因斯坦起草的，但它同 1914 年的《告欧洲人书》和 1955 年的《罗素—爱因斯坦宣言》一样，完整体现爱因斯坦坚持一生的信念：自由与和平。这些宣言并没制止世界上任何战争，而且被当时大部分政治家嗤之以鼻。不过，几十年后，被世界记住的只有这些宣言，那些叱咤风云、杀人如麻的政治家们，都被人嗤之以鼻。或者，他们连嗤都捞不上：他们根本被遗忘了。

爱因斯坦的和平主义就是反战，其焦点是反强制兵役。与通常的反战人士不同，他不光有理论，还有具体操作方法。这个操作方法，即世界兵役史上著名的"百分之二原则"。

啥子是"百分之二原则"？

1930 年 12 月 14 日，美国新历史学会在纽约开会，爱因斯坦在会上发表著名演讲《战斗的和平主义》，提出两条制止战争的具体行动方针，开宗明义就呼吁"不妥协地反对战争，并且毫无保留地拒服兵役"。他指出，只要拒服兵役的人达到应服兵役人数的百分之二，政府就束手无策，因为，世界上没有哪个国家有这么多监狱来关百分之二的青年！

这就是爱因斯坦著名的"百分之二原则"。

他居然用数学方程来计算和平的可能性："我相信，良心拒服兵役运动一旦发动，如有五万人同时行动，那就势不可挡。"我们可以嘲笑爱因斯坦的书生之见，但我们不得不景仰他为人类和平的良苦用心。事实上当时的人就很景仰。1931 年"反战国际"专门设立"爱因斯坦反战者国际基金"，其目的就是援助那些本不想服兵役、但因经济原因不得不走上战场的人。即使到了二十一世纪，"百分之二原则"仍然毫无可操作性，但在当时的青年中，"百分之二原则"

却不胫而走，世界各地都有不少青年公开佩带"百分之二"徽章表示拒服兵役。看官须知，在世界上绝大部分国家拒服兵役都算犯罪，至今。为此，爱因斯坦还提出"百分之二原则"具体行动方针，要求联合国立法保证拒服兵役者的法律权利。为避免这个权利被胆小鬼滥用，他建议让拒服兵役者去完成艰苦、危险且报酬低微的工作替代兵役。1930年爱因斯坦第二次访美时米离堪要求他少做政治性报告，结果他在加州理工学院大谈百分之二原则，搞得米离堪很恼火。而且，这次访美爱因斯坦每一次合影与会面都要收取少量费用，这些钱他都捐给了柏林穷人和全世界拒服役者。

爱因斯坦是伟大的和平主义者。很少有人会认为和平主义错误。全球和平，毕竟是理智人类的最终理想。然而，希望用理想来教育现实的爱因斯坦，很快遭到现实残酷的教育。他呼吁世界放下武器，可在他身后，希特勒却用武器瞄准了全世界。

让爱因斯坦单挑希特勒的，是个贵族美女——比利时王后伊丽莎白。伊丽莎白本是巴伐利亚公主，爱因斯坦德语大同乡。1929年爱因斯坦拜访定居比利时的舅舅恺撒·科赫时应邀到拉肯国王庄园拜访王后。喜好小提琴的伊丽莎白要求爱因斯坦与她和一位宫女表演三重奏，并谦称"第二小提琴手"，令对自己小提琴水平信心爆棚的爱因斯坦大为感动，从此成为王后好友，备极尊重，直到去世前不久致王后的最后一封信中，抬头依然是"亲爱的王后"。1930年10月爱因斯坦到比利时首都布鲁塞尔参加索尔维大会，这也是他此生最后一次出席这个大会。其间他再次拜访伊丽莎白王后，共奏音乐并共进晚餐，他在给老婆罗爱莎的信中说："就我一个人跟王后一家共进晚餐，甚至没有仆人，我们共享蔬菜，如菠菜、炒鸡蛋、西红柿等等，一顿便饭而已。我和他们在一起非常愉快。"跟王后吃一次国宴已经是格外殊荣了，像这样一家子陪你一个人吃饭的国王家宴，有几个物理学家吃过？正因为这样的友谊，1933年爱因斯坦遭到希特勒迫害时，伊丽莎白王后亲自出手相助。

正是在这次避难时，绝对和平主义者爱因斯坦遭遇了平生最大的挑战。

挑战是一封信，来自一位素不相识的德国青年，信中说他有两个比利时朋友佩戴"百分之二"徽章拒服兵役被比利时当局逮捕，请爱因斯坦出面营救。

绝对和平主义者爱因斯坦简直无法回信，因为，"百分之二原则"是他提出来的，而且这时候他是比利时国王的客人，而且，比利时国王正在动员全国青年参军抗战。踌躇之际爱因斯坦又收到一封没有地址的短信："亲爱的教授：有件急事，第二小提琴手的丈夫想和你谈谈。"爱因斯坦赴约。这一天，物理和王室弃音乐而就政治。王后的丈夫——即比利时国王——与爱因斯坦同名，也叫阿尔伯特。二十年前阿尔伯特国王在一战中率领国民坚决抵抗德国入侵，跟德国军队杀得尸横遍野，血流成河，损失仅次于法国。现在，比利时再次面对德国咄咄逼人的战争叫嚣。阿尔伯特国王详细向阿尔伯特·爱因斯坦说明希特勒的威胁。他并没有向爱因斯坦提问，但爱因斯坦的大脑接收了这个尖锐的问题：希特勒准备毁灭世界，比利时是否应当征召青年入伍备战？

其实，此时的阿尔伯特·爱因斯坦已无须阿尔伯特国王开导：纳粹的迫害和希特勒的战争机器给他上了最好的和平理论课。爱因斯坦是顶尖的物理学家，这并不等于他是顶尖的书呆子。当野兽扑上来咬断你的喉咙时，你没有时间跟它讨论和平。1933年7月14日，阿尔伯特·爱因斯坦致信比利时国王阿尔伯特阐述他的和平主义新定义，以及，更重要的，对两个比利时青年拒服兵役案的态度：

陛下：

良心拒服兵役者常常困扰我。这问题十分严重，它远远超过我面前的这一特殊事例。

我已表明，尽管我同反战运动联系密切，但我不会干预此事，理由：1.在德国事变造成的当今险恶情况下，比利时武装力量只能看作防御手段，而非侵略工具。而且现在，我们迫切需要这种防御力量。2.任何试图干预此事的人都不配成为比利时的客人。

此外，我还想冒昧地多说几句。凡因宗教信仰与道义信念而不得不拒绝服兵役者，都不应成为罪犯。至于他们拒服兵役究竟是出于坚定的信念，还是出于并不那么高尚的其他动机，都不应由任何人随意裁定。在我看来，有个严肃有效的办法可用来考验和使用这些人：应给他们机会选择更繁重和更危险的工作来代服兵役。如他们信仰足够坚定，他们会选择这些工作；而这种人可能不会很多。我想下面这些工作可代服兵役：矿山劳动、在船上给锅炉加煤、在医院传染病房或精神病院当护理，以及诸如此类的工作。凡是自愿接受这种无报酬义务服役的人，肯定具备出乎寻常的品德，确实应当受到重视，而非仅仅承认他是良心拒服兵役者。无疑，他不应被视为罪犯。如果比利时制定这样的法律，或者哪怕引领这样的社会风尚，它就会成为走向真正人道主义的巨大进步。

致以诚挚的敬意！

阿尔伯特·爱因斯坦

四十年后，1973年10月10日，联邦德国政府成立联邦民役署（Bundesamt für den Zivildienst），规定出于信仰和平而拒服兵役的国民可以申请服"民役"：在难民营、传染病医院和养老院等工作替代兵役，并只领取基本生活费。虽然爱因斯坦后来纳还德国国籍，但德国确实在法律上实现了他的理想。

给阿尔伯特国王寄信后六天，1933年7月20日，爱因斯坦给那位替这两位比利时青年求情的德国青年回信，详细说明了他的新和平主义思想："我的回答会让您大吃一惊。至今我们欧洲人一直认为个人反战即对军国主义的有效反击。然而今天情况大为不同。在欧洲心脏有个强大的德国，它显然正竭尽所能准备战争。拉丁语系国家，尤其是比利时和法国面临严重威胁，它们不得不依靠自己的武装力量。就比利时而言，这个小国无论如何不可能滥用其武装部队，但她迫切需要军队来捍卫自己的生存。试想比利时被今天的德国占领，事情会比1914年更糟，而1914年就已经很糟了。因此我向您坦承：如果我是比利时人，在目前情况下我不会拒服兵役，相反，我会高高兴兴去服兵役，因为我相信这是拯救欧洲文明……这并不意味着我放弃以前坚持的原则。我最大的希望莫过于在不久的将来让拒服兵役重新成为服务人类进步事业的有效方法……请您的朋友们注意这封信，尤其是目前在监狱里的那两位。"

对全世界绝对和平主义者而言，这封信等于晴天霹雳，立刻在欧美引起广泛激烈的抗议，他们同仇敌忾谴责爱因斯坦背叛原则。"良心拒服兵役者同盟保卫委员会"法国秘书写信大骂爱因斯坦，1933年8月28日爱因斯坦回信说："几年前我致信亚当教授时用下面的话替拒服兵役辩护：'我承认对非洲某些黑人部落说来，拒绝战争会引起最严重的危险；但对于欧洲的文明国家，那就完全不同了……我的观点并未改变，但欧洲情况已经改变——它已经发展得很像非洲了。只要德国坚持重新武装自己，并且系统地教育德国公民准备发动战争复仇，很不幸,西欧各国就只好依赖军事防御。的确，我甚至可以断言，如果这些国家足够审慎，它们就应当武装起来而非坐等攻击……由于我像以前一样从心底厌恶暴力和军国主义，我说上面这些话并不容易，但我却不能对现实视若无睹……如果您有其他办法可使现在的自由国家足以自卫，我深愿洗耳恭听。"这份声明在犹太复国主义者中引起巨大震动。

诚如爱因斯坦所言，他写这封信确实并不容易，因为这意味着他突然放弃自己的绝对和平主义理想，而爱因斯坦从不放弃自己的理想。但是，吕端大事不糊涂，关键时刻，爱因斯坦看清，跟法西斯主义德国讨论世界和平无异于与虎谋皮。这个至死否认量子论的伟大科学天才，却在政治上投出了正确的一票：他宣布自己准备投入反德战争，虽然全世界都知道他是德国人，兼绝对和平主义者。

事实上，爱因斯坦在物理上犯过错误，在家庭上犯过错误，在个人情感犯过的错误更是罄竹难书。但是，在政治上，爱因斯坦这个从不搞政治的物理学家，却几乎从未犯过错误。

不是每个得过诺贝尔奖的物理学家都这样！

希特勒宣布纳粹帝国将存在一千年，这个罪恶的千年帝国中没有和平的位置，于是，以剑治之者，以火治之者，即和平主义者。

爱因斯坦选择了战争，却是为了和平。

他从此再未改变立场。1934年11月美国芝加哥期刊《政治》发表阿林生的文章批评爱因斯坦改变和平主义立场，题为《爱因斯坦，请你为欧洲和平发言》。爱因斯坦当即以《和平主义的重新审视》回应，呼吁丢掉幻想，准备与希特勒纳粹德国殊死一搏，文章1935年发表在《政治》1月号："扼要坦率地说，阿林生先生的指责是：'一两年前你公开劝大家拒服兵役，而现在——尽管国际情况变得出乎意料的糟而且更尖锐——你却默不作声，更糟的是，你甚至撤销了以前的声明。这是否因为你的理解力、或你的勇气、或可能两者都在最近几年事变的压力下受挫？如非如此，那么请毫不迟疑地向我们证明，你仍然是我们正直的兄弟。'"阿林生的话并不错。面对如此尖锐的正确指责，爱因斯坦回答："我深信的原则是：只有组织国际仲裁法庭才能真正解决和平问题。这种组织与目前日内瓦的国际联盟不同，这个组织应在其权限内可以强制执行裁决，它是一个具有常备军事设施和警察部队的国际法庭……从这个基本信念出发，我赞成能使人类接近超国家组织这一目标的任何方法。直至几年前，勇于自我牺牲的人拒服兵役，就是这样的办法，但现在却不能推荐它充当行动准则，至少对欧洲各国是这样……今天我们应明了，某些强国已使其公民丧失独立政治立场，他们通过无所不在的军事组织，利用它们奴役的报纸和控制的无线电广播以及系统教育来撒下弥天大谎宣扬侵略，引人民入歧途。在那里，有勇气拒服兵役的人面临殉难和死亡。而另一方面，在仍然尊重公民政治权利的国家里，拒服兵役很可能会削弱文明世界抵抗侵略的健康能力。因此，今天，任何有识之士都不会支持拒服兵役，尤其是在处境特别危险的欧洲……不同时代需要不同手段，尽管最后目标不变……我特别建议美英之间深思熟虑的持久合作，如果有可能，还得加上法国和俄国……在目前的黑暗局势中，这是唯一的希望。"

第二次世界大战还没爆发，爱因斯坦就断言，要打败法西斯德国，英美法必须与苏联联手，而当时英美法跟苏联势如水火。第二次世界大战之所以爆发，最大的原因就在于英美法对德国违反《凡尔赛条约》重新武装自己睁一只眼闭一只眼，因为，他们希望德国向东去打苏联。最后，第二次世界大战的胜利，跟爱因斯坦给出的这张路线图一寸不差。

希特勒一上台，爱因斯坦就断言新的战争不可避免。当时整个欧洲，与爱因斯坦所见略同的只有一个人：丘吉尔。而且，他跟爱因斯坦一样深陷怀疑、嘲笑和责骂的大海。爱因斯坦不仅确信希特勒的纳粹德国一定会发动战争，而且他还准确地预言了战争开始的时间。1935年8月爱因斯坦与美国作家巴特勒特谈话，谈话记录

1938年8月发表在《观察画报》。爱因斯坦说："战争会到来。我怀疑战争在今年或明年就要爆发；舞台还没布置好，但再过两三年战争就会降临。"

1939年，第二次世界大战爆发。

巴特勒特问他"百分之二原则"是否能制止战争，爱因斯坦回答："这种抵制是不够的。"他要求建立有军队、有执法权的联合国，同时教育人民憎恨任何形式的战争。他赞成罗曼·罗兰的观点：个人对财富的贪婪和国家对财富的争夺必然引起战争。巴特勒特又问人类能否消灭战争，爱因斯坦回答："是的，我相信能够消灭战争。事实上，我确信。"他接着表示了对人类未来的乐观："把美和手足之情带进生活，这是人的主要志向和最高幸福。这能够达到，但不是通过恐惧，而是由于对人类天性中最美好东西的永恒追求。"

为打垮纳粹，为保卫人类的自由、民主和文明，为保卫和平，爱因斯坦这个全世界最著名的和平主义者积极投入反法西斯战争。他虽然没有像海明威一样直接走上战场——他太老了，只能变成累赘——但他确实亲身参加了美国的战争行动，他是美国海军军械局顾问。1944年，六十五岁的爱因斯坦在堪萨斯州拍卖狭义相对论手稿，以六百五十万美元成交。爱因斯坦没留下一分钱，全部捐献，支持反德国法西斯的战争。作为一个德国人！

此时罗爱莎去世已八年，所以爱因斯坦把家里的钱送人也没人骂他。当然，罗爱莎活着也不会骂。她好像很少因为钱的事情骂爱因斯坦。事实上，她好像从来就不怎么骂爱因斯坦，甭管这个大孩子说了什么和做了什么。

当人类面临二战惊天浩劫时，爱因斯坦没有像很多一流科学家那样选择躲回象牙塔去搞什么劳什子"纯科学"。可以肯定地说，搞"纯科学"的人，通常都是懦夫。

他像劳鹤一样，选择在场！

而且，只要反对纳粹法西斯，爱因斯坦一定在场，哪怕他实际上并不在场。1937年4月18日纽约举行声援西班牙共和国大会，参加者三千五百人，爱因斯坦因病缺席，但请人宣读了他的电报："我首先要大声疾呼拯救西班牙的自由，必须采取强有力的行动，所有真正的民主主义者义不容辞。即使西班牙政府和西班牙人民没有表现出这样可歌可泣的大无畏精神和英雄气概，这种责任仍然存在。如果西班牙丧失政治自由，那就会严重危及人权诞生地德国的政治自由。祝愿你们能够唤醒民众积极支持西班牙人民……我衷心祝愿你们在这一正义和意义深远的事业中取得成功。"

爱因斯坦在一战中成长为绝对和平主义者，他反战完全源于对人类的责任感和正义感："当世界上有地方无辜人民遭到残酷迫害，被剥夺权利，甚至被屠杀，岂能袖手旁观、漠不关心？"

问题，就是答案。

战争，有时确实意味着和平。

1918年11月德国士兵起义，工人罢工，威廉二世仓皇出逃，德国战败，爱因斯坦却给住在瑞士的妈妈写信说："我第一次在柏林感到心情舒畅。"一战结束，证明绝对和平主义者爱因斯坦正确，但他却因为自己的正确而遭到德国大众的围攻和唾弃。

二战开始，爱因斯坦被迫修正他的绝对和平主义，但历史再次证明，他的修正确实正确。1933年希特勒上台，德国一头栽进法西斯漩涡，爱因斯坦意识到新的战争不可避免，他断然放弃自己的绝对和平主义主张："当必须保卫法律和人类尊严时，我们必当挺身而出。法西斯危险到来，我已不再相信绝对被动的和平主义。只要法西斯主义统治欧洲，就不会有和平。"事实上，根据爱因斯坦自己的相对论，绝对的和平主义也并不存在。因为，这个宇宙中间，根本就没有任何东西是绝对的，包括时间和空间。

1947年5月，爱因斯坦应邀为"美国纪念碑建造工会"发起的世界大战烈士纪念碑题词："我们痛苦而死，是为了让你们获得自由，是为了和平正义能够战胜。你们这些活着的人，勿忘我们的牺牲加在你们肩上的责任。"

　　这段题词最后并未被采用，但它比被采用的题词流传广多了。

　　2003年8月26日，德国洪堡基金会依例组织洪堡学者环游德国，我随团参观了慕尼黑郊外纳粹第一个集中营——达豪集中营，并在焚尸炉前看见深刻石碑上的那段话："勿忘我们惨绝人寰地死于这里！"（Denket daran, wie wir hier starben!）与爱因斯坦的题词异曲同工。

　　弹指十四年，每次想起，依然天雷击顶，惊心动魄。

　　爱因斯坦从未忘记。终其一生，在战争与和平的选择中，他始终是一个坚定的和平主义者，一个坚定的反法西斯主义者。

　　他始终站在历史的阳面。

　　从未改变！

你听，你听，爱因斯坦的宇宙信仰

前面说到爱因斯坦是和平主义者。他信仰和平。但是，到网上一看，才知道他信仰多多，基督徒说他信仰基督教，犹太教徒说他信仰犹太教，佛教徒说他信仰佛教。还有很多文章言之凿凿：爱因斯坦是个虔诚的信教者。

这话其实没错。但这话仍然错了。因为，他们不明白爱因斯坦信仰的是什么。

一战结束，德国战败，德国人本来就很不高兴，结果爱因斯坦教授1922年却在一本和平主义宣传册中公然说："受命当局参与系统屠杀的人，或受利用而参加类似活动及其准备工作的人，无权自称基督徒或犹太人。"这一句不但是个政治问题，还是个宗教问题，还是个信仰问题。

第一：柏林威廉皇帝物理研究院院长爱因斯坦是德国公务员，一个德国的公务员居然说德国人参加德皇发动的战争是"有计划的屠杀"，这不是卖国是什么？

第二：基督教乃德国国教，爱因斯坦这句话一篙打落一船人，开罪全体德国人民。

第三：爱因斯坦是犹太人，对广大德国犹太教徒而言，他这句话不仅是严重的宗教挑衅，而且挑战了他们根深蒂固的信仰。

好吧，那么，宗教跟信仰是一回事吗？

事实上，并不是。

那么，啥子是宗教？

"宗教"这个字英文写作"religion"，源于拉丁文"religio"，本意为"有限者（人）与无限者（神）的结合"。看官须知，欧洲中世纪说到"宗教"指的就是天主教，因为当时欧洲基本没什么其他教。天主教对宗教的定义是：严格遵守教义和天主教礼仪、畏惧上帝、赎罪、圣洁，等等。

在东方这个事儿有点不一样：在佛教里，"宗"和"教"不是一回事。《华严经》五教章卷一定义"宗"指无言之教，"教"为有言之宗。中国古代有"宗"和"教"，却没有"宗教"，"宗教"这个词是从印度传入中国的。中国之所谓"禅宗"，就是主张抛开话语、师徒心心相传的，即无言之教。

西方的"Religio"本意指对超自然事物的敬畏，因此，所有宗教都有让人敬畏的"末世"或"地狱"。最早的宗教是图腾崇拜，即把自己认为最伟大的事物画成图或弄成雕塑来拜。

宗教错综复杂，但大致可分四类：

第一类是泛神教（Pantheism），认为世界万事万物都有神灵，都是同一主神的不同表现形式，如古印度教认为世界上有三千三百万神灵，每一位都有名字，但其实他们都是宇宙最高本原"梵"的表现形式。

第二类是多神教（Polytheism），它认为世界上有很多神，每个神都是独立的。世界古老文明一般先出现多神教，如古埃及宗教、古希腊神话、日本神道教和南美洲伏都教。佛教虽然只有一个佛陀，却可以视需要化身为不同菩萨，也可归为多神教。其实佛学作为哲学要算无神论，与佛教徒崇拜的那个佛教有不小差别。

第三类是二元神教（Dualism），它把世界万事万物划为阴与阳、善与恶、天与地、生与死、光与暗、肉体与灵魂、物质与精神等二元神体系。这类宗教包括古希腊的奥尔菲斯教、基督教诞生前中东最有影响的宗教——古波斯帝国国教琐罗亚斯德教（Zoroastrianism，波斯文：مزدیسنا），后称摩尼教，在中国则称为"祆（音先）教"，也称拜火教。顺便说一句，这个教的教主就是尼采哲学代表作的主人公查拉图斯特拉（琐罗亚斯德）。拜火教将善与恶、火与暗、生与死极端对立，连它的最高神也有两个：善神阿胡拉·玛兹达（Ahura Mazda，代表火）和恶神安格拉曼纽（Ahriman）。

第四类是一神教（Monotheism）。看官须知，一神教里也有其他的神，但都有一位全能至高的大神。犹太教（信奉上帝）、基督教（上帝）及伊斯兰教（真主安拉）均为一神教。印度教虽可称泛神教，但它的毗湿奴派中毗湿奴为唯一神，而在湿婆派中，湿婆为唯一神，梵天与毗湿奴都归湿婆神管。

我们一般听说过的三大宗教是源自穆罕默德的伊斯兰教、源自释迦牟尼的佛教和源自耶稣的基督教。称三大宗教，是因为它们教徒很多。据联合国统计，2010年7月世界总人口大约七十三亿，其中大约有二十二亿基督教徒，十六亿伊斯兰教徒和八亿佛教徒。

Well，这是宗教。那么，啥子是信仰？

信仰（英文 faith）来自人类思想。当原始初民刚开始思想时，他首先会问自己：我是谁？我为什么要来到这个世界上？事实上现在也有很多人问。这种思想的结果通常是痛苦，因为你发现这个问题无法回答。为说服自己，确信"我来到这个世界是有意义的"，这才开始有信仰。有信仰的人通常比无信仰的人更能经受失败打击，更乐观，更幸福。科学研究证明，有信仰的人免疫系统比常人好，平均寿命确实高于没有信仰的人。信仰原称"仰信"，即诚心仰慕信奉，梵语为"sraddha"，音译为"舍罗驮"，意为"心的作用"，是俱舍宗十大善地法之一，反之者称为"不信"，是俱舍宗十大烦恼地法之一。

现在的"信仰"就是我们对某一对象的信崇，并把它奉为自己的行为准则。信仰的对象不一定非得是神或救世主。比如共产党信仰共产主义，虽然共产主义创始人是德国莱茵兰—普法尔茨州人卡尔·马克思，但即使信仰最坚定的共产党员也不会把马克思看成神。顺便说一句，马克思，也是犹太人。

所以，信仰跟宗教是两回事。信仰是思想，宗教是组织。有道是"人找人产生宗教，神找人产生信仰"。从词上说，宗教是名词，信仰是动词，因此，信仰是主动行为。信仰的对象可以是任何东西，比如古希腊人信仰火、沙、水、风四元素，宋朝人信仰"天人合一"，明朝人信仰"饿死事小，失节事大"，现在我们信仰共产主义，而世界上有很多很多人信仰金钱，还有些人为图省事直接信仰老婆。

但是，宗教的对象通常都是神。

英国宗教史家泰勒（E.B.Tylor）说，宗教是人敬畏神所产生的对神的信仰。宗教一般包含五大要素：教主、经典、教义、礼仪和组织。如伊斯兰教教主是穆罕默德，经典是《古兰经》，教义为六大信仰（安拉、穆罕默德是安拉的使者、天使、经典、前定、死后复活），其礼仪是"念、拜、斋、课、朝"五功，组织形式过去实行门宦制，新中国成立后废除"门宦"，改为"中国伊斯兰教协会"。

大宗教除了上述五大要素还有复杂的象征系统，如佛教有九大象征：塔象征佛教，法轮象征佛陀说法，莲花象征清净，光相象征佛和菩萨的智慧之光、"卐"（音"万"）象征吉祥福德，念珠象征教徒身份，菩提树象征"觉悟"和"成道"，曼陀罗图案象征佛教，红、黄、橙、白、蓝及五色混合的六色旗象征佛教信仰。再比如十字架象征基督教，新月象征伊斯兰教，阴阳鱼象征道教。

那么，爱因斯坦是否信仰宗教呢？

看官须知，犹太教徒说爱因斯坦是犹太教徒其来有自，因为他出生于犹太家庭，父亲赫尔曼和母亲保琳娜都是犹太人，而且一直希望他信仰犹太教。爱因斯坦后来在慕尼黑上基督教小学，家里还专门请了家庭教师教他犹太教义。可让父母大失所望的是，爱因斯坦成年后不仅不信仰德国国教基督教，而且也不信仰母体文化的犹太教。如果有个人来告诉你爱因斯坦信仰宗教，你就笑笑好了，因为他根本啥都不知道。跟傻子认真你就输了。

爱因斯坦不信仰任何宗教，这事儿不是我说的，是他自己说的。1954年3月24日爱因斯坦给一位工人回信时写道："你所读到的关于我信教的说法当然是个谎言，一个被系统地重复的谎言。我一向明确清楚地表示：我不相信人格化的上帝。如果我内心有什么能称为宗教的话，那就是对我们的科学所能够揭示的这个世界的结构的无限的敬仰。"

爱因斯坦之前和同时代的科学家确实有很多信仰上帝。中世纪欧洲最强大脑圣·奥古斯丁和托马斯·阿奎那都力图通过自然界和自然论证上帝存在。奥古斯丁说，既然宇宙是上帝创造的，宇宙秩序就理所当然地体现上帝的大智大慧，《圣经·旧约》明明写着："创造物反映造物主，上帝的荣耀体现在其所创造的事物中。"十三世纪英国著名哲学家、修道士罗杰·培根宣称："上帝通过两个途径表达他的思想，一个是《圣经》，一个是自然界。"在爱因斯坦代表的物理大革命之前，欧洲最著名的科学家几乎都是基督徒，如哥白尼、布鲁诺、开普勒等等还都是修道士。发现行星运动三定律的开普勒是虔诚的基督徒，他从事科学研究的最终目的就是要证明上帝创造的宇宙是多么和谐，他的行星运动第三定律出版时名为《宇宙的和谐》。这些基督徒中最有名的科学家是牛顿。可随着科学的发展，信仰上帝的科学家越来越少，2013年美国有个调查，证明美国科学院院士只有百分之七相信上帝存在。像爱因斯坦和霍金他们思考的问题已经不是是否有上帝，而是"我们还需要上帝吗"？霍金有次演讲介绍了非洲的一种创世论，认为世界是创世主闹肚子拉出来的。

在这方面，爱因斯坦跟霍金一样尖锐。2012年10月18日，爱因斯坦一封亲笔信在易趣网（ebay）上拍出三百万零一百美元。这封信正是大名鼎鼎的"上帝之信"，写于爱因斯坦1954年逝世之前。这封"上帝之信"2008年5月15日曾在伦敦布卢姆斯伯里拍卖会出现，起拍六千英镑，以十七万英镑成交，之后被保存在温控储藏室。此次这名买家开价三百万美元，结果只有一人竞标，他多加一百美元就拿下了这封信。这封信是用德语写给德国哲学家、犹太人葛金（Eric Gutkin）。它之所以被称为"上帝之信"，是因为在这封信中爱因斯坦明确讨论了上帝："我认为犹太教就跟所有其他宗教一样，是幼稚迷信的化身……于我而言，'上帝'这个词不过是人类自身脆弱性的表现和产物，《圣经》不过是一本可敬但幼稚的原始传说集。任何解读——无论它多么奥妙——都不能改变这一点。"

不过，因为宗教跟信仰并不是一回事儿，所以，爱因斯坦不信任何宗教，并不等于他没有信仰。

事实上他有。

爱因斯坦并不自我矛盾。1918年4月柏林物理学会为普朗克举办六十大庆，爱因斯坦发表祝词《探索的动机》说："科学家都具有宗教情感，但他们的宗教不是基督教。"十二年后（1931年12月）爱因斯坦第二次访问美国前为纽约《时代周刊》撰文《宗教与科学》时写道："我认为宇宙宗教感情是科学研究最强有力、最高尚的动机……你很难在造诣较深的科学家中找到无宗教感情的人。但这种宗教感情跟普通人的宗教感情风马牛不相及。"

因此，在爱因斯坦那里，科学家具有宗教感情，但却并非基督教。

《圣经》有个故事说：亚伯拉罕照看羊群，夜晚常同牧人一起围坐篝火。夜凉如水，宁静广袤，发人深思，亚伯拉罕常常连续几小时观察星辰，研究星星运行路线，深刻领悟宇宙的无垠、宏伟、美丽与和谐，于是心中惶惑不安，因为他对月亮神的信念日益动摇。终于有一天他突然领悟：只有全宇宙包括太阳、月亮和星星的创造者，才是唯一的神。这神威力无穷，无所不在，但又无影无踪。

亚伯拉罕仰望星空，发现了统治宇宙的"神"——上帝。

爱因斯坦仰望星空，发现了大自然的美丽与和谐。

他们对宇宙的宏伟、美丽与和谐同样产生了极大的惊愕和敬畏，但他们的结论完全不一样。看官须知，仰望星空，通常是我们这种被称为"人类"的动物产生宗教信仰的原始冲动。新弗洛伊德主义代表人物弗洛姆在其《精神分析与宗教》第三章"宗教经验若干类型分析"中说，人类的宗教感源于对某种强大权威的皈依，我们通过皈依逃避孤独感，借此从有涯到达无涯，从有限到达无限。他宣布"上帝不是统治人的力量的象征，而是人自身力量的象征"。自古以来，宇宙的对称性、美和秩序令西方无数思想巨人五体投地：开普勒、牛顿、莱布尼茨、法拉第、玻尔、卢瑟福、玻恩、泡利等等，等等。他们用宗教的虔诚与献身精神致力于揭示大自然那无穷无尽的奥秘。普朗克说："当我们追问一个至高无上、统摄世界的伟大力量的存在和本质时，宗教便与自然科学合二为一。它们给出的回答在某种程度上亦可比较。正如我们所见，它们不仅不矛盾，而且协调一致……所以，没有力量能阻止我们（同时我们对统一世界观的求知冲动也促使我们）把这两种无处不在、神秘莫测的伟大力量等同起来，这两种力就是自然科学的世界秩序和宗教的上帝。"

看官须知，基督教曾长时间是科学的死敌，它无情迫害发现血液循环的西班牙医生塞尔维特和哥白尼、伽利略、布鲁诺等伟大科学家。爱因斯坦宣布自己信仰宗教，但他这个宗教显然跟牛顿不一样，肯定不是犹太教和基督教，他的日子因此过得比牛顿差多了，但也正因为如此，他站得比牛顿高多了。

爱因斯坦说不信仰基督教与犹太教的上帝，但又说自己有信仰，那么，他的信仰到底是什么？

1929年4月24日，纽约国际犹太教堂拉比戈尔德斯坦（Herbert Goldstein）发海底电报到柏林问爱因斯坦："您信仰上帝吗？回电费已付，请勿超过五十个字。"爱因斯坦当天回电："我信仰斯宾诺莎的那个显现于存在事物的秩序与和谐之中的上帝，而非那个与人类命运和行为藕断丝连的上帝。"这个"藕断丝连的上帝"，指的就是教会推崇，千万虔诚教徒礼拜的那个上帝。

爱因斯坦的最高生活目标，是斯宾诺莎"对神的理智的爱"，即理解自然界的和谐美。他宣布："我的见解接近斯宾诺莎：'赞美秩序与和谐的美，相信其中存在的逻辑简单性'，这种秩序与和谐我们只能谦恭地去领会，而且无法完全领会。"爱因斯坦的助手霍夫曼在回忆文章中写道："每当他判断一个科学理论——他自己的或别人的——时，他都会问自己，如果他是上帝，是否会这样创造世界。这乍一看似乎很像神秘主义，而非科学思想，可它表明爱因斯坦信仰宇宙中存在最终的简单和美。只有一个在宗教上和艺术上具有深挚信念的人，他相信美，等待去发现，才会构造出这样的理论。"

因此，爱因斯坦确实具有信仰，但他确实不信仰基督教的上帝，和犹太教的上帝。事实上，绝大多数科学家对宗教的看法接近爱因斯坦。1937年5月普朗克在波罗的海沿岸作题为《宗教与科学》的系列演讲，提出一个响亮的口号"向上帝走去！"很多人以此为证据，宣布普朗克是虔诚的基督徒。

其实，普朗克这个上帝，并非教会宣布的那个全知全能、创造了人类和宇宙的上帝。那是另外一个上帝。普朗克谈到自己信仰时明确说过："我一向具有深沉的宗教气质，但我不相信一个具有人格的上帝，更谈不上相信基督教上帝。"令人惊讶的是，爱因斯坦跟歌德、叔本华、尼采他们一样，认为东方的佛教最有未来，他说："未来的宗教将是一种宇宙宗教，而佛教包括了对未来宇宙宗教所期待的特征：它超越人格化的神，避免教条和神学，涵盖自然和精神，它更是基于对所有自然界和精神界事物作为一个有意义整体的体验而引发的宗教意识。佛教完全与此相合。如果有任何能够应付现代科学需求的宗教，必是佛教。"

尽管如此，把爱因斯坦称为佛教徒显然也与事实不符。

对于欧洲人而言，美国虽然是块儿新大陆，但这里的基督教信仰却十分保守，基督教问题远比在欧洲敏感得多。爱因斯坦的《宗教与科学》这篇文章被认为挑衅基督教，在美国引起轩然大波，许多美国人认定爱因斯坦是无神论者，甚至深受爱因斯坦尊敬的美国天主教大主教福尔顿·J.西恩对这篇文章也颇有微词，他讽刺地说："爱因斯坦的'宇宙'宗教只有一个缺点：即在'comic'（无稽之谈）这个单词里多加了一个's'，即'cosmic'（宇宙的）。"他的意思是，爱因斯坦的"宇宙宗教"是"无稽之谈"。

爱因斯坦跟托尔斯泰一样具有虔诚的信仰，但他不信仰任何现有的宗教，在一家犹太报纸采访时他解释说，这个上帝"将自己融入所有存在，却不以有形上帝的形象出现，高高在上以救世主的怜悯来关心人类命运和主宰人类的活动"。他在致信朋友时还说，宗教是谦卑地崇拜更高级的精神，这种精神通过我们对世界的理解得到展现。

爱因斯坦的和平主义正是基于这种宇宙信仰。爱因斯坦并不信仰社会主义，但他却对反法西斯主义的社会主义相当有好感，1920年后他与社会主义者蔡特金、豪夫曼、珂勒惠支、摩伊斯、格勒茨、曼西茨维克共同签署了多个人道主义宣言。1923年他参加新成立的"新俄国朋友会"，跟苏联政治家、人民委员卢那察尔斯基及苏联矿物学家菲尔斯曼等一起成为该会积极成员。1921年初列宁派到柏林的文化使者菲德斯曼教授拜访爱因斯坦，告知他年轻的苏维埃俄国即将出版第一批科学技术书籍，包括相对论。爱因斯坦握住他的手说："请代我问候列宁！"

在本书的前言，大家已经看到，爱因斯坦并不随便问候一个人。当时爱因斯坦还对菲德斯曼说："你们伟大的社会主义政治实践对全世界有决定性意义。我们都应该帮助你们。"爱因斯坦说到做到，当时苏联留学生和科学家在德国不受欢迎，爱因斯坦的教室和家却热情敞开大门欢迎他们进入。他还资助德国共产党成立的"妇救会"，声援被关押的工人党党员及家属，应邀在马克思主义工人学校做报告。1924年德苏友好团体"文化技术东方协会"理事、电机工程师奥尔格·阿尔科写信聘请爱因斯坦为理事，并邀他一道访问苏联，爱因斯坦亲自回信："很抱歉我不能接受你们亲切的邀请与你们同访莫斯科。我不敢中断科研，因而我现在不能出外旅行。"但他紧接着就说，"请允许我趁此机会表示，你们的努力使我很感高兴。你们不顾当前的政治斗争，重建横跨国界的广泛文化纽带。我为自己成为你们理事会的一员而感到荣幸，我祝愿你们这个团体取得最大的成功。" 1930年爱因斯坦在柏林北城马克思主义工人学院作了《一个工人应该了解的相对论是什么》的报告，还允许共产国际用他的名义进行宣传。

爱因斯坦并不信仰共产主义，他对无产阶级专政也非常保留，他在《为什么要社会主义？》（1949年）一文中的看法今天看来仍然正确:"计划经济并非社会主义。计划经济可能带来对个人的完全奴役。社会主义的建成需要解决一些极端困难的社会、政治问题,鉴于政治权力和经济权力的高度集中,怎样才能防止行政人员权力无限和傲慢自负呢?怎样保障个人的权利、同时又确保对行政权力的民主平衡力量呢?"但是,对社会主义的保留态度并不妨碍爱因斯坦支持苏联共产党争取社会公正的劫富济贫。他对苏联共产党的支持,就是源于他的和平主义思想。因此,爱因斯坦当时对共产主义的好感不是无缘无故的,他对基督教的失望,也不是无缘无故的,1943年他说:"我反对教会对孩童灌输有人格化上帝的教条,因为教会两千年来做了许多不人道的事……你只要看看教会在历史上对付犹太人和穆斯林的仇恨表现、十字军所做的坏事、宗教裁判所的火刑柱,当犹太人和波兰人在挖掘自己坟墓的时候,教廷对希特勒的默许。希特勒年幼时还作过圣坛童子!"爱因斯坦尤其不满教皇庇护十二世没有公开站出来反纳粹。

因此,爱因斯坦不是犹太教徒,不是佛教徒,更不是基督教徒。他根本就不是任何教徒。

1932年8月底,德国纳粹阴云罩顶,在德国遭到万众围攻的爱因斯坦在卡普特木屋写下了《我的信仰声明》(*Mein Glaubensbekenntnis*),其中明确说明他的宗教信仰:

> 人类最美丽和最深刻的生命体验是感知神秘事物,这也是宗教和所有艺术与科学更深探索的基础。没有体验过这些的人,虽然不能说就是死人,但我觉得他至少是盲人……所谓宗教虔诚,就是感觉到在我们生命体验的背后隐藏着我们精神无法达致之物,其美丽和崇高我们只能间接并在微弱的反光中窥得。正是在这个意义上,可以说我信仰宗教。仅仅充满惊奇地预感到这些神秘的存在,并谦恭地在精神上隐隐约约地尝试描绘那

存在的崇高造物，我就已经心满意足了。

让我们跟爱因斯坦看齐，追求宇宙信仰。

什么叫作宇宙信仰？

大概就是《庄子》中《知北游》所说："天不得不高，地不得不广，日月不得不行，万物不得不昌，此其道与。"

大家会说：天自然高，地自然广，日月自然运行，万物自然昌盛，你这不是废话？

并不是。

真没看到这几句话都有"自然"两个字？

废话的是我们。人类用宗教和哲学给了宇宙（时间和空间）太多太玄的形而上学解释，到后来反而忘了我们其实想追寻的是什么。

太多太玄的解释，即"废话"！

爱因斯坦有句名言是：世界最不可理解的，就是它可以理解。

说到底，要理解爱因斯坦的宇宙信仰很简单。

不过一个"自然"而已。

跟上帝打一场量子麻将

相对论如日中天,但在德国向北的天边,另一场席卷物理学的大风暴却起于青萍之末。一群更年轻的物理匪徒云集丹麦哥本哈根,匪首为玻尔(Niels Henrik David Bohr 1885–1962)。他比爱因斯坦小七岁,其他人更年轻,甚至还有硕士生。这群嘴上没毛的物理土匪戏剧性地修正了物理史前进的轨道。他们理论一个小小的副产品是半导体,而半导体的后果是计算机。从这个意义上说,他们是比尔·盖茨的金主。

该股土匪即哥本哈根学派,其理论叫量子力学。

量子力学源于量子论。看官须知,量子论其实并非一种理论,它其实是与牛顿和麦克斯韦所代表的经典物理学完全不同的一种思想,它强调世界不是连续的,就是说世间万物包括人、狗、能量、运动和时间,都不能无限细分,都有不可分割的最小单位。按照量子论,一个电子从北京运动到上海,可以不经过北京－上海之间的任何地方,就是说,它可以瞬间从北京到达上海。微粒可以瞬间移动,凭空出现,凭空消失,此即量子效应。量子论运用到力学研究,结果即量子力学。

爱因斯坦是典型的山高人为峰，但量子力学却是他一生都未能跨越的高峰。玻尔算爱因斯坦晚辈，因此很多人认为量子力学出现于爱因斯坦的狭义相对论之后。其实不确。量子力学奠基于爱因斯坦相对论诞生之前。

量子力学鼻祖，是普朗克。普朗克提出量子论基本思想时爱因斯坦刚从 ETH 毕业，还在瑞士满世界找饭碗。1900 年 12 月 14 日普朗克在德国物理学会提出惊世骇俗的假设：物质辐射的能量 E 不是连续的，物质辐射或吸收的能量只能为最小能量单位 hv 的整倍数。此即量子假说。普朗克称这个 hv 为"能量子"，简称量子，英文"quantum"，原意"小块儿"或"一截儿一截儿的"。

冯教授，到底是啥子意思嘛？

普朗克之前，大家都认为物体的运动是连续的，这种连续性是牛顿物理学的基础。例如我们开汽车，时速总是从零公里到十公里到二十公里……最后到一百公里，从来没有哪辆汽车能够直接从零公里蹦到一百公里。2014 年世界上加速最快的汽车是雪佛兰的 Dagger GT，从零公里到一百公里只需要一点五秒，但就是这辆牛车，它也是从零到十到二十公里……最后到一百公里的，只是其间仅耗时一点五秒而已。同理，水的流动也是连续的。孙悟空本事那么大，但花果山水帘洞的瀑布也是连续流的，从来没一截一截地流过。

如果运动是连续的，那就意味着运动可以无限细分，永无尽头。可一千多年前,这个论断就提前遭遇了古希腊哲学家芝诺提出的"阿喀琉斯悖论"。

话说阿喀琉斯是希腊神话中跑得最快的英雄。有天他遇到一只乌龟，这只狂妄的乌龟居然说阿喀琉斯追不上它。阿喀琉斯以为乌龟吃他的豆腐，大笑曰：我就是慢跑，速度都是你的十倍，会追不上你？乌龟说：就算你速度是我的十倍。那么假设你离我一百米，现在你来追我,你跑到我现在的位置,就是一百米,这时我已经向前跑了十米了;等你又追了十米的时候,我又跑了一米了,等你再追一米,我又跑了十分之一米了……总之,虽然你的速度是我的十倍,但你只能无限接近我,却永远都追不上我。任何人都知道阿喀琉斯很快就能追上乌龟,但有趣的是,大家却怎么也驳不倒这只乌龟。

之所以驳不倒,就是因为我们认为世界上所有运动都是连续的,可以无限细分。

我们中国的类似论断比古希腊还早。两千多年之前的《庄子·天下篇》中就说:"一尺之棰,日取其半,万世不竭"。一尺长的木棒,每天把它砍成两半,万世之后都仍然可以继续砍。

可见,这是放之人类世界而皆准的真理。

但是,到了原子以下的微观世界,这个真理就遇到了问题:物质的能量可以不再是连续的,而是一截儿一截儿的!

What? Are you joking?

还真不是开玩笑。这个结论的来源,就是物理学史上著名的"紫外灾难"难题。这是当时牛顿物理学的两个练门。话说十九世纪后半叶,牛顿物理学解释地球上的物理现象获得巨大成功,当时公认物理学已臻完美,不可能再有重大理论发现了。

这时德国出生了一个人,他叫普朗克。

普朗克是北德基尔人,幼时音乐和文学天赋惊人,爹妈是把他向着贝多芬方向培养的,至少也得是歌德,不幸上中学时听物理老师缪勒讲了个故事。缪勒在说明能量守恒时说,我们修房子时花了很大力气把砖搬到屋顶,放稳之后走了,但我们做的功却没消失,而是变成能量贮存在砖里面。当砖风化松动掉下来砸到我们脑袋时,能量又被释放出来,我们就会被砸得头破血流。

此即能量守恒。

故事改变世界，小普朗克被这个神奇的故事带离了音乐和文学。他1874年进入慕尼黑大学，三年后去柏林洪堡大学师从著名物理学家亥姆霍兹和基尔霍夫。他晚年回忆说，两位学者的人品和治学态度对他影响至深，但课都很无聊。于是，他自学克劳修斯名作《力学的热理论》，发誓要找到新的物理学定律。看官须知，当时物理学已非显学，普朗克想跟慕尼黑大学物理教授若利（Philipp von Jolly）学习，结果若利说："物理学中的一切都被研究透了，只剩一些无足轻重的缝隙。"1900年4月27日，发现"开尔文温标"和绝对零度的英国物理学家开尔文（William Kelvin 1824–1907）在伦敦阿尔伯马尔街皇家研究报告二十世纪物理学展望，他说的话成为所有物理学史必提的著名论断："物理学大厦已经落成，所剩的只是一些小修饰。"不过，开尔文在屁股后头搞了一句："在物理学晴朗的天际，还有两朵令人不安的小小的乌云。"这两朵"小小的乌云"，即牛顿物理学始终无法解释的两个实验：迈克尔森的以太实验和黑体辐射实验的"紫外灾难"。开尔文的屁股很快被证明为物理学史上最大的屁股，因为这两朵"小小的乌云"不仅很快变黑，而且迅速攻占整个物理学天空，最终把牛顿物理学推落云端。

以太实验咱们已经说过，迈克尔森以生命完成了这一实验，最后爱因斯坦的相对论一剑封喉，彻底结果了以太的性命。

彻底结果"紫外灾难"性命的，则是普朗克的"黑体实验"。

那么，啥子是黑体？

看官须知，按物理学，世上所有东西其实并无颜色，一个物体是白色，是因为它反射了所有频率的光波，一个东西是黑色，是因为它吸收了所有频率的光波。物理实验使用的标准"黑体"是个空心球，里面涂强烈吸引辐射的涂料，只开一个小孔，从小孔射进去的光线既无法穿出小球，也不会反射出来，所以这个小孔看上去就是绝对的黑色。此即物理学定义的"黑体"。

那么，它又为什么成为完美牛顿物理学天空中"一朵小小的乌云"呢？

因为，当时物理学家发现，如果使用牛顿物理学公式，实验时小球内的辐射强度会无限增大，而实验得出的数据并非如此。这事儿无论大家如何努力，就是找不到合理的解释。这些公式得出的看上去非常荒谬的结果都落在波长较短的紫外区，因此这个问题被物理学界称为"紫外灾难"。

1896年普朗克开始研究热辐射，1900年10月，开尔文做出以上断言后半年，普朗克在《德国物理学会通报》发表三页论文《论维恩光谱方程的完善》，提出完全符合实验结果的"黑体辐射经验公式"。12月14日，他在德国物理学会例会上做报告《论正常光谱的能量分布定律的理论》，德国物理学界顿时原地爆炸。因为，普朗克说，要解决"紫外灾难"，只能假设物体在辐射或吸收能量时并非连续进行，而是一截儿一截儿地进行，就像买水果糖，最少也只能一块儿一块儿地卖，没见过半块儿或者四分之一块地卖的。

普朗克把这块水果糖称为"能量子"，简称"量子"，其方程式为"$E=hv$"，E是辐射光波的能量，v是辐射光波的频率，而h被普郎克称为"基本作用量子"，它描述了量子的大小，现通称"普朗克常数"。普郎克常数是现代物理学最重要的常数，它打破了牛顿物理学"一切自然过程都是连续的"这一神话，深刻揭示宇宙的非连续本性，牛顿物理学这只毛毛虫借普朗克常数一朝羽化为美丽轻灵的现代物理蝴蝶。这个方程式立斩黑体辐射实验所有问题，"紫外灾难"烟消云散。

普朗克就此成为德国最伟大的物理学家。

同时，量子论轻松化解了芝诺的"阿喀琉斯悖论"。因为，量子论证明世上一切并非连续，因此就不能无限细分，包括时间和空间。我们现在知道最小的长度就是普朗克长度（10^{-33}厘米），而最短的时间就是普朗克时间（10^{-43}秒）。

这是啥子意思？

意思就是，长度不能无限细分下去，它的最终单位即"普朗克长度"。普朗克长度多长呢？就是一后面加三十三个零分之一厘米！我们这些物理盲连零都数不清楚。反正就是很短。但阿喀琉斯之所以能够轻松追上乌龟，正是因为普朗克长度。乌龟细分那一百米到普朗克长度时到了头，就像跑进了死胡同，只能停止，于是，阿喀琉斯在这里追上了它。

普朗克长度，其实就是物质的最小单位。

普朗克长度证明，物质的连续性，只是人类的一种美好想象。

有意思的是，普朗克长度如此惊世骇俗，以至于发现者普朗克本人也不相信。他自己评论"这只是个纯形式假设，我那时完全没拿它当回事儿"。量子论名家海森堡后来说："普朗克的世界观超级保守，他无法咽下这个结果。"量子论出现后的十四年里，它最坚定的反对者是其发现者普朗克！他说："光量子理论不是倒退了几十年，而是几百年。"在这十四年中，普朗克绞尽脑汁想把普朗克常数收归牛顿物理学。物理名家洛伦兹等在几年后仍将普朗克常数设为零，这样整个公式就符合牛顿物理学了。

可普朗克知道普朗克常数肯定不是零，否则他早就收回这个方程式了。

普朗克断然否定量子论五年后，却意外得到了一支伟大的援军——爱因斯坦。这个瑞士专利局小公务员从伯尔尼声援普朗克说，光也是一截一截的！他把这些小截儿称为光量子，光电效应因此得到圆满解释。1909年爱因斯坦进一步提出光的波粒二重性，即光既是一段连续的光波，又是各自独立的一小粒一小粒的粒子。欧洲物理学家炸得连烟都冒不出来了。因为，牛顿物理学认为，世上万事万物，包括人和光线，要么是波，要么是粒子。波是一段连续不断的空间波动，而粒子是一个个超微实体，它们不可能是一回事。当时欧洲物理界没人能接受光既是连续不断的，又可以分为一些小粒。这实在太违反人类日常经验了。只要开关没关，灯光都是连续的，谁见过夜空中的探照灯光柱是一截一截的？

不过，咱们都知道，距离光源越远，光线就越弱，距离增加一倍，光源亮度会降为四分之一，即亮度与距离成反比。循此推论，如果星光连续不断，它在夜空中传播时就会随着距离的增加而越来越暗，当它穿过遥远的太空到达地球时，其亮度早就暗得我们根本看不见了。可是，我们仍然能看到星星（即遥远星星发出的光），其原因正是因为光线不是连续的！光子不是连续的波，而是一截儿一截儿地以微粒子形式在太空传播，它们到达地球时仍然是完整的光子，所以，我们才能看见星星。

这个骇人听闻的论点不仅欧洲物理学界不信，爱因斯坦自己也很是拿不稳，直到1911年他还感叹："至于这些光量子是否确实存在，我不再过问，我也不再设法去解释，因为我明白，我的大脑无法完全弄懂它。"很多年后他说："虽然我思考'光子到底是什么'这个问题超过五十年，可我从来没感觉自己接近过答案。"

然而，就在爱因斯坦也准备放弃的1911年，他也得到了强大的援军——新西兰物理学家卢瑟福（Ernest Rutherford，1871–1937）。看官须知，虽然二千多年前古希腊哲学家留基伯就提出"原子"这个概念，但直到1911年卢瑟福才在自己学生查德威克帮助下做出了原子模型。它看上去很像咱们的太阳系：原子内部大部分是空的，中间是原子核，体积虽小，但质量很大并带正电荷；带负电荷的电子则围绕原子核运动。

卢瑟福因为这个模型而荣升"原子核之父"。

卢瑟福的天才原子核模型一出生便险些夭折：它遇到了牛顿物理学的麦克斯韦电磁理论。按这个理论，当电子围绕原子核运动时，正负电荷会相互吸引靠近，同时释放能量，于是原子的能量会越来越小，而电子最后会落到原子核上消失，因此，按照卢瑟福的原子模型，所有的原子存在不会超过一秒钟。

这是啥子意思？

意思是，所有原子一秒钟之后都会消失，所以，世界根本不会存在，更甭说人了。

这显然无法自圆其说，因为，咱们显然是存在的，否则谁来提出这个愚蠢的问题呢？

这时，束手无策的卢瑟福也获得了援军——他就是足以媲美爱因斯坦的丹麦天才玻尔！玻尔父亲是生理学家，曾获诺贝尔奖提名。1911年，二十六岁玻尔到英国师从卢瑟福。他敏锐地意识到，能够解释宏观物理现象的麦克斯韦电磁理论对微观世界的微粒子如原子和电子等不一定有效。1913年，他套用普朗克量子假说做出一个原子模型，提出原子光谱线不是连续不断的，而是一截一截的，因此，电子围绕原子核旋转时不是连续不断的，而是呈间断梯度变化的，就像咱们走楼梯，总是一个台阶一个台阶向上迈，从没有哪一步踏在两个楼梯之间的。电子也一样，它无法出现在原子里的两个楼梯之间，因为电子运动的轨迹是间断的，不是连续的。在能量最低的轨道上，电子等于是在"平地"上运行，获得能量后它就向上攀登一个阶梯，在新的轨道上运行，而这两个轨道之间没有联结，就像楼梯台阶一样，是间断的。如果能量耗尽，它就又跌落到平地上。这种升升降降在量子力学中称为"电子跃迁"。正因为量子是一截儿一截儿的，才能有电子跃迁，也正是这样，原子才能达到平衡，不会在一秒钟之后消失。这样，才有的世界，和我们这些吃饱了没事干写文章玩的人。

玻尔这个理论实在匪夷所思，让他顿时成为世界物理学界的匪类。他的剑桥导师约瑟夫·汤姆森拒绝评论他的发现，有的物理学家在课堂上说"如果物理现象只能用量子论来解释,那我宁愿沉默",还有的物理学家干脆宣布,如果量子论正确,他们将就此从金盆洗手,从物理学江湖隐退。连本身就是物理学土匪出身的爱因斯坦也相当不以为然。

可是,对原子辐射光谱线的实验观测很快证实了玻尔的理论,昨天还是千夫所指的土匪,第二天早上一起床,发现整个世界都匍匐在自己卧室门外。胜利来得如此之快,让这个土匪皇帝根本没时间品尝胜利的快乐:他对自己如此轻易地赢得整个世界非常茫然。他的恩师卢瑟福希望他留下领导曼彻斯特大学物理学,但玻尔选择回到物理学贫困地区哥本哈根,一手把哥本哈根大学建成现代物理学重镇,创立著名的"哥本哈根学派"。他充满活力和学术自由的研究精神,在物理学史上被称为"哥本哈根精神"。二十一世纪的纳米技术和激光盖棺论定证实量子论:爱因斯坦错了,玻尔是正确的,虽然他获得诺贝尔奖名义上比爱因斯坦晚了一年。顺便说一句,正是这个卢瑟福,后来在剑桥大学卡文迪什实验室工作时将五十毫克放射性实验镭赠送中国访问学者赵忠尧。赵忠尧回国后带回清华大学,八年抗战时期日军进入北京,清华大学紧急撤退长沙,独处危城的赵忠尧第一个念头不是赶紧逃命,而是专程请梁思成开私车冒生命危险横穿京城进入清华大学抢出这五十毫克镭,然后在一个多月中徒步三千里,从北京走到长沙,一路上要饭为生,蓬头垢面浑身虱子回到清华大学,为中国保住了这五十毫克镭。

中国抗战八年,士兵平民死亡一千多万,惨胜日本,并不是因为有美男子汪精卫,而是因为有无数赵忠尧这样今天我们根本没听说过的伟大英雄。

忘记他们,确实意味着背叛!

玻尔虽然认识到电子运动轨道不是连续的,但他还未完全摆脱牛顿物理学的窠臼：他仍然认为电子有确定的运行轨道。1922年夏天玻尔到德国哥廷根大学做了七场学术报告，当时还是博士生的二愣子海森堡当场站起来反驳玻尔，两人争得面红耳赤，结果是海森堡直接变成玻尔的博士生，与泡利一起成为量子理论哼哈二将，哥本哈根学派代表人物。那时海森堡在哥本哈根吃玻尔喝玻尔，经常还住在玻尔家里，被全城目为玻尔"家人"。

海森堡（Werner Heisenberg 1901–1976）发现量子力学时正在德国赫果兰岛（Helgoland）疗养，夜里3点，当计算成果出来时，他完全被自己吓到了。当大家还在殚精竭虑寻找电子运动轨道时，海森堡彻底杀死了这个轨道。1925年7月他在《物理学杂志》发表论文，直接用矩阵量子方程代替牛顿力学方程，此即后世之"矩阵力学"。矩阵力学一刀拿下电子运动轨道，结果不仅整个物理学界大哗，连量子论先行者之一的爱因斯坦也多次质问海森堡。他实在无法接受原子核中有电子在运动，可这个电子却没有运动轨道！物理实验明明已经观测到电子运动的轨迹，怎么可能有轨迹却没轨道呢？此时爱因斯坦已获诺贝尔奖，相对论如日中天，但物理学新教皇爱因斯坦的质问并没有吓倒海森堡。在进一步的研究中他发现，通常物理实验观察到的"电子轨迹"并非真正的轨迹，而是一系列电子运动形成的水滴形状，这其实正是电子运动时一系列不连续、不确定的位置。所以，电子的速度（动能）和位置，无法同时测准。

此即量子力学中最重要的原理之一——测不准原理。正是这个原理让量子力学不仅击败了牛顿，而且击败了爱因斯坦。

该理论是这样的：人类日常生活常识是，如果能测出一辆法拉利跑车的速度是多少公里，那你当然也就同时知道这辆跑车在什么位置，OK？你肯定得说：OK。海森堡却说不OK。他说在微观世界中不是这样的！在原子以下的微粒子世界中，微粒子（比如电子）的重量（质量）非常小，极其微小的能量也会造成其运动速度陡然加快，因此，一个微粒子的位置和速度不可能同时测准，而且，其中一个测得越准，另一个就越不准。

What? No joke?

是的，真不是玩笑。其原因很简单：我们测定微粒子时必须用另一个微粒子去测，而这个微粒子的能量会推动被测的那个微粒子。如果我们想测定一个电子的位置和速度，我们拿什么去测？肯定不能用尺子。我们只能用光子去测。可光子测量电子时，它必须接触电子才能完成测量，接触时光子的一部分能量必然打到电子上，这样，电子的速度就会加快。为避免电子跑得太快造成测量失败，就不能让光子携带太多能量，可这样光子的波长就会变长，往返时间随之变长，而被测的电子在不断运动，它在光子把信息传回给观测者的这短暂时间内又移动了位置，所以，如果我们想测准电子的速度，我们就测不准它的位置；而如果我们想测准电子的位置，就测不准它的速度。

玻尔和海森堡对量子论的解释，即物理学史著名的"哥本哈根解释"。它认为电子波就是电子被发现的百分比。哥本哈根解释，是量子力学的标准解释。玻尔与海森堡，是物理学中最伟大的一对师生之一。

然而，这对师生最后却分道扬镳。

因为希特勒！

1940年4月9日，纳粹坦克辗过德丹边境，弱小的国王被迫接受最后通牒放弃抵抗，德军兵不血刃，丹麦当天沦为德国"保护国"。德军进城后很快光临玻尔物理研究所，一台由洛克菲勒基金资助的崭新回旋加速器被列入德国"铀俱乐部"清单。看官须知，该俱乐部并不提供美酒美女，它只提供一道无人能够消化的大餐——原子弹，所以需要这台加速器。

玻尔的亲学生海森堡，即这个俱乐部的重要成员。

其实，纳粹上台后，德国种族主义物理学家、诺奖得主斯塔克于 1937 年发起清洗"白色犹太人"运动，其中一个目标就是海森堡。白色犹太人指具有犹太思想的白人，地道的思想犯。一时之间，海森堡看上去在劫难逃。不过，纳粹盖世太保头目希姆莱跟海森堡是慕尼黑同乡，俩人的母亲还是朋友，于是一封海森堡的信通过两个母亲送到希姆莱手中，后者立刻出手干预。在其后进行的严格政审中，审查小组里又有一个是海森堡的学生，实乃天无绝海森堡之路。一年后（1938 年）海森堡通过第三帝国政审，平反，重用。再过不到一年（1939 年 9 月 1 日）纳粹入侵波兰，第二次世界大战爆发，对纳粹重用感激涕零的海森堡立刻应征入伍，非常重视人才的纳粹安排他进入"铀俱乐部"，负责研究原子弹。

1941 年 9 月，海森堡莅临哥本哈根。

此时希特勒北面控制丹麦、挪威、瑞典，南边搞定南欧，势力直到北非，西线全面拿下荷兰、卢森堡、比利时和法国。三个月前（1941 年 6 月 22 日）纳粹实施"巴巴罗萨计划"攻入苏联，苏军崩溃，德军兵临莫斯科城下。作为德国特使的海森堡，他到达哥本哈根的气场，可想而知。他首先在德国文化研究所演讲，书面邀请玻尔参加。看官须知，丹麦算是德军"和平解放"，所以德军刚开始很克制，连丹麦犹太人都不骚扰，但对丹麦这个骄傲的海盗民族而言，"和平解放"就是占领！玻尔因此从不参加德方组织的活动。所以，海森堡演讲邀请玻尔，其实已经是对丹麦和玻尔的极大冒犯，玻尔当然不会出席。海森堡却在演讲一开始就表示玻尔没来非常遗憾，话说得很客气，但玻尔是他伯乐加恩师，按辈分和情谊，在这种场合说这种话，就算欺师灭祖。

玻尔毫不示弱，立邀海森堡到玻尔研究所面谈。

这是物理学史上最罗生门的师生谈判。遥想当年（1927 年）海森堡在哥廷根当众顶撞玻尔，其结果是他们变成了师生，而十四年后他俩再次针锋相对，其结果是他们变成了不是师生。事后大家纷纷打听他们谈了什么，玻尔只说了一句话："谁都有权爱自己的国家。"

大家都以为玻尔的意思是说海森堡有权爱德国。

其实这只是事实的一半。玻尔的意思是：海森堡有权爱德国，而他也有权爱丹麦。德国占领丹麦，海森堡贵为占领军显要，但他玻尔仍然有权爱丹麦！列位看官，这是我的"哥本哈根解释"。因为当天会谈只有他俩，并无文字纪录，且二战后师生两人对会谈内容至死讳莫如深，因此，为还原这次会谈，就得再来一回"哥本哈根解释"。玻尔1962年逝世后苏联的《物理科学的成就》出纪念专刊，苏联诺贝尔物理学奖得主塔姆在《前言》中说，玻尔1961年访苏时对他说过，当时海森堡向玻尔夸口德国造出原子弹指日可待，希特勒征服世界只是时间问题，因此所有物理学家都应该赶快在希特勒面前"争表现"，以保性命和饭碗。

玻尔是半个犹太人，海森堡的来访让他明白丹麦无法独善其身。1943年9月玻尔出逃瑞典，一个月后纳粹开始大规模迫害丹麦犹太人。玻尔从瑞典乘丘吉尔亲自派出的蚊式轰炸机逃到英国，然后再逃到美国，其后参加了"曼哈顿计划"。这对情同父子的师生，不仅就此陌路，而且各为其主展开原子弹研究百米赛跑。与1927年那次争论不同，这次得胜的是老师。两年后德国战败，海森堡于1945年5月被美军特别行动组从家中抓捕。有趣的是，海森堡在监狱被告知美国已造出原子弹时根本不信，认为这是战争宣传，并提出愿意交出他的研究成果换取宽大处理。美国人把第一颗原子弹扔到广岛时，被囚禁在英国的海森堡他们嗤之以鼻，一致认为这是美军的宣传。

因此，拜托不要再跟我说"科学家没有国界"这类正确的废话。他们有。

好教列位看官得知,"科学无国界"这句话,本身就来自量子论祖师爷普朗克。然而,普朗克这位伟大的德国科学领袖,也是有国界的。

普朗克 1879 年在慕尼黑大学以论文《论热力学第二定律》获博士学位,之后在慕尼黑大学和基尔大学任教。后来他引起了著名物理学家和医学家亥姆霍兹的注意。亥姆霍兹(Hermann Ludwig Ferdinand von Helmholtz,1821—1894)是赫茨的老师,也是"能量守恒定律"创立者,他用这个定律否定了地球上存在永动机的可能性。他担任洪堡大学校长后广揽贤才,于 1889 年 4 月聘请普朗克出任洪堡大学副教授,接手去世的基尔霍夫的讲席。三年后普郎克升为教授/理论物理学研究所主任,年薪六千两百马克。普朗克是个非常认真的老师,他开设的理论物理学长达六学期。英国著名物理学家柏廷顿(James R.Partington)上过他的课,他说普朗克讲课"从不用讲稿,从不犯错误,从不手软,是我听过的最好的讲师。"这门课程在 1890 年普郎克开课时只有八人选修,十九年后选修生达一百四十三人。

虽然学生众多,但普朗克带博士生很挑剔,总共只带了二十来位博士生,就包括两位诺贝尔物理奖获得者:马克斯·封·劳鹤(1914 年)和瓦尔特·博特(1954 年)。他的课程虽然很严,却非常受学生欢迎,1907 年维也纳大学邀请他前去接替玻尔兹曼的教席,但他选择留在柏林,结果洪堡大学学生会专门组织了一次火炬游行答谢。1918 年普朗克当选英国皇家学会会员,1930 起担任威廉皇帝学会会长。柏林、哥廷根、慕尼黑和莱比锡等德国大学能跻身世界一流科学中心,与普朗克、内斯特、索末菲等人的努力息息相关。也是在他倡议下,柏林物理学会 1898 年改为德国物理学会。

普朗克为人非常谦虚。1918 年 4 月德国物理学会为这位欧洲科学领袖庆贺六十寿辰,普朗克致答词说:"试想有一位矿工,他竭尽全力地勘探贵重矿石，有一次他找到天然金矿脉，而且在进一步研究中发现是无价之宝，比先前可能设想的还要贵重无数倍。假如不是他自己碰上这个宝藏，那么无疑地，他的同事也会很快地、幸运地碰上它。"这是普朗克伟大的谦虚，普朗克同辈人洛伦兹评论普朗克"能量子"时就说："我们一定不要忘记，这样的灵感只青睐那些刻苦工作和深入思考的人。"

但是，普朗克所有的美德，在遇到政治问题时，马上就打了折扣。

纳粹上台之后，爱因斯坦、劳鹤等少数科学家坚决反对纳粹，但绝大多数德国科学家、包括主张"科学无国界"的普朗克，实际上是跟纳粹合作的。他反对普选权，歌颂纳粹独裁是"群众统治的升华"（Emporkommen der Herrschaft der Masse），还主动表态愿意参加纳粹的"种族纯洁"科研项目。

因为是"科研"，所以多数普通人并不关心，因为毕竟搞"科研"的是少数人。而很多讲述普朗克的文章都不提这个事。这是典型的为贤者讳。

于我而言，这是普朗克不如爱因斯坦和劳鹤的铁证。

那么，什么是"种族纯洁"科研？

其实就是血统论。咱们中国的"文革"也很流行"血统论"，所以大家十分耳熟，但希特勒的纳粹在二战中屠杀六百万犹太人，依靠的是"雅利安血统论"，却很少有人"能详"。

看官须知，按纳粹理论，今天日耳曼人的祖先是雅利安人（Aryan）。雅利安人是神的选民，没有经历进化过程，直接从天上降临人间。他们的统治者是大祭司，他们降临人间的第一个落脚点即著名的大西洋中央的亚特兰蒂斯。雅利安人跟神一样具有超自然能力，但他们滥用这些力量，忘记了自己的使命。神大怒，以大洪水淹没亚特兰蒂斯，雅利安人灭绝，只剩几个雅利安人乘船漂泊到尚未被淹没的喜马拉雅山。大洪水退后他们从喜马拉雅山上下来，但亚特兰蒂斯已不复存在，于是他们在欧亚大陆流浪迁徙，所到之处都留下了伟大的文明。他们跟沿途民族通婚的后代即印度白人和欧洲人的祖先，而那些幸存者最后定居北欧。

此即今天的日耳曼人。

德国人是非常认真的民族，所以纳粹的"雅利安血统"不是一个抽象的概念，而是有具体的人种学科研成果的，按照这个科研成果，主要人种等级是这样的：

1. 纯种北欧人（挪威、瑞典、丹麦和荷兰）。这是第三帝国理想种族，自旧石器时代以来保持纯正北欧血统，身材高大，长颅窄面，金发碧眼。有趣的是，大部分德国人并不属于这个种族。

2. 旧石器时代后混入极少凯尔特人或其他无害血统的北欧人，包括大多数德意志人、盎格鲁－撒克逊人和爱沙尼亚－芬兰人。面部稍圆、颅骨稍矮，但金发碧眼。

3. 混入少量阿尔卑斯－迪纳里克血统或东波罗的海血统，主要是住在东南欧或波罗的海东岸的日耳曼人，发色稍暗，眼睛绿或褐色。

只有以上这三个种族可以在第三帝国担任高级公职。

4. 地中海种族和阿尔卑斯种族，包括大多数法国、意大利、匈牙利和西班牙人。

5. 迪纳里克、东波罗的海血统占优势的混血，或这两个血统的纯种，包括拉脱维亚、立陶宛、克罗地亚、捷克、波兰、乌克兰和俄罗斯等种族，虽然他们也有金发碧眼，但面部太宽，眼睛之间的距离太大。

6. 带有非雅利安人血统的混血。

纳粹领导核心希特勒、赫斯和希姆莱等对这一源于北欧神话传说的理论深信不疑，纳粹上台后希姆莱在希特勒批准下专门在1934–1936年间组织了三次对西藏的考察，目的就是寻找原始雅利安人的痕迹，但没找到任何证据。但此时"雅利安血统论"已成纳粹政权的图腾，纳粹政权存在的目的就是让雅利安人建立德意志帝国来统治世界其他所有劣等种族，所以希姆莱根本无法出来道歉说："索瑞，并没有雅利安人。"相反，为了纳粹政权，必须大力提倡这个理论，于是，希姆莱领导的国家重大科研项目"纯净雅利安血统工程"秘密出台。

当时纳粹科学家甚至都科学地计算出以七百年为一个周期，一个周期就可以让雅利安血统洗纯到恢复神性，产生真正的"超人"。为此，党卫军总瓢把子希姆莱指挥成立了"生命之源"（Lebensborn）协会。要说明的是，这个词里包含的"born"不是英语的"born"（出生），在古德语中"born"这个字表示"源泉"，因此这个协会名的中文翻译应为"生命之源"，而非大家在网上能查到的"勒本斯波恩"。这个协会的主要活动就是精选的德国穷军官与金发碧眼的"纯种雅利安美女"配合生育纯种雅利安儿童。1933年5月纳粹甚至出台法案规定雅利安女人堕胎非法。经党卫军鉴定的"纯种雅利安女人"可以不参加体力劳动而安心生育，而且如果她们不愿意，可以不嫁给孩子的爸爸，生育四个孩子以上的"英雄母亲"可获结婚贷款、儿童津贴及勋章，无子女夫妇则遭到歧视。1935年9月15日希特勒在纽伦堡主持纳粹党代表大会，大会通过决议：只有日耳曼民族和与日耳曼同血缘的人方为帝国公民，犹太人和吉普赛人都是"不可接触的贱民"，他们严禁与日耳曼族通婚。

"生命之源中心"即雅利安纯种人生产基地，这里的孕妇个个金发碧眼，她们的身份都记录在党卫军严密保存的文件中。从希姆莱1936年开办第一个"生命之源中心"起，最后在德国各地共建九所。

"第三帝国"十二年历史,大约有一万名婴儿出生在这些"生命之源中心"。二战开始后纳粹又在多个被占领国设立"生命之源中心",出生在这些中心的有大约八千名婴儿。纳粹元首希特勒为示鼓励,经常与那些"雅利安后代"拍照留念。当时很多德国女子都疯狂响应纳粹号召,在德国士兵开往前线时与他们发生性关系。历史学家马克·希尔写道:"当年许多德国女子都将她们的行为当作爱国心,为的是生产出金发碧眼的新一代纳粹。"在欧洲占领国,纳粹就直接绑架金发儿童,将他们送回德国家庭抚养,据估计,二战期间纳粹占领国至少有二十五万儿童遭绑架。

按照长相,典型的犹太人是黑发,硕大的鹰钩鼻,厚嘴唇并略显棕色。

因此,按照长相,爱因斯坦是彻头彻尾的犹太人。

可希特勒却不是纯正的"雅利安人"。

认真的纳粹法律专家还精确定义了确认血统的具体操作方法——"查三代",即:祖父母和外祖父母四人中,如有三个是犹太人,那么此人即为"完全犹太人",有两个是犹太人,则此人为"一级犹太混血儿",有一人为犹太人,则为"二级犹太混血儿"。

党卫军与盖世太保是帝国中坚,因此它们军官的家谱要查到1750年,而士兵要查到1800年。那些被确定为一级混血儿的人依然可能"上升"为完全犹太人,如果一级犹太混血儿皈依犹太教,或嫁给犹太人、或1935年6月15日后与犹太人结婚生下的后代、或一级犹太人混血儿与犹太人的非婚生子女……

比咱们现在中国大学的很多科研认真多了吧?

这就是普朗克主动表态要求参与的"种族纯洁"科研!

强烈讽刺的是,普朗克如此献媚,最后是搬起石头砸自己的脚。对纳粹而言,普朗克的"思想觉悟"还不够高,还不能像海森堡那样成为纳粹科研中坚。1936年他的威廉皇家学会主席任期到届,在纳粹示意下普朗克提前表态放弃竞选连任。后来跟纳粹更紧的帝国物理技术学院主席、诺奖获得者斯塔克在党卫军刊物把普朗克、索末菲和海森堡都划为"白种犹太人"（weisse Juden），即虽然皮肤是白的，但血缘上和思想上离犹太人很近。除海森堡求助希姆莱脱身之外，普朗克和索末菲的日子都不太好过。纳粹的"科学总署"（Hauptamt Wissenschaft）在这期间还出手秘密调查普朗克的血统，不过结果令"科学总署"大失所望：普朗克只有十六分之一犹太人血统。但这并未让普朗克的处境好转。

1944年2月普朗克在柏林的家在盟军空袭中被炸毁，他一生的心血：书籍、手稿和日记统统化为灰烬。普朗克与前妻所生的二儿子埃尔温（Erwin Planck）参与暗杀希特勒，1944年7月23日被逮捕并被关入盖世太保总部，1945年1月23日被杀害。至此，普朗克与其第一任妻子所生的两儿两女全都去世。

1947年10月3日普朗克在哥廷根病逝，终年八十九岁。他下葬哥廷根公墓，矩形石碑上只刻着他的名字，下角写着"尔格·秒"，墓志铭只有一行："$h = 6.63 \times 10^{-34} J \cdot S$"。

普朗克常数！

说完普朗克，咱们再回到量子力学：海森堡并非量子论最后一位大师，他提出"测不准原理"后，1923年，法国物理学家德布罗意（Louis Victorde Broglie 1892—1987）横空出世。这德布罗意是巴黎声名狼藉的花花太岁，1919年，二十七岁的他突然慨别酒池肉林百花丛，义无反顾踏入物理研究的广袤森林，而且出手就是当时最热门的争议：物质的波粒二重性。

要得嘛，什么是波粒二重性？

咱们都知道世界上所有东西都可以越分越小，最后分为原子核、电子、中子、质子等等微粒子。因此，说物质是粒子，大家没争议。

问题是，物质怎么会是波呢？在德布罗意提出"物质波"之前，人类天经地义的牛顿物理学是：一个东西要么是波（如光），要么是粒子（如原子核）。波不可能是粒子，就像原子核不可能是光。可是，到了德布罗意这儿，波不仅可能同时又是粒子，而且它就是粒子。

而而且，德布罗意德这个思想居然来自量子论死敌爱因斯坦的相对论。德布罗意说："粒子都具有重量（质量），按相对论，质量即能量，而有能量必有频率，有频率必有脉动，因此，粒子都有脉动。"

脉动，就是波！

德布罗意的论证很复杂，不是我这种物理盲说得清楚的，但他的结论很清楚：当我们看不见电子时，它就是一道波，在空间中弥漫，当我们看见波时（即当光照到电子上时），电子的波即刻坍塌，形成一个"尖峰"，集中于一个点，于是我们看见的电子看上去就像一个粒子。此即电子的波粒二重性。电子波在空间高速弥散，形成一团"电子云"，我们只能大概知道电子位于这团"电子云"之中，但并不知道其确切位置，只能说在 A 点发现电子的可能性是 30%，在 B 点是 70%。玻尔认为这完美地解释了电子的"波粒二重性"。

从 1900 年普朗克发现能量是一截儿一截儿的，到 1909 年爱因斯坦发现光的"波粒二重性"，到 1923 年德布罗意发现电子的"波粒二重性"，粒子（物质）与波的任督二脉，终于被德布罗意天才地在爱因斯坦的相对论这儿彻底打通。也就是说，不仅光是波（牛顿提出），而且世界上一切物体都是波，因为物质（粒子）就是波。

这可以说是相对论之后物理学最惨无人道的成果。如果该理论正确，岂不是人可以变成一道光飞走？那岂非人人都是孙悟空？孙悟空是文学虚构，但物质就是波，居然还是事实，居然所有物质，包括我们人的身体，都具有波动性。所有人体内都有波。

不过，列位看官其实也不用担心，我们肯定不会变成一道光飞走，即使我们愿意。因为人体内的波跟光波不是同样的波。按德布罗意理论，质量（重量）越大的物体波长越短，地球的波长为 3.6×10^{-61} 厘米。一个体重五十公斤、每秒跑十米的人，其波长是 1.3×10^{-34} 厘米，用现有科学仪器根本测不出来。因此，我们虽然都是波，但却是测不出来的波，今后也未必能测出来。因此，明天看官起床发现老婆不见了，也肯定不是变成光飞走了。她更可能是跟隔壁老王跑了，因为您光看这样的文章而不去挣钱给她买包包。

不过，德布罗意还不是量子力学的最后工程师。那个工程师名叫薛定谔。此人堪称最疯狂的物理大师。1926 年薛定谔找到物质波运动方程，量子力学这才功德圆满。

奥地利物理学家埃尔文·薛定谔（Erwin Schrodinger, 1887—1961）于维也纳大学获博士学位后留校，1920 年到德国耶拿大学协助维恩工作，次年受聘瑞士苏黎世大学数学物理教授，在那里工作六年，薛定谔方程即源于这一时期。

薛定谔跟普朗克渊源颇深。普朗克一向不喜欢海森堡，称他的矩阵力学"令人厌恶"，却非常欣赏薛定谔方程。普朗克 1926 年 10 月 1 日从柏林洪堡大学退休，其理论物理讲席继任者即薛定谔。1926 年，薛定谔在《物理学纪事》连发六篇论文提出波动方程，此即大名鼎鼎"薛定谔方程"，写出来是这个样子：

一维薛定谔方程：

$$-\frac{\hbar^2}{2\mu}\frac{\partial^2 \psi(x,t)}{\partial x^2} + U(x,t)\psi(x,t) = i\hbar\frac{\partial \psi(x,t)}{\partial t}$$

三维薛定谔方程：

$$-\frac{\hbar^2}{2\mu}\left(\frac{\partial^2 \psi}{\partial x^2} + \frac{\partial^2 \psi}{\partial y^2} + \frac{\partial^2 \psi}{\partial z^2}\right) + U(x,y,z)\psi = i\hbar\frac{\partial \psi}{\partial t}$$

定态薛定谔方程：

$$\frac{\hbar}{2\mu}\nabla^2\psi + U\psi = E\psi$$

看不懂吧？

看不懂没关系。我也不懂。但我知道，薛定谔方程是量子力学最重要的方程，其地位类似经典力学中的牛顿定律，它完美解决所有相对论无法解决的微观物理问题，广泛运用于原子、分子、固体物理、核物理和化学等领域。该方程的主要贡献在于用一个波函数（表示波动的函数）描述了电子运动状态。如前所述，这个波不是普通的波，而是一个按照百分比变化的波。我不是搞物理的，说不清楚这个方程，但它的基本意思是：在宏观世界中我们知道汽车的速度就能知道汽车的位置，但在原子核以下的微观世界中，我们只能说，按照这个速度，这辆微粒子汽车出现在某一位置的可能性是百分之多少。

薛定谔方程无疑是薛定谔对世界的最大贡献，但薛定谔威震物理江湖，靠的却是那只神鬼莫测的"薛定谔的猫"。这是他为说明薛定谔方程想出来的一个假设，该假设让所有精神正常的读者无一例外统统发疯。

大家还记得海森堡的测不准定律：在原子核中，电子可以几乎同时位于"电子云"中几个不同的位置，直到它被观测到的那一刻，才确切地出现在一个位置上，即它被观测到的那一刻所处的位置。举个例子，你到我家做客，推门进屋后并不知道我在哪里，我可以在客厅、书房、餐厅、厨房、厕所、卧室等任何地方，直到你在客厅看见我的那一刻，我才"突然出现"在客厅，当然，我也可以"突然出现"在书房或厕所马桶上。在你看见我的那一刻之前，你根本无法确定我在什么位置，好像我可以穿透墙壁在家里四处游荡一样。

"薛定谔的猫"讲的是同一回事：把一只猫放进一个不透光的盒子里，盒子里有一个放射性原子核和一个毒气玻璃瓶。大家知道放射性原子核的衰变没有固定周期，完全是概率性的，就是说衰变可能发生在下一秒钟，或一年后，或一万年后，只要我们没看见它发生衰变，就永远不能确认它是否已经衰变。现在我们假设盒子里的放射性原子核一小时之内有百分之五十的可能性会衰变，衰变时它将发射出一个粒子，而这个粒子会打碎毒气瓶，毒气溢出杀死猫。如果原子衰变了，毒气瓶被打破，猫就死了。如果原子没衰变，那猫就仍然活着。

您还没发疯吧？

这并不证明您神经强大。因为到此为止，这个故事是正常的。

令人发疯的是这个故事的下半截：问题在于，猫到底死了没死，只有我们打开盒子看的那一刻才能确认，既不是在打开盒子之后，而且居然也不在打开盒子之前！

在人类世界中，我们打开盒子之前，盒子里的猫只有两种可能性：死了，或者没死。但在量子论中，根据薛定谔方程，这只可恶的薛定谔猫处于一种"死"与"活"的叠加态。原子核既是已衰变的，又是未衰变的；毒气瓶既被打破了，又还未被打破；猫既是死的，又是活的；它既不是活的，也不是死的。我们只有在揭开盖子的那一瞬间才能确认薛定谔的猫到底是死是活。于是，按照量子论，在没打开盒子之前，薛定谔的猫处于"死／活叠加态"，就是说，这只可恶的猫已经死了，但同时还活着！只有等到我们打开盒子看它一眼那一刻，这种叠加态才突然结束，于是，我们的这一眼决定了薛定谔猫的生死。

这才叫眼神杀人。或者杀猫。

这有点像一枚空中旋转翻滚的硬币，只有你抓住它时，你才能知道它究竟那一面朝上。

薛定谔的猫的巧妙之处在于通过"检测器－原子－毒药瓶"的因果链串联了铀原子的"衰变／未衰变叠加态"与猫的"死／活叠

加态",使量子力学中的微观不确定性变成了宏观世界的不确定性,微观中的混沌变为宏观中的荒谬——猫要么死了,要么活着,两者必居其一,不可能既死又活!怎么能既活着又死了呢?猫当然不能既死又活,也不能又死又活。这显然是个佯谬。问题是,在我们打开盒子看见薛定谔的猫之前,这个佯谬居然一直存在,并且无法推翻。

怎样?您疯了有半分钟了吧?不过您不用沮丧,因为您并非第一个被薛定谔的猫搞发疯的。这个想象中的实验提出后已经让无数人发了疯。爱因斯坦之后最著名物理学家霍金听说"薛定谔的猫"之后的反应是:"我去拿把枪来打死猫!"霍金是以荒谬对荒谬,因为他全身瘫痪,只有眼睛能动,根本无法起身去拿枪。不过他仍然要感谢薛定谔,因为,他现在虽然不能突然起身拿起枪,但在薛定谔的帮助下他仍然获得了生杀大权——他可以看一眼盒子的猫,而这一眼足以杀死这只猫。

薛定谔的猫是个玩笑性质的假设,但这个玩笑却相当认真,因为它说明了量子论与相对论的关系。薛定谔的猫大声宣布:宏观人类世界与微观原子世界完全不是一回事儿,就像牛顿的地球力学与爱因斯坦相对论的天体力学完全不是一回事儿。

薛定谔的猫要说明的是世界的不确定性。

这事儿说起来轻巧,却等于拿着生锈的锯子锯全体物理学家的神经。因为,直到今天,绝大部分物理学家——其实也包括您和我在内的绝大部分人——仍然认为宇宙万事万物都可用物理方程来解释。但是,如果事实如此,那就意味着宇宙从诞生起就注定了结局,而从诞生到结局之间的所有现象都只是物质的机械物理运动。也就是说,宇宙与每个人的命运早已注定,无论我们如何努力都无法更改。反过来说,如果我们掌握了足够的计算能力,我们就可以预测未来,因为未来已经注定,只是现在我们计算能力不够,无法解开这个方程而已。

用我的一担挑儿的话来说，无论你暴得大财还是穷困潦倒，其实你都不用悲喜，因为"这就是命"！在哲学上，这叫机械主义宿命论。量子论这记重拳直接KO机械主义宿命论：它宣布宇宙之中一切皆有可能。宏观物理理论不适用于微观物理，宇宙的未来发展有千万种可能，虽然每种出现的概率大小不一，但没有任何事情会必然出现。过去与未来一样皆可改变，连时间都不一定非要按"过去→现在→未来"的方向流动。

也就是说，历史、或者说宇宙，其实不见得只有一个。

也就是说，上帝不认可牛顿物理学的确定性。

上帝是玩骰子的。他玩的是心跳。

够不够震撼！

薛定谔的猫给我们带来的震撼还有很多。在量子论中，所有的世界都是可能的，一旦用一次测量来确定，比如打开盒子看一眼，这一眼就让世界一分为二：在一个世界里薛定谔的猫活着，在第二个世界中薛定谔的猫死了。在量子论中，这两个世界同样实在，打开盒子的那两个人也同样实在，然而，这两个世界并不通联，每个世界中的人和猫都只能感觉到他们存在的那个世界。

此即大名鼎鼎的平行宇宙。

平行宇宙是人类想象的神奇世界，它让快意恩仇不再是意淫。让我们平行一下：在这个世界里，中国在抗日战争中打败日本，提前一百年再度复兴，重回盛唐；在第二个世界里抗日战争中出现了如此多的汪精卫，以至中国永远成为日本殖民地，那些天天在电视上侃侃而谈的"公知"都以手中有本日本护照，去美国不用签证而洋洋自得；而在第三个世界里，第三次世界大战爆发，中国把武器库中所有原子弹扔到日本人脑袋上，日本全境成为百年无法居住的焦土……

问题是，平行宇宙互不通联，它们之中的人永远不能相互拜访。我们甚至根本不能观测到平行宇宙，因为我们被死死局限在我们自己所在的这个宇宙中，根本无法确认是否存在其他的平行宇宙。

列位看官，这就是量子论那摄人心魄而又令人疯狂的伟大历程！

1933年希特勒上台，薛定谔反对纳粹迫害爱因斯坦，愤而离开洪堡大学移居牛津，同年与狄拉克共获诺贝尔物理学奖。1936年他回奥地利任格拉茨大学理论物理教授，不到两年奥地利被纳粹吞并，他被迫再次流亡爱尔兰，出任都柏林高级研究所所长，从事理论物理研究，还研究科学哲学和生物物理，出版名著《生命是什么》，试图用量子论阐明遗传结构的稳定性。1956年薛定谔回奥地利出任维也纳大学理论物理教授，奥地利政府专设以薛定谔命名的国家奖金，由奥地利科学院颁发。

前面说过，爱因斯坦是量子论奠基者之一，而且，他还反复运用量子论来发展自己的物理创想。1913年玻尔天才地把量子引入原子光谱的解释，爱因斯坦于1916年敏锐地运用玻尔理论推导出普朗克当初被迫引入量子概念的辐射公式，而这篇文章的一个副产品是激光理论的产生原理。看官须知，激光，要五十年后才被真正发现。

到1918年爱因斯坦终于承认光量子："对于辐射中量子的实在性，我不再存疑，尽管至今只有我一个人相信它们。"有趣的是，在量子论出现的前十四年，整个物理界只有爱因斯坦一个人相信，连它的发现者普朗克都坚决反对。可十四年后，几乎所有的物理学家都承认量子论，爱因斯坦却转而反对，从此成为整个物理史中最坚定的量子论反对派。到了1935年，大部分科学家包括普朗克自己都已投奔量子论，爱因斯坦还与两个年轻人玻多尔斯基和罗森合作发表论文《物理实在的量子力学描述能否称为完备？》，全盘否定量子论。

爱因斯坦否定量子论,在他承认光量子之后。

量子论刚提出时,玻尔遇到的阻力比爱因斯坦提出相对论时还大,因为他们在前辈大师的眼里比当初的爱因斯坦还业余,他们的科学讨论被普遍看作小孩子的过家家。在遭受无数讥讽和白眼之后,他们决定向爱因斯坦求助。爱因斯坦目光非凡,向来热心扶植后辈。而且说到底,光量子假说也是他提出来的,他本来就是量子论奠基者之一。

1920年,玻尔亲赴柏林拜访爱因斯坦,渴望得到科学新教皇的支持。

玻尔万万没想到,最应该肯定他们的爱因斯坦,却一口否定。爱因斯坦完全无法接受玻尔用百分比来解释世界。量子力学的主要观点就是:在微观世界,所有粒子的运动都没有确定轨道,你只能预测它们出现在某一点上的可能性有百分之多少。

到底是啥子意思?

大家打过麻将吧?我有个朋友是国家麻将队的,他说决定麻局胜负的关键大部分不在牌技,而在骰子,因为骰子差一个点儿,你抓到手里的就完全是另一付牌了。你要一抓四个混,不就把把天和,把把连庄了吗?掷骰子,就是典型概率(百分比)。所以所有电影里的"赌王"都不是麻将打得好,而是骰子想掷几点就掷几点。

不打麻将的人还是没听懂?再举个例子:战斗的民族喜欢玩儿"俄罗斯转盘",就是在左轮手枪的六个弹巢中装上一颗子弹,把弹仓哗啦一转,您就不知道子弹在哪个弹仓了,然后拿起枪来朝自己太阳穴扣动扳机,如果枪响了,您就上那边儿凉快儿去了。如果没响,您就拿走所有的钱。此即概率!

六分之一死亡,六分之五发财。战斗的民族,端的不是说来耍子的。

多说一句：最疯狂的"俄罗斯转盘"，是装五颗子弹。

六分之五死亡，六分之一发财。

敢不敢来赌一把？

我知道爱因斯坦不玩俄罗斯转盘，但我不知道他会不会打麻将。不过，我知道爱因斯坦知道骰子。他当天把嘴上没毛的玻尔训了一顿后说了一句物理学史名言："记住，仁爱的上帝绝不会掷骰子！"（Der liebe Gott würfelt nicht）。

年轻气盛的玻尔不顾礼貌针锋相对地反驳："上帝不仅掷骰子，而且会把骰子掷到我们看不见的地方！"

这句话成为物理学史名言。

玻尔对爱因斯坦的威胁比日本对钓鱼岛的威胁大多了。因为，他可是个真正的天才。从此，他俩成为物理学死敌。1926年爱因斯坦致信物理学家麦克斯·波恩说："量子力学非常值得关注，但我心里却有一个声音告诉我，目前的研究并不正确。这个理论成果众多，却不能让我们离真理奥秘更近一步。我坚信上帝不会掷骰子。"1927年10月，爱因斯坦在布鲁塞尔第五届索尔维大会上与玻尔激辩量子论，后来被杨振宁称为"历史上最重要的思想交锋"，这两个伟大的天才在会上会下针锋相对，从白天争到黑夜，谁也无法说服谁。艾伦费斯特后来说："像下棋一样，爱因斯坦永远能举出新的例子……玻尔就不断在哲学云雾之外寻找工具来粉碎这些例子，而爱因斯坦就像盒子里的弹簧人，每天早晨都能精神抖擞地跳将出来。"1930年10月布鲁塞尔第六届索尔维大会是爱因斯坦最后一次出席这一会议，在会上他再次与玻尔发生激烈争执。除了这样大规模的思想交锋，两人在无数小型学术会议上只要碰面就拔刀相见，张飞杀岳飞，杀得满天飞。每一次他们都跟张飞杀岳飞一样战成平手——他们确实不属于同一个时代，他们最后谁也没说服谁。直到1942年爱因斯坦致信朋友时还说："想偷看上帝要出什么牌确实很困难。但我一秒钟也不会相信上帝会选择跟这个世界玩儿骰子。"

想知道玻尔听见这句话之后的回答吗?

他针锋相对地回击:"嗨,请不要再教上帝该做什么!"

跟上帝打麻将从此成为物理学史经典桥段,百年之后斯蒂芬·霍金比玻尔更进一步,他说:"上帝不仅掷骰子,而且他总是把骰子掷到我们看不见的地方!"

后来有很多人把这场争论当成爱因斯坦信奉上帝的证明。其实他们完全搞错。爱因斯坦在这里说的是量子论,跟上帝毫无关系。他只是拿上帝举个例子。爱因斯坦、玻尔和霍金这三位大物理学家其实都不信基督教的那个上帝。事实上,在爱因斯坦之前,绝大多数物理学家相信上帝,他之后,绝大多数都不信。

否定量子力学是爱因斯坦犯过的最严重科学错误。时至今日,无数实验提供牢不可破的坚实证据,量子力学在被爱因斯坦全盘否定之后日臻完美。二十世纪三十年代之后绝大多数物理学家的工作都转向量子力学,爱因斯坦几乎单枪匹马在对面叫阵。

因此,被前辈大师判定无能,并不一定真是你无能。

有意思的是,普朗克出道时也曾被科学前辈全盘否定,他后来写道:"新的科学真理不用忙着去说服反对者,它只消静候那些反对者老死,而让新的一代从头熟悉这一真理。"这句话十分尖刻,却切中人类天性,出世后广受欢迎,史称"普朗克科学定律"。

因此,无论什么事情,不要费力去说服持反对意见的同龄人。那注定与虎谋皮。

要从娃娃抓起!

直到去世,爱因斯坦都拒绝承认量子力学。在这一点上,他逊于当初激励他发现相对论的马赫。马赫临终前见到爱因斯坦时说,只要爱因斯坦能找到确切的科学证据,他就准备承认此前他完全否认的"原子"。

上帝确实把骰子掷到了我们看不见的地方。上帝跟我们开了一个很大的玩笑。爱因斯坦本身就是一个蔑视权威的人。1905年还是物理青年的他居然在业余时间写了五篇论文否定牛顿。可到1930年时他不得不自嘲："作为对我蔑视权威的惩罚，命运把我自己变成了权威。"

爱因斯坦不是谦虚，他说的是实话。咱们见到专家教授这些"权威"就双膝发软，纳头便拜，可爱因斯坦一辈子对"权威"不以为然，包括他自己。1951年，他已是世界物理学界当之无愧的超级权威，等闲教授见到他都要激动得双手哆嗦，语不成句。那年2月他在美国波士顿麻省综合医院接受最新脑电图（EEG）检查。研究人员测出他的脑电图背景值后恭请他思考科学问题，以便绘下这个伟大科学天才的大脑活动图。爱因斯坦遵嘱在心里默解一元二次方程，仪器指针立刻剧烈上蹿下跳，研究人员不禁大赞自己三生有幸，能够目睹绝世天才脑电波活动现场直播，可就在此时指针忽然趴窝，研究人员赶紧上前请问他老人家正在想什么顶级科学问题，居然让如此精密的仪器都跟不上。

爱大爷说，他听见外面下雨，忽然想起雨鞋套忘在家里了。

一个思想超过人类如此之远、其理论时至今日仍然得到连绵不绝证明的科学家，是不是变成权威，并不以他个人的意志为转移。纵观科学史，科学家最具创造力的时刻，通常在他成为权威之前；而成为权威之后，他通常会犯一些十分愚蠢的错误。只有在这个问题上，爱因斯坦没有超越牛顿。我在写这个系列的文章之前完全没想到，牛顿这样伟大的科学天才，居然在四十六岁当选国会议员后以加倍的热情和执着研究神学、炼金术和长生不老药，并为此写下一百五十万字手稿。看官须知，牛顿写这些东西并非"失了心疯"，事实上他写这些垃圾时头脑跟写《自然哲学的数学原理》时一样清楚。当上国会议员和科学权威后，牛顿开始厌恶给他带来巨大荣誉的科学，拒绝继续研究物理学。到晚年，牛顿不仅否定科学的意义，而且虔诚信仰上帝，孜孜埋首于神学研究。当他最后无法用物理学来解释天体引力时，他便提出"神的第一推动力"，完全放弃他揭竿而起发动科学暴动的原野，回到上帝仁慈的温暖怀抱。他说："上帝统治万物，我们是他的仆人。我们敬畏他、崇拜他。"

爱因斯坦确实在这点上未能超越牛顿，因为他在量子力学论战中不折不扣地扮演了固执的权威。其实 1924 年他与印度物理学家玻色共同提出的"玻色—爱因斯坦凝聚"，其实质就是量子论的应用。这个理论被誉为"诺奖级别"。它预言，如果特定原子气体以超低温冷却，那么所有原子会突然以可能的最低能态凝聚。如果把一堆原子看成乌合之众的农民起义军，那么玻色—爱因斯坦凝聚出现后，它们就在一秒钟之内变成令行禁止的岳家军。我们可以通过调控激光能量来控制原子的状态，让原子在一秒钟之内由超流体变成完全绝缘体，这两种状态正好可以分别充当 1 和 0。进入二十一世纪后传统硅芯片计算机无法突破耗能和散热等极限问题，科学家普遍认为出路是量子计算机，而这正好用到"玻色—爱因斯坦凝聚"。现在科学家认为铷原子的"磁"和"矩"属性可用来表示 1 和 0，美国《自然》杂志发表文章说，根据"玻色—爱因斯坦凝聚"理论，铷原子可成为量子计算机存储器，如果有两个铷原子存储器，就可以实现量子计算。量子计算机的出现，也许将是又一场我们从未设想过的工业革命的开始。面对量子计算机，所有摸过计算机的手都会在顷刻间因为心花怒放而剧烈颤抖，就像集体得了帕金森：只要想一想，笔记本将一辈子都不用充电，硬盘（如果还有硬盘的话）存了全世界所有信息后还有四分之三的空间……

而这只是量子计算机最微不足道的两个新功能之一！

1995 年，美国的康奈尔、维曼和德国的克特勒通过实验证实"玻色—爱因斯坦凝聚"，2001 年，他们获诺贝尔物理奖。

爱因斯坦对量子论的否定，持续到他生命的尽头，从未改变。但他最后依然超越了牛顿。他与牛顿的不同不仅在于他成名后坚决拒绝当官，更重要的是，他并没有因为成为权威而成为物理学的暴君和独裁者。爱因斯坦与玻尔这两个一生的敌人，一见面就张飞杀岳飞，但其实谁也没真打算杀了对方。爱因斯坦后来还专门请玻尔去普林斯顿做过演讲。此事有据可查，因为当时坐在下面洗耳恭听的，就有今天的物理泰斗杨振宁。

就是这个与爱因斯坦在同一年获得诺贝尔奖物理奖的玻尔，这个理应仇恨爱因斯坦一生否定量子力学的后起之秀，他后来说："爱因斯坦的成果使人类地平线无限展开，而同时我们对宇宙的想象画获得了梦寐以求的完美与和谐。"

1922年11月，瑞典诺贝尔委员会决定将1921年空缺的物理奖补授爱因斯坦，同时把1922年物理奖授予玻尔，11月11日玻尔致信正在亚洲旅行的爱因斯坦："关于授予诺贝尔奖一事，我很高兴地致以最衷心的祝贺。这种外界推崇对您可能毫无意义，不过这笔钱或许有助于改善您的工作条件……倘若我竟被提名与您同时获奖，这可称我从外界所能得到的最大荣誉和愉快。我知道我根本配不上与您同时获奖，但我想说——且不论您在人类思想方面付出的崇高努力——仅仅您在我从事的专业领域里所奠定的基础就足以与卢瑟福和普朗克并肩。其实在考虑给我这个荣誉之前，应当首先考虑您的贡献。在下实乃三生有幸。"

1923年1月11日，仍在旅途中的爱因斯坦回信："我在日本启程前不久收到您热诚的来信。毫不夸张地说，它像诺贝尔奖一样让我快乐。您觉得您在我之前获奖有些不妥，您的忧虑让我倍觉可爱——它彰显了玻尔本色。您的原子最新论著在这次旅行中陪伴着我，也倍增我对您精神的敬佩。"

此生得一友如爱因斯坦者，此生得一敌如玻尔者，足矣！

他们才是伟大的科学家。

我们热爱爱因斯坦,并不仅仅因为他是一个伟大的物理学家。

那么,坚持反对量子论到底的爱因斯坦,还会有更大的科学发现吗?

超弦屠龙统一场

我今年五十三岁。

爱因斯坦进入普林斯顿高级研究院那年亦五十三岁。知天命三年的爱因斯坦是否已知天命?

没有!老爱伏枥,志在物理,爱因斯坦正在策划一场比相对论更伟大的物理革命。

啥子革命?

统一场。

列位看官,爱因斯坦研究统一场并非临时起意。1922年他获诺贝尔奖,那一年他已经开始研究统一场。作为世界物理学新教皇,统一场当然立成世界焦点,广大报刊集体断言爱因斯坦将一劳永逸彻底解决宇宙的所有问题,论文出版后一抢而空,再三加印,洛阳纸贵。爱因斯坦对公众的狂热非常吃惊。他虽然觉得统一场很出色,但毕竟这是物理学,又不是流行歌曲或者好莱坞大片儿,卖这么多是要干吗?

此后四十年,统一场是爱因斯坦唯一的科学研究。看官须知,相对论也就花了他十来年。统一场彻底迷住爱因斯坦，变成他与物理学界之间的巨型黑洞，任何信息都无法穿透。每次物理大会都为爱因斯坦保留上座，但他从不出席。物理学界成年累月听不到他的声音，有个朋友只好打趣说："爱因斯坦可能钓鱼去了。"新闻界损失更大，他们凭空失去了爱因斯坦这个取之不尽用之不竭的超级八卦库，只好自制噱头哗众取宠。连《纽约时报》这么严肃的报纸，居然有天也印了一整版数学家都看不懂的数学符号，然后郑重其事地宣布："爱因斯坦研究的统一场将涵盖行星旋转、光线飞驶、地球引力、钻石光泽、镭元素的不稳定性、轻的氢和重的铅、通过线圈的电流、物质、能量、时间、空间。"

其实《纽约时报》不算发高烧，统一场还真可能有这个本事。

相对论已成过去，未来，属于统一场。

综观人类历史，如果地球上真有个人能创立统一场，则此人必是爱因斯坦。爱因斯坦对此的解释令人喷饭。有次他跟助手说，统一场研究总得有人来做，但年轻人不合适，因为它会毫不留情地吸光研究者的一生心血，而他自己反正已经功成名就，正好来干这个苦活儿。1942年春他致信医生时说："我成了一根孤独的老光棍儿，我之所以出名主要是因为出门不穿袜子。但我比过去更狂热地工作，满怀希望想解决那个老问题——统一场。"按爱因斯坦想法，统一场成功，即可当场推翻量子论。相对论在研究原子核内微粒子世界时完败给量子论，爱因斯坦始终没服这口气，他认为统一场可以解决微粒子世界的所有问题，从而一劳永逸地KO坚决要跟上帝打麻将的玻尔他们几爷子。

想当年，少年爱因斯坦第一个奇想是，如果喊冯教授去追赶光线，结果会怎样？

结果是狭义相对论。

少年爱因斯坦第二个奇想是：如果香山索道吊索断了，车厢坠落，坐在里面的冯教授会有什么感受？

结果是广义相对论。

广义相对论让爱因斯坦离开地球放眼宏伟壮丽的宇宙，于是他再度出发前往统一场。他把统一场看作相对论的第三个阶段，并深信统一场能解决宇宙的所有问题。

那么，研究统一场，关键点何在？

对爱因斯坦而言，统一场研究最大的挑战是它需要极其复杂的数学计算，可爱因斯坦并非数学天才，当初他研究广义相对论时幸得老同学格罗斯曼拔刀相助方才成功。可格罗斯曼已于1936年去世，因此，这回，爱因斯坦只能靠自己啦，因为，在这场研究中他被所有老朋友抛弃。1925年他第一次向统一场发起进攻时提出"距离平行"，这个非常物理学，我说不清楚。重要的是，所有物理学家都反对这个观点。因说话尖刻被艾伦费斯特称为"上帝之鞭"的泡利再一次举起了他的鞭子，他1930年在一封信中对爱因斯坦冷嘲热讽称"祝贺你成为一名纯粹的数学家！"并打赌"顶多一年，你将放弃距离平行。"爱因斯坦非常恼火，回信说："你的信很有趣……但有点儿肤浅"，他建议泡利"忘记你所说的一切，把自己当成刚从月球走下来的人，毫无成见地投身这个问题吧"。最后他警告说："今后三个月内不要发表任何评论。"不过，爱因斯坦没说如果泡利三个月之内发表评论会有什么惩罚。

泡利赢了这次打赌，因为他输了。输了是因为爱因斯坦的毅力超过他的预计一倍：他坚持了两年。赢了是因为，爱因斯坦最后还是放弃了"距离平行"。1932年1月爱因斯坦写信向泡利认栽："你终于对了，你这个流氓！"

Well，说了半天，到底啥子是统一场嘛？

再次声明，我说到底不过一业余爱因斯坦爱好者，因此，说错了不负刑事责任啊。

　　物理学上的"场"指的不是足球场或杀猪场。这个"场"指的是有"力"在其中相互作用的一块儿空间，这个"场"不是物质，我们看不见，但它并非空无一物，也有重量和大小。爱因斯坦的"统一场"，就是想"统一"通过这个"场"作用于物体的万有引力和电磁力，即要说明这两种力源于同一种力。

　　好吧，冯教授，研究这有啥用呢？

　　用处大发了，这样可以统一宇宙！就是说，我们就能知道宇宙到底是由什么东西组成的。统一场理论里物质首先由电和磁组成，电和磁组成电磁波，还组成正负电子和原子核，然后组成原子和分子，然后由原子和分子组成世界，最后再组成宇宙。因此，统一场可以解释宇宙的一切问题，包括宇宙的起源。

　　够不够震撼？

　　看官须知，按咱们现在的知识，构成宇宙的最基本要素是空间和物质，时间只是物质运动的先后次序，它们理应是统一的。如果说宇宙有个中心点在运动，那宇宙必须跟着这个中心点运动，否则空间、时间和物质就无法统一，那宇宙就不存在了。举太阳系为例：太阳自转，太阳周围空间就随太阳转动，九大行星说是围太阳公转，其实转一个角度看，它们只是静静地镶在太阳周围的空间上，我们觉得它们在公转，是因为那个空间在围着太阳转。You know 了吧？如果我们把太阳系这个空间看作整体，那太阳和九大行星都静止地镶在这个空间上，运动的是太阳系，而这正好符合能量守恒定律。牛顿理论在这里恰恰与能量守恒定律矛盾，因此牛顿理论无法解释星体为何自转，牛顿只好说星体自转是因为上帝蹬了它们一脚。可现在绝大多数物理学家已经不信上帝了，所以牛顿理论无法拿上帝的脚说服他们。

　　统一场研究的关键，就是要把爱因斯坦那个时代人类已知的两个最基本的力——牛顿的万有引力与麦克斯韦的电磁力——统一到一个数学框架中去。

列位看官,在物理学研究历史中,"统一"是主流,而且也多次成功:牛顿用万有引力统一了地球上的万物;麦克斯韦统一了电和磁;爱因斯坦用质能互换公式 $E=MC^2$ 统一了质量和能量。因此,为什么万有引力与电磁力不可以统一?简言之,爱因斯坦认为牛顿定律是相对论的一部分,只适用于地球;而在统一场中,相对论也只是一个组成部分,统一场涵盖牛顿定律和相对论,可以解释宇宙的一切。

但是,直到爱因斯坦去世,统一场研究都没成功。

这个没成功还真不是爱因斯坦的责任,责任在于宇宙,因为宇宙中并非只有引力和电磁力。就在爱因斯坦忙于统一场研究时,其他科学家又发现了宇宙中还有两种基本力:"强力"和"弱力"。强力连接原子核,弱力生成放射性。爱因斯坦不知道这两种力,所以统一场没成功很正常。

好吧,啥子是强力和弱力?

这事儿又得从头儿说起。这个头儿是原子核。原子核之外的自然力就是引力和电磁力,当时爱因斯坦只知道这两种力。可1912年卢瑟福发现原子核也由微粒子构成,于是问题就来了:原子核里面的质子都带正电,按电磁理论它们互相排斥,怎么会紧密结合成原子核呢?一直到1928年,大家把后脑勺都挠烂了,二十四岁的苏联物理天才伽莫夫这才提出,其实原子核里面还有一种力,它比电磁力强得多,能把原子核内的微粒子团结起来。因为它比电磁力强,所以称"强力"。但强力是短程力,作用范围限于原子核,出了原子核的门就不管用。相反,电磁力虽然比强力弱,但它是长程力,而且可以叠加,所以原子核越多电磁力就越强,但元素就越不稳定;原子核越少,元素就越稳定。天然元素只能到92号铀,超过这个界线的元素只能人工制造，自然界中并不存在，就是这个原因。

好吧，那么啥子又是"弱力"？

此话又要从放射性说起。

话说几千年以来，人类都认为一切光都来自伟大的太阳，可卢瑟福居然发现有些物质在黑暗中也能让感光片感光，且其穿透力远远超过阳光，此即"放射线元素"和"放射线"。

OK，啥子是放射线？

当时卢瑟福的几个重大发现都是通过放射线"看见"的，卢瑟福就很好奇：这个放射线到底是啥子呢？于是他就用强磁场来"看"这些放射线，看完吓一跳：总共有三种放射线。

第一种通过磁场时会发生偏转，且其偏转方向与阴极射线相反，证明它是带正电的粒子流，卢瑟福称其为 α（阿尔法）射线。它连纸都穿不透，但电量却是电子的两倍，质量是七千三百倍。卢瑟福试着让这个粒子吸收两个电子以抵消其正电荷，结果得到了一个氦原子。

啊哈，原来，α 射线就是氦原子核！

可是不要高兴得太早，大家用电子—质子模型一套，却对不上：氦在元素周期表上序数是 2，即其带有两个核外电子。两个电子对应两个质子，两个单位的正电荷倒是对上了。可质量呢？α 粒子带四个单位的质量，就是说应当有四个质子来对应它，可四个质子应当带四个单位的正电荷！多出来的那两个单位的正电荷找谁去要呢？于是 1920 年卢瑟福只好假设原子核中有由一个质子和一个电子组成的复合粒子，其带电为中性，即一个坍缩了的氢原子，他把这个复合粒子称为中子（neutron）。这样就解释得通了——氦原子核由四个质子和两个电子组成，与两个核外电子刚好构成一个具有四个单位质量的中性原子。

可是，这时量子论刚问世，玻尔费了九牛二虎之力刚解决了原子中间的"电子跃迁"，卢瑟福又把电子塞进原子核里面去了，玻尔岂不是前功尽弃么？

那就没有量子论啦！

这时玻特出现了。他拯救了量子论。德国物理学家玻特（Walther Bothe）是普朗克的学生，一战中当了俄军战俘被遣送西伯利亚，结果他在冰天雪地的西伯利亚自得其乐，骗了个俄罗斯美女当老婆。所以单看玻特，其实俄罗斯一战算败给德国。战后他回到德国继续研究物理，1928年他用α粒子轰击铍，结果发射出来的中性射线能穿透几厘米的铅板。由于穿透力强和电中性这两个特点都与γ射线吻合，所以他认为自己发现的是γ（伽马）射线。伽马射线就是卢瑟福发现的第二种射线，它穿磁场如透缟素，一往无前毫不偏转，证明它是不带电的粒子（如光子）流，但穿透力比α射线强得多。所以玻特认为它是γ射线。

玻特的报告引起了居里夫人女儿伊雷娜·居里（Irene Curie）及丈夫弗里德里克·约里奥（Frederic Joliot）的注意。他俩重复了玻特实验，也得到了这种射线，他们也认为它是γ射线。

接下来就轮到查德威克了。

这个查德威克也是超级有故事的一个人，他是卢瑟福培养的著名的"量子幼儿"。但这里只讲他对射线的研究。英国物理学家查德威克（James Chadwick，1891–1974）1911年毕业于曼彻斯特物理学院，之后留校当卢瑟福助手，在卢瑟福指导下做了著名的α射线轰击金铂的实验，发现了原子核，因此获英国国家奖学金，到德国柏林跟随盖革从事研究。盖革即盖革计数器发明者，是放射性研究的权威。1914年一战爆发，查德威克被德军当作英国间谍关进战俘营后闲得发慌，就教一个英国青年军官埃利斯原子物理，结果一战结束后埃利斯居然成为物理学家。这所监狱大学感动了德国同行，经他们呼吁，监狱给查德威克两人在一个旧马棚里建了个简陋实验室，他俩就终日不亦乐乎地伴着马屎马尿味做 β 射线实验，完全忘记外面那场惨绝人寰的战争。1918 年德国战败，查德威克回到祖国，继续跟随卢瑟福从事实验研究。

研究中查德威克跳脱陈规，他比玻特和约里奥夫妇多提了一个问题：什么东西能把质子打得鸡飞狗跳？至少其质量必须与质子相差不远。可微粒子中质量最大的就是质子，再往下就是电子以下级别的，质子质量超过电子两千倍，电子打质子根本就是蚍蜉撼树，完全打不动。看官须知，γ 射线是一种光线，静止时质量约等于零，根本不可能撼动沉重的质子。查德威克在卡文迪许实验室无数次重复实验，最后证实这种射线是质量跟质子一样大的中性粒子流。1932 年，他在《自然》上发表《中子可能存在》，宣布这种射线是由质量为 1、电荷为 0 的"中子"构成的。中子的发现引发中子核反应和核裂变研究，人类从此进入核能利用新时代，同时又催生核结构与核力的理论研究，并解释了为什么许多化学元素有不同原子质量的"同位素"。中子物理学就此诞生。

不过，查德威克在这里说的"中子"指的是卢瑟福定义的那个由一个质子和一个电子组成的坍缩氢原子。他并未确认这是新的基本粒子。

确认最后是量子力学下的。

当时物理学家认定七个电荷和十四个质量的氮原子核是符合"玻色—爱因斯坦统计"的整数自旋玻色子，但构成原子的电子和质子都是半整数自旋费米子，所以氮核的基本粒子应该是偶数，否则就会出现半整数自旋。可照卢瑟福模式，氮核含有十四个质子和七个电子，加起来正好是二十一个——奇数！

但是，如果这种"中子"是基本粒子，氮核就由七个质子和七个中子组成，共十四个，正好符合基本粒子必须偶数的要求。经反复论证，当时欧洲的"科学共同体"最终认定中子是一种新的基本粒子。于是，α粒子——即氦原子核——真相大白：它由两个质子和两个中子组成，具有两份电荷和四份质量，完美回答之前的所有问题。

需要强调的是，该项研究吃亏最大的是约里奥夫妇，实验他们全做过，也怀疑过这种射线并非γ射线，但他们却从未听说过"中子"，因此与这个重大科学发现失之交臂。最后这份光荣归于查德威克，他因此获1935年诺贝尔物理学奖。对该发现也有巨大贡献的卢瑟福坚持由学生查德威克独得此奖，是完美阐释"师表"的欧洲版。

发现"中子"是量子力学发展的又一新里程碑：原来原子并非组成世界的最小单位，而且，不仅原子里面有东西，而且居然原子核里面还有东西！而且，放射性射线就是来自原子核内部！

卢瑟福发现的第三种放射线穿过磁场时偏转比α射线还严重，且其方向与阴极射线相同，表示它是带负电的粒子流，此即β（贝塔）射线，其穿透力比α射线强，能穿透半毫米厚的铝片。卢瑟福的实验证实β射线是带负电荷的电子流，来自原子核，因此他一直坚称原子核内部有电子。可后来实验证实原子核内并无电子，那么，β射线的电子是从哪里跑出来的呢？

首先说，啥子是β射线？

它是放射性元素衰变产生的，该元素放射一个带负电的高能电子，然后就衰变为元素周期表上向后一位的元素，也就是说，它多了一个单位的电荷，但质量份数不变。可大家发现，虽然质量份数不变，但它的总质量老是少了一份△e。

那么，谁是偷走了这份儿△e？

第二个问题，原子核跟电子一样也是量子系统，它们释放的能量也应是量子化的。可实验观测发现，同一种核在β衰变中释放的能量不同，这也就罢了，问题是这不同的能量还有一个连续的能谱分布，可以从 0 一直到最大值 Emax。

那么，能量就不守恒了呀！

能量不守恒，整个物理学不是都要吹灯拔蜡踹锅台？

幸好，一个年轻的奥地利科学家挺身而出拯救物理学，他就是咱们说过多次的"上帝之鞭"泡利（Wolfgang E.Pauli，1900–1958）。1930 年 12 月他给德国图宾根放射性大会写信提出假设：β 衰变除了发射一个电子，同时还发射了一个没观测到的粒子，这个粒子是费米子，质量等于／小于电子，具有 1/2 自旋，也不带电，因此可称为"中子"（此时查德威克还未发现他的那个"中子"），β 衰变中失踪的能量就是被它偷走的。

这个假设不仅当场拿获小偷，而且完美解释连续能谱。

但是，物理界突然新增一个物理实体非同小可，而新粒子就是物理实体。一般物理学家根本不能接受泡利这个观点，况且泡利也没给出观测方法，违反物理假设中的"可观察量原则"，也没说清楚为什么原子核里突然冒出来一个电子，于是，广大物理学家同仇敌忾暴打泡利。当时公开跳出来肯定泡利的，只有比他还小一岁的意大利物理学家费米。1931 年在罗马一次物理会议上费米就支持泡利的"中子"。1933 年 10 月布鲁塞尔第七届索尔维物理大会专题讨论原子核，参加会议的物理名宿有居里夫人和卢瑟福等，爱因斯坦当时已出走美国，因此没出席。年轻一代包括泡利、伊雷娜·居里、约里奥·居里、查德威克、玻特、费米和伽莫夫等未来之星悉数出席。泡利再次提出他的"中子"，会后两月费米写论文论证泡利的假说。此时查德威克已发现"大中子"，为示区别，费米就给这个"中子"加了一个意大利语后缀 ino（微小的），变成"neutrino"。

此即中微子。

虽然费米论证了中微子，但物理界始终没观测到它，因此它被称为"宇宙隐身人"。看官须知,中微子以光速运动,却并非光子。光子易于被物质反射或吸收,因此便于观测,而通过β衰变放射出来的中微子几乎无法被物质吸收,它要穿过大约一千亿个地球才会与其中的一个原子核碰撞一次。也就是说,如果我们能做出一个地球那么大的探测器,向它发射一千亿个中微子,才能被接收一个。二十多年后美国物理学家柯万(Cowan)和莱因斯(Reines)等才在1956年通过实验观测到中微子,并凭此获得1995年诺贝尔物理学奖。

  费米的贡献在于用量子论观测原子核,按照他的观点质子和中子并非两种不同的粒子,而只是两种不同的量子态,因为电子的"轨道"只是电子的不同能量态,所谓"变轨"只是不同能量态之间的电子跃迁,所以,质子和中子也只是通过能量态的跃迁而相互转化。

  到底啥子意思嘛?

  意思就是,原子核内根本没什么电子和中微子,只有一个"弱相互作用力"(弱力)作用于原子核,使一个中子从原先的能量态发生"跃迁"变成质子,跃迁前后质能都有所损失。电子从高能态跃迁到低能态就会辐射出光子,中子在"质子跃迁"过程中会辐射出一个电子和一个中微子,以保持能量守恒。

  这就是"弱力"。在发现"弱力"的过程中费米证明,能量依然守恒,能量守恒保卫战也就此宣告胜利。

  顺便说一句,费米这篇创造物理历史的论文先寄给英国《自然》杂志,结果惨遭退货,因为"包含猜测成分且离物理现实太远",最终于1934年由一本意大利杂志和德国哈勒的《物理学刊》同时发表。看官须知,费米因为抵制纳粹本来不愿投稿给德国杂志,可惜英国人不识货。

  好了,现在我们有了伽莫夫的"强力"、费米的"弱力"、牛顿的引力和麦克斯韦的电磁力，宇宙的四种基本力全体闪亮登场了。

如果世界上确实有统一场，那么，它就得统一这四种力。

1967年美国物理学家温伯格等通过量子论统一了电磁力和弱力。后来又有科学家提出"大统一理论"，成功统一电磁力、弱力与强力。但要统一引力就没这么容易了，因为引力实在太弱了，微粒子的质量几乎等于零，所以引力的强度只有强力的一百万亿亿亿亿分之一，如果写成阿拉伯数字，咱们连一百后面的零都数不清。就是无限小。当年爱丁顿观测日全食，太阳这么大的星球，其引力造成的星光弯曲也微乎其微，必须得用日全食照片来确认，就是这个道理。

强力和弱力都是微粒子之间的力，都得通过量子论来研究，但爱因斯坦研究统一场很重要的原因就是想推翻量子论。他的努力虽然不能说正确，但也确实有些道理，因为在后世所有统一场研究中，量子论与广义相对论始终怒目相向，典型的一山不容二虎，它俩确实无法统一。但是，不怕贼偷就怕贼惦记着，什么事儿也经不住这么多科学家长年累月没日没夜地惦记着，所以，后来终于被惦记出了希望。

希望来自哪里？

居然来自：抛弃量子论！

我们今天知道，世上万物，包括人的身体，都由原子和分子组成。可二十世纪之前的人，包括牛顿这么牛的人，都不这么认为。最早关心这个问题的是古希腊哲学家，这些连眼镜都没有的人，却想知道世界到底由什么基本元素构成。其中最有名的是德谟克利特的原子论。

德谟克利特出身富裕，为科学他走遍埃及、巴比伦等地，耗尽家财，刚回到母邦立刻被法庭指控"挥霍财产"，如果罪名成立，他将被逐出城邦，死后也不能回来下葬。德谟克利特在法庭上宣读他游历世界的著作《宇宙大系统》为自己辩护，法官和陪审员一听大惊失色：搞到这么多科学新知，怎么是"挥霍财产"？纯粹赚翻了啊！于是判给他五倍旅行费用，而且，等不到他死就赶紧在城邦中为他建了塑像，相当于中国人的建"生祠"。

虽然连中国都没来过就敢写《宇宙大系统》有鼠目寸光之嫌，但这本书确实是本奇书。德谟克利特宣布，构成万物的最基本元素是"不可分割的"（atom），此即后世的"原子"（Atom）。原子构成万物就像字母构成单词。如果原子是"存在"，"虚空"就是"非存在"，因此，虚空也是宇宙构成的必要条件，因为它是万物存在、运动和变化的空间。从此，物理学家都承认"原子"和"虚空"构成宇宙。到十九世纪，"原子"被引入化学和热力学，连坚决否认原子存在的马赫都不再固执己见。可后来科学家不断发现比原子更小的粒子（原子核、电子等），它们称为"基本粒子"（elementary particle）。基本粒子出现即"原子"的死亡，因为它们证明"原子"不再是"不可分割的"（atom）。

比如，介子也是一种基本粒子。

列位看官，介子是亚洲人发现的。

汤川秀树（Yukawa Hideki）。汤川1907年生于东京，次年随地理学教授父亲迁居京都。他外公是汉学家，自小教他四书五经，所以超级崇拜中国文化，上高中时还迷上了道家。汤川从小热爱文学，而搞文学没饭吃举世公认，于是他高中毕业时他爹连大学都不想让他上，希望他去读技校，将来好有口饭吃。怕孩子没饭吃，是世界上所有父母的噩梦。但实际上，除了遇到战乱，绝大多数孩子后来吃得都比父母好。

在明智的母亲大力支持下，汤川最终上了大学。1922年爱因斯坦访问日本掀起全日本物理学狂潮，汤川因此报考物理。1929年他毕业留校任教。他的老师长冈半太郎是日本早期科学领袖，留学英国时饱尝冷眼，痛下决心一定要在科学上超过西方。汤川深受影响，后来他父亲建议他出国留学，被他一口回绝！20世纪30年代科学进入核物理，汤川抓住机遇。强力（即核力）理论提出后轰动世界，汤川也被强力能克服电磁力把两百多个质子和中子团结起来这件事着了迷。他想到核力是通过交换电子而产生的。1933年他在论文《关于核内电子问题的考虑》中宣布，强力产生于电子的交换。那时日本还是科学蛮荒之地，信息不通，所以汤川不知道一年前德国的海森堡就已提出这个观点，而且已被科学界否定。

不过，汤川的思路显然正确：物体间相互作用力源于交换某种粒子（玻色子）。汤川后来发现传递强力的不可能是电子，因为交换电子的力，其作用范围会大大超出原子核，因此就会影响到核外电子，而泡利的理论已经否定了这种可能性。汤川用不确定性原理和相对论算出这种粒子质量大约是电子的两百倍，并命名为"介子"，意为"介于"质子和电子之间。1934年11月汤川在大阪物理学学会上公布了这一理论。这一年他二十七岁。前面说过，发现新粒子等于"增加物理实体"，这件事情很伟大，但物理学界其实非常忌讳，何况此事还是来自科学落后国家日本。因此，介子出生后待遇跟私生子差不多。1937年玻尔访问日本，汤川怀揣虚心前去求教，结果只挨了玻尔一句："你希望出现新粒子吗？"汤川投稿美国著名学术刊物，审稿人正好是奥本海默，他也不待见新粒子，于是：退稿！

汤川可称"未敢翻身已碰头"。

但三年后（1937年）安德森在宇宙线实验中发现一种新粒子，其质量正好是电子的两倍，奥本海默听说之后大吃一惊："难道汤川是正确的？"奥本海默的过人之处在于，作为科学巨腕儿的他敢于承认自己错了。大师走眼，正是新一代科学明星的完美营销，介子一夜之间大红大紫，汤川顿时热得发烫。新粒子被命名为"μ介子"。红到 1945 年，德意日面临崩溃，法西斯统治下的意大利有三位年轻物理学家为逃避上战场躲在一个地下实验室做核物理实验，偶然发现"μ 介子"与中子和质子的相互作用力很弱，根本无法提供核子间那么强的结合力，"物理共同体"赶紧抹掉那个"介"字，称这种粒子为"μ 子"。可 μ 子与汤川的"介子"质量实在太接近了，于是就有人猜想 μ 子是介子衰变的结果。1947 年英国物理学家鲍威尔利用核乳胶照相术研究宇宙射线时意外发现了介子衰变为 μ 子的全过程，并因此获 1950 年诺贝尔物理奖。提出之后十三年，汤川的"介子"终于得到证实！这种介子后定名"π 介子"，汤川秀树因此获 1949 年诺贝尔物理学奖，成为日本第一个诺奖获得者，也是亚洲第二个本土出身的诺奖获得者（第一个是印度的拉曼，他的"拉曼效应"与康普顿实验一起证实爱因斯坦的"光量子"，因此获 1930 年诺贝尔物理奖）。

一年后，汤川老师长冈半太郎去世，但去世前他终于看到自己的学生拿下诺奖，日本科学跻身世界一流！

日本的强大，不是因为东条英机和天皇，而是因为汤川秀树这样的人。

我们再回到微粒子，人类发现的第一个微粒子是哪个？

电子（electron）。

它是 1897 年 J.J. 汤姆逊发现的。他多年后回忆：当时几乎无人相信还有比原子还小的粒子，很多著名物理学家都认为汤姆逊在"愚弄"他们。可是，电子虽然已经很"基本"，却仍非"不可分割"，因为电子带有一个单位的负电荷，而原子应是电中性的，否则满天的电子同性相斥，就不会有原子了，那就根本不会有什么宇宙。因此，原子应是电子和另一种带正电的基本粒子组成。1911 年汤姆逊学生卢瑟福发现原子核，人类的"原子"这才画出了美丽的新图画——带负电的电子围着带正电的原子核，刚好构成一个电中性的原子。1919年卢瑟福继续用α粒子轰击氮原子核，结果打出了氢核。氢核跟电子一样带着一个单位的电荷，但其电性是正电，其质量为电子的1836倍，而氢原子刚好是由一个电子和一个氢核组成。其他多电子的原子，原子核的电荷正好是氢核电荷的整数倍，质量也差不多是氢核质量的整数倍。由此他推论，氢核也是一种基本粒子，每种原子的原子核由数量不等的氢核组成，于是氢核这种基本粒子被命名为"质子"（proton，希腊文，意为"第一"）。

可是，还有光子（Photon）呢？

在量子革命这场科学世界大战中，电子和光子都不过是斥候。爱因斯坦首先提出光量子假说，玻尔的量子化模型提出以后，大家都开始研究电子。可研究电子必须用光子做工具。某种意义上说，每个电子都来自宇宙创生时期，而且永不消失，而光子则居无定所，没名没分。它可能被电子吸进去，电子吸进光子之后就跃迁到一个更高的轨道，然后电子又会吐出这个光子，重新向下"跃迁"回原来那个轨道。光子就像空气一样被电子吸进去吐出来，电子就随之上蹿下跳地来回在不同的能量态之间表演"电子跃迁"。

那么，光子到底是不是基本粒子呢？

玻色说是。

萨提恩德拉·纳什·玻色（Satyendra Nath Bose）1894年元旦生于印度加尔各答，父亲任职英国的东印度公司，母亲受过初等教育，省吃俭用养大七个孩子。玻色中学时就表现出数学天才，有次数学作业老师居然给了他一百一十分。1913年大学毕业后他基本在大学任教。当时英国的理论物理与德国差距很大，英国殖民地印度就更落后了。1916年一位德国物理教授来访，带来了德文相对论和量子论。玻色为读懂这些著作自学了德语，然后他就发现普朗克的黑体辐射公式存在矛盾，因为普朗克在解释黑体辐射时还是部分遵循了牛顿物理学，所以无法自圆其说。1923 年，二十九岁的玻色完成论文《普朗克定律和光量子假说》投往伦敦《哲学杂志》，惨遭退稿。玻色想转投德国杂志，可他德文不灵，于是，他异想天开地把论文寄给了素昧平生的爱因斯坦！列位看官，爱因斯坦当时支持普朗克的理论，所以玻色这篇论文算间接批评爱因斯坦，结果他不仅把论文寄给爱因斯坦，还要求这个诺贝尔奖获得者帮他翻译成德文并推荐发表。

那时爱因斯坦是公认的世界科学新教皇，部长去求见也未必见得到！

玻色有没有搞错？

还真没搞错！

爱因斯坦不仅给他翻译，而且还真推荐给《物理学刊》，并写推荐信大赞："在我看来，玻色对普朗克公式的推导是重要进展。"

最后《物理学刊》8 月号发表了这篇论文，玻色一战成名。

玻色把辐射看成一团气云，他用统计方法导出普朗克的黑体辐射定律，认为"任何处在相同能量态的光子绝对不可区分，在统计计算时不应分开处理"。爱因斯坦紧接着连写三篇论文，与玻色一起共同开创量子统计，此即"玻色—爱因斯坦统计"。

与"玻色—爱因斯坦统计"分庭抗礼的是 1926 年费米和狄拉克分别根据泡利的不相容原理发展出的电子和质子统计方法，后称"费米—狄拉克统计"。几年后狄拉克将适用于玻—爱统计方法的粒子（如光子）定名为"玻色子"，而适用于费—狄统计方法的粒子（如电子）定名为"费米子"，1945 年为"科学共同体"正式采用，至今。

好吧，它们有啥子区别？

玻色子（如光子）具有整数自旋（0，1，2……），但不遵循不相容原理，即允许多个光子占有同样量子态。

费米子（电子和质子）具有半整数自旋（如 $1/2$，$3/2$，

5/2……），它们严格遵循不相容原理，不允许两个以上的粒子占有同一量子态。

冯教授，到底是啥子意思嘛？

举个例子，费米子的不相容就像郭靖跟欧阳锋论剑华山之巅，两剑铿锵，相碰就要弹开。到了《星球大战》，天行者卢克与他的父亲黑武士达斯·维达用激光剑决斗，激光剑能砍断你的脖子，但两剑相互时却交错而过毫发无损，就是因为激光含的是玻色子，交错瞬间两剑的玻色子可以共容。

狄拉克确认"玻色子"和"费米子"与电子和质子一样也是基本粒子，而且，定名时他把自己和爱因斯坦都隐去，体现了他跟爱因斯坦同样宽阔的心胸。科学研究就这样，一代踏着一代的肩头向上攀登，他们中的绝大多数根本不在乎能不能获得诺贝尔奖。这精神可以追溯到"原子"之父德谟克利特，他有句名言是："得到一个原因的解释，胜过当波斯的王！"科学家的乐趣来自于发现本身，他们根本不用处心积虑去当什么杀人如麻的"王"。

他们每天都是科学王！

所以，把爱因斯坦描绘成金钱奴隶，不值一驳，虽然他青年时出于生活所迫可能确实有段时间很想钱。

看官须知，狄拉克区分这两种粒子是有原因的：费米子是构成万物的材料，即构成宇宙的砖；而玻色子是传递作用力的媒介，即把这些砖糊到一起的混凝土。原子核由上夸克和下夸克组成，电子和夸克是费米子，而光子和引力子为玻色子。如前所述，它们当时都被认为是自然界的最小微粒、组成万物的"基本粒子"。想当初所有基本粒子都被看成一个根本测不出大小的"点"，只有原子的十万分之一。量子论出生时讨论的就是"基本粒子"。后来科学家发现"基本粒子"也是由更小的微粒子组成的，例如轻子和夸克的质量还不到质子和中子的万分之一，现有的最精确电子显微镜都不能直接观测到它们。所以现在物理学已经不说"基本粒子"了,因为,实在不知道哪些粒子更"基本"。

但是,对物理的统一革命正发生对这些微粒子的研究中。科学家发现,粒子越小,能量就越高,如果把一个微粒子控制在更小的空间内,其运动将加剧,引力大幅增强。也就是说,在更小的微粒子之间,引力又回来了!

这意味着,在更小的微粒子空间中,引力有可能与其他三种力统一!

前面说过,时间和空间都有最小单位,最小的空间单位即普朗克长度(10^{-33}厘米)。这四种力终于统一了,统一在什么地方呢?就是统一在普朗克空间!而且它运用的是普朗克能量。普朗克能量是最小能量单位,转换成质量大约相当于二十二微克。这个质量我们人类根本看不到,但在普朗克空间已算庞然大物。

因此,我们说普朗克对物理学的贡献很大,超过劳鹤,不是乱盖的。我是典型的文科男,以前总觉得科学理论超级枯燥。其实科学理论比最牛的美国科幻大片儿都精彩。我们看不到它的精彩,是因为我们不懂,而绝大多数科学家也懒得给我们这些文科男女解释。对于整天在理论天空中翱翔的"科学王"来说,要把相对论说得我们这些文科男女都能听懂,无异于焚琴煮鹤,还不如直接杀了他们痛快些。

这场物理革命不仅非常精彩,结果亦超级惊人:在普朗克长度下,相对论与量子论这两大理论双双失效,一种更新的理论统一了相对论与量子论。

啥子理论?

超弦。

OK,那么,啥子是超弦理论?

前面说过,我们一直认为"基本粒子"就是一个没有任何内部结构的微小的点，但 1970 年日本物理学家南部阳一郎（获 2008 年诺贝尔奖）提出超弦理论。

我们在普朗克空间把基本粒子放到最大，才发现它其实并不小，而且每个基本粒子里面都有一根儿细细的弦在振动。这根儿弦只有长度没有宽度。小提琴弦可以奏出无数优美的音符，而这根弦振动后奏出数百种基本粒子和四种基本的力。这根弦细得可怜，即使用最精细的仪器测它也显得像个点，是一毫米的一百亿的一百亿的一千亿分之一（10^{-34} 米），因此被称为"超弦"（superstring）。看官须知，原子半径约为一毫米的一千万分之一（10^{-10} 米），而原子核直径大约是原子的十万分之一（10^{-15} 米）。跟超弦比，原子核就算庞然大物了。超弦分为开弦（一根曲线）和闭弦（一个圈儿），这根儿弦振动的速度比飞都快。小提琴琴弦的振动人眼就已经看不清楚了，但其实只有一秒钟几百次（一百零二次），而超弦一秒钟的振动约为一百万亿乘一百万亿乘一百万亿（一千零四十二）次，超弦两端的运动速度是人能想象的终极速度：光速！

量子论之父普朗克曾感叹说："我对原子研究的最后结论是——世界上根本没有物质。物质是由快速振动的量子组成的"。古埃及和古希腊都谈到宇宙有七个原理，其中最基本的是"振动原理"。古希腊哲学家说："没有任何东西是静止的，一切都在振动。"直到十九世纪末我们都把这些话当哲学听。超弦理论横空出世，我们才发现，哦，原来，这是物理！

有科学家认为宇宙大爆炸后产生的弦在宇宙间不断振动融合，最后形成了一根长达一百亿光年的高密度"宇宙弦"，我们可以通过这根宇宙弦振动产生的引力波观测到它，而这根巨型宇宙弦产生的引力，会导致通过它附近的光发生偏转，其结果就是爱因斯坦预言的"引力透镜"。

超弦理论横空出世，意味着数百种基本粒子全部统一到"超弦"

上去了，这数百种基本粒子居然只不过是这根儿"超弦"的不同振动形式，而四种基本力都来自超弦空间。超弦让基本粒子变成一个紧密的微小时空，宇宙中所有的超巨物理事件，包括宇宙大爆炸、黑洞与恒星死亡，都诞生于这个超级微小的时空之中！

够不够震撼？

然而，这还只是震撼的开始。

话说牛顿理论大行其道之时咱们只知道三维空间，就是长、宽、高，后来爱因斯坦一棒子敲在咱们脑门儿上，同志们恍然大明白：还得加上时间。因此，咱们现在熟知的是四维时空。

可是，最初的超弦有二十六维！否则它就要崩溃。

爱因斯坦提出四维时空那年很多欧洲人都笑掉了大牙，所以欧洲牙科，尤其德国牙科，非常著名。现在居然有人提出二十六维！幸好这个理论很快就得到修正，否则欧洲就没牙科了，因为所有的牙都笑掉了，大家都使牙床吃牛排。超弦理论很快修正到十维空间。但它仍然显得十分荒谬，所以直到1984年物理学家都认为它是个笑话。但进入二十一世纪科学家已经不笑了，因为科学证实咱们确实生活在十维空间，只是其中有六维紧紧蜷缩在一起，所以我们一般觉察不到。就像我们离很远看一根水管，看见的是一根线，只有一维，但走近你会发现它还有个二维的横截面，而这个横截面的两个维度是蜷缩起来的，从远处看不见。六维蜷缩道理一样，当我们把时空放大到普朗克长度时会发现，原来我们认为只是时空中一个"点"的东西，其实是个六维小球。

后来，美国物理学家威顿宣布超弦的十维实际上是十一维时空。

十一维时空，是我们现在对时空的最新认识。

超弦确实不好理解，因为人类生活在三维空间中，因此我们无法在二维的纸面上画出十一个维度。严格讲，我们这些普通人根本无法在头脑想象十一维空间。物理学家也是人，他们也想象不出来，但他们却巧妙地用数学工具来解决这个问题。例如，边长为二厘米的正方形是二维，其面积是 4 立方厘米（2 厘米×2 厘米），而边长为二厘米的立方体就是三维的，其体积是 8 立方厘米（2 厘米×2 厘米×2 厘米）。因此，四维空间中的超立方体（四维），其"体积"应为 16 立方厘米（2 厘米×2 厘米×2 厘米×2 厘米）。按九维超弦时空算，除了长、宽、高这三维之外，还有六个隐藏的维度（加上时间是十维），因为它们弯曲得很小，所以咱们看不见。就像地毯，我们走在上面，只看见长和宽，是二维，如果把地毯放到放大镜下面一看，才发现还有组成地毯的绒线弯曲起来的那一维。这一维，我们走在地毯上的人是感觉不到的，但藏在地毯缝里的跳蚤却能够感觉到。正因为多了这一维，跳蚤才能躲进去，让我们这些只能看见"长"和"宽"这两个"维度"的人看不见它们。

超弦理论认为空间中到处隐藏着这样卷曲起来的维度，其长度非常小，跟超弦差不多。

二十一世纪最新的理论认为宇宙中不止有超弦，而且还有"膜"。小提琴琴弦是绷在琴身上的，不一样的琴身会发出不一样的音符，超弦理论的"膜"就是这个琴身。超弦理论认为宇宙本身就是一张巨大的膜，因为我们生活其中，所以我们无法觉察到"膜"，所谓"不识庐山真面目，只缘身在此山中"。超弦中的"开弦"两端都连在膜上，所以它可以在膜上滑动，却无法离开膜。光子就是开弦，它可以在膜上传播，所以我们可以借助光看见这个世界，但也正因为它是开弦，所以它无法离开这张膜，即不能离开我们这个时空进入其他高维度的世界。构成我们身体包括世界万物的基本粒子都是开弦，所以我们无法进入到其他更高维度的空间。而传播引力的引力子是闭弦，所以它能移动到更高维度的世界中去，也就是说，引力可以在更高维度上传播。

超弦理论超越了相对论与量子论，但它同时证明爱因斯坦的统一场研究虽然不成功，其方向却是正确的，即可能存在一种统一宇宙的终极要素。因此，从理念上说，统一场现在颇有些咸鱼翻身。

不过，对相当一部分爱因斯坦爱好者而言，统一场研究从来都不是咸鱼。据俄罗斯《真理报》披露，爱因斯坦临终前将其专著《统一场论》付之一炬，而且叮嘱自己的女人们让书灰跟他的骨灰一起消失。

就是说，其实爱因斯坦已完成了统一场研究，但他带走了这一科学发现。

听着有点儿像侦探剧了吧？其实还真不是侦探剧。其实是未遂杀人案。

此话怎讲？

想当年美国分赏广岛和长崎原子弹各一颗，日本人死了一地，爱因斯坦深切自责。去世前不久他完成了统一场研究，赫然发现统一场可以用来制造新的毁灭性武器，一旦成功，原子弹在它面前不过是个土鞭炮。广岛长崎让爱因斯坦明白，制止使用毁灭人类武器的唯一方法，就是不能把它制造出来。因此，他毅然带走了统一场理论。

爱因斯坦爱好者们并不认为这是个传说。他们有很多证据，而最强有力的证据，就是美军的"彩虹计划"。

据说二战结束前，美军曾研究发射高强度磁场让光波弯曲，从而让美军军舰和飞机隐身。据说爱因斯坦被授权进行这一研究。研究原子弹的叫"曼哈顿计划"，而这个研究被称为"彩虹计划"。据说，根据爱因斯坦的研究，美国军方在费城港口进行了一场试验。1943年7月22日上午试验开始，接通电源后强大的磁场产生一片绿雾将军舰包围，绿雾消失后大家惊奇地发现军舰已无影无踪，不仅从雷达上消失，而且用肉眼也看不到。十五分钟后断电，绿雾再度出现，当绿雾再次散去时，军舰又出现在原来的位置上。不过，大家的欢呼声还没停止，船员们就发现自己分不清方向，而且强烈恶心。

1943年10月28日17时15分，彩虹计划第二次，也是最后一次试验开始。通电后军舰几乎隐形，只能依稀看到轮廓，之后，一道炫目的蓝光闪过，军舰完全消失，更不可思议的是，几秒钟后它竟出现在几英里之外的诺福克港口。几秒钟后，它又神秘地在诺福克港口消失，重新回到费城港口。这次试验后结果更令人触目惊心：多数船员感到剧烈恶心，有人丧失时空感，有人发疯，有人就此消失。最骇人听闻的是，据说有五名船员的肉体竟然融化在军舰甲板里面。

"彩虹计划"现在没定论，不少人将之视为传说，美国海军当然矢口否认，但美国官方否认的可信度基本等于零，他们还一直否认研究外星人的"51区"呢，可前几天刚刚承认了。相信这个实验存在的人说"彩虹计划"让爱因斯坦发现"统一场"方程式可以扭转时间和空间，这可能会扰乱时空规则，如果将其用于军事，将足以毁灭地球。原子弹的发现已经让爱因斯坦悔之莫及，而统一场的发现肯定将让世界消失，所以爱因斯坦下决心带走了统一场。

无论"彩虹计划"是否真的存在，如果爱因斯坦发现统一场研究确实可能被发展成毁灭性武器，我相信他一定会烧掉手稿。

两千多年前有个人叫朱泙漫，他变卖全部家产去跟著名的大师支离益学习屠龙术，含辛茹苦三年学会，提刀四顾，才发现无龙可屠。这个故事来自《庄子·列御寇》，屠龙术因此作为好高骛远的典型被嘲笑了两千多年。

其实，相对论、量子论、超弦理论，个个都是屠龙术！一生专注屠龙术的爱因斯坦，从青年时期就给自己立下了两条规则，第一条是："不要任何规则！"第二条是："永远不受别人意见的支配！"看官须知，爱因斯坦研究的"理论物理学"与一般物理学不同。物理学讲究以实验结果来验证假设，而理论物理学研究不做实验，因为我们根本无法造出光速飞船，也无法造出能让两个恒星对撞的实验室，或者真正"看见"黑洞。理论物理学就是推测，等于白日做梦。爱因斯坦和在世的英国霍金，都是理论物理学家。否则，像霍金这样只有眼球能动的瘫痪人，如何完成惊世雄文《时间简史》？

其实我们每一个人都能成为爱因斯坦，只要我们坚持"爱二条"。任何把成功归于天才的人，其实只是一个不敢成功的怯懦者。他不相信自己也是天才！他不愿意付出天才那样的努力。任何人坚持"爱二条"，总有一天，都会发现，自己也是一柄独步天下的屠龙剑！

自由主义哲学家伯林有一次说："很少有人知道其他的天才物理学家长得什么样。但是，所有的人都认识爱因斯坦。"

为什么？

所有的人都知道爱因斯坦，是因为相对论。

所有的人都认识爱因斯坦，却因为他是"最好的人"。虽然他站在我们无法企及的宇宙高处，可他却扛住了比银河系还要沉重的压力，拒绝变成屠戮众生的科学恶魔或者万众膜拜的科学独裁者。他永远是我们身边的普通一员，那个住在后院儿、脾气温和、出太阳也拿把雨伞、因为整天琢磨事儿而多少有点儿神叨的花发蓬飞的二大爷。

我们不仅崇拜爱因斯坦。

我们爱他。

爱，永不会老。

不过，在咱们这个时空，每个人都是要老的。

而且，每个人都是要死的。哪怕他是爱因斯坦。

那么，爱因斯坦死于何时何地？

万里悲秋常孤独

除了横死,大多数人是老死的。

我们中国人想到"老",脑海里通常是"无边落木萧萧下,不尽长江滚滚来,万里悲秋常作客,百年多病独登台"。

《登高》,杜甫说老来孤独。

但爱因斯坦并不觉得自己已经杜甫。他像昨天一样走在普林斯顿林荫道上,用雨伞一格格划过铁栅栏,跟所有的小孩儿打招呼。他到达普林斯顿时这些孩子还没出生呢,不过,他依然跟大家很熟。罗爱莎说过,大家都老了,只有爱因斯坦"犹如返老还童"。可是,罗爱莎去世也快二十年了。

想知道自己是不是老了,只需看看身边的朋友。如果身边都是老头儿老太太,您就已经不年轻啦。随着年龄增长,我们越来越缺乏动力结识新的朋友,因为不需要,我们也不会再有耐心去适应新朋友。

新朋友越来越少没关系,可老朋友也会越来越少。因为他们会离开,如果不是你先离开的话。朋友和亲人在身边时我们并不觉得珍贵，经常还会怒火中烧。就说最简单的早上刷牙吧，你让他从最后挤牙膏，他偏要从中间挤，一起床就看见一根儿挤得歪七扭八的牙膏，菩萨都会火冒三丈。而且说了三十年，永远不见效！可是，一旦他们离开，你就会发现他们多重要。因为，没有他们，你再有钱，再有名，也只不过是个孤独的老人。何况绝大部分老人既无钱也无名。

爱因斯坦有钱也有名，是人类最伟大的科学天才，但孤独仍然没有放过他。到普林斯顿后不久他致信比利时王后伊丽莎白说："我把自己关在毫无前途的科学研究中，我老了，到此地后便与世隔绝，现在更是如此。"这个伟大的天才一生追求孤独，现在终于如愿以偿，因为，他的亲人与朋友，都已离他而去。

第一个是好友艾伦费斯特。他于1933年自杀。他的自杀重创爱因斯坦，因为他的自杀表面看是因为家庭因素，但爱因斯坦知道更重要的是他与年轻科学家研究的方向冲突。在统一场与玻尔量子论的冲突中，爱因斯坦同样感受到这种冲击，那时他也曾想过自杀。

1934年居里夫人去世，生性散漫的爱因斯坦与严谨认真的居里夫人个性格格不入，但他十分敬重这位伟大的女科学家："我十分荣幸能与居里夫人交友二十多年。我对她伟大人格的钦佩与日俱增。她的坚强，她的意向纯洁，她的律己之严，她的客观，她的公正不阿，这一切集中在一人身上，举世罕见。她从未忘记自己是社会公仆，极端谦虚，从不自满。"

爱因斯坦很少对一个科学家评价这么高。

1936年，他太太罗爱莎去世。爱因斯坦从此没有再婚。

1946年，当初力排众议邀请爱因斯坦访问巴黎的法国物理学家朗之万逝世。爱因斯坦称赞他"高尚圣洁，才华出众"。

居里夫人与朗之万都是爱因斯坦好友，而他俩之间还有一段故事值得一提。

朗之万是居里夫人丈夫皮埃尔·居里的学生,他跟居里夫人——即师母——关系很近。1906年皮埃尔·居里去世,五年后巴黎报纸耸人听闻登出长篇报道《爱情故事:居里夫人与朗之万教授》,报道说皮埃尔在世时朗之万和居里夫人即"关系密切"。爱因斯坦力挺这两位朋友:"如果他们相爱,那谁也管不着。"但巴黎人群情激愤,因为居里夫人是波兰人,而波兰人在欧洲一直就是小时工。当时各种小报都称居里夫人为"波兰荡妇",逼得她只好带孩子暂离巴黎,而朗之万则和写报道的记者进行了决斗,之后回归自己的家庭。

他们并没有结合。但他们的一部分终究还是结合了:多年后,朗之万的孙子娶了居里夫人的孙女。他们完成了祖辈的夙愿。

1951年6月,爱因斯坦唯一的妹妹玛雅去世。这对爱因斯坦是个巨大的打击。如前所述,爱因斯坦这个唯一的妹妹嫁给了他在瑞士阿劳中学读书时寄居的温特勒老师家的儿子保罗·温特勒。玛雅1916年到伯尔尼大学继续攻读,1909年提交博士论文,研究古法语骑士故事,说一名秘密骑士乘天鹅拉的小舟去救被恶骑士劫持的美女,并于当年获得文学博士。我们说过,当时欧洲基本不给女人博士学位,因此妈妈保琳娜十分高兴。保罗·温特勒不久也在伯尔尼大学获法律学位,他俩于1910年在伯尔尼结婚。1939年玛雅来到普林斯顿与爱因斯坦同住,而丈夫温特勒因健康原因被拒绝进入美国。他们兄妹情深,玛雅不仅长得像爱因斯坦,而且言谈举止也很像。在普林斯顿爱因斯坦目睹玛雅慢慢老去,心中充满悲伤,只能在妹妹健康恶化无法说话时在病榻前读古希腊罗马作家的作品给她听。

亲人一个个离去,他们把生命一丝丝地从爱因斯坦身上抽走。玛雅去世后,爱因斯坦身边只剩下养女玛戈特和私人秘书杜卡斯,他的生命奄奄一息。

同时,统一场研究原地踏步,量子论却如日中天。

爱因斯坦在家庭和物理上都孤独无助。一向开朗的爱因斯坦开始考虑后事。1950年，妹妹玛雅去世前一年，七十一岁爱因斯坦写下遗嘱，指定内森博士为遗嘱执行人，请他和私人秘书杜卡斯共同托管遗产，遗嘱规定信件和手稿捐给耶路撒冷希伯来大学，只把小提琴留给外孙伯恩哈德·恺撒。他甚至表示不要墓碑，也不希望保留普林斯顿的故居。

1955年4月13日，爱因斯坦在著名的《罗素—爱因斯坦宣言》上签字。签名后爱因斯坦开始起草一篇电视演讲稿，突然觉得腹部剧痛，送医后医生建议他动手术。爱因斯坦拒绝。他说："当走就走。人为延长生命并无意义，我已善尽所有责任，该走时我会走得很体面。"痛成这个样子，他却拒绝注射吗啡。事实上多病的爱因斯坦一生很少配合医生，经常连药都不吃，所以有次医生给他开了药就站在一旁等着他吃药。爱因斯坦相当不以为然，但还是很配合地吞下药片。看到医生放心地松了口气，爱因斯坦问："医生，您现在觉得好些了吗？"相对于当时的医疗卫生条件，活了七十六岁的爱因斯坦算高寿。但实际上爱因斯坦从小身体就不太好。1917年，大病后的爱因斯坦告诉朋友他不怕死："在无穷无尽的生命长河中，一个人的出生和死亡，真的没多大关系。"

1945年和1948年爱因斯坦连做两次大手术，最后发现腹部肠动脉硬化形成一个瘤子。这个致命的定时炸弹跟着爱因斯坦周游世界，颠沛流离，隐而不发。

现在，这个定时炸弹爆炸了。

第二天，心外科专家格兰医生从纽约赶来。尽管爱因斯坦很虚弱，开刀很危险，但格兰还是建议开刀：这是延长生命的唯一办法。爱因斯坦摇摇头低声拒绝："不用。"几年前医生告诫他那个主动脉瘤随时可能破裂，当时他就笑着说："那就让它破裂吧！"

4月16日病情恶化，医生让爱因斯坦立即住院，爱因斯坦大摇其头，差点把满脑袋的雪白卷发全部摇掉。医生只好提醒他，杜卡斯天天看护他，也快要累病了。爱因斯坦这才勉强同意入住小小的普林斯顿医院。一入院，他就让人把老花镜、钢笔、一封没写完的信和没做完的计算送来。他从病床上坐起来戴上老花镜想继续计算，却惊讶地发现自己居然拿不住小小的钢笔：笔滑到地上。

爱因斯坦不愿住院，并非演给后世看的桥段。

他是真的不怕死。

他不怕死，是因为他知道生命是什么。

二千多年前，有个古希腊哲学家因性情古怪被广大古希腊人民普遍鄙视。当感觉自己快死时，他坐进盛满热水的澡盆，要了一杯浓郁的红酒，写下一封信，称这一天是他最幸福的一天，因为他的脑海充满哲学。这个怪人是伊壁鸠鲁，他在信中解释了他为什么不怕死："当我们存在时，死亡并不存在；当死亡来临时，我们已经不存在。"

我们都不存在了，还怕死亡干啥子？

很多人称伊壁鸠鲁为"享乐主义哲学家"，我很不同意。因为，很少有享乐主义者不怕死。

他其实就是西方的庄子。他俩都真正看破了生死和名利。

第二天4月17日是个星期五，儿子汉斯从加利福尼亚飞来，养女玛戈特当时也因病住在这个医院，她也坐着轮椅来到爱因斯坦床前，爱因斯坦和他们说了几句话后微笑着安慰他们："没什么，这个世界的事儿我已经办完了。"他立下遗嘱：不要宗教仪式，不要讣告，不要葬礼，不要坟墓，不要纪念碑，不要故居。总之，不要任何遗迹。拒绝任何瞻仰。

然后，他让所有人回去，他坐在病榻上，开始一生中最后一次计算。

他计算的是统一场。

入夜,爱因斯坦让杜卡斯回去休息,再算了一会儿后他累了,于是将统一场草稿轻轻放在床边,平躺到病床上。这一躺,是爱因斯坦最后一次兑现自己的诺言。很多年之前,有次爱因斯坦告诉朋友英菲尔德:"生命是一出激动人心和辉煌壮观的戏剧。我喜欢生命。但如果我知道再过三个小时我就要死了,也绝不会惊惶失措。我只会更好利用剩下的三个小时,然后,我会收拾好纸张,静静地躺下,死去。"爱因斯坦是物理学家,并非预言家,然而,他的预言如此之准,甩很多职业预言家好几条街。包括这一个预言,虽然时间上有些出入。

深夜,来查房的护士罗素发现爱因斯坦梦中呼吸困难,于是想去请医生,刚走到门口就听爱因斯坦说了几句德语,罗素不懂德语,连忙折回病床,赫然发现人类有史以来最伟大的科学家业已驾鹤西行。爱因斯坦彻底兑现了当年与罗爱莎吵架时发下的誓言:"假设大限一到,就是倒毙也要尽量少用医疗手段。"

他终于还是没有开刀。

按照我们这个时空的计算法,这是1955年4月18日1时25分,爱因斯坦腹腔主动脉瘤破裂,人类最伟大的科学天才陨落在美国东部凛冽的冬晨。

寿终正寝。

爱因斯坦去世,遵照他的遗嘱,没有官方讣告,连他的工作单位普林斯顿高级研究院也没发讣告。

然而,没有官方讣告,并不等于没有讣告。电讯迅速传遍地球每一个角落,所有报纸都是大字通栏标题:《当代伟大的物理学家爱因斯坦逝世,终年七十六岁》《世界失去了最伟大的科学家》《人类失去了最伟大的儿子》。很多报刊重印朗之万1931年的话:"在我们这个时代的物理学史爱因斯坦名列前茅。他现在是、将来也一定是人类宇宙超级巨星……我觉得他也许比牛顿更伟大，因为他对科学的贡献更深刻地变成人类思想的基本概念。"

遵爱因斯坦遗嘱，他的遗体当天下午两点即在普林斯顿马瑟火葬场火化。没有仪仗，没有花圈，没有乐队，没有悼词，送行的只有最亲近的十二个近亲好友，整个火化仪式只用了九十分钟。绝大多数文章称赞把这个简单的告别"伟大高尚"。其实这是误解。爱因斯坦这样做并不是出于伟大的高尚。他说过："我自己不过是自然一个极微小的部分。"

把自然的东西还给自然，无所谓伟大或高尚。

It just has to be this way!

理应如此。

水深而回，叶落归根。

爱因斯坦唯一在世的朋友格利芬（Gillet Griffin）回忆说："他非常谦虚，但非常坦率。他讨厌那些自命不凡的家伙，因此也反对任何人拿他作秀……爱因斯坦希望一声不响地离开，他害怕他的住房或坟墓将来成为纪念堂。为什么他会允许别人研究他的大脑？他的三个女人根据他的要求把骨灰撒在一个秘密的地方。我觉得肯定是研究院后面的森林。他休息时总去那儿散步。"

格利芬是爱因斯坦最后的忘年交，他这里说的每句话都是一个故事。

比如"三个女人"。咱们之前说过，玛戈特是爱因斯坦第二任太太罗爱莎与前夫所生的女儿，此时跟他一起住在普林斯顿医院；杜卡斯是与他一起亡命美国的私人秘书，也是他的遗嘱共同执行人；而范图娃则是2004年才发现的最后一个"爱因斯坦的女人"。只有她们仨确切知道爱因斯坦骨灰撒在哪里。现在她们都过世了，而且，她们没有留下任何文字透露爱因斯坦骨灰到底撒在哪里。她们忠实地执行了爱因斯坦的遗嘱，不折不扣。

她们是彻头彻尾"爱因斯坦的女人"。

再比如"为什么他会允许别人去研究他的大脑"？

这句话说的是爱因斯坦精彩一生中最像侦探小说的桥段。

这出戏上演时，男主角爱因斯坦已经过世。

然而他依然是男主角。

这出侦探剧发生在爱因斯坦逝世之后、遗体火化之前这几个小时里。配角是负责爱因斯坦尸检的是普林斯顿医院病理科主任哈维（Thomas Harvey）。他对科学泰斗爱因斯坦仰慕已久，认定研究他的大脑一定能揭开天才产生的秘密。哈维先解剖爱因斯坦的所有器官，最终宣布爱因斯坦死于"大动脉瘤破裂"，爱因斯坦的遗嘱执行人内森全程在场作证。

因此，哈维是世界上唯一一个真正切开过爱因斯坦的人。

这个故事至此并未结束。哈维还做了一件连内森都不知道的事儿：他私下征得爱因斯坦长子汉斯同意，悄悄将爱因斯坦大脑取出带回家中，测量、拍照、请画家素描，最后将大脑分区切成二百四十块，进行防腐处理后又为大脑各个部位制作了一组医学切片，共二百四十多片。随后，哈维将一部分切片分送给各个研究机构，其余大部分则秘密保存起来。

爱因斯坦大脑的研究结果令全世界爱因斯坦迷大失所望：爱因斯坦的大脑和普通人并无不同，脑重一千两百三十克还略低于成年男性平均值，远落后于俄国著名作家屠格涅夫。屠格涅夫大脑重为两千零一十二克，大大超出人类平均值。虽然后来的研究证明爱因斯坦大脑确实有些方面异于常人，但总体而言，研究证明，爱因斯坦的大脑就是人脑，既非恐龙脑，也非猪脑。

1997年，八十四岁高龄的哈维将脑切片送还普林斯顿大学。因为没征得爱因斯坦同意就取出了他的大脑，哈维害怕大师在奈何桥上踢他的屁股，于是，去普林斯顿大学之前，他专门携爱因斯坦脑切片做了一次横贯美国东西海岸的旅行，因为，爱因斯坦去世前曾告诉哈维，他想从美国东海岸看到西海岸。哈维不知道他的这次旅行惊动了联邦调查局。胡佛死了这么久，联邦调查局却并没有忘记爱因斯坦，他在死后仍然受到这个世界最大特务组织的"保护"。哈维从东到西旅行四千公里，联邦调查局就跟了他整整四千公里！还好哈维没把爱因斯坦的大脑扔进太平洋或者打包寄给中国，要不估计联邦调查局会当场把他切片蘸酱油和绿芥末吃了。

爱因斯坦去世后，他的两个儿子怎么样了呢？

父母离异后长子汉斯努力成为科学家，而且坚持自己的路。本来，作为爱因斯坦儿子，他在科学界混可说前途无量，但汉斯坚决不当"星二代"，很少采纳爱因斯坦的建议，弄得后来爱因斯坦也索性不给他提建议了。汉斯靠自己的努力成为加州大学伯克利学院水力工程学教授，后因心脏病去世。

爱因斯坦的二儿子爱德华没这么幸运。他九岁时父母就离异，很少与住在柏林的父亲见面。他十多岁时兴致勃勃地写信给父亲，但爱因斯坦却忘了回信，让他十分悲伤。成年后他成为出色的钢琴演奏家，且刻苦钻研医学，却不幸于1929年精神分裂。爱因斯坦到美国后爱德华留在瑞士，父子从此再未见面。爱德华此后一直由爱因斯坦第一任太太、妈妈马蜜娃照顾，马蜜娃去世后爱德华被送入苏黎世精神病院并于1965年在那里去世。

那一年正好是爱因斯坦逝世十周年。

几乎所有地球人都热爱爱因斯坦，虽然他们中的很多人根本不明白啥子是相对论。1927年，德国画家萨尔逃出纳粹魔掌来到普林斯顿，他问一位普林斯顿的老人知不知道相对论，老人家说他不知道。萨尔追问他为什么如此热爱爱因斯坦？

老人家回答："当我想到爱因斯坦时，我就感觉自己不再孤苦伶仃。"

这才是爱因斯坦真正的不朽，永恒的不朽。

我们之所以知道爱因斯坦，是因为他的伟大科学成就。

然而，我们热爱爱因斯坦，却是因为他让我们这些渺小的人不再孤独。爱因斯坦可称一生孤独，因为他的思想没几个人跟得上。但是，他却让我们不再孤独。爱因斯坦在科学上的伟大在于他的相对论超越了牛顿的万有引力，但他真正的伟大在于他代表了美好的科学。

不是所有的科学都美好。原子弹就不美好，凝固汽油弹也不美好，核动力航空母舰当然更不美好。人类经常在追求知识的道路上为科学所惑。时空无限，而人生短暂，以有涯随无涯，殆矣！所以常见伟大的科学家飞蛾入蛛网一般陷入科学无法自拔，例如牛顿陷入神学，和爱因斯坦陷入反量子论。

纵观科学史，其实科学像时空一样，永远都是相对的。现在的科学真理，过几十年也许变成彻头彻尾的谬误。我们几乎可以说，所有的科学真理其实都是错误的。但如果目的是为人服务，就比较不会错。我们在追求科学的过程中经常忘记这一点。爱因斯坦反原子弹，就是因为他深知这个道理。他反原子弹，其意义甚至超过发现相对论。

从人类科学发展史来看，任何伟大的科学发现都会过时，任何伟大的科学家都会被后人超越。随着人类观测手段的进步，每一天都会有更大的新发现。爱因斯坦对统一场的漫长研究和对量子论的顽固否定，证明他远非万事正确。有一天，爱因斯坦也会在科学上被超越，就像他超越牛顿。因为事实是，我们并未完全认识宇宙，但我们终将认识宇宙。

不过，我严重怀疑人类历史上还会再出现一个在人格上超越爱因斯坦的人。从理论上说，世界上没有成就上不可超越的人。但从理论上说，人格上永远无法超越的人是存在的。世上没有千年不倒的科学，但确实有千年不倒的人，例如庄子、例如甘地、例如华盛顿、例如托尔斯泰、例如舒和兄妹、例如曼德拉。

例如爱因斯坦。

爱因斯坦的真正伟大在于他的科学精神。他不仅是科学发现的榜样，他也是人类绝大部分美好事物的榜样——保持思想独立的榜样、放飞想象力的榜样、永不盲从的榜样、坚持不懈的榜样、爱好和平的榜样、永不向暴力和权势低头的榜样、追求世界大同和世界公民理想的榜样。翻开爱因斯坦这本无与伦比的大书，我经常看到那个提出"原子论"的古希腊先哲德谟克利特。

他为了更好地认识宇宙而刺瞎了自己的双眼。

爱因斯坦的反暴政、反种族主义、反原子弹、不原谅德国知识分子推卸历史责任、呼吁成立全球政府，在在都是难以超越的高峰。他的那句名言"在我看来，战争时杀人等于谋杀"，小布什听来当然刺耳，但却令我们这些普通百姓高山仰止。

这才是知识分子！

这是真正的人类精神！

"我们人人获益匪浅，全世界都感激他的教诲；那些他的个人专属，早已遍传天下。他像行将陨灭的彗星光华四溢，无限光芒与他的光芒相伴前行。"德国最伟大的诗人歌德用这首诗悼念好友、德国诗人榜万年老二席勒。爱因斯坦下葬那天，教堂里十二位亲朋好友朗诵为他送行的，就是这首诗。

爱因斯坦坚决拒绝给自己立纪念碑，因此，我们现在去普林斯顿参观，找不到爱因斯坦纪念碑。

但是，爱因斯坦的纪念碑遍布全球，例如在纽约。纽约哈德逊河畔有所大教堂，它的白色石墙上雕刻着人类最伟大的六百位伟人，其中有十四位科学家。当年筹备时曾请各国著名科学家推荐十四位科学伟人，全世界的名单如雪片般飞来，推荐的人选五花八门，但每份名单上都有一个名字：爱因斯坦。他是这十四位科学家中唯一一个在雕塑时还活着的。等于中国的"建生祠"。

1979年，普林斯顿召开爱因斯坦纪念大会，1933年诺贝尔物理奖获得者狄拉克大会报告的题目就是《我们为什么信仰爱因斯坦理论？》他说："自爱因斯坦第一次提出广义相对论，我们做了无数次观测，而每次观察结果都证实了他的理论，它一路顺风通过了所有检验……爱因斯坦引进的新空间思想激动人心，美轮美奂，不论将来我们面临什么，这些思想定会永垂不朽。"

爱因斯坦去世前对守候床前的儿女说："别难过，人总有一死。除了我的科学理想和社会理想，我的一切都将随我一起死去。"

这是爱因斯坦在我们这个时空犯下的最后一个大错误。

爱因斯坦没错。他的科学理想和社会理想不会随他死去，相反，它们现在是、并将永远是全人类心中刺破权势名利淫威、逆风飞扬、猎猎作响的正义之旗。

但是，爱因斯坦当然错了。因为他的一切不会随着他一起死去，相反，它们将随着科学的进步和社会的自由民主而愈加鲜亮地活跃在所有未被切片的大脑中，而大脑，是爱因斯坦一生的花园、港口、实验室，和战场！

1936年，与爱因斯坦共同发现广义相对论的数学家格罗斯曼去世。爱因斯坦致悼词说："以普通人的眼光来看，你永远离开了我们这个世界；然而我们物理学家都坚信，所谓空间和时间，不过是人脑的执着想象而已。"

只有在这一点上，我这个业余爱因斯坦爱好者反对爱因斯坦。

生而为人，我们只能活在这个时空，尽管它很可能确实只不过是我们脑中的执着想象。

可是，无论如何，在我们这个时空中：

爱因斯坦永垂不朽！

因为：

我们的宇宙，就是他的纪念碑！

来，让我们用英国哲学家罗素的名言结束我们这次与爱因斯坦跨越时空的华彩聚会：

"爱因斯坦不仅是一个伟大的自然科学家，他还是一个伟大的人。他是一个驶向战争深渊的世界中的和平象征。他是一个病入膏肓的世界中的健康人，他是一个充满偏执狂的世界中保持思想自由的人。"

我们景仰爱因斯坦，就是因为我们热爱民主、自由、平等、真理，和美。

阿尔伯特，你并不孤独。

因为，一代又一代的我们，

和你在一起。

写在后面

《瞧，大师的小样儿》中《我的爱因斯坦》开写，是2005年5月22日。

星期日。

本书肇始第一篇《少年爱因斯坦》第一稿，开写于2013年9月22日。

也是星期日。

本跋第一稿开写于2017年5月7日。

居然还是一个星期日。

一样的星期日。然而，却并不是一样的星期日。中间横亘十二年的时光。开写时我尚可自称壮年，而今年，按古代算，已十足老年矣。本书开写时幼子还是尚未上学的蒙童，而今天的他，已是高二学生，不满十七，身高一米九。

八飞天堂曰：逝者如斯夫。

2005年《我的爱因斯坦》只是《德国文化大师》系列第一部《瞧，大师的小样儿》中的一篇文章。写完后被中央电视台《百家讲坛》邀去讲了二十集爱因斯坦，在网上忝列《百家讲坛》讲师。然而直到今天并没有播出，也不好意思去问导演为什么。不过去录时并不知道这么长时间都不能播出，所以态度非常端正。平时上课口若悬河从不打草稿，这可是中央电视台，当然得打个详细草稿。

草稿长大了，即本书。

写此书并非因为爱因斯坦是人类历史上最伟大的科学家。

当然他也是。不过我写他，却是《百家讲坛》草稿创作中发现我们这些普通人对爱因斯坦的印象之以讹传讹罄竹难书：他其实完全不是我们想象中宝像庄严高高在上的阳春白雪。相反，他如此之下里巴人邻家大爷，以至我在写作过程中经常因他的下大而哑然失笑至开怀大笑。

说到底，花费十二年生命守候爱因斯坦，只是因为我爱他。

至于为什么要爱，如果您已经看完这本书，想必早已有了答案。

爱因斯坦达到天才最高峰的同时拒绝像牛顿那样变成君临天下的学术暴君。他坚持自己是普通人。而且一生坚持。

记得英国诗人白朗宁夫人的话吗？

"把爱拿走，我们的地球就变成一座坟墓"。

我深信，我绝不是最后一个爱他的人。

无论过去多长时间，无论科学如何向前发展，仍然会有无数的人继续爱他。

因为，"我们的宇宙，就是他的纪念碑！"

写物理大师躲不开物理，然而我毕竟纯种文科男，挂一漏万，错讹百出，在所难免。成稿后委托学生沈易阳、钟佳睿、杨鸣、钟璐希和李牧耘通读补遗，甚为感谢。她们高中必修物理，水平那是肯定超过我一万倍再往上。学生李梦璐最后统稿，贡献尤大。

此外，有网友朱安远，不辞劳苦专发学术长文《有关"八飞说老爱"系列文章中的一些史实澄清》，态度严肃，评点精当，网上均可查阅。朱先生所论各点我均详细学习并择有理者纳入本书。如朱先生见到本书请联系人民文学出版社，我会嘱出版社拜赠本书一册聊表敬意。

此外，文中量子力学论述部分借鉴华声论坛"灌水乐园"网友"无功"所著"宇宙的精灵—通俗量子力学史"甚多，其文的是精彩灵动，强烈推荐前往阅读全文，绝对不虚此行。无功先生如见此书，则亦请联系人民文学出版社，我亦拜赠本书一册聊表敬意。

我其实只是个画龙的。

朱安远先生与无功先生的勘误和学生们的补遗，才是点睛。

有道是相濡以沫，莫如相忘于江湖，那么，在下就此叩首，拜谢各位看官慷慨赐阅。

有缘再见！

2017 年 5 月 30 日　五稿毕于北京天堂书房